D1510282

EL PODER
DE LOS
ELEGIDOS

SCARLETT THOMAS

EL PØDER
— DE LØS —
ELEGIDØS

EL GRAN TEMBLOR

LIBRO SEGUNDO

A mamá y Couze, con amor

Y en recuerdo de David Miller

El «niño» es todo aquello que queda abandonado y expuesto, y al mismo tiempo es divinamente poderoso; el principio insignificante y dudoso, y el fin triunfal.

C. G. Jung

Allí vi actuar a malabaristas, magos, lanzadores y pitonisas, hechiceras, viejas brujas, adivinas.

Geoffrey Chaucer

Todo ser mortal hace una cosa y sólo una:
manifestar aquello que habita en su interior;
así se afirma; «yo mismo», dice con todas las letras,
y exclama: «Soy lo que hago, a eso he venido.»

Gerard Manley Hopkins

1

Orwell Bookend no era un hombre muy feliz. En ese momento, acompañado por un murciélago pequeño que lo observaba con su peculiar mirada cabeza abajo, ni siquiera estaba seguro de haber sido feliz en alguna ocasión. Quizá lo había sido hacía mucho tiempo, cuando Aurelia, su primera esposa, aún estaba con ellos. Cuando aún no había perdido el control de su hija Effie. Cuando aún no se le había ocurrido subir al polvoriento desván sin quitarse antes el traje que solía ponerse para ir al trabajo.

¿Dónde se había metido esa condenada niña? Seguro que estaba viviendo una aventura en algún lugar «mágico» con los ilusos de sus amigos: el gordito de las gafas y aquella niña que, por lo visto, llevaba vestidos de noche a todas horas. Bueno, Effie iba a encontrarse en un buen lío en cuanto llegara a casa, desde luego. «Habrá pasado por el desván —concluyó—, y seguro que se ha llevado el libro.» No había ni rastro de *Los elegidos*, de Laurel Wilde. Y eso era lo que en ese momento lo hacía sentirse extremadamente triste.

La tristeza de Orwell Bookend, como tantas otras, había empezado al desaparecer cruelmente de su vista la posibilidad de ser feliz justo cuando acababa de vislumbrarla. Hacía más o menos unos cuarenta y cinco minutos de eso. Iba escuchando la radio en el coche, de vuelta a casa desde la universidad, cuando anunciaron un concurso.

A Orwell Bookend le encantaban los concursos. No solía reconocerlo ante la mayoría de la gente, pero incluso lo hacían feliz. Bueno, hasta que perdía. Todos los viernes rellenaba con esmero el críptico crucigrama con premio de la *Gaceta de Ciudad Antigua* y lo mandaba a un apartado de correos de las Fronteras. Con el paso de los años, el coste de los sellos había superado con creces el monto del premio, que era un vale por un libro de quince libras, pero Orwell no estaba dispuesto a cejar en su empeño hasta hacerse con ese vale, que pensaba enmarcar y colgar en su oficina.

La segunda causa de felicidad para Orwell Bookend era ganar dinero, aunque no se le daba demasiado bien (como quedaba demostrado por sus intenciones con respecto al vale). Y si conseguía encontrar ese libro —la primera edición de *Los elegidos*, en tapa dura, que Aurelia le había comprado a Effie tantos años atrás—, tendría la oportunidad de participar en un concurso y ganar dinero. Eso habían dicho en la radio. Si algún afortunado poseía un ejemplar original de *Los elegidos*, debía llevarlo el viernes al ayuntamiento, donde obtendría cincuenta libras en metálico y la posibilidad de ganar un suministro gratuito y vitalicio de electricidad. Y si alguien tenía la edición de bolsillo, podía cambiarla por un billete de diez.

En los cinco años transcurridos desde el Gran Temblor, cincuenta libras habían pasado a ser bastante dinero. Después del temblor, la economía, como tantos otros sistemas complejos, había entrado en una fase de cansancio y malhumor y había empezado a portarse mal. Desde luego, había dejado de interesarle cumplir toda una serie de estúpidas leyes matemáticas. Aquel día, sin duda, merecía la pena conseguir cincuenta libras. Al día siguiente ya se vería.

Ahora bien, ¡¿electricidad gratuita sin límites y para toda la vida?! Bueno, ese premio sí que merecía la pena. Al fin y al cabo, por muy rico que uno fuera, nadie tenía acceso a un suministro ilimitado de electricidad, al menos desde el Gran Temblor. En fin, nadie salvo Albion Freake, que daba la casualidad de que era el dueño de toda la electricidad del mundo. Por alguna razón, su empresa, Albion Freake Inc., ofrecía ese premio gigantesco y encima ponía también el dinero en metálico. Lo único que tenía que hacer Orwell Bookend era encontrar el libro. Claro que en realidad el libro no era suyo. Era de Effie. Aunque a Orwell Bookend eso no le preocupaba lo más mínimo.

La cabeza del doctor Green parecía una patata cocida. No una patata cocida agradable y normal, lavada y pelada previamente, sino una patata vieja y seca, con la piel correosa, abandonada demasiado tiempo en el campo y llena, aun después de hervir, de extraños brotes peludos. A juicio de Maximilian Underwood, esos brotes eran como raíces que se hubieran aventurado con gran coraje a buscar la luz para morir de inmediato.

El doctor Green estaba en medio de un cuento didáctico —el peor tipo de cuento, en opinión de Maximilian—, en el que una misteriosa bruja jorobada le entrega un par de viejos y maltrechos zapatos a una niña en la cola de la beneficencia.

—La vieja le susurra a la niña que los zapatos son mágicos —dijo el doctor Green con una voz que sonaba blanda, húmeda y grasienta, como si fuera de margarina.

Maximilian sabía exactamente lo que iba a ocurrir en la historia. Seguro que todos lo sabían. Al día siguiente, la niña se pone los zapatos y gana una carrera, batiendo todos los récords. Luego la descubre un famoso entrenador que le suplica que se ponga un calzado mejor. Por supuesto, ella se niega a calzar cualquier cosa que no sean sus «mágicos» y desgastados zapatos. Al final, ocurre lo inevitable. La rival de la niña le roba los zapatos y se los esconde. La niña se ve obligada a competir con unas zapatillas normales. Por supuesto, vuelve a ganar. Moraleja: los zapatos no tenían nada que ver. Fin.

—Bueno —dijo el doctor Green una vez terminado el cuento—. Algunos aspectos para la reflexión.

Se acercó a una pizarra sobre ruedas, que solía pasar el resto de la semana dentro de un armario y sólo salía los lunes por la noche para esas clases a las que supuestamente acudían los neófitos —recién epifanizados, niños en su mayor parte—, para aprender los principios básicos de la magia. Era la primera clase de Maximilian. Se había presentado con la esperanza de ver, como mínimo, calderos burbujeantes y, con un poco de suerte, objetos que volaran por toda la habitación y estallaran en llamas. Pero de eso nada. Era todo muy aburrido.

En la pizarra había una lista de cosas prohibidas para los neófitos, a las que ya habían dedicado casi toda la clase hasta ese momento.

1. LOS NEÓFITOS JAMÁS HARÁN MAGIA SIN LA SUPERVISIÓN DE UN ADEPTO (O DE ALGUIEN SUPERIOR).

2. SE PROHÍBE A LOS NEÓFITOS POSEER ADMINÍCULOS SIN EL PERMISO EXPLÍCITO DEL GREMIO DE ARTÍFICES (PERMISO QUE PODRÍA SER REVOCADO EN CUALQUIER MOMENTO).

3. CUALQUIER ADMINÍCULO LLEVADO A CLASE POR UN NEÓFITO SERÁ CONFISCADO.

4. SE PROHÍBE A LOS NEÓFITOS HABLAR DE MAGIA FUERA DE CLASE.

5. CUALQUIER NEÓFITO QUE VIAJE, O INTENTE VIAJAR, AL ALTERMUNDO SERÁ OBJETO DE UN CASTIGO MUY SEVERO.

6. SE PROHÍBE A LOS NEÓFITOS INTERCAMBIAR ADMINÍCULOS, MAPAS, HECHIZOS, INFORMACIÓN O CONOCIMIENTOS DE CUALQUIER CLASE QUE GUARDEN RELACIÓN CON LA MAGIA O CON EL ALTERMUNDO.

7. LOS NEÓFITOS JAMÁS MENCIONARÁN EL ALTERMUNDO A NADIE Y NUNCA.

8. LOS NEÓFITOS DEBEN HABLAR SÓLO EN INGLÉS, NUNCA EN NINGUNO DE LOS IDIOMAS DEL ALTERMUNDO. HABLAR IDIOMAS DEL ALTERMUNDO EN EL VEROMUNDO IMPLICARÁ UN CASTIGO MUY SEVERO.

Era peor incluso que el colegio normal. Y también hacía más frío. La clase semanal del doctor Green se celebraba en el vestíbulo más que polvoriento de una vieja iglesia, con el suelo de madera y unos enormes radiadores esmaltados de los que surgían constantes crujidos y gemidos, pese a que nunca irradiaban calor alguno. Debajo de cada radiador había una taza de porcelana para recoger el agua que goteaba, y en el techo, un viejo tubo fluorescente cuya luz oscilaba con un ligero temblor en los breves períodos en que la electricidad funcionaba. Aunque la estancia, por lo general, estaba iluminada con velas.

Maximilian miró de nuevo la lista. Daba la casualidad de que ya había hecho la mayor parte de las cosas que se prohibían en ella, y le daba exactamente igual.

Effie Truelove, su amiga, también las había hecho casi todas. Desde luego, había estado en el Altermundo. Maximilian pensó con cierto orgullo que él había hecho incluso algunas cosas que ni siquiera estaban en la lista, como intentar viajar al Inframundo y leer las mentes ajenas.

De todos modos, por suerte Lexy Bottle les había advertido tanto a él como a Effie que no llevaran sus adminículos a clase. Al parecer, si el doctor Green te quitaba los adminículos ya no volvías a verlos. Los de Maximilian —las Gafas del Conocimiento y el Athame de Sigilo— estaban en ese momento a buen recaudo en su casa, debajo de su cama. Había usado un hechizo menor de invisibilidad para que su madre no los encontrara, por si daba la casualidad de que decidía ordenar su habitación, como hacía de vez en cuando. Por supuesto, su madre sabía que él había epifanizado y que era un erudito, pero Maximilian no le había confesado todavía que ya era mago. No estaba seguro de que a su madre le gustara demasiado.

Fuera de la clase ululó un búho y una suave capa de escarcha empezó a extenderse por los valles y los altos páramos. En las profundidades del cielo oscuro, un meteorito burbujeó y se extinguió. Se estaba haciendo tarde. Todas las velas de la sala parecían temblar y bailar al unísono. En ese momento, lo único que deseaba Maximilian era su recena de siempre: tres bomboncitos de café, un vaso de leche de cabra y luego un largo, gustoso y pacífico...

Lexy dio un codazo a Maximilian.

—Despierta —le susurró.

Al otro lado de Lexy, Effie Truelove también se estaba adormilando. ¿Qué les pasaba a esos dos? Lexy nunca había vivido una experiencia tan emocionante como aquella clase. Lexy iba a aprender a ser una gran sanadora. Iba a encontrar a alguien que la aceptara como aprendiza y luego iba a ser...

—En primer lugar —dijo el doctor Green—, quiero que penséis cuál es la función que cumple la magia en esta historia. Quiero que identifiquéis dónde interviene. Y luego quiero que hagáis una lista con todos los casos en los que se producen intercambios de capital M en todos y cada uno de los momentos relevantes de la historia.

Lexy había pasado ya la página de su cuaderno y había anotado la fecha y la tarea con su nueva pluma. Estaba convencida de saber todas las respuestas. Sin embargo, antes de que los niños pudieran empezar la tarea, sonaron las nueve en la campana de la iglesia, lo cual implicaba que había llegado el momento de irse a casa. ¡Tan pronto! Lexy habría estado encantada de pasar toda la noche empapándose de la sabiduría del doctor Green.

—Podéis llevaros la tarea a casa —dijo el doctor Green— y entregarla al principio de la clase del próximo lunes, a las siete. Gracias a todos. ¡No salgáis en estampida! Ah, Euphemia Truelove... Quiero comentarte una cosita.

2

Euphemia Sixten Bookend Truelove, conocida como Effie, lamentaba haber acudido a esa clase. Al fin y al cabo, no era obligatoria para nadie. Era optativa. Era un poco como ir al cole cuando no tenías por qué. ¿Y qué clase de idiota hacía algo así? Su amigo Wolf Reed, con el que había pasado casi toda la tarde jugando al tenis, había preferido irse a un entrenamiento de rugby, mientras que Raven Wilde, otra buena amiga, se había marchado directamente a casa después del colegio, a dar de comer a su caballo. Entonces ¿por qué había ido Effie a clase?

Por una razón bien sencilla: porque Lexy le había dicho que era la única manera de ascender en el escalafón de la magia, convertirse en maga y vivir en el Altermundo para siempre.

A Effie le encantaba el Altermundo. Si pudiera encontrar el modo de vivir siempre allí, sería feliz. Pero primero tenía que progresar con la magia, así que no le quedaba más remedio que acudir a esa clase. Según Lexy, el doctor Green era el mejor maestro de magia de todo el país. Era un genio, por mucho que a veces pareciera más bien lento y aburrido. Lexy lo sabía todo de él porque el doctor Green había tenido hasta entonces tres citas con su tía Octavia.

El doctor Green estaba de espaldas a Effie. Borraba la pizarra moviéndose con pequeñas sacudidas. La larga lista de prohibiciones se estaba disolviendo en partículas de tiza que caían al suelo, el lugar que, a juicio de Effie, le correspondía. Suspiró. ¿Cuánto rato iba a tener que quedarse allí plantada antes de descubrir qué había hecho mal? Porque sabía que algo había hecho. Lo notaba en los aires que se daba el doctor Green.

—Déjalo en la mesa —dijo por fin, al tiempo que daba media vuelta con el ceño fruncido.

—¿Perdón? —dijo Effie.

—Perdón, señor.

Effie volvió a suspirar.

—Perdón, señor.

—Que dejes el anillo en la mesa, por favor.

Ay, no. Effie tragó saliva en silencio.

—¿Qué anillo, señor?

—El anillo que llevas escondido en el forro de la capa. El Anillo del Auténtico Héroe, según creo. Un adminículo prohibido. Entrégalo.

Effie volvió a tragar saliva. ¿Cómo se había enterado de que lo llevaba? Como Lexy le había advertido que no llevara adminículos a la clase —y encima los suyos no estaban registrados, lo que implicaba un riesgo mayor—, el día anterior Effie los había escondido todos en casa, en su caja especial. Todos menos el Anillo del Auténtico Héroe, que había usado un rato antes, en su entrenamiento de tenis.

Effie nunca se ponía el anillo para los partidos de verdad, sólo para entrenar. La primera vez que se lo había puesto, había estado a punto de morir. Sin embargo, siempre que se preocupara de comer y beber lo suficiente para recuperar energías, con él ganaba en fuerza, en agilidad y en toda una serie de aspectos que ni siquiera podía describir. Y la hacía sentirse más conectada con el Altermundo. Y...

—No tengo toda la noche —insistió el doctor Green.

Llevaba un traje de calle de color marrón, con motas verdes y naranja que en ese momento destacaban a la luz de la luna que entraba por la ventana. La camisa era de un amarillo peculiar. Miró el reloj y luego le clavó una dura mirada a Effie, como suelen hacer los profesores más horribles justo antes de echar a un alumno del claustro y hacerlo llorar por algo que no ha hecho.

—Además, ¿exactamente por qué quiere mi anillo?

—¿Cómo dices?

—¿Por qué quiere mi anillo?

—Es un adminículo y lo has traído a mi clase. Por lo tanto, debo confiscarlo.

—Pero...

—No hay necesidad de discutir. Haz lo que te digo, por favor.

—¿Y qué va a hacer con él?

—Se lo entregaré al Gremio. Si estuviera registrado, podría devolvértelo el próximo lunes. Pero un adminículo sin registrar... —Negó con la cabeza—. Tendrás que escribir al Gremio y presentar una solicitud para registrarlo y, según tengo entendido, rellenar otro formulario para presentar una solicitud que te permita recuperarlo. Y...

Effie se sorprendió al oírse decir:

—No.

El doctor Green entornó los ojos.

—¿Qué has dicho?

—No —repitió—. No se lo voy a dar. Lo siento. Es que no puedo.

—Puedo obligarte de varias maneras —respondió el doctor Green, dando un paso hacia ella—. Aunque no hará falta, por supuesto. Entrégamelo.

Effie sacó el anillo de su escondite, dentro del forro de su capa escolar, de color verde botella. El anillo era de plata, con una piedra rojo oscuro sujeta por unos cuantos dragones minúsculos también de plata. Griffin, su adorado abuelo, se lo había dado justo antes de morir. Era impensable que Effie se lo entregara a nadie. Se lo puso en el pulgar de la mano izquierda, donde mejor le encajaba. La recorrió una sensación de confianza y fortaleza.

—Déjate de tonterías y entrégamelo —dijo el doctor Green, dando otro paso hacia ella con la mano extendida—. Ahora mismo.

Al otro lado de las altas ventanas de la iglesia, el búho volvió a ulular. Llevaba un rato mirando y no le gustaba demasiado lo que estaba sucediendo. Un conejo simpático de un jardín cercano recogió su llamada y pasó el mensaje a un lirón, que se lo transmitió a un murciélago, que se lo dijo a otro búho que en ese mismo momento, por casualidad, volaba hacia los páramos. Pronto, todos los animales de la zona se enteraron de que Euphemia Truelove estaba en un aprieto. Tal vez alguien oyera la llamada de auxilio y respondiera; o tal vez no. Para esas cosas, la red cósmica era un poco caprichosa.

Raven y su caballo *Eco* hacían crujir la escarcha al avanzar por los páramos. A la luz de la luna, el cabello negro y ondulado de la niña parecía veteado de plata. Raven era una bruja auténtica y en consecuencia podía hablar con los animales. Desde su epifanía había sido capaz de mantener largas conversaciones con *Eco*. Antes, tan sólo se comunicaban por medio de sus sentimientos. *Eco* «simplemente sabía» si Raven quería que emprendiera un galope sostenido, igual que ella «simplemente sabía» si *Eco* se estaba aburriendo. Pero a esas alturas Raven hablaba ya equino con fluidez (así llamaban al antiguo lenguaje de los caballos), y todo era distinto.

Todos los días, después de cenar, Raven y *Eco* subían hasta los páramos, pese a que últimamente oscurecía ya muy pronto. Casi siempre tenían que confiar en la visión nocturna de *Eco* para llegar a casa, pero esa noche la luna estaba en fase gibosa menguante (es decir, justo después de la luna llena), y Raven lo distinguía todo con bastante claridad. Bañado por la luz de la luna, todo parecía claro y mágico. Todo lo que tocaba la luz de la luna se veía feliz y tranquilo. Todo el mundo sabe que gracias a la luz del sol se consigue vitamina D, pero no son muchos los que son conscientes de que la luz de la luna aporta un nutriente especial que ayuda a los seres vivos a desarrollar poderes mágicos y los purifica.

El páramo que rodeaba a Raven y *Eco* era bastante yermo. Nada de árboles ni arroyos; ni siquiera había postes de alguna cerca antigua, como en otras partes del brezal. El único objeto de aspecto moderno que se veía en kilómetros a la redonda era el par de puertas de acero que alguien había instalado recientemente en un montículo, cerca de unos viejos campos de cultivo.

Eco avanzaba con cuidado por la parte más yerma del páramo, porque había zonas encenagadas y madrigueras de conejo que costaba ver a la luz de la luna. De vez en cuando, algún meteorito surcaba el vasto cielo de la noche. Aquellos meteoritos tenían algo extraño, aunque *Eco* no estaba seguro de qué era. En cualquier caso, pronto llegarían al camino antiguo, donde hallarían las reconfortantes huellas de los caballos y de los jinetes que habían transitado por allí antes que ellos.

Y un poco más allá, cuando dejaran atrás los cultivos destrozados, Raven tenía la esperanza de ver de nuevo aquel misterio reluciente. Se había pasado una hora intentando explicarle a *Eco* lo que ella creía que era, pero se trataba de una tarea casi imposible: no sólo el misterio reluciente resultaba muy difícil de describir, sino que además en equino no había palabras para decir «reluciente» y «misterio». Lo más cercano que Raven pudo encontrar fue «ciénaga a la luz de la luna», que era algo profundo y misterioso, con un toque de imprevisibilidad y de peligro. Sin embargo, *Eco* se limitó a resoplar y a preguntar por qué demonios estaban buscando una ciénaga a la luz de la luna. No le gustaban las ciénagas; de hecho, intentaba evitarlas por todos los medios. Las ciénagas eran peligrosas. Uno podía hundirse en ellas y no salir jamás.

—No me refiero exactamente a una ciénaga —dijo Raven, en su mente. El equino era un idioma tácito—. Es algo así como un salto muy pronunciado.

A *Eco* tampoco le gustaban demasiado los saltos muy pronunciados, y se lo dijo.

—Pero no se trata de un salto pronunciado de verdad —intentó explicarle Raven—. Sólo algo que te hace sentir como si estuvieras a punto de saltar. O supongo que será como me siento yo cuando estoy a punto de saltar. O quizá como te sientes tú justo antes de emprender el galope.

Eco casi nunca se lanzaba al galope cuando Raven lo montaba. Pero sí le ocurría muy de vez en cuando que, al ver una vasta extensión de bellos páramos desiertos, le entraban ganas de cruzarlos a toda velocidad. Y así lo hacía: sin pensar demasiado, con un galope firme y rápido. A Raven la hacía sentirse un poco como se sentía *Eco* ante un salto muy pronunciado. Y cada uno de los dos le concedía una pequeña satisfacción al otro de vez en cuando. El caballo dejaba saltar a la jinete; ella le permitía algún galope que otro. Nunca la había tirado. Eso era lo más importante. Y ella siempre le daba una deliciosa mezcla de avena y alfalfa al terminar el día. Incluso se acordaba de comprarle caramelos Polo de menta, que eran lo que más le gustaba del mundo. Se entendían bien.

Raven había visto por primera vez el misterio reluciente el sábado anterior, precisamente después de uno de esos galopes. Era como si el páramo que tenían delante fuera distinto en algún sentido. Tal vez más verde, salvaje, vívido y mágico. Pero cuanto más le pedía Raven a *Eco* que caminara hacia allí, más parecía alejarse. Aquel día habían necesitado casi cuatro horas para regresar a la torre: una especie de falso castillo en el que Raven vivía con su madre.

Laurel Wilde ni siquiera se había dado cuenta de que su hija había desaparecido, por supuesto. Estaba demasiado ocupaba bebiendo caros vinos espumosos y hablando sobre el último plan para ganar dinero ideado por su glamurosa editora, Skylurian Midzhar.

—El primer libro del mundo que dará mil millones de libras —le había dicho Skylurian a Laurel Wilde aquel sábado por la tarde mientras se tomaban un té—. Imagínate.

Raven se había comido sus sándwiches y un trozo de pastel a toda prisa para poder salir con *Eco*, y había fingido que no oía la conversación. De todos modos, por lo general, Raven y Skylurian no se hacían ni caso. Laurel Wilde escribía sobre brujas (y hechiceros) que iban a escuelas de magia, aunque no creía que existieran de verdad. Y tenía razón a medias, porque los hechiceros no existen. Pero Laurel Wilde se habría llevado una buena sorpresa al enterarse de que tanto su hija como su editora eran brujas poderosas; y no sólo eso, sino que además hacía muy poco habían participado en una misma batalla, aunque en lados opuestos. En todo caso, Skylurian no había llegado a hacerle nada malo a Raven. De hecho, de vez en cuando incluso intentaba llevarse bien con ella. Daba todo bastante miedo.

—Imagínate, querida —seguía diciendo Skylurian—. Y nada menos que el siete por ciento para ti.

—Creía que habíamos acordado un siete y medio —dijo Laurel Wilde.

—Como quieras —susurró Skylurian, quitándole importancia—. Es prácticamente lo mismo. Al fin y al cabo, ¿cuánto es un cero coma cinco por ciento de mil millones?

De hecho, eran cinco millones, pero por lo visto nadie hizo el cálculo.

—Seremos más ricas de lo que jamás habríamos soñado, querida. Y todo porque has sido tan lista y has escrito un libro tan bonito.

Raven nunca había entendido del todo por qué el primer libro de su madre, *Los elegidos*, había funcionado tan bien. Se habían vendido más de diez millones de ejemplares en todo el mundo, incluso se había convertido en una película y un juego de mesa. Iba sobre la magia, por supuesto, pero no sobre la magia verdadera que practicaba Raven. En el mundo normal, en el que ella vivía, cualquiera podía despertar sus poderes mágicos si se esforzaba lo suficiente (o si, como en el caso de Raven, alguien le regalaba un precioso adminículo del Altermundo). En los libros de Laurel Wilde, en cambio, sólo unas pocas personas tenían poderes mágicos.

Todos los «elegidos», que así se llamaban, nacían con una extraña erupción cutánea detrás de la rodilla izquierda. Si nacías con la erupción, tenías poderes sobrenaturales casi ilimitados. Si no, vaya, pues mala suerte. Eras uno de los «no elegidos»: impopular, feo, a menudo gordo y condenado a pasarte la vida soportando los hechizos de los elegidos, que además de guapos y poderosos, eran también bastante engreídos.

En el mundo real, el de Raven, los poderes mágicos eran limitados. En los libros de Laurel Wilde, cualquier persona nacida con la erupción detrás de la rodilla podía hacer más o menos lo que le diera la gana con un simple movimiento de su fina y blanca muñeca (eran todos blancos). A pesar de todo el poder mágico del que disponían, los elegidos en realidad pasaban buena parte del tiempo celebrando fiestas a medianoche y preocupándose porque habían perdido los deberes. Si alguno de los no elegidos los molestaba, lo convertían en sapo.

La acción de *Los elegidos* transcurría en un tiempo muy lejano, cuando la gente llevaba papalinas recargadas, viajaba a los internados en trenes de vapor y pasaba las vacaciones de verano encerrada en el camarote de un barco o secuestrada por los gitanos. Raven había abandonado la lectura de ese primer volumen cuando iba por la mitad, pero casi todos los niños se habían leído los seis de la serie.

—¿Y estás segura de que Albion Freake lo comprará? —le había preguntado Laurel a Skylurian mientras conversaban tomando té, el sábado anterior.

—Por supuesto, querida. Me ha dado su palabra. Si somos capaces de crear una edición limitada de un solo volumen de *Los elegidos*, encuadernada en piel de ternero con pan de oro auténtico en los bordes de las páginas, nos dará mil millones de libras por él.

—Pero antes habrá que destruir los demás ejemplares del libro, ¿no?

Parecía que a Laurel Wilde lo entristecía un poco esa idea.

—Sí, como ya te he comentado antes, efectivamente nos referimos a eso cuando hablamos de «edición limitada de un solo volumen».

—Pero...

—Ya lo han leído todos, querida. ¿Quién necesita conservar un ejemplar de un libro que ya ha leído? Y por el siete por ciento de mil millones de libras...

—O el siete y medio —apuntó Laurel.

—Con el siete por ciento te harás rica, querida. Y eso es lo único que importa de verdad.

Eco resopló, y su aliento se congeló, convertido en diminutos cristales en el aire de mediados de noviembre. Raven despejó de su mente todos los pensamientos acerca de los libros de su madre. Allí, en el páramo, se sentía liberada de esos asuntos mundanos sin importancia. Allí se sentía más cerca de la naturaleza. Más cerca de su verdadero espíritu. Y más cerca de algo que no era capaz de reconocer o entender, pero que sin duda se encontraba allí.

Eco resopló de nuevo.

—¿Es eso tu ciénaga a la luz de la luna? —preguntó, torciendo la cabeza para señalar a la izquierda.

Y, en efecto, un poco más allá, ligeramente a la izquierda, estaba el misterio reluciente.

—Que me des el anillo —volvió a decir el doctor Green.

—No —respondió Effie.

Las sensaciones de valentía, fuerza y atrevimiento la recorrían de arriba abajo, como ondas. Le ocurría siempre que se ponía el anillo, y últimamente a veces también sin ponérselo. Notaba una fuerza en los hombros que le bajaba por la espalda y se extendía por toda la musculatura de las piernas. Effie sólo tenía once años, pero siempre peleaba por aquello que consideraba justo y verdadero.

—Te vas a arrepentir, jovencita —dijo el doctor Green, que empezaba a adquirir una tonalidad amoratada que no combinaba nada bien con su traje marrón y su camisa amarilla.

Effie dio un paso hacia la puerta, pero el doctor Green hizo lo mismo que ella y le bloqueó la salida.

—¡No te atrevas a retarme! Nunca me he...

—Déjeme pasar, por favor —pidió Effie.

—Antes, dame el anillo.

—Me ha parecido oírle decir que podía obligarme a entregárselo —dijo Effie—. Es evidente que no puede. Y ahora, ¿quiere hacer el favor de apartarse de mi camino?

—Nunca había oído nada tan grosero —repuso el doctor Green—. Si no me das ese anillo ahora mismo, quedarás expulsada de la clase. ¿Me has oído? Expulsada.

—Vale —dijo Effie—. Expúlseme. No me importa. Total, no creo que sepa usted nada que valga la pena aprender.

—Menuda cría insolente... Nunca, en todos los años que llevo dando esta clase, algo que hago gratis, fíjate, por pura bondad de mi corazón, nunca había oído a ninguna niña hablar con semejante desfachatez. Jovencita, tendrás noticias de esto por medio del Gremio de Artífices. Amenazar a un profesor. Jamás, en todos estos años...

—Pero si yo no lo he amenazado. Yo...

—Estás expulsada. ¿Acaso no me has oído? Ya puedes irte.

3

Ciudad Antigua estaba fría y silenciosa. La escarcha se iba abriendo paso por los tejados y las chimeneas. En el pequeño jardín amurallado del Museo del Boticario, el reloj de sol estaba envuelto en plata por completo. Los pies de Effie resbalaban en los adoquines a medida que bajaba por la cuesta que llevaba al Monumento a los Escritores, al que parecía que le hubieran puesto un gorro de dormir blanco. El breve temblor de otro pequeño meteorito surcó la negrura del cielo. De nuevo ululó un búho para mandar a la red cósmica noticias de la escarcha, el meteorito y otras muchas cosas.

Effie se preguntaba qué le iba a hacer el Gremio de Artífices. Recordaba que, en una ocasión, a su abuelo le habían prohibido practicar la magia durante cinco años. ¡Cinco años! Si le ocurría algo así a ella, no sabría qué hacer. Hacía muy poco tiempo que había epifanizado y descubierto que era una auténtica heroína. No quería perder los poderes tan pronto. Sería demasiado injusto.

Tampoco es que hubiera hecho mucha magia de verdad todavía, claro. A sus amigos Maximilian y Raven les salía con toda naturalidad. En cambio, los poderes de Effie parecían ser fastidiosamente pragmáticos. Es cierto que había derrotado a un dragón, pero no había aplicado en ese empeño ni una pizca de magia. Y su expulsión de la clase... ¿significaba que había perdido para siempre la oportunidad de aprender magia? Su abuelo había empezado a enseñarle algo llamado «pensamiento mágico». Effie sabía que necesitaba progresar a partir de ese punto. Pero ¿cómo? Tal vez pudiera preguntárselo a sus primos del Altermundo cuando volviera a visitarlo. O a Cosmo, su tío abuelo. En cualquier caso, estaba claro que no podría volver a las clases del doctor Green.

Si quieren visitar el Altermundo, la mayoría de las personas deben pasar por un portal. Luego tienen que viajar desde donde sea que los deje el portal hasta el destino previsto. En cambio, Effie poseía una tarjeta mágica de citación —su adminículo más preciado— que la transportaba directamente hasta las ornamentadas puertas de la Casa Truelove, en el Valle del Dragón, una aldea del Altermundo muy muy lejana y altamente secreta. Allí era donde sus primos, Clothilde y Rollo, vivían con el archimago Cosmo y se dedicaban a cuidar la Gran Biblioteca que albergaba la vivienda.

O al menos eso era para lo que se suponía que servía la tarjeta de citación, porque al principio Effie no había conseguido que funcionara. No bastaba con sacarla para que cumpliera su función. Effie lo había probado una y otra vez. Había ido a todos los portales que conocía —incluidos el del Salón Recreativo Arcadia y el de la Bollería de la señora Bottle— y había intentado usar la tarjeta en todos ellos, pero no había funcionado; sólo le había servido para conocer a un montón de gente extremadamente sospechosa empeñada en ofrecerle cantidades increíbles de dinero por la tarjeta. Había vuelto a intentarlo quedándose sentada en la oscuridad, en su dormitorio, y leyendo en un tono muy solemne la dirección que ponía en la tarjeta. Nada.

Presa del desaliento, había acabado por preguntarle a la tarjeta qué quería de ella.

Y, para su sorpresa, la tarjeta le contestó.

Resulta casi imposible relatar con pelos y señales en cualquier idioma escrito lo que la tarjeta dijo que debe hacerse con un portal portátil (de hecho, son tan escasos que prácticamente no quedan más que cinco en cada uno de los mundos conocidos), pero Effie lo fue pillando poco a poco.

Primero hay que encontrar un lugar mágico natural en el que nadie pueda verte (resultó que un buen sitio era detrás del seto del parque del pueblo, cerca de la taberna El Cerdo Negro). Luego tienes que dejar la mente en blanco, algo que no es nada fácil. Entonces, mirando sólo la tarjeta, tienes que llamar a la puerta que contiene (sí, suena un poco raro, pero es lo más parecido a una descripción de lo que se siente al hacerlo) y aguardar la respuesta. A continuación, manteniendo la mente despejada (lo cual no es fácil de hacer más allá de un par de segundos, aunque Effie lo practicaba a menudo), tienes que esperar mientras la tarjeta, por así decirlo, te somete a un cacheo mágico.

Al fin y al cabo, no todo el mundo puede ir al Valle del Dragón. De hecho, uno de los trabajos de Rollo en la Casa Truelove consistía en descubrir nuevos modos de impedir la entrada de la gente. Una vez aprobado su ingreso, y sin dejar de esforzarse por mantener la mente en blanco, Effie aprendió a fundirse de arriba abajo (algo así como sumergirse) para pasar de una dimensión a la siguiente. Siempre aparecía rodeada de una especie de niebla gris ante las puertas de la Casa Truelove. Los guardianes, que ya la conocían bien, abrían entonces la cancela para dejarla pasar.

Así que Effie había adoptado una costumbre bastante agradable. Cada mañana, de camino al colegio, sacaba la tarjeta y se escondía detrás del seto para pasar un par de días felices en el Altermundo. Allí el tiempo transcurría más deprisa, una particularidad que implicaba que los dos días de Effie equivalían apenas a unos tres cuartos de hora en el Veromundo. Cuando se le acababa el tiempo, acudía a toda prisa al portal que había junto al viejo sauce del Llano de los Guardianes (la tarjeta sólo servía para acceder al Altermundo, así que para regresar al Veromundo tenía que recurrir a un portal corriente, como cualquier otra persona), y aparecía en el patio del colegio cinco minutos antes de pasar lista. Había tenido que practicarlo unas cuantas veces hasta controlar la sincronización, y eso había provocado algunos castigos y una carta bastante seria del colegio a su familia.

Sin embargo, esas primeras visitas de Effie al Altermundo habían supuesto los mejores días de su vida hasta entonces. Clothilde, la bella prima de Effie, le había cosido dos monos de seda —uno plateado y el otro de un azul muy oscuro— porque en el Altermundo todos llevaban ropa holgada y cómoda. Allí siempre estaban en pleno verano, o al menos eso le parecía a Effie. Los días eran soleados y tan calurosos como para bañarse al aire libre, pero las noches eran frescas y justificaban encender una fogata. Las complejas diferencias temporales entre los dos mundos implicaban que Effie nunca supiera con exactitud cuándo iba a llegar a la Casa Truelove, pero solía aparecer a tiempo para la cena, de la que sus primos disfrutaban a menudo junto al fuego en el gran salón de la casa. Luego, el día empezaba con un desayuno en la cama, servido por una mujer animosa llamada Bertie. Effie solía comerse un cruasán casero, grande y blandito, y gachas de avena con nata y miel, que acompañaba con una tetera completa de té cargado. Luego era libre de hacer lo que quisiera, siempre y cuando permaneciera dentro de la casa y sus terrenos.

Algunos niños habrían aprovechado la diferencia temporal y habrían usado el tiempo robado en el Altermundo para ponerse al día con los deberes. Effie, en cambio, prefería tumbarse en el césped a leer libros del Altermundo, comer pasteles del Altermundo y soñar con aventuras del Altermundo. El almuerzo siempre consistía en un pícnic junto al arroyo que había al fondo del jardín, donde libélulas de todos los colores sobrevolaban el agua clara. A veces, por la tarde, Clothilde se tomaba algo de tiempo libre para bañarse en la piscina con Effie, o para pasear con ella por los bosques de los aledaños. Pero a menudo aparecía Rollo, descubría a Clothilde y se la llevaba de vuelta a la Gran Biblioteca, donde por lo visto ocurría algo secreto e importante.

A Effie no se le permitía entrar en la Gran Biblioteca mientras no contara con la marca de la Guardiana. Aunque había aprobado el examen que la habilitaba para tenerla, en la práctica no podía recibirla hasta que Pelham Longfellow volviera de la isla (que era como llamaban al Veromundo los del Altermundo). A su regreso, Pelham Longfellow se llevaría a Effie a Villarrana para darle su marca y hacer algunas compras. También se suponía que Effie pasaría por una consulta especial para determinar su «*kharakter*, su arte y su matiz», aunque a saber qué significaba todo eso. Bueno, Effie sabía en qué consistía el «*kharakter*»: se trataba de su habilidad principal como auténtica heroína. Pero lo demás era un misterio.

Por algunos fragmentos sueltos de conversaciones que había oído, parecía que Pelham Longfellow estaba muy ocupado intentando descubrir una gran conspiración que se tramaba en París, o quizá en Londres. Effie tenía la intención de preguntar si podía ayudar de alguna manera, pero llevaba muchísimo tiempo sin ver a Pelham. Anhelaba colaborar en la gran lucha contra los diberi. Sin embargo, aunque había matado al poderoso mago diberi que había atacado a su abuelo, daba la impresión de que nadie quería que hiciese nada más.

A veces Effie subía a lo más alto de una de las torres de la Casa Truelove para ver al mago Cosmo, que le había dado permiso para usar su pequeña biblioteca personal cuando quisiera. Allí era donde Effie encontraba los libros que luego leía en el césped: aventuras de los auténticos héroes de antaño, guías estratégicas para enfrentarse a demonios y monstruos, o relatos sobre la Gran Escisión. Cosmo le había hablado vagamente de algunas cosas que podría enseñarle cuando tuviera tiempo: «Otro idioma —le había dicho hacía poco—. A leer mapas. A meditar. A confiar en tu arte y tu matiz, por supuesto. Pero no antes de que pase el *Sterran Guandré*.» Effie había oído las palabras «*Sterran Guandré*» unas cuantas veces en los últimos días, y tenía intención de preguntarle a Clothilde qué significaban.

El caso es que, en su última visita al Altermundo, había oído por casualidad una conversación entre Clothilde y Rollo y se había dado cuenta al instante de que hablaban de ella. Quizá no debería haber seguido escuchando —al fin y al cabo, los fisgones nunca oyen nada bueno de sí mismos—, pero lo había hecho.

—Éste no es el lugar que le corresponde —decía Rollo—. ¿Por qué te empeñas en motivarla? Sobre todo ahora que nos hemos enterado de esa nueva conspiración en la isla, y cuando falta tan poco tiempo para el *Sterran Guandré*. Ya no tenemos allí a Griffin para vigilar lo que ocurre en los portales del norte. Effie tendría que estar haciendo algo en la isla. No nos servirá de nada si malgasta toda su energía aquí, jugueteando contigo en el césped.

—Es una cría —dijo Clothilde con un suspiro de tristeza—. No debería cargar con tanta responsabilidad. Y ya sabemos que la conspiración se está dando en torno a los portales del sur. No hay nada que ella pueda hacer al respecto.

—Por alguna razón, el universo ha escogido cargarla con esa «responsabilidad» —apuntó Rollo—. Tendríamos que entrenarla para que sea útil. Aunque no tengo demasiado claro en qué se supone que nos puede ayudar una auténtica heroína... ¿Por qué no podía habernos tocado una intérprete, una exploradora u otra ingeniera?

—Pero...

—Y esa chica necesita más fuerza vital, no menos. Estar aquí le absorbe la energía. Creo que quizá deberíamos decírselo...

—No podemos.

Antes de que alguno de los dos añadiera algo, Effie había oído unos pasos, probablemente de Bertie, y había echado a correr. Había subido a toda prisa la escalera hasta su hermosa habitación, con aquel olor a madera caldeada por el sol y a sábanas limpias que ya le resultaba tan familiar, y se había quitado el mono de seda para ponerse el uniforme del colegio. Había decidido no volver hasta que pudiera demostrar su valía de algún modo. Averiguaría qué ocurría con esa «conspiración» en el Veromundo y sólo volvería a la Casa Truelove cuando pudiera aportar algo útil.

Aquel día, mientras bajaba la escalera de la Casa True-love, iba pensando en todas las horas que había pasado con Clothilde en el césped, riéndose con sus dulces historias sobre la vida en la aldea, oyéndola hablar de cómo se había criado en la Casa Truelove y de cómo Pelham Longfellow aparecía por allí a menudo procedente de la granja de sus padres, al otro lado de la aldea. Siempre que hablaba de Pelham Longfellow, Clothilde se sonrojaba y luego parecía un poquito triste. Pero el caso es que, mientras Effie se divertía, los diberi andaban por ahí tramando algo sin que ella se hubiera enterado siquiera. Se sentía un poco avergonzada y muy sola. Salió por la galería sin despedirse.

A la mañana siguiente, en vez de visitar el Altermundo de camino a la escuela, convocó a sus amigos a una reunión en su escondrijo secreto, en el sótano del colegio. El escondrijo se llamaba «Biblioteca de Griffin» porque albergaba todos los ejemplares raros en tapa dura de últimas ediciones de libros que el abuelo de Effie, Griffin Truelove, le había dejado en herencia y que ella y sus amigos habían rescatado. En otros tiempos, aquel lugar había servido de armario de un viejo bedel, aunque en realidad tenía el tamaño de una habitación pequeña.

Effie explicó a sus amigos que era muy importante que cada uno de ellos utilizara su don especial para descubrir cuanto pudieran acerca de la conspiración. Maximilian dijo que usaría sus dotes de erudito para averiguar qué significaba *Sterran Guandré*. Raven aseguró que vigilaría de cerca a Skylurian Midzhar, que sin duda tenía alguna relación con los diberi. Lexy dijo que intentaría ponerse en contacto con la señorita Dora Wright, antigua profesora de todos ellos, que había desaparecido a principios de curso y que, a juicio de Effie, debía de saber algo importante. Effie y Wolf redoblaron sus entrenamientos de tenis para asegurarse de que, ocurriera lo que ocurriese, sabrían comportarse como fuertes guerreros.

Pero Effie no quería ser sólo una guerrera fuerte. Quería incrementar su energía mágica para poder pasar más tiempo en el Altermundo. Y había llegado a la conclusión de que una manera de conseguirlo era entrenar con dureza en el Veromundo llevando puesto el Anillo del Auténtico Héroe, que parecía convertir la energía gastada en fuerza vital, o en capital M. Cuando tuviera suficiente fuerza vital y suficiente información, y tal vez incluso algunos conocimientos de magia, volvería a visitar a Rollo y Clothilde y les demostraría lo fuerte y útil que podía ser. Pero no antes.

En aquel momento, transcurrida ya una semana, recién expulsada de su primera clase de magia y mientras esperaba el autobús para volver a casa bajo la gélida luz de la luna, Effie se preguntó si tendría que regresar al Altermundo antes de lo planeado. De pronto tenía ganas de pedirle consejo a Clothilde sobre el doctor Green y el Gremio de Artífices. No conseguía librarse de la sensación de que había cometido un terrible error y debía enmendarlo. Estaba claro que su abuelo había sido capaz de obedecer las normas del Gremio. Ella sólo deseaba poder sentarse a hablar como es debido con alguien capaz de entender...

Eran casi las diez cuando abrió la puerta de la casita con terraza que compartía con su padre, su madrastra y su hermana pequeña. Todo estaba a oscuras. ¿Se habrían acostado ya? Effie estaba segura de que era una de aquellas noches en que Cait daba una clase a última hora en la universidad. Tal vez su padre había ido a recogerla... Pero el coche estaba aparcado en la calle. A lo mejor le había vuelto a dar por «ahorrar electricidad». Effie dejó la capa del colegio en el colgador y fue a la cocina a hacerse una infusión de manzanilla antes de acostarse. Por lo visto, era un tónico natural y ayudaba a dormir mejor.

—Un momentito —oyó decir a una voz desde el rellano del piso superior.

—¿Cómo? —preguntó Effie.

—No finjas que no me has oído —dijo Orwell Bookend mientras bajaba por la escalera con una vela en la mano—. Quiero algunas respuestas, jovencita. Antes que nada, ¿dónde está el libro?

—¿Qué libro?

Orwell resopló.

—¿Qué libro va a ser? *Los elegidos*, por supuesto. ¿Qué has hecho con él?

—¿El primer libro de Laurel Wilde? No sé. Lo leí por última vez a los seis años. Y luego me lo confiscaste. Además, ¿para qué lo quieres? Es para críos de entre siete y nueve años.

—¿No lo tienes tú?

—No. Acabo de decírtelo: me lo confiscaste.

—¿Por qué?

—Porque no querías que leyera nada sobre la magia. Hace siglos de eso. Cuando mamá aún vivía.

—¿Y dónde lo puse?

Effie se encogió de hombros.

—¿Cómo quieres que lo sepa?

—No me gusta nada tu actitud, señorita. Es exactamente lo mismo que ha dicho tu profesor. Acabo de hablar por teléfono con el doctor Green, Euphemia, y no estoy nada contento contigo.

—Pero es que...

—Ya está bien. Ve a tu cuarto ahora mismo. Ya hablaremos de tu castigo mañana.

—Pero si sólo quería prepararme una taza de...

—¡Que te vayas! —siseó Orwell Bookend.

Le encantaba gritar, pero no solía hacerlo cuando la pequeña Luna estaba durmiendo. Últimamente se había convertido en un experto en el arte de encontrar maneras de gritar en voz baja.

Como sabía que era mejor no discutir, Effie se metió en la habitación de la planta baja que compartía con su hermanita. Decidió que, cuando su padre y su madrastra estuvieran dormidos, cogería la tarjeta de citación, saldría por la ventana, iría al parque del pueblo y desde allí emprendería el muy necesario viaje a la Casa Truelove. Con sólo pensarlo —el cálido jardín, el amable rostro de Clothilde— ya se sentía mejor.

Encendió una vela y se acercó a la estantería para coger la caja en la que, con tanto cuidado, había escondido su tarjeta, junto con otros valiosos adminículos y todos los objetos a los que otorgaba un valor especial, entre los que se contaban otra tarjeta que podía usar para recurrir a Pelham Longfellow en una situación de emergencia, un bote de mermelada de ciruela damascena de la cocina de su abuelo, un candelero, unas cuantas velas, un misterioso cuaderno escrito en rosiano y el collar con su Espada de Luz...

Pero la caja no estaba en su sitio. Había desaparecido.

No estaba en la estantería. Tampoco debajo de la cama ni debajo de la cuna de su hermana Luna... Frenética, Effie se puso a buscar la caja que contenía sus más valiosas posesiones. De no ser por la clase del doctor Green, y por lo que Lexy les había contado sobre su manía de confiscar los adminículos, nunca se habría quitado el collar de oro. ¿Y la Espada de Orphennyus de Wolf? Effie estaba al borde del llanto cuando, por tercera vez consecutiva, volvió a levantarse del suelo polvoriento tras mirar de nuevo debajo de la cama. No se dio cuenta de que la puerta se había abierto sigilosamente hasta que vio a su padre allí plantado con una media sonrisa dibujada en el rostro.

—¿Buscas algo? —preguntó Orwell.

—Sí —respondió ella—. Mi...

Pero no llegó a terminar la frase porque se dio cuenta de que su padre tenía la caja especial en las manos.

—¿Tu cajita de las delicias? —dijo Orwell.

—Gracias —contestó Effie—. ¿Dónde la has encontrado?

Su padre se echó a reír.

—¿Crees que voy a devolvértela? ¡Ja! Te iba a decir que la recuperarías cuando encontraras el ejemplar desaparecido de *Los elegidos*, pero ahora ya no estoy tan seguro. Lo que hay aquí dentro tiene algún valor, ¿no? ¿Adónde solía ir tu abuelo? Ah, sí, al Salón Recreativo Arcadia... ¿Qué pasa? ¿Creías que no conocía sus rincones favoritos? Sí, creo que puedo ir al salón recreativo y encontrar a alguien que me compre todo esto. Estoy seguro de que me darían más de cincuenta libras.

—Todo eso es mío —replicó Effie.

Recordó el momento en que, hacía apenas unas semanas, Pelham Longfellow le había dicho que, para arrebatarle el collar de oro, antes tendrían que matarla. Entonces ¿por qué demonios se le había ocurrido quitárselo como una idiota y meterlo en una caja?

—El doctor Green me ha sugerido que revisara tu habitación por si encontraba algún objeto sospechoso. Tengo entendido que te has metido en algún lío con ese Gremio que, como sabes, no cuenta con mi aprobación. El doctor Green me ha dicho que le entregara cualquier objeto sospechoso que pudiera encontrar, pero no sé si confiar en él, así que por ese lado estás a salvo. Creo que simplemente me lo voy a quedar hasta que decidas empezar a portarte bien. Y hasta que me encuentres ese ejemplar de *Los elegidos*, que será el primer paso para que vuelvas a gozar de mis simpatías.

—Si lo encuentro, ¿me devolverás la caja?

Orwell entornó los ojos.

—Entonces ¿sí sabes dónde está?

—¡No! Ya te lo he dicho. Hace años que no lo veo.

—No te creo.

—¡Pues es verdad!

—Ya hablaremos cuando lo encuentres.

Orwell dio un portazo silencioso.

Eco se acercó a la cosa sin nombre. Raven tenía razón, aquello tenía algo profundo y extraño. Él solía mostrarse seguro ante cualquier cosa, siempre sabía con certeza absoluta si iba a ser causa de peligro o de placer. Ante aquello, en cambio, no estaba seguro. Dio un paso más sin mirar al suelo. Una alondra alzó el vuelo desde su nido y sobrevoló el páramo. Su primer graznido sonó a puro enojo, pero luego se convirtió en el flujo habitual de noticias de la red cósmica. Y uno de los asuntos mencionados tenía un interés particular.

—¿Has oído eso? —preguntó *Eco* a Raven.

—Sí —contestó ella, preocupada.

—La niña-héroe del pelo largo, la del anillo... ¿Es esa amiga tuya?

—Sí —respondió Raven con tristeza.

—Pues tu amiga corre un grave peligro.

—Sí... Ay, *Eco*, ¿qué vamos a hacer?

—Ya buscaremos esa ciénaga brillante mañana. De momento, iremos a ayudar a tu amiga. ¡A galope tendido!

Raven y *Eco* galoparon de vuelta a casa mientras un racimo de meteoritos cruzaba desbocado el cielo oscuro. En cuanto pudiera, Raven pensaba sentarse a su escritorio para redactar una carta al éter luminífero. Esperaba que no fuera demasiado tarde.

4

Todavía no había amanecido del todo cuando Maximilian se coló en el antiguo armario del bedel, en el sótano del Colegio Tusitala para Dotados, Problemáticos y Raros. El sol era poco más que un susurro rosado en el cielo, pero Maximilian quería disponer del máximo tiempo posible para repasar todos los libros de la Biblioteca de Griffin, hasta encontrar el que estaba buscando. Uno que había empezado a leer, pero que había dejado a medias; uno que llevaba casi un mes tratando de localizar, titulado *Más allá del gran bosque*.

Se imaginaba una nueva entrada en la lista del doctor Green: «Se prohíbe a los neófitos intentar acceder al Inframundo.» Pero a Maximilian no le importaban las reglas de nadie. Por encima de todo, quería regresar al mundo oscuro, misterioso y subterráneo en el que había estado a punto de entrar cuando leía *Más allá del gran bosque*.

Qué ganas tenía de conocer todos sus secretos. Unos secretos que saltaba a la vista que no iba a enseñarle el doctor Green los lunes por la tarde.

Por eso andaba tras el libro.

Por supuesto, también buscaba información acerca de *Sterran Guandré*, tal como había prometido a sus amigos. Dado que la mayor parte de los ejemplares de la Biblioteca de Griffin Truelove eran obras de ficción, no era un lugar al que uno acudiría normalmente en busca de información. Pero Maximilian estaba convencido de que, si lograba regresar al Inframundo, encontraría en él bibliotecas que contenían las respuestas a todas las preguntas que se hacía sobre la vida. No sabía cómo había llegado a esa conclusión; simplemente lo sabía. Por supuesto, la red gris también aportaba información. Pero no era como en los viejos tiempos de internet. En la red gris no se podía buscar nada. Y últimamente el Gremio la tenía muy vigilada y descolgaba cualquier página interesante que hablara de asuntos relacionados con la magia.

Maximilian suspiró. Sabía que no era la única persona que buscaba un libro perdido en la ciudad. De hecho, en todo el mundo había gente intentando localizar los ejemplares de *Los elegidos* abandonados años atrás para poder reclamar la recompensa. En su zona estaban particularmente alterados. El mismísimo Albion Freake se iba a presentar en la ciudad para entregar el gran premio. El Colegio Tusitala tenía previsto cerrar ese día para honrar el gran suceso. Habían escogido esa ciudad porque Laurel Wilde vivía allí.

Sin embargo, a Maximilian no le importaban esos estúpidos libros infantiles. Sólo le interesaba *Más allá del gran bosque*. ¿Dónde estaba? Recordaba que era un ejemplar de tapa dura, encuadernado en tela. ¿O era en piel? Estaba casi seguro de que era azul. Al llegar por segunda vez al libro número 499 —no es que los contara, pero sabía cuántos había—, habiendo leído los títulos además de fijarse en el color del encuadernado, volvió a suspirar. Allí no estaba. Había todo tipo de volúmenes interesantes, pero no el que él quería.

Pasó la mano por los lomos de una hilera de libros de tapa dura. Qué suaves eran al tacto, cómo lo invitaban a abrirlos. Casi al azar, sacó uno titulado *La iniciación* y empezó a pasar las páginas de manera distraída. Era un volumen de tapa dura, de tamaño medio, encuadernado en piel de color granate oscuro. El color de la sangre, pensó Maximilian. Las páginas contenían básicamente un texto denso, apenas interrumpido por algún que otro dibujo lineal. En una imagen se veía a un chico sentado con las piernas cruzadas en una alfombra estampada; en otro, el mismo chico blandía algo parecido a un athame, una de esas dagas pequeñas que usaban los magos. El chico le resultaba extrañamente familiar.

Levantarse antes del amanecer lo había hecho sentirse eufórico. Ahora, en cambio, empezaba a acusar la falta de sueño. Quizá le convenía tomarse un café. A la mayoría de los niños no les gustaba el café, pero Maximilian no se parecía en nada a la mayoría de los niños. Tenía su propia cafetera especial y un saco de granos de café extrafuerte junto al hervidor, al lado del fregadero. Molió un buen puñado de granos y se sentó en una de las viejas sillas salpicadas de pintura para echarle una buena ojeada al libro mientras hervía el agua. Pero estaba muerto de sueño.

Se despertó poco después, al oír una llamada en la puerta. Era el anciano director del colegio.

—Ya me parecía que iba a encontrarte aquí —dijo el director—. Hay un hombre fuera, con un helicóptero, y dice que ha venido a buscarte. Espero que tengas una nota de tu madre.

—Yo... —dijo Maximilian, frotándose los ojos.

Después de aquella breve cabezada, se sentía más fresco, pero aún estaba bastante amodorrado. ¿Un helicóptero? ¿Una nota de su madre? ¿De qué demonios estaba hablando el director?

El hombre lo miraba con su característica sonrisa descentrada y llena de arrugas.

—Vete, muchacho, antes de que cambie de opinión —dijo.

—Pero no tengo ninguna nota...

—Era broma, chiquillo. Aunque lo del helicóptero va en serio. Vete.

Cuando aún faltaba una hora para que empezara el colegio, Effie subía andando desde la parada del autobús, en la parte baja de Ciudad Antigua, por la tranquila calle adoquinada que pasaba por la librería anticuaria de Leonard Levar, ahora cerrada a cal y canto. Una tenue lucecita se filtraba desde el fondo de la librería, pero Effie apenas la percibió. Había una suave bruma rosada que le parecía muy hermosa, aunque eso significaba que más adelante todo volvería a cubrirse de una densa capa de escarcha. Más allá de la bruma, de la troposfera, del éter luminífero, más allá de tantas cosas, los impacientes meteoritos bailaban sin parar, esperando que les llegara su turno para centellear por el cielo. Pero Effie iba pensando en otras cosas.

¿Dónde iba a encontrar un ejemplar de *Los elegidos*? En ningún sitio, por supuesto. Ninguna de las principales librerías de la ciudad había abierto aún, pero todas tenían carteles en la puerta donde se advertía de que no les quedaba ni un ejemplar de los libros de Laurel Wilde. En su paseo desde la parada del autobús, Effie había visto un cartel en el que se ofrecían cien libras por un ejemplar de bolsillo. Luego, enganchado de cualquier manera encima de los carteles que anunciaban un concierto de Beethoven con la *Patética* y *Los adioses*, así como una charla en la Sociedad Astronómica sobre la inminente lluvia de estrellas fugaces, había visto un folleto en el que se ofrecían doscientas libras por un ejemplar en tapa dura de *Los elegidos*.

¿Por qué de repente todo el mundo quería un ejemplar del primer libro de Laurel Wilde? Era un misterio. En cualquier caso, Effie sabía que, por mucho que encontrara un ejemplar, le resultaría imposible comprarlo a esos precios. En su monedero llevaba cinco libras y media; todo el dinero que tenía en el mundo.

O, al menos, todo el dinero que tenía en este mundo.

Effie se ciñó la capa verde botella del colegio mientras caminaba entre el silencio y la bruma de la mañana. No tenía ni idea de si en el Altermundo conservaban ejemplares de libros infantiles de este mundo. ¿Por qué iban a hacerlo? Sin embargo, intuía que habría alguno a la venta en el gran puesto de libros del mercado de los Confines, al otro lado del Salón Recreativo Arcadia. Y hacia allí se encaminaba. Al fin y al cabo, tenía mucho capital M.

Al salón recreativo se llegaba bajando por un callejón adoquinado de Ciudad Antigua. La mayoría de la gente, al mirar hacia allí, veía sólo un pasaje comercial en decadencia, con el cierre echado a esas horas de la mañana y un triste montón de bolsas negras de basura en la entrada, esperando la recogida. Pero justo cuando Effie se acercaba, un rótulo de neón que le resultaba familiar cobró vida con un temblor. Brillaron las letras rosa de las palabras SALÓN RECREATIVO ARCADIA, y debajo apareció otro rótulo con el texto: «Clientes procedentes de la península y viajeros, por la puerta trasera, por favor.» Effie ya conocía el camino.

Debían escanearla antes de dejarla entrar. El tipo alto de la máquina parecía haber pasado una mala noche. Un fino cigarrillo apagado le colgaba de los labios, y tenía los ojos enrojecidos y un tono de piel verdoso. En la mesita que había a su lado humeaba levemente una taza grande de café. Effie oyó un helicóptero que aterrizaba no muy lejos, y vio que el hombre reaccionaba con una leve mueca de disgusto ante la fuerte vibración que emitía el aparato.

—Ya sabes que, a estas horas, casi todo está cerrado —dijo el vigilante, antes de invitarla a entrar en la zona general de bares con un gesto de la mano.

La última vez que Effie había acudido al salón recreativo lo había encontrado lleno de gente con aspecto mágico, ropas holgadas y disfraces asombrosos. Ahora, en cambio, estaba casi vacío. El lugar era un batiburrillo de salas interconectadas, donde había un bar, un café y un salón de videojuegos. En algunas zonas, brotaban plantas de las grietas de las paredes y del techo. Al otro lado del salón de videojuegos empezaba la cola para pasar al Altermundo, con toda una serie de puestos en los que podías cambiar dinero. Effie miró el reloj con la intención de aplicar el método que le había enseñado Maximilian para calcular la hora en el Altermundo. No sirvió de nada. No tenía ni idea de qué hora sería allí. Tampoco ayudaba mucho que el salón recreativo, como todos los portales, estuviera atrapado en una zona horaria intermedia entre el Veromundo y el Altermundo.

En cualquier caso, Effie no necesitaba mirar el reloj para saber que ya debía de ser tarde. Un camarero solitario bostezaba mientras limpiaba vasos con un paño. Un joven altermundi se había quedado dormido en una mesa, y en otras había algunos vasos vacíos. El lugar tan sólo estaba iluminado por unas cuantas velas temblorosas, algunas prácticamente consumidas.

—El desayuno no empieza hasta dentro de un par de horas —dijo el camarero sin alzar la mirada.

—Gracias —respondió Effie—. No se preocupe, ya he desayunado.

El hombre la miró.

—Una isleña. Bien. Últimamente no vienen muchos de tu mundo. Saludos y bendiciones. Supongo que puedo prepararte un chocolate caliente, si te apetece.

—Saludos y bendiciones también para ti —contestó Effie, recordando que ésa era la manera correcta de saludar a la gente en el Altermundo—. No hace falta, gracias. Voy directa al otro lado.

—¿A la península?

—Eso es.

—¿A estas horas? —preguntó el camarero—. Por todos los cielos. ¿Eres muy suicida, o sólo un poco?

—¿Perdón?

—¿Sabes lo que hay allí a estas horas de la noche?

—Eh..., ¿un mercado?

—Eso será dentro de un par de horas. En este momento sólo hay monstruos.

—¿Monstruos?

—Habrás estado allí alguna vez, ¿no?

—Sí, claro —dijo Effie—. Pero no de noche. Será mejor que espere.

—¿Seguro que no quieres un chocolate caliente?

Effie dudó. Echó un vistazo a su alrededor. A la derecha había un cubículo que parecía cómodo, tapizado con terciopelo rojo y con una vela sólo medio consumida. Vio un libro en la mesa. Era grande y verde, de tapa dura, y le recordó vagamente a un libro especial que había tenido en otros tiempos. Se preguntó cuál sería.

—De acuerdo —dijo al camarero—. Me encantaría tomarme un chocolate caliente. Gracias.

—¿Malvaviscos?

—Sí, por favor.

—¿Ron?

—No, gracias.

Con mano experta, el camarero espumó un poco de leche bien blanquecina. A continuación, batió una cucharada de cacao que sacó de una lata grande y roja con dos cucharadas de miel extraídas de un tarro transparente. Cuando tuvo preparada la bebida, dispuso un montoncito de pastelitos amarillos en un plato rosa y los espolvoreó levemente con una capa plateada de azúcar glas. Dejó el plato y la taza en el mostrador, pero no se quedó esperando el pago. En el Altermundo nadie pagaba por nada. En fin, al menos directamente. Effie dio las gracias al camarero y se dirigió al cubículo.

Se sentó y dejó la cartera del colegio en el asiento contiguo. ¿Qué libro era aquél? Lo cogió. En la tapa ponía *El repertorio de kharakter, arte y matiz* con una tipografía recargada, de un dorado envejecido. Se veía a las claras que alguien le había tenido mucho cariño a ese volumen. Las páginas estaban suaves de tan gastadas, y la cinta dorada para marcar las páginas estaba tan ajada que casi había desaparecido por completo. ¿Se lo habría dejado alguien allí por descuido? No había ningún nombre escrito en la tapa. Effie ojeó unas cuantas páginas. «Cuando el alma abandona el cielo (si se nos permite usar esos términos tan anticuados) se le conceden dos dones», decía una frase. «El sanador herbibrujo es la persona leal a la vida de la aldea, a quien acudimos en busca de pociones de amor, semillas de capuchina y mantas que ayudan a los niños a dormir», leyó en otra.

Effie siguió pasando páginas. Encontró unos cuantos gráficos e ilustraciones interesantes, entre los que se incluía un diagrama de «Los matices», con las palabras «Filósofo», «Esteta», «Artesano», «Protector», «Mercenario» y «Formador» escritas en torno al borde.

Había otro diagrama circular, más grande, con los *kharakteres* posibles, entre los que figuraban algunos que Effie ya conocía, como mago, bruja, erudito, guerrero y sanador. El de héroe estaba arriba de todo, entre embaucador y mago. La palabra «archimago» tenía un circulito propio, justo en el centro. También había muchos *kharakteres* de los que nunca había oído hablar, como el de intérprete, explorador y bardo. Se le ocurrió que a Maximilian le encantaría ver algo así, aunque ella también lo encontraba extrañamente atractivo.

—Ah, ahí está mi libro —dijo una voz conocida, a su espalda—. Ya decía yo que tenía que habérmelo dejado aquí.

—¿Festus? —preguntó Effie.

No conocía a demasiada gente que acudiera con frecuencia al Salón Recreativo Arcadia, pero Festus Grimm ya le había echado una mano en una ocasión. Al volverse confirmó que era él, plantado cuan alto era con una capa de forro rojo y un sombrero turquesa tocado con una pluma.

—Saludos y bendiciones, joven viajera —dijo Festus.

—Saludos y bendiciones para ti también —contestó Effie.

—¿Adónde vas a estas horas de la noche?

—Estoy esperando a que abra el mercado.

—Ya somos dos. Calcular la diferencia horaria no es nada fácil, por si te lo estabas preguntando. ¿Te importa que me siente contigo? No me iría mal otro café.

5

Raven solía desayunar sola porque a su madre le gustaba quedarse en la cama. A la última invitada, Skylurian Midzhar —que, a juzgar por las apariencias, había decidido instalarse allí—, también le gustaba dormir. Sin embargo, aquella mañana estaba todo el mundo en pie. Laurel Wilde iba todavía en bata y cocinaba huevos con beicon, mientras Skylurian se dedicaba a tachar elementos de una lista que ocupaba un montón de hojas.

—Sólo quedan trescientos ejemplares —dijo, asintiendo con la cabeza—. Bien.

Laurel Wilde frunció el ceño.

—Me parecen muchos todavía.

—¿De diez millones, querida? En absoluto.

—¿Y los estás...? —Laurel tragó saliva—. ¿De veras los estás destruyendo?

Skylurian sonrió.

—Pues claro. Un colega mío tiene unas instalaciones en las Fronteras dedicadas a eso. Cada vez que se descubre un ejemplar, lo mandamos allí. Y lo documentamos todo para que Albion Freake pueda estar seguro de que su ejemplar de *Los elegidos* será el único del mundo. Este viernes tendremos al menos diez ejemplares para que él los inspeccione. Luego los quemaremos en la ceremonia.

—¿Y el documento que tengo en mi ordenador?

—¿Tu qué de dónde?

—Mi documento con el texto. Lo escribí antes del Gran Temblor.

Después del Gran Temblor, muchos autores habían vuelto a recurrir a las máquinas de escribir porque así no les afectaban los apagones.

—Vaya, no lo había pensado. Menos mal que te has acordado, querida. Será mejor que lo quememos luego en el jardín. Quizá deberías grabarlo en un disquete, o en cualquier cacharro tecnológico moderno de esos que se usan hoy en día.

Las miradas de Skylurian y Raven se encontraron un momento. Ambas sabían lo que pensaba la otra. Raven se preguntaba por qué la editora quería quemar todos aquellos libros, cuando todo el mundo sabía que las brujas de verdad sólo quemaban algo si deseaban que su contenido se volviera real. Y Skylurian estaba pensando que, cuanto antes le ocurriera un desgraciado accidente a aquella cría tan ruidosa, mejor para todos. Le dedicó una sonrisa, pero sus ojos no sonreían en absoluto, y su boca, lo justo.

—O a lo mejor le tiramos por encima alguna bebida espumosa —dijo.

Sin embargo, Raven tenía en mente algo mucho más importante. Después de desayunar, se puso el uniforme del colegio y se leyó de cabo a rabo el hechizo. Era importante entender bien esas cosas. De hecho, se trataba más de una oración que de un hechizo, aunque ambas cosas se parecen mucho. Raven sabía —sin necesidad de acudir a las clases del doctor Green— que si bien siempre es posible forzar el universo a voluntad, rara vez es aconsejable hacerlo. «Nada de probaturas —solía decirse Raven—. Las probaturas no suelen traer nada bueno.» Alguien lo había dicho en alguna ocasión, aunque no recordaba quién. Tal vez la profesora de literatura, la profesora Beathag Hide.

El caso es que Effie estaba metida en un lío. Ése era el mensaje que el coro del amanecer había transmitido a la fría mañana rosada.

Euphemia Truelove, decía uno de los rumores que corrían por ahí, iba a morir el viernes.

—Venga —dijo el joven mientras acuciaba a Maximilian hacia el helicóptero que había aterrizado entre un grupo de alpacas en uno de los campos del colegio.

Las alpacas —que parecían ovejas grandes de cuello largo— siempre estaban enojadas, pero aquella intromisión ya pasaba de castaño oscuro. Aquel aparato enorme que chirriaba ya era bastante horrible de por sí, y además... ¿quién era aquella extraña criatura extraterrestre? O, mejor dicho, ¿qué era? Maximilian pensaba más o menos lo mismo que ellas. El joven vestía una túnica de piel de leopardo forrada de seda, y debajo unos pantalones amarillos ajustados y una camisa naranja, también de seda. Se cubría la cabeza con un sombrero naranja del que pendía una borla enorme, y calzaba botas planas y suaves de un material parecido a la piel, de color crema. Maximilian nunca había visto a nadie así.

La otra cosa que inquietaba a las alpacas era el niño con pinta de altermundi que en aquel momento corría como alma que lleva el diablo por el campo, blandiendo una daga que parecía peligrosa y murmurando algo acerca de ser libre por fin. Pero desapareció enseguida, y pronto se olvidaron de él.

—Me llamo Lorenz —dijo el joven de la túnica de leopardo a Maximilian, agachándose para pasar bajo las aspas del helicóptero—. He venido para llevarte ante el maestro Lupoldus. Tengo entendido que ya conoces a tu tío, ¿no? Por favor. —Lorenz mantuvo la portezuela del helicóptero abierta, y Maximilian montó en él.

De hecho, tenía muchas ganas de volar en helicóptero, aunque para su sorpresa, al entrar en el aparato, pronto se encontró con un sonido muy similar al de los remos al hundirse en el agua. Parecía que Lorenz estuviera dando instrucciones a un remero. Hablaba un idioma extranjero que Maximilian creía no conocer. Pero luego fue como si su cerebro entrara en sintonía, y descubrió que sí entendía lo que decían aquellos hombres. Tampoco es que todo lo que decían lo ayudara a comprender por qué un helicóptero grande y reluciente se había convertido en un pequeño bote de madera con remos. A lo mejor se había vuelto a quedar dormido. A lo mejor había pasado un día entero, o tal vez dos. Maximilian estaba muerto de hambre y sed. ¿Y su tío? ¿Lo sería por el lado materno? No. Su madre sólo tenía una hermana. Maximilian no había conocido a su padre. ¿Era posible que ahora mandara a buscarlo por medio de aquel tío?

Lo recorrió una especie de emoción, una más profunda que cualquier otra que hubiera experimentado. Ya no tenía sueño. El bote estaba en un río —o tal vez fuera un canal— que atravesaba una ciudad. Quizá fuera la última hora de la tarde: se había puesto el sol y unas luces tenues titilaban en las pequeñas ventanas. Maximilian vio arcos de piedra, cúpulas ornamentadas y finas agujas góticas. Las calles más estrechas parecían adoquinadas, pero las plazas y las grandes avenidas tenían el pavimento de mármol. El bote abandonó el canal para desviarse por una vía secundaria, pasando bajo un puente de piedra.

—Ya casi hemos llegado —dijo Lorenz en aquel extraño idioma.

Maximilian no supo qué responder.

—¿Vamos a casa de mi tío? —preguntó.

—Sí —contestó el joven—. Tienes que llamarlo maestro y hacer todo lo que te pida. Está buscando un nuevo aprendiz. Para eso te hemos traído. Yo me iré pasado mañana.

Maximilian quería preguntarle por su padre para averiguar si tenía algo que ver con todo aquello. Pero justo entonces Lorenz se bajó del bote de un salto y ayudó al remero a amarrarlo a la orilla. Luego le tendió una mano a Maximilian.

—El maestro es un hombre difícil —le dijo—. Pero no imposible.

—¿A qué se dedica?

Lorenz se echó a reír. A lo mejor, Maximilian no había sabido expresarse en aquel idioma nuevo.

—¿A qué se dedica? ¡Ja! Sería mejor decir a qué no se dedica. Bueno, calla y sígueme. Con un poco de suerte se habrá ido ya a la ópera y no lo conocerás hasta mañana. Ah, por fin. Ahí está Franz. Te ayudará con el equipaje.

Maximilian creía que no llevaba equipaje, pero entre el remero y Franz sacaron del bote un baúl verde con los bordes dorados. ¿Era suyo? ¿De dónde demonios había salido? ¿Se lo había enviado su tío? Pero... ¿por qué mandarle un equipaje que luego iba a volver al lugar de donde había salido? A lo mejor lo había preparado su madre. Sí, eso tenía sentido. Su madre siempre hacía cosas así.

Franz era muy flaco e iba vestido de negro. Maximilian supuso que debía de ser una especie de criado. Era mucho más fuerte de lo que parecía. Él solito levantó el baúl, se lo cargó a la espalda, echó a andar y atravesó con él una serie de puertas de hierro forjado para acceder a un patio ajardinado. Maximilian percibió un olor muy fuerte a jazmín y a otras flores de atardecer cuyos nombres ignoraba. Las polillas revoloteaban adormiladas en torno a unas velas en el cálido aire del anochecer. ¿Dónde diantres estaba?

Maximilian subió tras Franz y Lorenz por un sendero empedrado que cruzaba el jardín, hasta que llegaron a una puerta. Dentro, el suelo era de baldosas de piedra blancas y negras, y había una escalera empinada. Las paredes estaban pintadas de un rojo sanguinolento, y las velas producían sombras que bailaban en torno a ellos. Franz pasó de largo la escalera y se dirigió a un ascensor de hierro forjado que parecía muy antiguo. Dejó allí el baúl de Maximilian y empezó a accionar una gran palanca metálica. Daba la impresión de que requería mucho esfuerzo.

—¿El chico cenará aquí? —preguntó Franz a Lorenz.

De pronto, el vestíbulo quedó envuelto en un denso aroma de pachuli, vainilla y almizcle. Acababa de entrar un hombre a la manera de los actores principales cuando salen el escenario a grandes zancadas. Hizo girar la capa negra en torno a su cuerpo. Tenía que ser el maestro Lupoldus, pensó Maximilian. Su tío.

—No —bramó el hombre—. Cenará conmigo.

51

Al oír la voz del maestro, la postura de Lorenz cambió. Dio la sensación de que se encogía un palmo y se puso a temblar visiblemente.

—Sí, maestro —respondió con una reverencia.

—¡Pero no con esa ropa ridícula! Viste al muchacho y luego me lo traes.

A toda prisa, se llevó a Maximilian escalera arriba y lo condujo por un larguísimo pasillo hasta una habitación. Franz dejó el baúl y luego se fue. Lorenz lo abrió y empezó a esparcir la ropa por el suelo. Un criado iba recogiendo las prendas y las dejaba, ordenadas, sobre la cama con dosel. Maximilian no había visto en su vida una ropa como aquélla. Había túnicas de seda de colores extraños, como el rosa crepuscular o el verde estanque, una selección de sombreros curiosos, un par de botas parecidas a las que llevaba Lorenz, dos pares de zapatillas de piel suave, estrechas y puntiagudas, y —esto lo inquietó— unos cuantos pantalones que más bien parecían mallas.

Lorenz escogió enseguida una combinación que, a su juicio, contaría con la aprobación del maestro Lupoldus. A continuación, otro criado lavó a Maximilian —eso llevó un buen rato— y le dio un juego de ropa interior bastante complicado. Luego llegó el momento de las temidas mallas. Después una especie de corsé, que Lorenz le ató con fuerza por la espalda. Luego, una camisa azul celeste de seda con las mangas abullonadas, seguida por una túnica de un azul más oscuro y un fino cinturón dorado. Finalmente, Lorenz eligió una especie de zapatillas turquesa y un sombrero amarillo de fieltro.

Maximilian se sentía bastante ridículo. Sin embargo, si tenía que ser sincero (al fin y al cabo, nadie lo estaba mirando), el tacto de la seda era agradable. Había leído en algún lado que la mejor prenda para hacer magia era una bata de seda, porque el aura se libera. O algo parecido. Y tampoco es que aquello fuera exactamente una bata. En cualquier caso, allí, dondequiera que fuese allí, su ropa no parecía inapropiada. Hasta el sencillo uniforme de Franz, todo de color negro, incluía una túnica y unas mallas.

Alguien llamó a la puerta, y Lorenz salió de la habitación. Maximilian miró por la ventana y, más allá del patio y del puente sobre el canal, vio un gran palacio con cúpulas verdes y ventanas con vidrieras de colores. En el interior oscilaba la luz, y alcanzó a distinguir varias siluetas de hombres y mujeres que sostenían copas de champán. Lorenz regresó para entregarle un paquete pequeño pero pesado. Maximilian abrió el papel de seda rosado y descubrió un athame de oro, con una cadena también de oro sujeta al mango. Lorenz se lo ató a la cintura.

—¿Mi tío es un mago? —preguntó Maximilian.

Lorenz se rió.

—¿No lo sabes? No es un mago cualquiera, es uno de los grandes. Tal vez el más grande. Aprenderás mucho de él. Y ahora, tenemos que irnos.

Querido éter lumínifero:

Espero que estés bien y que hayas disfrutado con el paso del Martinmas. Te escribo por una querida amiga, cuya vida corre, según creo, un gran peligro. Aunque no debería decir eso, no vaya a ser que por eso se cumpla. Te escribo porque he decidido darle seguridad y coraje a mi amiga Euphemia Truelove. Creo que me ayudarás a cumplir mi deseo de que Euphemia se mantenga sana y salva en un futuro previsible.

Sinceramente tuya, como siempre, en el espíritu del Amor y de la Vida,

Raven Wilde (señorita)

El éter lumínifero siempre disfrutaba con las cartas que recibía de Raven Wilde. También en esta ocasión se sintió emocionado por haber sido escogido como destinatario de sus plegarias brujeriles en el Altermundo.

Sin embargo, esta nueva petición iba a ser difícil de conceder. El éter lumínifero revisó todos los hechizos que fluían a través de él y —¡sí, ay ¡pobrecilla!— ahí estaba. El suceso del futuro que iba a provocar la muerte de una de las amigas de Raven Wilde antes de que terminara la semana. Lo había invocado alguien mucho más poderoso que Raven. ¿Qué se podía hacer? Poca cosa. Bien poca cosa. Y, claro, también estaba lo otro. La profecía. Y el pequeño asunto de salvar el universo. El éter luminífero intentó recolocar un poco las cosas y... Vaya, qué interesante. Así que todo iba a depender de una decisión concreta. Mejor eso que nada. Y esa decisión iba a tomarse muy pronto.

6

—Escritura creativa —dijo la profesora Beathag Hide.

Pronunció esas palabras como lo haría alguien que dijera «herida sangrante» o «ratón decapitado», o como si susurrara la noticia de un accidente terrible. Casi como si se negara a creer que había pronunciado algo tan desagradable, repitió las palabras:

—Escritura creativa.

Ningún alumno de la clase de literatura, el grupo avanzado del primer curso del Colegio Tusitala para Dotados, Problemáticos y Raros, dijo nada. ¿Qué podían decir? Eran conscientes de que la escritura creativa era algo fantástico. Sin embargo, al decirlo la profesora Beathag Hide de aquella manera, había sonado como un castigo espantoso. Así que esperaron en silencio a ver qué ocurría a continuación.

Había dos asientos vacíos en el aula. Effie y Maximilian no estaban presentes. Wolf, Raven y Lexy habían intercambiado ya algunas miradas y se habían encogido de hombros. Ninguno de ellos sabía adónde habían ido sus amigos. Raven confiaba en que Effie estaría bien. Tragó saliva una vez más al pensar en lo que había oído en la red cósmica. Desde luego, lo único bueno de saber que alguien va a morir el viernes es que también sabes que hasta entonces es prácticamente invencible. Salvo que hayas intentado cambiar las cosas, claro. ¿Y si el hechizo de Raven salía tan mal que en realidad sólo servía para acelerarlas? Sintió un escalofrío. Ahí estaba, ése era el problema de las probaturas.

—Me han informado —dijo la profesora Beathag Hide— de que esta clase desea trabajar la escritura creativa.

La clase, por supuesto, se quedó helada. Después del examen anual, celebrado unas semanas antes, habían tenido que hablar con un señor de traje beige sobre lo que les gustaba y lo que no de las clases de la profesora Hide. Evidentemente habían dicho que todo estaba bien, que no tenían ninguna queja y que la profesora era muy amable con ellos. No eran tontos. Sin embargo, el hombre los había presionado de uno en uno para que nombraran algo que les gustaría trabajar más. Y luego le había pasado los resultados a la profesora Beathag Hide.

La profesora se había llevado una decepción inmensa al ver que nadie había dicho que desearía pasar más tiempo representando las figuras de las tragedias griegas en papel maché. Nadie había dicho que quisiera leer más a Shakespeare o a Chaucer. Una persona —sin decir su nombre, por supuesto— había preguntado si podían leer en clase el *Ulises*, que era un libro de James Joyce extremadamente difícil. Todos los demás niños de la clase, al preguntárseles a qué querían dedicar más tiempo, habían escogido la escritura creativa.

En tiempos muy remotos, antes de que la profesora Beathag Hide se ocupara de esa clase, la anterior profesora, la señorita Dora Wright, les había puesto la primera tarea del curso. Consistía en contar una historia sobre sus vacaciones de verano, una historia que no hubiera ocurrido en realidad, pero que ellos desearían que sí hubiese sucedido. La mayor parte de los niños, sin duda inspirados por los libros de Laurel Wilde, escribieron que los habían secuestrado los gitanos, o unos contrabandistas, y que habían viajado en un bote de remos a una cueva oscura, en la que habían encontrado montones de tesoros. Para algunos pobres niños fue lo más divertido que habían hecho en su vida.

La profesora Beathag Hide casi nunca proponía a los alumnos tareas que implicaran el uso de la imaginación, pues consideraba que ésta ya se manifestaba lo suficiente. Los alumnos suspiraban en silencio al recordar el rostro suave y redondo de la señorita Dora Wright y su forma amable y dulce de animarlos.

—Seguro que todos creéis que es extremadamente fácil —dijo la profesora Beathag Hide—. Al fin y al cabo, todo el mundo sabe contar una historia o escribir un poema, ¿no es así? ¿No es así?

Como no sabían si se suponía que debían responder, los alumnos hicieron lo de siempre: permanecer en silencio.

—Bueno, pues pronto sabremos exactamente cuán fácil es —añadió la profesora Beathag Hide en tono misterioso—. Sacad los lápices y el cuaderno de borradores.

Un leve estremecimiento de emoción recorrió por un momento la gélida aula. Los niños obedecieron.

—Muy bien. ¿A qué esperáis? ¡Escribid! —les ordenó.

Todos los niños bajaron la mirada hacia los cuadernos. El papel reciclado estaba hecho con novelas, revistas, periódicos y restos de envoltorios y papel de embalar convertidos en pasta de celulosa. Todas aquellas hojas habían estado, en otro tiempo, cubiertas de palabras. En aquel momento estaban en blanco y daba la impresión de que deseaban permanecer así. ¿Qué demonios quería que escribieran la profesora Hide? De haber estado presente Maximilian, tal vez habría podido ayudarlos. Él habría pedido instrucciones más concretas a la profesora Beathag Hide y luego, probablemente, ella lo habría enviado al rincón con el capirote, como siempre. Ese que olía a moho y a ratones muertos.

—Es difícil, ¿verdad? —bramó la profesora al ver que un bloqueo generalizado se instauraba en el aula, y provocando que todos desearan estar muertos o, como mínimo, en otro lugar.

—Bueno, parece que la suerte os ha iluminado, a saber por qué extraña razón. A lo mejor resulta que todos los niños buenos, con talento y trabajadores tenían ya su cupo de suerte completo. O a lo mejor sólo es que estaban muy ocupados. ¿Quién sabe? Preparaos, chicos. Mañana por la tarde nos visitará un autor. Terrence Deer-Hart vendrá a contarnos de dónde saca sus ideas y...

Un murmullo emocionado brotó entre los alumnos, rompiendo el silencio habitual. ¿Terrence Deer-Hart? ¿De verdad? ¡Pero si era millonario! ¡Famoso! Era el rival principal de Laurel Wilde en las listas de ventas todos los meses. Sin embargo, sus novelas eran mucho más inquietantes, complejas y violentas que las de Laurel Wilde, y en uno de sus libros para chicos mayores había más de un centenar de tacos. Habían prohibido la lectura de su última novela en al menos cuatro países. A la mayoría de los niños no les dejaban leer ningún libro suyo.

—¡Silencio! —exclamó la profesora Beathag Hide—. Nos han pedido que nos preparemos para la visita del autor con un poco de escritura creativa. Por alguna razón, la suerte ha iluminado vuestras patéticas e insignificantes vidas dos veces en la misma semana. Se os pide que... —Bajó la mirada para comprobar sus notas—. Que escribáis una historia sobre «viajar a otros mundos». ¡Qué aburrido! En cualquier caso, esta tarea os la ha puesto el propio autor, de modo que sin duda os parecerá emocionante. El señor Deer-Hart leerá vuestras historias mañana, antes de la clase. Me entregaréis los cuadernos de borradores en la sala de profesores mañana, antes de que empiecen las clases.

Festus Grimm bebió un sorbo de una taza enorme de café humeante.

—Ya no falta mucho —le dijo a Effie, después de estudiar con atención su reloj. Soltó una risilla—. Una vez asomé la cabeza en la isla sólo media hora, para conseguir un ejemplar de la *Gaceta* y un pastelito de Cornualles, y luego se me pasó la ventana para regresar. Tuve que esperar otras veinticuatro horas. O lo que sea el equivalente en vuestra medida del tiempo. De todas formas, si tienes un buen libro a mano...

Dio algunas palmaditas en la tapa de *El repertorio de kharakter, arte y matiz*.

—¿De qué va? —preguntó Effie.

—¡Ja! —dijo Festus—. La vida. La personalidad. Todo. Por mucho que crea conocerme a mí mismo, siempre vuelvo a este libro, el clásico indiscutible sobre el asunto de la identidad y la evolución personal, aunque no todo el mundo opina lo mismo, claro. ¿Tú ya has pasado tu consulta?

—Todavía no —respondió Effie, negando con la cabeza.

—Supongo que aún eres demasiado joven. Pero, en mi opinión, para los viajeros es bueno conocer su arte y matiz cuanto antes. Te ayuda a desarrollarte. Te muestra algunos talentos especiales de los que ni siquiera eras consciente. Por supuesto, a veces los niños del Altermundo pasan la consulta antes de los diez años. ¿Cuántos tienes tú?

—Once.

—Mmm. Bueno, es probable que ya estés lista. Pero yo me buscaría un buen experto. Nunca una de esas adivinas del mercado.

Effie recordó que Pelham Longfellow le había prometido que la llevaría a pasar su consulta en Villarrana. Sin embargo, para que eso ocurriera, obviamente Effie tenía que volver a la Casa Truelove. Y para eso tenía que recuperar la caja que se había quedado su padre, con su valiosa tarjeta de citación. Y para eso tenía que conseguir un ejemplar de *Los elegidos*... Qué complicada era la vida.

—¿Qué es exactamente un arte? —preguntó Effie—. ¿Y qué es un matiz?

—¿De cuánto tiempo dispones? —respondió Festus con una sonrisa amable—. Tendrías que haber venido un par de horas antes. Habríamos pasado juntos la tarde practicando un análisis *amateur* del *kharakter* y descubriendo nuestros artes y matices concretos. —Se rió—. Tu arte es simplemente tu habilidad secundaria. Todos tenemos una.

—¿Cuál tienes tú?

—Ah, la pregunta de los mil krublos. Mi *kharakter* es el de auténtico sanador. ¿Aún se dice eso de «auténtico» antes del *kharakter*? A veces está de moda, a veces no. Siempre he sido un sanador, aunque, como suelo curar con palabras y no con pociones, durante un tiempo tuve dudas de si era un brujo, o incluso un mago. Al final pasé una consulta en el Altermundo y por fin me confirmaron que soy un auténtico sanador. En cambio, mi arte... Durante mucho tiempo creí que era un guía. Era el director de todo un equipo de psicólogos en un hospital de la isla. Había viajado entre los mundos en mi juventud, pero al final decidí dejarlo... tras mucha insistencia por parte del Gremio. Entonces se creía que era peligroso viajar a menudo entre los mundos, así que dejé de hacerlo. Pero nunca fui feliz como director. Lo que me gustaba en realidad era sanar a la gente. Aunque, sobre todo, me moría de ganas de volver a viajar. Cuando viajaba, siempre conseguía libros raros, adquiría nuevos conocimientos y cosas por el estilo. Durante un tiempo me pregunté si sería un erudito. Pero al final me di cuenta de que era un explorador. De sitios y de conocimientos.

—Entonces ¿uno puede equivocarse respecto a sus habilidades?

—Oh, sí, por supuesto. Mucha gente se equivoca. En la península es más fácil, porque se lo toman todo mucho más en serio. Allí los colegios se dedican a descubrir y fomentar tus auténticas habilidades. Si alguien fracasa en algo, los demás se alegran por él, porque eso significa que puede tachar algo de su lista. Por ejemplo, si a un chico se le da fatal el deporte, todo el mundo lo felicita por no ser un guerrero y le dan más clases de música o de química para ver si resulta que es un compositor o un alquimista.

—¿Cuántos *kharakteres* hay?

—Veinte —dijo Festus—. Bueno, si se incluyen los archimagos, algo que no todo el mundo hace. Si no, son diecinueve. Por supuesto, lo verdaderamente interesante es la combinación de *kharakter* y arte. Eso es lo que hace única a cada persona.

—¿Cuál crees que será mi combinación?

Festus sonrió con amabilidad.

—Llevas el Anillo del Auténtico Héroe y eres una chiquilla valiente. Me contaron que derrotaste a Leonard Levar. Ser una heroína es raro, pero estoy seguro de que es tu *kharakter*. En cuanto a tu arte... Eso ya es más difícil. A veces se venden en el mercado equipos para averiguarlo por tu cuenta, pero no son muy precisos. Necesitas a alguien que pueda leer bien una prueba. Pero, a primera vista... ¿Tal vez seas una exploradora, como yo?

—¿Y tu arte te concede capacidades mágicas, igual que el *kharakter*?

—Por supuesto. Y además puedes usar todos los adminículos que le corresponden. Lo mejor que me pasó a mí fue descubrir que era un explorador. En cuanto el universo sabe que tú sabes... Es difícil de explicar, pero de pronto encontré un adminículo de explorador, una brújula, y mi vida cambió por completo.

Festus se sacó del bolsillo una esfera pequeña y plateada que parecía un cojinete muy grande, con la diferencia de que tenía una bisagra de plata y un pequeño pestillo.

—Es una antigüedad —dijo con orgullo—. Toma. Échale un vistazo.

Effie la cogió, pero no consiguió abrirla. Cada vez la notaba más caliente y pesada. La soltó cuando los dedos empezaron a quemarle. Estaba claro que aquel adminículo no quería que ella lo tocara.

—Parece que no soy una exploradora —dijo.

—Bueno, una cosa menos en la lista —contestó Festus en tono alegre—. Pero al menos sí puedes admirarla.

Abrió la esfera de plata y le mostró el interior a Effie. Había una aguja, como en cualquier brújula normal, pero en vez de norte, sur, este y oeste, en los puntos cardinales ponía «peligro», «conocimiento», «placer» y «caridad».

—Del siglo diecinueve —dijo Festus—. Me guía en mis aventuras.

—Es bonita —opinó Effie, un poco triste por saber que no era una exploradora y que no podría tener una brújula como aquélla.

—Gracias.

—¿Y cuál es tu matiz? —preguntó Effie.

De pronto, a lo lejos cantó un gallo y una suave luz rosácea empezó a filtrarse en la sala. Estaba amaneciendo en algún lugar del universo; algún lugar cercano.

—Ajá —dijo Festus, poniéndose en pie—. Hora de irnos. Ya hablaremos de matices, quizá la próxima vez. Que seas feliz en tus viajes, joven heroína.

Mientras veía cómo se encaminaba a toda prisa hacia la puerta del Altermundo, Effie estuvo a punto de salir tras él para contarle que la habían echado de la clase de magia y preguntarle qué debía hacer al respecto. Pero ya era tarde; se había ido. Se terminó su chocolate caliente y fue a pasar el control.

A la hora de comer, Wolf, Lexy y Raven se reunieron en la Biblioteca de Griffin para hablar de Maximilian y Effie y de sus posibles paraderos.

—¿Creéis que estarán juntos? —preguntó Lexy.

—Espero que sí —contestó Wolf—. Y espero que vuelvan pronto. Necesito a Effie esta tarde para jugar al tenis. Nadie es capaz de darle a la bola tan fuerte como ella. Y dijimos que entrenaríamos para ponernos fuertes.

Wolf intentaba sonar alegre, pero por dentro se le estaban retorciendo las tripas. No le gustaba que desapareciera la gente. Como su hermana, por ejemplo. A Wolf no lo preocupaban demasiado sus padres, que lo habían abandonado cuando era muy pequeño. En cambio, nunca había entendido por qué su madre se había llevado también a su hermana, dejando a Wolf solo con su tío, que era una persona cruel. Se moría de ganas de volver a ver a su hermana. Se llamaba Natasha; eso era lo único que recordaba de ella.

—Tengo miedo —dijo Raven.

—¿Por qué? —preguntó Lexy—. Seguro que están bien. Habrán ido a buscar información sobre el *Sterran Guandré*. Por cierto, esta mañana he oído a mi tía Octavia hablar de eso. Por lo visto, así es como llaman en el Altermundo a la lluvia de estrellas fugaces y meteoritos que se va a producir el viernes. Ojalá Max y Effie nos hubieran avisado antes de largarse así, sobre todo ahora que he descubierto algo. Mi tía dijo que ocurre cada seis años. O seis coma uno, o algo así.

—¿Tú crees que estarán en el Altermundo? —preguntó Wolf.

Nunca se lo había dicho a los demás, pero él también se moría de ganas de ir allí. Sólo con pronunciar la palabra sentía una punzada cerca del corazón.

—Maximilian no puede ir, ¿no? —dijo Lexy—. O sea, no tiene su marca, ni nada.

—Sí que fue al Inframundo —contestó Raven—. Bueno, casi.

—Eso es distinto —replicó Lexy, aunque en realidad no sabía nada de nada del Inframundo.

—A lo mejor ni siquiera están juntos —apuntó Raven—. A lo mejor...

—¿Qué pasa? —le preguntó Wolf.

De pronto, su amiga tenía los ojos llenos de lágrimas. Nunca había visto a Raven llorar por nada.

—Es por Effie —aclaró la niña—. Supongo que no debería decir nada, pero...

Les contó que había salido a pasear con *Eco* y había oído los rumores de la red cósmica sobre los problemas de Effie.

—Luego —continuó—, a la mañana siguiente todos decían que... —Tragó saliva, y una lágrima empezó a abrirse camino mejilla abajo.

—¿Qué? —preguntó Wolf.

—Todos decían que Effie va a morir... El viernes.

—¡Dios mío! —exclamó Lexy.

—No puede ser —dijo Wolf—. Nosotros podemos evitarlo. No hay nada escrito en piedra, tú siempre lo has dicho. Para eso sirven tus hechizos, ¿no?

—Eso es —insistió Lexy—. Sea lo que sea lo que vaya a pasar, podemos impedirlo. Seguro que puedes hacer algo, ¿no?

—Lo he intentado —contestó Raven—, pero no estoy segura. Seguiré intentándolo, aunque... Nunca había oído algo así.

—Tenemos que encontrar a Effie —intervino Wolf—. Y a Max. Ellos sabrán qué hacer.

—A Effie no podemos decírselo —advirtió Raven, negando con la cabeza—. Se suponía que ni siquiera os lo podía decir a vosotros.

—¿Por qué no podemos decírselo a Effie? —preguntó Wolf—. Yo, si fuera a morir, preferiría saberlo.

—Es que no se puede —aclaró Raven—. Es una regla básica. ¿No recuerdas la historia que nos contó la profesora Hide sobre aquel criado que se encontraba con la muerte en el mercado?

—¿Cuál? —preguntó Wolf.

A menudo, en las clases de la profesora Beathag Hide, su cabeza estaba en otra parte.

—Ya me acuerdo —dijo Lexy—. Aquella en la que un criado va al mercado en... ¿Era en Bagdad? Y allí se encuentra a la muerte.

Los tres niños regresaron mentalmente a la oscura y tormentosa tarde de principios de otoño en que la profesora Beathag Hide les había contado varias historias ficticias de encuentros con la muerte.

En aquel relato en particular, cuando el criado ve a la muerte en el mercado, ésta levanta la guadaña y el criado huye. A continuación, el criado toma prestado el caballo de su amo y cabalga hasta Samarra para esconderse. Luego, el amo va al mercado y se encuentra a la muerte, que sigue allí. Le pregunta por qué asustó a su criado. La muerte le dice que no era su intención, pero que se sorprendió al verlo en Bagdad porque tenía una cita con él en Samarra aquella misma tarde.

Después de esa clase de literatura, muchos niños habían tenido pesadillas.

—Pero ¿qué significa? —preguntó Wolf.

—Bueno, si el criado no se hubiera asustado y no hubiera huido... No sé —dijo Raven—. Es difícil de explicar.

Pero nadie debería conocer la fecha de su muerte. Es una norma.

—¿Una norma de quién?

Raven negó con la cabeza.

—No lo sé. Pero es una norma universal. Aunque intentes escapar de tu destino, siempre terminas por topar con él.

—¿Se dijo algo en la red cósmica sobre cómo va a morir? —preguntó Lexy.

—No —contestó Raven con un suspiro—. La verdad es que no os lo tendría que haber contado —se lamentó—. No podemos explicarle a Effie que hay un problema, no vaya a ser que la empujemos hacia su destino. Tenéis que prometerme que, cuando estéis con ella, os comportaréis con normalidad.

—Prometido —dijo Lexy—. Y que no nos domine el pánico. Podemos arreglarlo. Falta mucho para el viernes. Raven, tú tienes que seguir escuchando la red cósmica para averiguar qué más se sabe. Los demás no podemos oírla, así que tendremos que concentrarnos en otras cosas. Yo prepararé unas pociones. Un manojo medicinal. Wolf hará... ¿Wolf?

Su amigo parecía bastante distraído.

—¿No hace mucho ya que se han ido?

—¿Quiénes?

—Effie y Max.

—¿Qué quieres decir? —preguntó Raven.

—¿No nos dijo Max una vez que entre los dos mundos hay diferencias horarias? ¿Y no nos contó Effie que dos días en el Altermundo son como unos cuarenta y cinco minutos aquí? Los dos llevan toda la mañana desaparecidos. Si están en el Altermundo, ¿qué pueden estar haciendo durante casi cinco días?

—A lo mejor Effie sabe que corre peligro y se está escondiendo en el Altermundo —sugirió Raven.

—¡Pero no se puede quedar allí hasta el viernes! —objetó Lexy—. Para entonces, su padre ya habrá denunciado su desaparición. Además, nadie pasa tanto tiempo en el

Altermundo. Ni siquiera creo que los habitantes del Veromundo podamos hacerlo.

Como trabajaba en un portal, Lexy sabía ese tipo de
cosas.

—Entonces ¿dónde está?

—¿Y dónde está Maximilian?

7

Cuando Maximilian estuvo vestido, lo llevaron ante su tío.

—¡Bien! —bramó el maestro Lupoldus—. Ya podemos ir a cenar. ¿Franz? Trae el carruaje de inmediato.

La mayoría de las personas encontraban al maestro Lupoldus insoportablemente estridente, vanidoso, ambicioso y cruel. Dejaba grandes vaharadas de perfume a su paso —pachuli, vainilla y almizcle real, que procede de las glándulas olfativas de los venados muertos—, así como un aroma a puro, café fuerte y la magia más oscura. Colgado del cinturón llevaba un athame con diamantes incrustados en la empuñadura. A Maximilian le parecía fascinante.

El carruaje estaba pintado de oro y tapizado de terciopelo rojo. El maestro Lupoldus fue el primero en subirse. Luego Franz ayudó a Maximilian. Nunca había experimentado un tacto tan suave como el de aquellos asientos. Eran mucho más cómodos que el mejor sofá de su madre en casa.

Maximilian aspiró los aromas del atardecer: el jazmín, los perfumes, los olores salados y aceitosos que llegaban del canal. Aún hacía calor. Las campanas de la iglesia resonaban por toda la ciudad. El carruaje se detuvo enseguida, y Franz le tendió la mano a Maximilian para ayudarlo a descender al pavimento adoquinado. Allí, los olores ya no eran tan agradables. El alcohol derramado, la orina de caballo y el pescado en descomposición componían una mezcla repugnante al olfato.

—Vamos a cenar —dijo el maestro Lupoldus.

Maximilian no había visto la puertecita que había en la pared. Entró siguiendo a su tío en un jardín y tomaron un sendero que los llevó a un gran cenador abovedado. Dentro, todo el mundo vestía con exquisitez. Las mujeres llevaban vestidos oscuros y joyas con diamantes; los hombres, cinturones adornados con piedras preciosas y túnicas coloridas. Llevaron a Lupoldus y a su joven acompañante a una mesa que había en un rincón, alzada sobre una pequeña tarima. Maximilian se dio cuenta al instante de que se trataba de la mejor mesa de la sala.

—Como puedes ver —dijo Lupoldus—, si queremos, podemos observar fácilmente al resto de los comensales desde aquí. O podemos pedir que nos protejan con una mampara si se vuelven muy ruidosos o aburridos.

Maximilian no dijo nada.

—¿Y bien? —preguntó su tío.

—Es muy agradable —respondió Maximilian.

—¿Agradable?

—Parece refinado y elegante —dijo Maximilian, y en el último instante añadió—: maestro.

—Un camarero vestido con largas ropas blancas les puso delante unos cuencos claros de cerámica llenos de pétalos de rosa y agua tibia. Maximilian estaba a punto de meter la cuchara en aquel extraño caldo, pero vio que su tío sumergía las manos en él. Lo imitó. Acto seguido, el camarero les llevó unas toallitas negras aterciopeladas para que Maximilian y su tío se secaran las manos. Lo siguiente que llegó fue una botella enorme de champán.

La comida que disfrutaron a continuación tenía que costar una fortuna. Primero les llevaron grandes bandejas con una docena de ostras para cada uno. Maximilian imitó a su tío, que escogía una ostra, le echaba unas cuantas gotas de una botella llena de un líquido rojo, y después volcaba el contenido de la concha en su boca. Las ostras eran frías y viscosas, y sabían a pescado. A Maximilian le parecieron el manjar más delicioso que había probado en su vida. Se habría comido fácilmente otra docena.

Luego llegó una sopa de un amarillo brillante. Después, el camarero les llevó unos cuencos pequeños con unos cubitos de hielo rosa triturados que sabían a hierbas y a fruta. Entonces, con gran ceremonia, llegó el plato principal. Era una cabeza entera de jabalí, con ojos y dientes y todo, rodeada de cerezas, almendras y pasas. Con ella les ofrecieron también una jarra con una salsa negra y espesa.

Tras el jabalí llegó otro sorbete de hierbas, y luego una bandeja de quesos densos y cremosos, acompañados de un pan negro y pegajoso. A Maximilian le recordó a la comida más interesante que había disfrutado hasta entonces, celebrada muy lejos de allí. Aunque podía ser que, a partir de ahora, esa cena mereciera ser considerada como la «más interesante de su vida». Desde luego, sin duda alguna era la más agradable. Después del queso llegaron unas tartas de crema pequeñas, temblorosas, con un suave sabor a vainilla, canela y nuez moscada.

El maestro Lupoldus comía despacio, como si quisiera valorar atentamente cada bocado antes de tragárselo.

—Así que tú vas a ser mi nuevo aprendiz —le dijo después de terminarse la última tarta de crema y quitarse la enorme servilleta de lino que se había remetido en el cuello abullonado.

—Sí, maestro —respondió Maximilian.

—¿Deseas ser un gran mago?

—Sí, maestro.

El maestro Lupoldus asintió con gesto serio. Siguió moviendo la cabeza, y Maximilian esperó. Parecía que su tío estuviera a punto de decir algo sumamente importante, pero entonces el joven erudito vio que se había quedado dormido, y se preguntó qué debía hacer. Despertar a su tío implicaba hacerle saber que se había dado cuenta de que estaba dormido, y tenía la sensación de que al maestro no le haría demasiada gracia que lo pillaran echando una cabezada.

Se planteó la posibilidad de salpicarlo con un poco de agua. Por suerte, cuando estaba a punto de hacerlo, se dio cuenta de que el camarero lo miraba con severidad. Entonces su tío se despertó.

—¿Por dónde iba? —preguntó.

—Me estabas contando cómo convertirme en un gran mago como tú, maestro —explicó Maximilian.

—¿Sí? Ah, claro. ¿Qué habilidades tienes?

Maximilian lo pensó un momento.

—Creo que sé leer mentes —respondió.

—¿Que sabes qué?

—Leer mentes. Y cambiarlas, más o menos.

—¿A tu nivel? Imposible. ¿Qué más?

Maximilian pensó que no tenía mucho sentido contarle a su tío lo que era capaz de hacer si éste iba a limitarse a contestarle que era imposible. Pero como no se le ocurría una opción mejor, siguió adelante:

—Estuve a punto de ir al Inframundo —se atrevió a decir.

—Absurdo.

—Se me dan bastante bien la lectura y la investigación.

—Eso está mejor.

—No me importa ocuparme de cosas difíciles.

—Excelente. ¿Y ya te has iniciado en el camino de los magos?

Maximilian dijo que no con la cabeza antes de responder:

—Creo que no.

—Bien. Si me resultas grato, pronto te iniciaremos. De lo contrario, serás ejecutado. Y ahora, tenemos que irnos.

Maximilian siguió a su tío de vuelta por el jardín, sumido en una especie de aturdimiento.

Fuera, Franz estaba haciendo el pino.

Maximilian pensó que tal vez su tío se pondría a gritarle al sirviente, aunque hasta entonces no se había dirigido a él de malas maneras en ningún momento. Franz miró a Maximilian y al maestro Lupoldus desde su posición invertida, y entonces bajó lentamente las piernas al suelo y se puso en pie.

—El carruaje está esperando, señor —anunció.

—Caminaremos un poco —dijo el maestro Lupoldus—. Deseo tocar a los pobres.

Maximilian aún estaba intentando procesar la noticia de que podía acabar ejecutado. Sin duda, encontraría la manera de evitarlo. ¿Tal vez podría fugarse? Además, ¿qué clase de tío sería capaz de ejecutar a su sobrino? Desde luego, un tío como aquél, que en ese momento caminaba por las calles estrechas y en penumbra, tocando con amabilidad los brazos y las piernas de la gente que iba encontrando, no haría algo así. Había unos niños escuálidos vestidos con andrajos, y mujeres que no desentonarían en la representación navideña de un asilo. También muchos hombres flacos y musculosos que, era obvio, habían trabajado todo el día y parecían agotados. El maestro Lupoldus los fue tocando a todos a medida que avanzaba. Mientras lo hacía, tenía un aspecto curiosamente pacífico.

—¿Qué hace? —le preguntó Maximilian a Franz.

—Los está drenando —dijo Franz, como quien no quiere la cosa.

—¿Drenando?

—Absorbe su energía. La necesita para su magia y para la digestión, que últimamente le da problemas.

—Pero...

—Estoy de acuerdo en que no es algo que le honre, si eso es lo que ibas a señalar.

—Pero ¿por qué escoge a esta gente? Para empezar, da la sensación de que a algunos no les queda demasiada energía.

—Porque no se quejan. Su fuerza vital es más pura que la de los ricos. Y además, le gusta cuando se mueren.

—¿Qué?

—Matar a los débiles le produce un gran placer. Cuando ya no les queda mucha fuerza vital es más fácil. También le gusta hacérselo a los animales, porque aún es más fácil. Bueno, al menos con la mayoría. Una vez drenó a un adulto fuerte y le llevó toda la noche. Pero eso no lo hizo por la energía, sino más bien para castigarlo.

Casi por primera vez en su vida, Maximilian se sintió bastante asustado.

—Ya casi hemos llegado —dijo Franz—. Que no te vea hablando conmigo.

—¿Por qué no?

Justo en aquel momento llegaron al final de la callejuela adoquinada, y el lacayo se adelantó encaminándose hacia una gran plaza con el pavimento de mármol. Todos los edificios que la rodeaban eran impresionantes, pero uno de ellos se alzaba sobre los demás. Un recargado cartel con letras doradas anunciaba que se trataba del palacio de la ópera. Franz se quedó a un lado para que su maestro entrara primero. Al terminar la cena, a Maximilian le había parecido que estaba soñoliento y apagado, pero en ese momento se lo veía radiante. Le brillaban los ojos y tenía la piel reluciente. Estaba lleno a rebosar de la fuerza vital pura que había absorbido al tocar a los pobres. Era una visión terrible y asombrosa.

Maximilian siguió a su tío y a Franz por una escalera con moqueta roja. A su alrededor, todo era lujoso y bello. En el techo había unas pinturas de imágenes celestiales, y las paredes estaban decoradas con seda, brocados de oro y pinturas exquisitas. Había columnas de mármol y candelabros enormes. Y aquello era sólo el vestíbulo de entrada y la escalera.

El interior de la ópera no se parecía a nada que Maximilian hubiera visto. Todo era de oro y había ángeles por todas partes. Había una zona central con asientos, como en cualquier teatro; tampoco es que Maximilian hubiera estado en ningún teatro, pero había visto fotos. En torno a esa zona estaban los palcos de la ópera: cubículos privados tapizados de terciopelo, desde donde los espectadores más ilustres podían ver el espectáculo sin que nada los molestara. Los palcos se sostenían sobre unos pilares dorados, decorados con relieves de querubines desnudos y de lo que debían de ser dioses y diosas de antaño.

El maestro Lupoldus tomó asiento en el mejor palco del lugar y le hizo una seña a Maximilian invitándolo a sentarse a su lado. Franz se sentó justo detrás de su señor. La orquesta empezó a afinar y, aunque todavía no tocaba música de verdad, sus notas sonaban puras y profundas. Franz adoptó una mirada más bien ensoñadora. El maestro Lupoldus parecía exageradamente satisfecho de sí mismo.

Entonces empezó la ópera. Maximilian no había oído ninguna ópera hasta entonces. A veces se oían unos sonidos chirriantes en la radio de su casa, pero su madre la apagaba de inmediato. En una ocasión, una vecina se había inscrito en la sociedad operística local, y Maximilian oía a veces los desgarradores sonidos, a veces conmovedores, de sus prácticas nocturnas. Su madre decía que sonaba como si estuvieran estrangulando a un gato. Muchos vecinos estaban de acuerdo con ella, y se juntaron entre todos para prohibirle a la pobre mujer que cantara cuando tuviese cerca a algún ser humano.

Aquello, en cambio, era completamente distinto. En aquella ópera en particular sólo había intérpretes femeninas. Cantaban sin micrófonos y llenaban aquel gran teatro con la pureza de sus voces. De vez en cuando cantaba también un hombre, con una voz que era exactamente como la que hubiera deseado tener Maximilian cuando cantaba bajo la ducha, aunque tampoco es que se duchara demasiado. Aquella voz sonaba valiente, interesante y compleja, justo como le gustaría ser a Maximilian.

Por lo visto, la ópera iba sobre un triángulo amoroso que desembocaba en la locura y en un falso suicidio. Maximilian se preguntó si la profesora Beathag Hide conocería aquella historia. Seguro que le encantaba. Daba la impresión de que también Franz estaba disfrutando del espectáculo. De vez en cuando cerraba los ojos y parecía transportarse a otro sitio. No era como si se estuviera durmiendo. Más bien, como si practicara una especie de meditación profunda. Maximilian se dio cuenta de que estaba pasando la mejor velada de su vida, y al mismo tiempo la peor. La cena había sido soberbia, y ahora estaba escuchando aquellos sonidos divinos e interesantes, pero todo eso ocurría, por desgracia, en compañía de aquel psicópata vampírico

73

que probablemente querría matarlo. Tal vez fuera también la última velada en la vida de Maximilian.

De momento, sin embargo, el maestro Lupoldus estaba profundamente dormido. De vez en cuando soltaba un ronquido suave. Como no quería pensar en su posible ejecución, Maximilian se concentró, extasiado, en la ópera. Por supuesto, casi todos los niños odian la ópera porque es complicada y aburrida, y porque hay que pasar mucho rato sentado sin moverse. Pero ya ha quedado claro que Maximilian no era como los demás niños. Y no cabe duda de que hasta el niño más inculto habría estado de acuerdo en que ir a la ópera es un poquito mejor que ser ejecutado.

Al cabo de veinte minutos, la representación terminó.

El maestro Lupoldus, que se había despertado, aplaudía y gritaba:

—¡Bravo!

Franz parecía aturdido.

—Ahora iremos a la reunión —anunció el maestro Lupoldus.

Terrence Deer-Hart era un hombre extremadamente atractivo. Al menos, eso le decían sus numerosas admiradoras en las cartas que le enviaban. A menudo, las admiradoras rociaban sus misivas con perfume, y él contestaba a todas con una de las copias de su retrato, producidas en serie, en las que su ayudante había garabateado una imitación de su firma. Sus admiradoras adultas adoraban su espesa cabellera. En cambio, la última chica que había conocido le había dicho que tenía un pelo «raro». Raro. Qué cruel era la juventud. Suspiró mientras se pasaba de nuevo el peine caliente por los gruesos tirabuzones.

Esta vez tenía que acordarse de no decir tacos. De usar la palabra «alucinante», aunque quisiera decir algo mucho peor. Y también de no fumar en el aula. Aunque, en realidad, dedicar tiempo a los niños era alucinantemente pesado. Eran pequeños, sí, pero daban bastante miedo. Te miraban de una manera rara con sus ojillos brillantes, y luego te preguntaban acerca de cualquier cosa. ¿Cuánto cuesta una pinta de leche? Maldita sea, ¿cómo querían que Terrence supiera eso?

Aunque, bien pensado, eso no se lo había preguntado ningún niño. No. Ahora se acordaba. Lo habían dicho por la radio cuando hablaban de su último libro y alguien llamó desde las Fronteras para insinuar ¡que no estaba al día! Sólo porque había puesto a un niño —¡uno!— a jugar con unos bolos de madera y había vestido a otro con un jersey de punto, ¡¡¡lo llamaban desfasado!!! Nadie acusaba a Laurel Wilde de estar desfasada, ¡¡¡con sus malditos trenes de vapor y sus mantitas de pícnic y sus sándwiches envueltos en alucinantes papeles absorbentes!!!

Terrence Deer-Hart sólo sacaba el peine caliente en ocasiones muy especiales. Al día siguiente, para estar con los niños, no se tomaría esa molestia. Pero aquel día iba a reunirse con la persona más importante de su vida: su editora, Skylurian Midzhar. E iba a convencerla para que terminara de una vez con aquellas absurdas visitas a colegios y le dejara escribir por fin un libro para adultos en el que pudiera usar tantos tacos como le diera la maldita gana.

Y tal vez también hubiera llegado el día en que él le confesara lo que sentía por ella. Tampoco iba a pillarla por sorpresa, ¿no? Sobre todo después de todas las cosas amables que ella le había dicho últimamente acerca de su cabello, su piel y, por supuesto, su escritura. La amaba. Sí, pensó para sus adentros: amaba a Skylurian Midzhar. Pero... ¿le correspondería ella?

8

No había cola para pasar al Altermundo. La última vez, Effie se había encontrado con una multitud y había tenido que esperar mucho rato hasta que la dejaron pasar. Ese día, en cambio, no había nadie. Ni siquiera estaba Festus. A lo mejor ya había cruzado. Desde luego, le había dado la impresión de que tenía prisa.

Una mujer con un vestido de flores esperaba con un escáner. No era la misma que estaba de guardia la última vez que Effie había estado allí.

—De acuerdo —dijo la mujer, mientras le pasaba el escáner—. Tienes mil tres créditos M. Y un adminículo, un Anillo de la Fuerza, que equivale más o menos a cien piezas de oro de dragón, o a veinte mil créditos M. ¡Siguiente!

—Un momento —objetó Effie—. ¿Está segura? Debería tener mucho más capital M, y mi anillo no es...

—¡Siguiente!

Sentado a un escritorio, un hombre anotaba cifras con su pluma de ave.

—No deberías discutir —dijo.

—Pero...

—Es nueva —le susurró—. Y ahora, lárgate.

—¡Siguiente!

Effie avanzó a toda prisa por el pasillo y salió enseguida al mercado de los Confines. Los goblins que regentaban la mayoría de los primeros tenderetes parecían adormilados y algo desconcertados. El sol aún estaba saliendo y todo tenía un aspecto rosado y frágil. Los meteoritos habían pasado la noche bailando, más en el cielo del Altermundo que en cualquier otro cielo, pero en ese momento empezaban a detenerse. Un último meteorito solitario inició su chisporroteo final hacia el olvido, y luego nada.

Los goblins dejaron a Effie en paz. Ella apenas se percató de su presencia. Estaba preocupada por lo que había dicho aquella mujer mientras la escaneaba. Seguro que se había equivocado porque era nueva. Al fin y al cabo, se había confundido al identificar el Anillo del Auténtico Héroe. Pero... ¿Mil tres créditos M? Era absurdo. Sobre todo porque Effie había estado ahorrando a conciencia. No había comprobado su capital demasiado a menudo, pero la última vez que había pasado por la Bollería de la señora Bottle para tomarse una taza de chocolate caliente, Octavia, la tía de Lexy, le había dicho que tenía algo así como cuarenta mil. Sí, tenía que ser un error.

Effie avanzó directamente hacia el puesto de libros que había visitado la última vez, pasando por delante de otros que le resultaban familiares y de algunos que no conocía. Más allá del mercado, en el Altermundo, nadie usaba el dinero para nada. En cambio, allí aceptaban toda clase de monedas y casi todos comerciaban con krublos o con oro de dragón. Podías comprar y vender objetos mágicos del Altermundo, pero también cosas del Veromundo que escaseaban allí. Effie pasó junto a los clásicos puestos que vendían armas encantadas, prendas de seda y sombreros con plumas, y le hizo gracia encontrar un puesto que no había visto hasta entonces, en el que se vendía ropa vaquera y también viejos móviles que la gente usaba, sobre todo, como linternas.

Como el puesto de libros no estaba donde lo había visto la última vez, Effie se adentró más en el mercado. Enseguida se fijó en un puesto que ofrecía algo llamado KONSULTAS DE KHARAKTER. Una mujer de aspecto triste esperaba sentada mientras se limaba las uñas y veía una vieja telenovela del Veromundo en un televisor en blanco y negro y de imagen granulada. Effie recordó que Festus le había advertido que no contratara una consulta en el mercado. El aviso sobraba. Effie no habría contratado a aquella mujer para consultarle absolutamente nada.

Al lado de aquel puesto estaba la entrada a uno de los bazares interiores. La abertura estaba hecha con grandes tiras de terciopelo morado. Dentro se veía el clásico revoltillo de carpas interconectadas, hechas con caras telas de seda y lino, y con gruesas alfombras orientales en el suelo. Algunos espacios eran diminutos; otros, tan grandes como cualquier tienda normal. Effie se dio cuenta enseguida de que aquellas carpas seguían un orden temático. En un puesto pequeño había sólo una caja plateada.

—¿Compositora? —preguntó la tendera al ver asomarse a Effie—. Puedes guardar aquí tus obras maestras. Sólo te costará cuatrocientas piezas de oro de dragón.

El siguiente puesto era más grande y estaba lleno de mapas, gráficos, candeleros y libros gruesos de tapa dura. Effie entró para ver si entre ellos había algún ejemplar de *Los elegidos*, pero eran libros para adultos. Había una amplia sección de libros de viajes y también una de psicología, así como una serie de novelas voluminosas que parecían complejas.

—¿Exploradora? —dijo el dependiente, esperanzado.

Effie pasó por una tienda para alquimistas, en la que había calderos, mecheros Bunsen y unas bolsas de extrañas piedras amarillas; luego, por el Emporio del Herbibrujo, que era un batiburrillo enorme y colorido de telas diversas, madejas de lana, ramos de flores secas, bolsas de té y libros sobre la luna. Aún no había encontrado nada que conviniera a su *kharakter*. ¿Acaso los héroes no necesitaban tiendas? Se preguntó cuándo encontraría una tienda para ella.

Sabía que debía desandar el camino y buscar el puesto de libros, pero todo aquello le resultaba fascinante. Se dijo que avanzaría sólo un poquito más antes de regresar. El gran mercado cubierto se iba estrechando y trazaba una serie de giros por medio de pasillos tapizados de terciopelo morado. Como cada vez había menos luz, Effie no vio a tiempo al joven que se le acercaba a toda velocidad.

—Perdón —dijo el chico al echársele encima.

Le pareció que había salido de una carpa de seda amarilla que había a la izquierda, en cuyo interior brillaba una luz suave y cálida.

—No pasa nada —contestó Effie.

Al joven se le había caído algo. Era un certificado. Effie se agachó a recogerlo mientras él recuperaba el aliento. Al devolverle el documento, Effie no pudo evitar fijarse en alguna de las frases que contenía. SANADOR ALQUIMISTA, ponía arriba de todo. Había algunos números, uno de los cuales parecía más importante porque estaba escrito en cifras doradas. Decía: «6,10.»

—Mis padres se van a poner muy contentos —dijo el joven—. ¡Y cuando vuelva con esto! —exclamó—. Siempre han querido que fuera sanador. Me preocupaba ser mago, o algo peor, un mercenario. Los mercenarios tienen que irse a vivir a la isla, como es obvio, y me daba tanto miedo que, incluso si hubiera podido pasar, me habría muerto. En cambio, ¡ahora puedo volver a casa! No hay que avergonzarse de ser un alquimista. Puedo crear remedios para aventureros heridos. ¡Qué contento estoy!

Effie no entendió ni la mitad de lo que le decía. En cualquier caso, le recordaba a los chicos mayores de su colegio cuando les daban los resultados de los exámenes. Aunque nunca había visto a nadie ponerse tan contento por sacar un sobresaliente en alguna asignatura. Aquel joven actuaba como si hubiera obtenido un premio muy valioso. Como si alguien acabara de descubrirle el verdadero significado de su vida. Y Effie se dio cuenta de que eso era exactamente lo que acababa de ocurrir.

—¿Sales de una consulta? —le preguntó.

—Ah, sí —dijo él—. Con la doctora Foulscrape.

—¿La doctora Foulscrape?

—Es la mejor —contestó el joven—. Al menos en esta zona. La mayoría de los que rondan por el mercado son charlatanes, claro. Pero ella trabaja aquí porque desea de verdad ayudar a los fugitivos como yo. Es muy buena. Increíblemente comprensiva.

—¿De dónde huyes tú? —preguntó Effie.

—¿De dónde huye todo el mundo? —repuso él, con una sonrisa cargada de remordimiento—. De mi casa. De mi pueblo. Del aburrimiento de la vida cotidiana. Seguro que tú has hecho lo mismo, por eso estás aquí. O sea, ¿qué otra razón puede haber para venir a los Confines? Salvo que... —La miró con más atención—. ¡Cielos! ¿Eres una isleña de verdad?

—Sí —dijo Effie—. Pero soy una viajera. Voy de un mundo a otro.

—¿Te quedas sin fuerza vital enseguida cuando estás aquí?

—No —contestó Effie—. Creo que no.

—¡Vaya! —exclamó él—. ¿Y es verdad todo eso que dicen? ¿Que la isla es peligrosa y oscura y está llena de asesinos?

—La verdad es que no. Al menos no donde yo vivo. Además, vosotros tenéis monstruos, ¿no?

—Sí, pero todo el mundo sabe cómo enfrentarse a ellos. —El joven enrolló su certificado y añadió—: Tengo que emprender el camino a casa. Si salgo ahora, tal vez llegue antes del anochecer. Empezaré a construir mi laboratorio de inmediato. ¡Mis remedios serán conocidos en todas partes!

Se marchó a toda prisa y dejó a Effie mirando la cálida luz que salía de la tienda que había a su izquierda. Se acercó a la abertura de tela que hacía las veces de puerta. Allí, bordado con hilo de un dorado amarillento, se leía el nombre de la doctora Foulscrape. Effie dudó unos instantes. Aquel nombre no daba mucha confianza, la verdad. Pero aquel joven se la había recomendado tanto... Parecía que le había cambiado la vida por completo.

Effie sabía que era el momento de dar media vuelta, encontrar un ejemplar de *Los elegidos* —si es que quedaba alguno en el mercado— y llevárselo de inmediato a su padre. Necesitaba recuperar su caja para poder ir a ver a sus primos al Valle del Dragón. Además, tenía que averiguar qué era el *Sterran Guandré* y ver si podía descubrir algo sobre los planes de los diberi. No había visto a Raven desde la tarde anterior y, con un poco de suerte, a esas alturas ya habría descubierto algo.

Estaba segura, además, de que Maximilian habría emprendido alguna investigación útil. Su amigo era alguien en quien se podía confiar. Siempre estaba centrado y era inteligente, no impulsivo y exaltado como podía llegar a ser ella. Se preguntó qué habría hecho Maximilian si el doctor Green le hubiera confiscado algún adminículo. Aunque, para empezar, él ya no lo habría llevado a clase. Era demasiado cuidadoso para esas cosas. Nunca le pasaría algo así.

Effie suspiró al recordar el grave problema que tenía con el Gremio de Artífices y lo cruel que había sido su padre. Encima, con aquella espera tan larga en el salón recreativo, probablemente se habría perdido otra clase en el colegio, lo cual significaba que mandarían otra carta a casa. Effie descubrió que no tenía demasiada prisa por volver. Si se quedaba en el mercado un poquito más, a lo mejor conseguía una consulta rápida. Estaba tan desesperada por saber cuál era su habilidad secundaria, su arte... A lo mejor hasta podía comprar algo bonito y que se adecuara a éste; algo como la caja de plata para compositores o la brújula de Festus.

Sin darse ni cuenta de lo que hacía, Effie entró en aquella carpa de luz cálida. En el interior, todo era de un blanco apagado y cremoso a la luz de unas velas que se agitaban en sus candelabros de cristal. Vio un mostrador de recepción con un grueso dietario y una candela, aunque no había ningún recepcionista atendiéndolo. Olía mucho a lavanda y a algún otro aroma que Effie no consiguió identificar. Había unos cuantos certificados enmarcados que colgaban de manera un tanto precaria de la tela del lado derecho de la tienda. En todos se leía el nombre de Ursula Foulscrape con distintas cualificaciones. Un certificado era de «adivinación», otro de «presagios» —a saber qué significaba eso—, y había otro exactamente igual que el que se había llevado aquel joven, sólo que en la parte alta ponía HERBIBRUJO INTÉRPRETE. En el centro se veía el número «5,50».

De pronto, una mujer alta entró en el pequeño compartimento por una cortina, detrás del mostrador de recepción. Vestía un abrigo blanco y sostenía un portapapeles en la mano. Llevaba los pendientes de diamantes más grandes que había visto Effie en su vida; quedaban muy raros en contraste con su peinado recatado y con sus zapatos más bien burdos.

—¿Eres Daniella Bounty? —le preguntó a Effie.

—No, lo siento —contestó ella.

—Ha faltado a su cita —dijo la mujer, enojada. Negó con la cabeza y chasqueó la lengua—. Hay una lista de espera de tres años para una consulta con la madame, perdón, con la doctora Foulscrape. Por supuesto, a quien falta a la cita le cobramos el doble. Hay que ver... En fin, ¿quién eres tú y qué quieres?

—Me llamo Euphemia Truelove —contestó Effie—. Quería saber si podía pedir una consulta. Pero si hay tres años de espera...

La mujer miró el reloj.

—Bueno —dijo—. Quizá estés de suerte. Si la señorita Bounty no aparece en los próximos minutos, me atrevería a decir que puedes quedarte con su cita. Aunque sería mucha suerte. Hemos tenido gente ahí fuera aguardando tan desesperada que ofrecía a los clientes cantidades enormes de dinero para que les cedieran su hora. Y desde que se publicó ese perfil de madame..., perdón, de la doctora Foulscrape en *El Umbral*... Toma. —Le entregó el portapapeles a Effie—. Puedes rellenarlo mientras esperas. Si aparece la señorita Bounty, siempre podremos archivarlo para dentro de tres años.

—¿Qué es? —preguntó Effie.

—El test básico. ¿Has hecho alguno?

Ella dijo que no con la cabeza.

—Léete todas las frases y marca la casilla uno, dos, tres, cuatro o cinco, según estés más o menos de acuerdo con lo que dicen. Yo soy la enfermera Shallowgrave. Si necesitas algo más, dímelo. Si no sé nada de ti, vendré a recoger el test dentro de diez minutos.

¿Shallowgrave? Aquel nombre era incluso peor que el de Foulscrape. Effie tuvo un mal presagio. El test que tenía delante parecía una fotocopia de mala calidad y olía un poco a cebolla frita. Además, en aquel puesto había algo que no le gustaba, aunque Effie no alcanzaba a determinar qué era. Bajo aquella iluminación tan reconfortante y el olor a lavanda había... No estaba segura del todo. En cualquier caso, ya era demasiado tarde. No podía largarse sin más. Además, si no hacía la consulta en aquel momento, tendría que esperar tres años enteros. Effie recordó la felicidad de aquel joven al salir con su consulta. Y a toda aquella gente que pagaba más de la cuenta. Y ella había tenido la suerte de que la tal Daniella Bounty no se presentara. Era obvio que el destino quería que hiciera la consulta.

Empezó a rellenar el test. De hecho, era bastante interesante y se quedó tan absorta en la tarea de ir respondiendo las preguntas que pronto se le pasó la inquietud. Algunas afirmaciones merecían sin duda un cinco. Por ejemplo: «Me resulta fácil aprender otros idiomas» o «Soy menos temerosa que mis amigos». A otras les correspondía claramente un uno, por ejemplo: «Hago muchos diagramas» o «Soy una cocinera excelente». Effie se moría de ganas de saber qué significaba todo aquello. Terminó el test y se quedó esperando.

Pasaron unos minutos más, y luego la enfermera Shallowgrave volvió a entrar en la pequeña estancia a grandes zancadas. El olor a cebolla frita se intensificó. Los enormes diamantes de sus pendientes relucían. Le cogió el test a Effie y desapareció al otro lado de la cortina. Transcurrieron unos minutos más. Luego entró de nuevo la enfermera y le indicó por señas que la siguiera.

Avanzaron por un pasadizo oscuro y estrecho y llegaron a una cortina de terciopelo negro. La enfermera Shallowgrave retiró la cortina a un lado y la invitó a entrar en una estancia pequeña y oscura.

—Eugenie Halfhound —anunció. Y se fue.

—De hecho, me llamo Euphemia True...

—Siéntate —dijo una voz sedosa y suave—. Ponte cómoda.

Effie se sentó en la única silla disponible, que era de madera y muy pero que muy dura. Allí dentro hacía demasiado calor y no había más luz que la de una candela encendida en la mesa de la doctora Foulscrape, que estaba bastante desordenada: cajas de cerillas, cuadernos, tinteros, pañuelos de papel, envoltorios de caramelos y unas pilas enormes de papeles relacionados con el trabajo. En un rincón de la estancia había un caldero grande. Del techo bajo de tela pendían unos cuantos cristales, sujetos por finos cordeles de hilo. La escasa luz de la candela bailaba lentamente en torno a la sala en penumbra e iba pasando del rojo al amarillo, al verde o al azul, según el cristal que acabara de atravesar.

—Bueno —empezó la doctora Foulscrape—. Saludos y bendiciones.

Su voz era como de miel espesa. Muy dulce y densa, y con un leve acento europeo que Effie no era capaz de ubicar. Vestía una chaqueta negra de lino arrugada y una blusa blanca de seda, y llevaba el pelo teñido de rosa brillante. Parecía al mismo tiempo muy mayor y muy joven, y extremadamente sabia. Effie sintió el impulso de contarle todos sus secretos. Qué raro. No solía fiarse de la gente a la primera.

—Saludos y bendiciones para usted también —respondió Effie.

—Bueno —dijo la doctora Foulscrape—. Vaya, vaya.

—¿Tiene mis resultados? —preguntó Effie

—Los tengo. —La doctora Foulscrape juntó las yemas de los dedos—. Pero siento curiosidad. ¿Tú qué crees que eres? ¿Tienes alguna idea?

—Sí —contestó Effie—. Yo ya conozco mi *kharakter*. Sé que soy una auténtica heroína, pero...

—¿Una auténtica heroína? ¿De quién has sacado esa idea?

—Ah, mmm...

—No habrás hablado con alguno de esos adivinos espantosos de ahí fuera, ¿verdad? Ésos te dicen que ya eres

84

maga y luego te cobran cientos de krublos. Una auténtica heroína. ¡Caramba! —Se echó a reír y sacudió la melena—. Hacía mucho que no oía algo así. Desde luego, si fueras una auténtica heroína, suponiendo que existieran, eso sería algo horrible. ¡Todos esos ajetreos persiguiendo monstruos y dragones y grandes mentes criminales! —Se rió de nuevo—. Casi todos los que vienen quieren ser alquimistas, sanadores o guías. De vez en cuando se presenta alguno que quiere ser herbibrujo o ingeniero. ¿Sabes qué es lo que peor se le da a la gente, Eugenie?

—De hecho, me llamo...

—Yo te lo diré. Conocerse. A la gente se le da extraordinariamente mal. Y por eso usamos este test. El test nunca se equivoca. Aunque, por supuesto, para que funcione bien hace falta algo de una importancia vital. ¿Que es...? —La doctora Foulscrape enarcó las cejas—. Yo te lo diré. Hace falta una intérprete. El test no puede leerlo cualquiera, ¿sabes? ¿Y sabes cuánto tiempo llevo haciendo esto? Te lo diré. Cuarenta años. Impresionante, ¿verdad? Y sencillamente nunca me equivoco con nadie. Así que... Vamos a ver.

La doctora Foulscrape empezó a recolocar los papeles de su mesa. En realidad, pensó Effie, si la doctora acababa de repasar su test, tendría que estar entre los primeros del montón, ¿no? Mientras la mujer toqueteaba todo lo que tenía por ahí, un gato muy viejo y decrépito se encaramó a la mesa de un salto y esparció los papeles por todas partes. No podían ser las hojas del test de Effie, ¿no? Aunque aquellos papeles no parecían de ningún test, sino más bien algún tipo de aviso o sanción, algo parecido a las multas de tráfico que a veces llevaba a casa Cait, su madrastra.

Después de remover aquí y allá algunos papeles más, quedó claro que la doctora Foulscrape había encontrado lo que andaba buscando. Era un cuenco amarillo brillante, lleno de comida de gato viscosa y marrón. Ése era el olor que Effie había detectado bajo el de la lavanda.

La doctora Foulscrape acarició al gato mientras el animal comía y ronroneaba sonoramente. De nuevo le dio por rebuscar entre los papeles. Llevaba unas gafas rojas, colocadas en la nariz en una posición que parecía incómoda.

—Halfhound, Halfhound...

—Truelove —corrigió Effie, exasperada—. Me llamo Euphemia Truelove.

—Ah, ¿y por qué no me lo has dicho antes? Aquí estás. Ah, sí. Un caso interesante. ¿Qué has dicho que creías ser? ¿Una auténtica heroína? No. Eres una guerrera. Podría habértelo dicho igualmente por el anillo.

—Pero si mi anillo es...

—Un Anillo de Fuerza. ¿De veras creías que era el Anillo del Auténtico Héroe? —Se echó a reír de nuevo—. Bendita seas. ¿Acaso crees que podrías ir dando vueltas por el mercado de los Confines con algo que los goblins te arrancarían de los dedos nada más verlo? ¿Con algo que vale cientos de piezas de oro de dragón? Quienquiera que sea el que te ha dicho que es el Anillo del Auténtico Héroe tendría que hacérselo mirar.

Effie empezaba a enfadarse.

—La persona que me contó lo de mi anillo era muy sabia —replicó, evocando a su adorado abuelo.

Aunque... ¿Había llegado éste a ponerle nombre al anillo? Pensándolo bien, la persona que le había indicado qué era su anillo no era en realidad una persona, sino un dragón.

—Esa rabia que muestras —dijo la doctora Foulscrape— es totalmente apropiada para una guerrera. Si no quieres meterte en líos por su culpa, será mejor que tengas cuidado. En fin, ¿quieres saber el resto del resultado?

—Sí —respondió Effie—. Perdón. ¿Lo que viene a continuación es mi arte y mi matiz?

—Sólo el arte. El matiz lo hacemos juntas luego.

—De acuerdo.

—Y el arte viene después del pago, claro.

—¿Pago?

De repente, Effie se dio cuenta de que no había preguntado cuánto iba a costarle. Había tenido intención de hacerlo, por supuesto, pero la situación había sido muy desconcertante porque la enfermera Shallowgrave buscaba a Daniella Bounty y luego le había traspasado a ella su cita. Pero tendría que pagar, claro que sí. Al fin y al cabo, estaba en los Confines. Allí no había nada gratis.

—¿Cuánto es? —preguntó.

—¿Quieres pagar con oro de dragón o con créditos M?

—Con créditos M —contestó Effie.

—Entonces, son veinte mil.

—¡Veinte mil! Pero...

La doctora Foulscrape sacó un escáner.

—Ya veo que sólo llevas encima unos mil, más o menos. Está bien. Hoy tengo el día amable. A cambio, me quedaré el anillo.

—¿Mi anillo? No. Voy a...

El rostro de la doctora Foulscrape se contrajo con una sonrisa cruel.

—¿Que vas a qué?

—Voy a...

—La enfermera Shallowgrave te impedirá salir corriendo, si es eso lo que estás pensando.

—¡No! Sólo decía que encontraría otra manera de pagarle. Déjeme volver mañana. Para entonces tendré más capital M.

—Lo siento, Eugenie, pero esto no funciona así.

Fue como si un frío estremecimiento recorriera toda la sala.

—No me llamo Eugenie. Y le diré más: no soy una guerrera. De hecho, me importa un pimiento lo que diga el resto de su análisis. Lo más probable es que se equivoque. No voy a pagarle nada.

Effie se levantó y se volvió hacia la salida.

—Por supuesto que sí —dijo la doctora Foulscrape—. ¡Enfermera!

La enfermera Shallowgrave entró en la sala con una gran jeringa. Detrás de ella iba el joven con el que se había tropezado Effie en el pasillo. Por lo visto, aún no se había ido a casa. Llevaba una capa negra de seda con botas negras tachonadas y sostenía en la mano una daga reluciente.

—Ah, Curt —dijo la doctora Foulscrape—. Ya me estaba preguntando dónde te habías metido.

—¡Curt! —exclamó Effie—. Tienes que ayudarme.

—¿Ayudarte? —Soltó una risa cruel—. ¿A qué? ¿A morir?

—Pero... —dijo Effie—. Es que yo creía...

De pronto, se dio cuenta de que había cometido un terrible error. Cuando Curt había tropezado con ella en la entrada, sólo estaba representando un papel. Un papel diseñado a propósito para provocar que ella deseara cualquier cosa que la doctora Foulscrape pudiera ofrecerle. Además, estaba segura de que no existía nadie que se llamara Daniella Bounty. Sólo había sido una estratagema más para que Effie aceptara la consulta sin preguntar nada.

—Sois unos timadores —dijo la niña.

—Y tú estás a punto de morir —contestó la enfermera Shallowgrave—. Ahora, entrégame el anillo y te prometo que será rápido.

—¡Jamás os daré mi anillo! —gritó Effie—. Voy a...

Se tocó el cuello, donde debería haber estado la Espada de Luz. Por supuesto, allí no había nada; sólo su piel.

—¿Qué vas a hacer? —preguntó la doctora Foulscrape—. ¿Sin armas y con sólo mil tres créditos M? Buena suerte. Desde luego, será interesante ver qué se te ocurre para atacarnos. Quizá tengas amigos por aquí, pero no lo creo. Todos tus amigos están en otro sitio...

De pronto, Curt se desplomó.

—Eso no es verdad —dijo una voz familiar—. Effie, agáchate.

Effie obedeció. En cuanto se hubo agachado, una flecha atravesó el pecho de la doctora Foulscrape. Luego otra alcanzó a la enfermera Shallowgrave. Effie, que estaba temblando, se volvió lentamente y se puso en pie para ver a su rescatador.

—¿Festus? —dijo.

Festus apartó el arco. No parecía muy contento.

—¿Qué te he dicho de los adivinos?

—No me había dado cuenta. Creía...

—Si piensas venir a menudo por aquí, tienes que ser mucho más cuidadosa —dijo—. Esto no es un juego, ¿sabes? Probablemente esta gente no habría acabado matándote, sólo querían tu anillo. Pero ahí fuera hay villanos mucho peores. Sea como sea, al ver que te amenazaban he tenido que matarlos. Lo cual es una pena, porque podríamos haber descubierto muchas cosas interrogándolos. Ahora renacerán a saber dónde y se irán de rositas.

Parecía realmente enfadado.

—Lo siento mucho, de verdad —se disculpó Effie.

—Ahora tendremos que volver a empezar toda la operación.

—¿Qué operación?

—Ay, chica, tienes muchísimo que aprender. No tienes ni idea de lo que está pasando, ¿no? —Suspiró—. ¿Eres capaz de guardar un secreto? ¿Qué has puesto en el test? Espero que al menos te hayan dado el test de verdad. ¿Salía esta frase: «Se me da bien guardar secretos»?

—Sí —respondió Effie, asintiendo con la cabeza—. Creo que he puesto un cuatro.

—En ésa sólo ponen un cinco los auténticos magos —dijo Festus—. Pero este secreto será mejor que lo guardes. —Festus miró a su alrededor y bajó la voz para continuar en un susurro—: Soy un agente encubierto que investiga una gran conspiración en este mercado. Estos malvados mercenarios sólo eran la punta del iceberg. Luego me ocuparé de arrestar a la mujer nueva del portal. Doy por hecho que fue ella quien le ha pasado a esta gente la información de lo que llevabas encima, y por eso te han escogido. Menos mal que esta vez no llevabas nada, aparte del anillo.

Effie se mordió el labio. Jamás en la vida se había arrepentido tanto de algo. No tenía ni idea de cómo compensar a Festus.

—Lo siento —dijo de nuevo.

Festus negó con la cabeza.

—Por alguna razón, en el mercado negro el precio de los anillos mágicos se ha triplicado estas últimas semanas.

Se habla de no sé qué profecía. Yo que tú me aseguraría de que nadie te vea con eso puesto durante un tiempo.

No dijo nada más. Se acercó a Curt y le arrancó la flecha del cuello. Sorprendentemente, no manó mucha sangre. Effie recordó su certificado, lo orgulloso que parecía de haberlo obtenido. Claro que todo era falso. Ese chico no era sanador, ni alquimista.

Festus recuperó las demás flechas y se puso a limpiarlas.

—¿Qué es un mercenario? —preguntó Effie.

—Alguien que sólo actúa en su propio beneficio. A los mercenarios los expulsan del Altermundo y tienen que vivir en el Veromundo. Cuando los encuentro aquí, normalmente están intentando pasar a la isla del modo que sea. Les cuentan que las calles están pavimentadas de oro. Yo los llevo al Gremio y allí los reubican en algún lugar de la isla. Y a veces los castigan, o les ofrecen sanación, según lo que hayan hecho.

—Creía que al Gremio no le gustaba que la gente pasara de un mundo a otro —dijo Effie.

—No les gusta que se desplacen entre ambos mundos las personas y las criaturas que no deberían hacerlo, cierto —concedió Festus—. Hubo un trato antes de la Gran Escisión. El Altermundo debe mantener vigilados a sus monstruos y no permitir que se acerquen a la isla, pero a cambio el Veromundo tiene que aceptar quedarse con todos los mercenarios.

Festus había terminado ya de limpiar las flechas y estaba concentrado en el estudio de los papeles que había en el escritorio de la doctora Foulscrape. Les echaba un vistazo y luego los iba dejando en pilas distintas.

—Entonces ¿no eres un explorador de verdad? —preguntó Effie.

—¿Por qué dices eso?

—Bueno, si dices que eres un agente encubierto...

—¿Y qué crees que hacen los agentes encubiertos? Explorar. No todo son vacaciones exóticas y libros complicados, ¿sabes? Trabajo con uno que es un cazador sanador, y con otro que es un sanador erudito. Decidimos que una buena manera de sanar a los débiles era eliminando a sus depredadores. Pero ya te estoy contando demasiado. Tendrías que irte a casa. Está a punto de llegar el *Sterran Guandré...*

A Effie la sorprendió oír de nuevo ese nombre.

—¿Qué es exactamente el *Sterran Guandré?* —preguntó de inmediato.

—No te preocupes por eso —contestó Festus.

—Por favor —insistió Effie—. Tengo que averiguarlo. Podría ser muy importante.

—Claro que lo es —concedió Festus.

—Festus, por favor.

—De acuerdo. Es una gran lluvia de meteoritos que alcanzará su cénit a finales de esta semana. Ocurre entre los dos mundos. Te recomiendo que el viernes te quedes en casa con un buen libro, porque la noche del *Sterran Guandré* las cosas no se comportan como se supone que deberían. El tejido que separa los mundos se vuelve muy fino y, en fin, con todos los mercenarios intentando ir en una dirección y los monstruos fluyendo caprichosamente en la dirección contraria, hacia tu mundo... Pero ya he hablado demasiado. Esta vez se han tomado medidas. No será como la última. De ninguna manera. De todos modos, ten cuidado, muchacha.

—Gracias —dijo Effie—. Y gracias también por rescatarme.

—Pero intenta aprender de esta experiencia —señaló Festus, y suspiró larga y profundamente.

9

Cuando Effie salió del salón recreativo, el débil sol de finales de otoño había alcanzado ya su punto más alto en el azul claro del cielo. Siempre que se iba al Altermundo, a su reloj le ocurrían cosas extrañas, pero entonces oyó que uno de los campanarios de Ciudad Antigua daba las doce. Así que era mediodía. Effie puso en hora su reloj y se encaminó a toda prisa hacia el colegio.

Tenía una sensación extraña en la barriga, como de náuseas. Sabía que iba a meterse en un lío en cuanto llegara a la escuela. Y también cuando volviera a casa. Y todavía tenía un problema pendiente con el Gremio. Sin duda, sus primos del Valle del Dragón se estarían preguntando dónde se había metido, y a esas alturas probablemente estuvieran enfadados con ella. Y había sido tan tonta que un poco más y la matan. Así que ahora también Festus estaba enojado con ella.

Effie suspiró. Los había decepcionado a todos.

Llegó a la Biblioteca de Griffin justo antes de que empezara la sesión doble de educación física. Lexy la observó un momento y encendió de inmediato el hervidor para prepararle un té dulce.

—Por fin —dijo Wolf—. ¿Dónde estabas?

—¿Qué te ha pasado? —preguntó Raven.

—¿Y dónde se ha metido Maximilian? —intervino Lexy, al tiempo que entregaba a Effie un tónico verde brillante y tres galletas de chocolate para distraerla mientras le preparaba el té.

Effie descubrió de pronto que estaba demasiado avergonzada para contar a sus amigos lo estúpida que había sido. En vez de explicarles que la habían echado de la clase del doctor Green y que luego la habían engañado unos estafadores, se limitó a decir que había ido a buscar un ejemplar de *Los elegidos* para su padre. No mencionó que, si no encontraba ese ejemplar, no tendría ninguna posibilidad de recuperar sus valiosos adminículos, incluida la Espada de Orphennyus de Wolf. No haber escondido bien la caja era tan sólo una estupidez más entre todas las que había cometido.

—Bueno, eso está hecho —dijo Raven—. En casa tenemos montones de ejemplares esperando a que los manden a triturar. Estoy segura de que, si cogemos uno, no lo echarán en falta. ¿Vienes a merendar después del cole?

—Sí, gracias —contestó Effie.

Aún tenía en el estómago aquella horrible sensación, pero de pronto se sintió ligeramente aliviada al darse cuenta de que siempre podía confiar en sus amigos. Aunque... ¿seguirían siendo sus amigos si se enteraban de lo fácil que era engañarla? La sensación de náusea se intensificó.

—¿Maximilian no está contigo? —preguntó Raven.

—No —dijo Effie—. ¿No está por aquí?

Lexy dijo que no con la cabeza.

—Parece que ha desaparecido.

El carruaje dorado avanzaba traqueteando sobre los adoquines a través de los estrechos callejones traseros de la ciudad. La luna lucía en lo alto, y Maximilian veía las sombras de las personas que corrían para apartarse del camino del carruaje. También veía algunas siluetas en las ventanas. Un hombre tocado con gorro de dormir, sujetando una vela. Una mujer sentada al borde de la cama, quitándose una media que se enrollaba al tiempo que la deslizaba por la pierna. Todos los habitantes de la ciudad se preparaban para acostarse.

—La noche es joven todavía —dijo el maestro Lupoldus, justo antes de quedarse dormido.

El coche de caballos se estremecía conforme avanzaba. Maximilian se dio cuenta de que ahora marchaban cuesta arriba. Los olores de la ciudad no tardaron mucho en desaparecer, y Maximilian dedujo que habían llegado al campo. Oía el chirrido de los grillos y también, de vez en cuando, el ulular de un búho. En el aire, algo más fresco, se percibía un ligero aroma a tierra y hierba. A lo lejos se oyó un aullido.

Todo estaba completamente a oscuras, sólo la luna brillaba en el cielo.

De pronto, el carruaje se detuvo.

—¿Quién va? —preguntó Franz.

El carruaje dio una sacudida, y Maximilian oyó que Franz decía algo para calmar a los caballos. Acto seguido el vehículo se balanceó cuando el criado saltó del pescante. Sonó un disparo, seguido de un breve momento de silencio, y después una risa. El maestro Lupoldus se despertó. Sonó otro disparo, y luego más risas.

—¿Maestro? —lo llamó Franz—. Tal vez le interese echarle un vistazo a esto.

Maximilian bajó del carruaje detrás de su tío. Había un bandolero andrajoso mirando el cañón de su propia arma. Parecía desconcertado.

Entonces apuntó al maestro Lupoldus, pero él no pareció prestarle mucha atención y miró a Franz.

—Parece que estamos de suerte —dijo.

—Así es, maestro —contestó el criado.

—¡La bolsa o la vida! —exclamó el bandolero.

Franz y el maestro Lupoldus siguieron sin hacerle caso. El bandolero agarró a Maximilian y lo apuntó con el arma en la cabeza.

—¡La bolsa o la vida de su hijo!

Por segunda vez en esa noche, Maximilian tuvo razones para asustarse. ¿Acaso Franz y su tío no pensaban ayudarlo? Notaba el frío metal del arma clavado en la cabeza, justo encima de la oreja derecha. ¿De veras iba a morir así? ¿Sin tiempo de averiguar nada sobre su padre, sin llegar a hacer algo de magia que fuera verdaderamente impresionante? Pero entonces recordó que él sabía cómo obligar a los demás a hacer cosas. Si Franz y su tío no pensaban salvarlo, tendría que salvarse solo.

El bandolero no sabía nada de eso, claro —y tampoco tenía la menor idea del enorme error que había cometido al asaltar aquel carruaje en concreto—, pero al tocar a Maximilian había propiciado que él pudiera entrar en su mente y hurgar en todo. En apenas un instante, el chico conoció la vida entera de aquel hombre. Y también supo que había una caja llena de joyas enterrada no muy lejos de allí. Consiguió que sus órdenes penetraran directamente en la mente de aquel tipo y, sin entender siquiera por qué lo hacía, el bandolero soltó a Maximilian y lentamente dejó el arma en el suelo.

Franz parecía estar mostrándole al maestro Lupoldus dos balas que tenía en la palma de la mano.

—Bien —dijo el maestro Lupoldus—. Estás progresando, y más rápido que Lorenz. Dime, ¿cuándo vamos a ejecutarlo?

—El caso es que Lorenz se ha ido, maestro.

Maximilian carraspeó:

—Ejem... Mmm.

—Parece que su sobrino se ha salvado solo —apuntó Franz.

—Bravo —celebró el maestro Lupoldus—. Pero... —Por un momento, pareció desconcertado—. ¿Cómo lo habrá hecho el chico?

El bandolero estaba sentado en el suelo con las piernas cruzadas, dibujando un mapa para mostrar el camino hasta su tesoro enterrado. Le asomaba la punta de la lengua entre los labios, y canturreaba suavemente.

—¿Y eso qué es?

—Yo... —empezó Maximilian.

—Eso lo he hecho yo —dijo Franz enseguida—. Ese ladrón nos está enseñando dónde se encuentra su tesoro.

Sin duda, usted habría encontrado algún modo superior de averiguar esa información.

—Sin duda—respondió el maestro Lupoldus—. Habría sido mucho más rápido torturarlo. En cualquier caso, has hecho lo que podías.

—Pero yo... —empezó Maximilian. Pero se calló en cuanto vio la expresión que asomaba al rostro de Franz.

Una media hora más tarde, Maximilian y el criado cargaban con el pequeño baúl del tesoro hasta el carruaje, donde el maestro Lupoldus estaba echando otra cabezada. El bandolero, después de desplomarse junto al hoyo que habían excavado para extraer el tesoro, también dormía.

Cada vez que Maximilian había intentado preguntarle a Franz qué estaba pasando, el sirviente había contestado llevándose un dedo a los labios y diciendo que no con la cabeza. Al final el chico entendió que, probablemente, si el maestro Lupoldus se despertaba, exigiría la ejecución del bandolero. A Maximilian no le gustaban las ejecuciones, y le pareció que Franz compartía esa opinión. Estaba claro que su tío, en cambio, disfrutaba con ellas. Era una buena razón para no molestarlo.

Maximilian montó en el carruaje sin hacer ruido y volvió a sentarse junto a su tío. Franz se encaramó en silencio al pescante y puso los caballos al trote. Al cabo de unos cinco minutos, el maestro Lupoldus se despertó con un sobresalto.

—¿Quién eres? —preguntó a Maximilian.

—Tu sobrino, maestro.

—Claro. Ya me acuerdo. Pero... Espera. ¿Y la ejecución?

—¿Que ejecución, tío?

—La del desventurado bandolero que ha decidido que era una idea excelente asaltar un carruaje en el que viajaba un gran mago, por supuesto. ¿Franz?

El criado no respondió. Tal vez no lo había oído.

—¿Entonces...?

—Lo has ejecutado tú mismo, maestro —dijo Maximilian—. Pero lo has hecho tan rápido y con tanta destreza que tal vez lo hayas olvidado.

—Ah, ¿sí? Tal vez. Sí, muy bien. Entonces, ¡adelante!

Maximilian intuyó que Franz iba sonriendo en el pescante, aunque no tenía modo alguno de confirmarlo a ciencia cierta.

El carruaje avanzó con un tintineo. Al cabo de unos diez minutos, el pavimento se allanó. Luego el coche se detuvo un momento y Franz dijo algo en un susurro. Maximilian oyó que se abrían unas puertas con un chasquido metálico, y un instante después arrancaban de nuevo. Miró hacia atrás por la ventanilla de cristal, justo cuando el carruaje torcía a la izquierda, y vio una impresionante caseta de entrada. Pocos minutos más tarde, el vehículo se detuvo ante un inmenso castillo. Habían llegado.

Effie se cambió en silencio para la clase de educación física. Raven y Lexy iban parloteando, aunque apenas las oía. Sentía una intensa presión en la cabeza, pero sabía lo que tenía que hacer. Tenía que enmendar todos los errores que había cometido. Al menos, si conseguía un ejemplar de *Los elegidos*, su padre le devolvería la caja. Entonces podría ir al Altermundo y contárselo todo a Clothilde. Ella sabría cómo ayudarla, de eso estaba segura. Al pensar en Clothilde le entraron ganas de llorar, pero, como siempre, se contuvo.

Después de cambiarse, se puso el anillo y se dirigió a la pista de tenis. Tenía que tapárselo con esparadrapo para que los profesores no se dieran cuenta de que lo llevaba, aunque ya no importaba porque ya nadie le preguntaba por él. Ese día pensaba hacer cuanto estuviera en sus manos para generar la mayor cantidad posible de capital M. No se podía creer que le quedara tan poco.

Estaba casi segura de saber cómo funcionaba el Anillo del Auténtico Héroe. Lo había probado ya, ¿no? Sólo tenía que jugar al tenis el mayor tiempo posible, y luego recuperar la energía gastada con un poco de comida y unas bebidas energéticas. Mientras llevara puesto el anillo, la energía invertida en el juego se convertiría, por arte de magia, en fuerza vital.

Incluso sin el anillo, Effie era la mejor tenista del ciclo básico. Antes de epifanizar no era tan deportista, pero eso había cambiado. Wolf ganaba a todos los demás alumnos del ciclo básico, pero ella podía con él. La primera vez que lo había derrotado sin ponerse el anillo su amigo se había enfadado mucho, pero lo había superado rápido. Wolf era un auténtico guerrero y un deportista nato, y siempre respetaba a los que tenían más habilidad que él. Hay personas que prefieren pasar el tiempo con gente más débil que ellas para quedar mejor. Wolf no se contaba entre ese tipo de personas. Estaba orgulloso de su amiga y le encantaba entrenar con ella siempre que podía.

Aquel día jugaban dobles mixtos, y Effie y Wolf eran los campeones alevines de dobles mixtos de toda su zona, de modo que nunca los dejaban jugar juntos en clase. A veces, el señor Peters, el responsable de educación física, los obligaba a jugar con la izquierda (tanto Effie como Wolf eran diestros, mientras que Lexy, Raven y Maximilian eran zurdos), pero aquella tarde Effie jugó con la derecha y no se esforzó en no abusar de los chicos más débiles ni en dejar alguna pelota para su compañero. Se sentía apenada y un poco avergonzada, así que se desquitó con la pelota y sus rivales.

—¡Vaya! —exclamó Wolf, aprovechando un cambio de lado—. ¡Estás a tope! No abuses mucho de nosotros.

Normalmente, su amigo habría seguido bromeando con ella, pero aquel día parecía más preocupado que impresionado. También le ofreció un poco de su bebida energética, y en algún momento insistió en que se sentara para descansar un poco. Wolf se comportaba con ella casi como si estuviera enferma. Era muy extraño.

Al terminar la clase de educación física, ordenaron a todos los miembros de los equipos del ciclo básico que se quedaran esperando. El entrenador Bruce entró en la pista de tenis con gesto grave. Todos sabían que al entrenador Bruce lo único que lo preocupaba de verdad era el equipo alevín de rugby, el equipo de tenis del ciclo básico, los controles de detección de drogas y la nutrición deportiva. Ningún alumno del Colegio Tusitala para Dotados, Problemáticos y Raros sabía que, además, tenía una Harley-Davidson, quería mucho a su tía Margaret y acudía a menudo con un grupo de hombres al Bosque de Quirin, donde participaba en actividades destinadas a reforzar los vínculos afectivos entre ellos, actividades que implicaban tocar el tambor a menudo, llorar a gusto y hacerse unos tatuajes semipermanentes con bayas del bosque machacadas.

—Bueno —empezó a decir—. Como sabéis, llevamos seis semanas siendo imbatibles. Si seguimos sin perder hasta acabar la temporada, ascenderemos y pasaremos directamente a la Primera División de la Liga Juvenil de Tenis de la Asociación de Colegios del Norte. ¿Sabéis qué significa eso?

—¿Mayor gloria? —dijo un alumno.

—¿Qué más?

—¿Un uniforme más chulo?

—¿Qué más?

—¡Raquetas nuevas!

—¿Qué más?

Todos guardaron silencio. Era cierto que el anciano director del colegio les había prometido uniformes y raquetas nuevas si llegaban a primera división. ¿Qué más había? Bueno, también estaba la gloria, claro, pero ya lo habían dicho.

—Mi ascenso a responsable de educación física —anunció finalmente el entrenador Bruce—. Y no sólo eso, sino también mi admisión en el máster de Psicología Deportiva de la Universidad de Ciudad Antigua. Mi gloria, por fin. ¿Creéis que me paso la vida revolcándome en vuestros pipís por diversión?

A nadie le gustó demasiado esa imagen. ¿Se le había ido la cabeza al entrenador? Normalmente no hablaba así. De hecho, lo único que hacía con sus pipís era llevarlos al doctor Cloudburst, del laboratorio de química, para que los sometiera a las pruebas de detección de sustancias ilegales.

—Parece ser que tanto para mi ascenso como para que me acepten en ese curso tengo que demostrar «un liderazgo mayor del que se esperaría normalmente de un entrenador de Nivel Tres». ¿Y cómo creéis que lo voy a demostrar? Os voy a llevar hasta la gloria.

A todos les pareció oportuno aplaudir en ese momento, así que lo hicieron. Al principio cualquiera habría dicho que al entrenador le gustaba. Pero luego su semblante se oscureció y frunció el ceño. Los aplausos se acabaron.

—¿Y qué creéis que podría impedírnoslo? —preguntó a continuación—. ¿Qué es lo único que podría dar al traste con vuestras posibilidades de acabar la temporada imbatidos en esta división y, de rebote, con mi única vía al éxito y a la felicidad?

Poco a poco, todos fueron captando a qué se refería. Por supuesto. El Beato Bartolo. El colegio más famoso del norte. El colegio contra el que tenían que jugar al día siguiente en la liga escolar. Los alumnos del Beato Bartolo tenían todos miradas crueles, jamás sonreían y se suponía que eran muy listos, aunque todo el mundo sabía que albergaban algo malvado. Su uniforme escolar era negro de arriba abajo. Las chicas llevaban unos sofisticados vestidos sueltos o pantalones de lana con chaqueta de esmoquin. Los chicos iban con terno y pajarita de seda negra. Todos los alumnos estaban obligados a asistir a clases de esgrima, técnicas bursátiles, doma clásica y composición musical avanzada. El examen de acceso al colegio duraba cuatro días. Pese a que se trataba de información reservada, todos sabían que los niños que lo suspendían ya nunca volvían a ser los mismos.

Y los alumnos del Beato Bartolo jamás perdían en nada.

—¿Y bien? —dijo el entrenador Bruce.

Se oyó un murmullo.

—¿Y bien?

—El Beato Bartolo —consiguió decir alguien en una especie de susurro, como los que suelen usarse para nombrar los aspectos más terribles de una religión, o al tipo más malvado del libro más aterrador que uno haya leído.

—Exacto. ¿Y cómo vamos a ganarles?

—Haciendo trampas —sugirió alguien.

—Lo llamaremos «estrategia» —corrigió el entrenador Bruce—. Aquí no hacemos trampas. Empleamos estrategias. Hay libros sobre eso. *Técnicas fiables de tenis. Victorias feas.* Cosas así.

El entrenador fue al almacén de tenis, un gran espacio oscuro lleno de unos conos naranja diminutos y de la pelusa amarilla fosforescente de las bolas, y volvió con una pizarra blanca con ruedas. Del fondo de los bolsillos de su chándal sacó unos cuantos rotuladores para la pizarra de diversos colores. Ningún alumno acabó de entender los diagramas que iba dibujando para explicar cosas como la utilidad de volear hasta el fondo de la pista o por qué nunca hay que ser el primero en el saque.

—De todas formas, ¿por qué está en Tercera División el equipo del Beato Bartolo? —susurró alguien.

No estaba mal la pregunta.

—¿No es algo así como su quinto equipo? —respondió alguien, también en un susurro.

Era cierto. Todos los demás equipos del Beato Bartolo jugaban en Primera División. De hecho, en la Primera División de la Liga Juvenil de Tenis de la Asociación de Colegios del Norte (desgraciada pero acertadamente conocida como liga ASCONOR), sólo jugaban equipos del Beato Bartolo, lo cual implicaba que todos los partidos de la liga, tanto los que se jugaban en casa como fuera, se celebraban en su polideportivo, construido a tal efecto: un gigantesco edificio negro abovedado que estaba situado, no sin cierto riesgo, al final de una península rocosa que se elevaba sobre el puerto.

Un alumno que tenía un hermano mayor —siempre son los miembros mejor informados del colegio— recordó algo de repente.

—¿No fue por algo que pasó el año pasado? ¿No fue porque los alumnos de uno de los equipos del Beato Bartolo mataron a alguien?

—No, no llegó a morir. Pero estuvo dos semanas en coma.

—¿Qué pasó exactamente?

—No lo sabe nadie. Aunque no fue en un partido de la liga ASCONOR. El caso es que los sancionaron con el descenso a tercera. Sí, debía de ser el quinto equipo.

—¿Y tenemos que jugar contra ellos?

El entrenador Bruce seguía liado con sus diagramas. Además, estaba planeando ir luego a ver al doctor Cloudburst para conseguir un poco de cafeína en polvo y echársela a los chicos en sus bebidas isotónicas. ¿Qué otra cosa podía hacer? ¿Vestir a Euphemia Truelove de chico para que jugara los dobles masculinos con Wolf? No. Alguien lo descubriría. Pero sí podía llevar aquel anillo que se empeñaba en quitarse para los partidos. Eso le daría alguna ventaja psicológica, ¿no? Aunque, en cualquier caso, tampoco perdería. Nadie había ganado jamás a Effie Truelove en un partido de tenis de competición oficial.

10

El maestro Lupoldus estaba inusualmente inquieto, y permitió que un criado le quitara la capa sin una sola queja. Parecía disfrutar en silencio del entorno, que era lo más abrumador con lo que Maximilian se había topado. Sólo el vestíbulo ya hacía que el palacio de la ópera pareciera un cobertizo.

Los suelos de madera pulida se extendían a lo lejos como en un ejercicio de perspectiva, y a ambos lados del largo pasillo había unas opulentas butacas de terciopelo. De los candelabros ornamentados brotaba una iluminación fija, la más brillante que Maximilian había visto en su vida, y en las paredes del pasillo colgaban impresionantes retratos al óleo de hombres a caballo y mujeres con vestidos muy largos.

Poco después, apareció a lo lejos un hombre con una túnica de color rojo chillón.

—Saludos, maestro —dijo—. La princesa tiene muchas ganas de veros, y también a los eruditos que os acompañan. Casi todos los asistentes a la reunión han llegado ya. En cualquier caso, antes de entrar tendrán que someterse a una lectura.

Lupoldus asintió.

—¿Una lectura? —preguntó Franz, preocupado.

—Una lectura triple de hierbas, cartas y palillos —confirmó el guía.

—¿Puedo contar con que al sobrino de mi señor se le permitirá entrar conmigo? —solicitó Franz.

—Por supuesto, así ha de ser. Seguidme, por favor.

Maximilian estaba intrigado. Siguió al guía, a Franz y a su tío por el largo pasillo hasta un claustro ajardinado rodeado de columnas griegas, con unas estatuas de mármol blanco que se veían plateadas a la luz de la luna. Oyó música y pensó que a lo mejor procedía de las estatuas. Una de ellas, que representaba a una mujer vestida con prendas sueltas, sostenía un pequeño instrumento de cuerda. Al otro lado del claustro había una estatua de un hombre junto a un arpa, vestido con prendas similares.

Las botas de piel suave de Maximilian apenas hacían ruido mientras seguía a los otros hombres a través del claustro y de otro largo pasillo con el suelo de baldosas blancas y negras. Allí había más pinturas, butacas y mesas, y también armarios de madera pulida. Al doblar la esquina siguieron por otro pasillo, y luego entraron por una puerta grande de madera negra y subieron por una compacta escalera de caracol. El guía llamó a la siguiente puerta y esperó respuesta del ocupante. Luego indicó por señas a sus acompañantes que podían pasar.

—Ah... Eres tú, Elspeth —dijo Lupoldus cuando se cerró la puerta tras ellos. Parecía sorprendido.

Era una sala de tamaño medio y olía como si alguien hubiera quemado en ella sus más viejas e interesantes posesiones. No había ningún cuadro en las paredes, pintadas de un azul medianoche oscuro. En el centro de la sala destacaba una gran butaca de terciopelo malva y, sentada en ella, había una mujer con el cabello largo y gris y los ojos de un azul celeste brillante, como de piedra preciosa.

—Acercaos, por favor —dijo Elspeth.

—No sabía que te habías unido a la corte —comentó Lupoldus, caminando hacia la butaca malva.

—Mis capacidades son de gran utilidad para la princesa —contestó Elspeth.

—Igual que las mías —repuso Lupoldus—. La princesa desea atraer a los grandes magos al castillo, por eso se celebra la reunión de esta noche. Pero ¿por qué habría de interesarle una lectora de hojas de té normal y corriente? Una adivina de tres al cuarto.

—Tú mismo tuviste tanto interés en mis artes en el pasado que hasta fuiste a consultarme, maestro.

—Y me confirmaste que era un gran mago. ¿Qué más queda por decir?

—La princesa desea que se examine a todos los magos antes de la reunión. Ha oído una profecía según la cual, entre todos vosotros, hay uno que no dispone del auténtico poder de la magia y que, en realidad, se sirve de medios diabólicos para obtener energía mágica.

—Las profecías no son necesariamente ciertas —replicó el maestro Lupoldus.

—Tal vez quieras ofrecerle esa información personalmente a la princesa...

El maestro Lupoldus guardó silencio.

—Ahora, arrodillaos ante mí —ordenó Elspeth.

Lupoldus adoptó una expresión de profundo desagrado, pero hizo lo que se le pedía, y Elspeth empezó a estrujar una serie de hojas, capullos y flores secas dentro de un pequeño cuenco de cobre en la mesa que tenía delante. Luego encendió una cerilla y prendió el contenido del recipiente. La sala se llenó de un perfume ahumado. Entonces Elspeth le cortó un mechón de pelo al maestro y lo añadió al cuenco. Sacudió el contenido para que la mezcla quemada cayera en un trozo de pergamino blanco que tenía a su lado, en una mesita auxiliar.

—Interesante —murmuró.

A continuación, sacó una baraja de cartas de un cajón de la mesa que tenía delante. Las mezcló y empezó a disponerlas como si se preparase para un solitario muy complicado. Maximilian quiso dar un paso adelante para ver cómo eran las cartas, pero Franz se lo impidió dándole un tirón y un codazo en las costillas.

—El ahorcado —dijo la mujer—. Bien.

Y así siguió la lectura. Elspeth observaba las cartas y las iba apartando. Cuando terminó, se quedó unos minutos con los ojos cerrados, y a continuación tiró unos palillos en la mesa. Se inclinó para examinar sus formas atentamente.

—Fascinante —murmuró.

Entonces chasqueó los dedos y entró un chico en la sala. Era todavía más joven que Maximilian. Se acercó a toda prisa a la estantería y, tras encaramarse a una escalerilla, escogió un volumen encuadernado en piel de color crema, con unos caracteres en el lomo que parecían chinos. Se lo llevó a Elspeth y abandonó la sala. La mujer pasó unos minutos hojeando el libro.

—Un impostor, ¿eh? —dijo, como si hablara con los palillos.

—Acaba de una vez, mujer —la acució el maestro Lupoldus—. Tengo ganas de beber, divertirme y entregarme a los placeres antes de que empiecen los asuntos serios de la noche.

—Silencio —ordenó Elspeth.

Lupoldus entornó los ojos y luego se puso a mirar al techo mientras Elspeth terminaba su consulta.

—En esta sala hay dos grandes magos y un impostor —declaró la mujer, recorriendo el espacio con una mirada relampagueante.

—¿No serás tú la impostora, bruja? —dijo Lupoldus, riendo.

Maximilian pensó que su tío no lo estaba haciendo demasiado bien para conseguir lo que probablemente deseaba: que aquella mujer declarase su condición de gran mago lo antes posible para que pudieran pasar a la reunión, fuera cual fuese el objeto de la misma. Por primera vez, reparó en que su tío era bastante estúpido.

Franz tenía los ojos cerrados y parecía concentrarse en algo con todas sus fuerzas.

El maestro Lupoldus suspiró con afectación.

—Has identificado a dos grandes magos porque mi criado ha dado muestras de serlo. Yo mismo lo estoy haciendo progresar. El impostor que has detectado no es tal. Sólo es un chico al que llevo conmigo como aprendiz. Todavía no es un gran mago, por supuesto, aunque aspira a serlo algún día. Creía que sólo me estabas leyendo a mí. Al fin y al cabo, es a mí a quien han invitado.

—A menudo resulta imposible eliminar las interferencias de una sala. Estoy segura de que te consta.

—Yo no me dedico a adivinar el futuro. Tu arte me parece tan rebuscado como poco profesional. Los resultados son imprecisos e insignificantes.

—No es lo que cree la princesa.

—En ese caso, la princesa es una idiota.

Se hizo un silencio increíble en la sala. Maximilian casi esperaba que la princesa se alzara de un rincón oscuro y dijera: «Ah, así que una idiota, ¿eh?», y que acto seguido ejecutara a su ridículo tío. Pero no ocurrió nada de eso.

—Encerradlos —ordenó Elspeth—. La princesa completará el examen en persona y luego decidirá qué hacer con el impostor.

Llevaron a Maximilian a las mazmorras, con Franz y con su tío. Eso supuso un largo y mareante descenso por otra escalera de caracol hecha de piedra. Franz iba moviendo los labios todo el rato, con lo que pretendía decirle algo a Maximilian, pero el chico no conseguía entenderlo. Parecía estar señalándose a sí mismo, y luego al maestro y al propio Maximilian, y también iba dándose golpes en la cabeza. A Maximilian le habría gustado encontrar un modo de hablar con él, pero los dos guardias fornidos que los escoltaban por la escalera habían dejado bien claro que los prisioneros debían guardar silencio.

Ojalá... De pronto, Maximilian volvió a recordar que podía leer mentes. Normalmente le parecía una falta de respeto, como si leyera un diario personal o escuchara una conversación telefónica ajena. En condiciones normales, no se le habría ocurrido hacérselo a Franz ni en sueños. Sin embargo, tal vez fuera eso lo que el sirviente intentaba decirle. Así que se concentró. Caminando era más difícil, sobre todo cuando no hacían más que bajar y bajar, dando vueltas y más vueltas. Pero Maximilian lo intentó.

—Por fin —le contestó Franz en silencio al conectarse sus mentes.

Justo en ese momento, los guardias se llevaron a Maximilian en una dirección y a Franz en la contraria. No iban a encerrarlos en la misma celda. Aun así, de algún modo, concentrándose con mucha intensidad, Maximilian se las arregló para mantener la conexión incluso cuando lo esposaron en su mazmorra. «Esposado» quiere decir «maniatado», pero los guardias no se conformaron con las manos. Le sujetaron también las piernas con unas grandes argollas de hierro, y le rodearon la cintura con algo que parecía un extraño donut de metal.

—¿Estamos hablando telepáticamente? —le preguntó a Franz.

Aunque la palabra «telepáticamente» no se inventó hasta finales del siglo XIX (en 1882, para ser precisos), el concepto existía desde los albores de la humanidad. Cuando dos mentes se encuentran y hablan, no hacen falta las palabras, basta con los conceptos. Así que Franz entendió a la perfección lo que le decía Maximilian.

—Sí —contestó Franz—. Tenemos que darnos prisa.

—¿Dónde estás?

—En la mazmorra contigua a la tuya. Tengo a Lupoldus al otro lado.

—¿Qué debo hacer?

—En primer lugar, tienes que quedarte con todo lo que tengo. Me he abierto a ti tanto como he podido. Date prisa. Cuando tengas ese conocimiento, rescataremos a tu tío y huiremos.

Maximilian entendió de pronto que, mientras estuviera dentro de la mente de Franz, tenía acceso a toda su sabiduría y a sus recuerdos. Bueno, al menos a aquellos recuerdos que Franz había «abierto» para él. Se dio cuenta de que Franz le estaba haciendo un gran regalo, así que archivó cuidadosamente el descubrimiento de que era posible abrir y cerrar algunas partes de la mente, y siguió adentrándose tan rápido como pudo en los recuerdos de Franz. Tenía que darse prisa. Se lo había dicho Franz. Pero allí dentro todo era muy interesante. Podía ver, oír y oler cosas que no tenían absolutamente nada que ver con su experiencia. Allí, en una mesa de madera de mucho tiempo atrás, había un pastel oscuro y pegajoso que debía de ser el favorito de Franz. También vio a una niña, su compañera de juegos, que se llamaba Anna. Un escondrijo en el bosque. Un campamento. Arcos y flechas hechos a mano. Una despensa llena de mermeladas caseras, galletas, especias, fruta en almíbar y embutidos.

Después encontró una gran oscuridad. Dos hombres llegaban a la granja a caballo con un pergamino de aspecto oficial, y luego se llevaban a los padres de Franz en una especie de jaula de madera, mientras él se escondía en el desván. A Maximilian le costó encontrar más detalles de lo que les había ocurrido a los padres de Franz. Esa parte de su memoria estaba sellada, aunque le pareció que lo hacía deliberadamente. Tal vez le resultara demasiado doloroso.

Daba la sensación de que el propio Franz estaba dirigiendo a Maximilian a una parte concreta de su memoria. Y de hecho se trataba, con mucho, del material más interesante que Maximilian había encontrado en una mente ajena. Vio cómo los hombres uniformados entraban en el desván donde él estaba escondido, y cómo Franz desaparecía de pronto. Un instante antes estaba en la habitación y, un momento después, ya no estaba.

Todo el mundo sabe que la invisibilidad es un don que los brujos adquieren del modo más natural. Con la práctica, pueden llegar a ser capaces de fundirse con el fondo dondequiera que estén. Sin embargo, sólo unos pocos magos de gran talento son capaces de desaparecer de verdad, de lograr que sus cuerpos se desvanezcan en los pequeños bolsillos dimensionales —como las distintas secciones de una colcha de retales— que existen entre este mundo y el Inframundo.

Aun así, desaparecer requiere una clase de concentración especial. Normalmente, sólo los magos adeptos se atreverían a intentarlo. Sin embargo, Franz, a sus doce años, desamparado y muerto de miedo, descubrió que también podían hacerlo los magos jóvenes e inexpertos en condiciones extremas. Además —igual que cuando uno aprende a nadar o a montar en bicicleta—, cuando alguien desaparece una vez, descubre que a partir de ese momento podrá hacerlo cuando quiera. Y como Maximilian había experimentado el recuerdo de Franz, también lo había aprendido. ¡Sabía cómo desaparecer! En lo más profundo de su ser, se sentía completamente cambiado. Maximilian percibió que, a juicio de Franz, esa parte de su formación ya estaba completa. Era casi como si alguien hubiera marcado una equis en una casilla de una lista invisible.

Maximilian sabía que debía darse prisa, pero la mente de Franz estaba llena de historias emocionantes. Poco después de la desaparición de sus padres, los uniformados a caballo habían vuelto a la granja, pero en esa ocasión para visitar la casa de Anna. Cuando acudieron por tercera vez, Franz y Anna estaban esperándolos. Él les tendió una emboscada en el bosque, y armó tal confusión que los hombres se dispararon entre ellos, todos a la vez.

Luego, Franz y Anna les robaron los caballos y cabalgaron hacia las profundidades de la campiña, donde sobrevivieron comiendo conejos, ciruelas silvestres y setas del campo. A Anna se le daba muy bien recolectar hierbas, y también cantar. Cuando cantaba... Pero muchos de esos recuerdos tenían cerrado el acceso. Los dos adolescentes decidieron dirigirse a la ciudad, donde consiguieron trabajo juntos como sirvientes domésticos.

En aquellos tiempos (y aún hoy, a menudo), los sirvientes vivían en condiciones terribles y nunca tenían un día libre. Sin embargo, Franz sabía terminar deprisa las tareas y luego moverse por ahí sin ser visto. Pronto aprendieron a desaparecer durante períodos de tiempo cada vez más largos entre la extraña costura de las dimensiones, y a recorrer distancias cortas sin que nadie los viera. A los catorce años, Franz ya había leído el contenido de la biblioteca de su señor y estaba ansioso por pasar a otro servicio con una biblioteca mejor. Y, sobre todo, quería visitar el Inframundo, la tierra oscura y compleja que sentía que nunca había desaparecido del todo. Para poder hacerlo, sin embargo, necesitaba conocimientos.

110

Por mucho que buscara, no encontraba lo que quería saber. Trescientos años atrás había muchos más magos en la Tierra. Pero haría unos doscientos que la mayor parte de las sociedades mágicas habían sido aniquiladas por líderes crueles, y después de eso, muchos magos simplemente habían desaparecido.

Dentro de la mente de Franz había una buena parte de la historia de la magia, una especie de línea temporal que iba de los chamanes antiguos a las mujeres sabias, pasando por Hermes Trismegisto, las brujas inglesas, Paracelso, Rodolfo II, John Dee, los rosacrucianos... Pero Franz guió a Maximilian para que saliera de aquellas áreas de su mente y regresara a los recuerdos de aquellos primeros años de su pasado como sirviente.

Un rico visitante de la casa había oído cantar a Anna y se había obsesionado con ella. Era un hombre cruel, aunque a Anna no pareció importarle. Se fue con él para dedicar su vida a los escenarios, cantando óperas nuevas bajo la dirección de aquel hombre. Ese período ocupaba otra zona oscura y prohibida en la mente de Franz. Maximilian captó breves atisbos del hombre que, con un bastón afilado, acudió a llevarse a Anna, cargado de pieles y perfumes exquisitos, y de la ira ciega que sintió Franz. La soledad posterior... Y luego, muchos recuerdos guardados bajo llave.

Tuvo la sensación de que Franz lo guiaba deliberadamente por los innumerables pasillos y túneles de su mente. Ahora parecía que quisiera hacerle experimentar algunos recuerdos concretos de ciertas visitas a la ópera con su nuevo señor, Lupoldus, y de una serie de conciertos de un compositor con una melena rebelde. A Lupoldus le gustaba la ópera porque era ostentosa, pero Franz prefería oír la intensa música que tocaba aquel melenudo en su pianoforte, un instrumento que prácticamente acababa de ser inventado.

Maximilian no entendía por qué lo guiaba todo el rato hacia esos recuerdos. Con tantas cosas interesantes en aquella mente, ¿quién quería quedarse sentado a oír una serie de largos y aburridos conciertos? Sobre todo ahora que estaba aprendiendo cosas sobre su tío. Entonces rebuscó en la mente de Franz para intentar encontrar alguna referencia al hermano de su tío —es decir, a su padre—, pero no encontró ninguna.

—Date prisa —le dijo Franz, telepáticamente—. No hay tiempo para eso... Concéntrate. Escucha la música.

Maximilian regresó a la salita del piano. El hombre que estaba a punto de tocar tenía unas manos muy muy peludas y le asomaban unos tapones de lana de las orejas. Encima del piano, había una jarra de cristal llena de un curioso líquido de un color amarillo fluorescente, junto a un montón de papeles garabateados con la caligrafía más horrible que se pudiera imaginar.

Cuando empezó a tocar, sonó una música lenta y grave, pero muy dramática. Maximilian, con la mente ya totalmente fusionada con la de Franz, vio en aquellas notas, o más bien sintió en ellas, una diminuta gota de lluvia —aunque tal vez fuese la lágrima de un ángel—, seguida de un relámpago que iluminó brevemente un hermoso misterio. Luego, el correteo de los secretos, unas ninfas curiosas y una secuencia de claros escalones rocosos que descendían hacia una cueva subterránea. Una pausa. Uno de los tapones de lana se cayó de la oreja del pianista.

Y entonces... ¡bang!, comenzó. Maximilian nunca había oído una melodía tan rápida e implacable como aquélla. Las notas subían y bajaban por aquí y por allá, más deprisa, más deprisa, la música se volvía más salvaje y profunda, como una gran tormenta en medio de un trágico encuentro amoroso (esa parte tenía que ser un recuerdo de lo que había pensado Franz). A continuación, algo de calma, y de nuevo los secretos y las ninfas. Pero no duró mucho; pronto llegaron unas olas encrespadas que se llevaron los secretos y apareció una especie de barco enorme y...

La sonata continuó. Las peludas manos del pianista se movían de una forma cada vez más violenta y rápida. El tapón de lana que le quedaba se desprendió de la otra oreja, y entonces Maximilian se dio cuenta de que estaba solo en la mente de Franz. Franz se había ido. Y no era como en la desaparición anterior. Todo su ser había partido. Había logrado abandonarse a sí mismo. Eso había ocurrido unos segundos antes, y había dejado a Maximilian solo en su ser, ahora vacío.

¿Adónde había ido? Maximilian dio marcha atrás en el recuerdo. Ahí estaba Franz. Y ahí... ahí ya no estaba. Justo antes de que la mente de Franz desapareciera, Maximilian notó que se fusionaba con la música. Hasta que de repente... Ahí. Una nota más aguda. Una de las lágrimas de los ángeles. Era como si Franz corriera muy deprisa, calculara el salto a la perfección y se las arreglara para que su mente aterrizara en aquel preciso instante y...

Maximilian notó que Franz regresaba. Estaba claro que había aprendido algo, pero no estaba seguro de qué era. Bueno, más o menos lo sabía. Era aquel salto en plena carrera. Pero... ¿adónde había ido Franz? ¿Y por qué Maximilian no había aparecido también allí?

—Muy bien —dijo Franz dentro de la cabeza de Maximilian—. Se te da bien aprender. Ahora desconectémonos y reunámonos en la celda de tu tío. Yo recogeré las llaves por el camino.

Y de pronto, la conexión de Maximilian con Franz desapareció y el pianista se desvaneció, arrastrando todo su mundo con él.

11

Oscurecía ya cuando Effie y Raven salieron por las puertas del colegio y bajaron la cuesta hasta la parada del autobús. Unos cuantos meteoritos jóvenes y atrevidos saltaban impacientes por el cielo, ardiendo a través de la atmósfera casi tan deprisa como las terribles y prescindibles ideas que se presentaban en la reunión de comité de Orwell Bookend, en un sótano lúgubre de la Universidad de Ciudad Antigua. Como siempre, Orwell no tenía ni la menor idea de dónde estaba su hija en realidad.

Normalmente, Effie no veía a ningún niño del Beato Bartolo de camino a casa, porque el Beato Bartolo estaba en el norte de la ciudad y la mayor parte de sus alumnos vivían en el noroeste, o en el oeste, que eran las zonas con más árboles, cafeterías y mercadillos pintorescos de fin de semana. Ella vivía en el sur, donde la mayor parte de los niños iban a la escuela de la señora Joyful y ni siquiera tenían dinero suficiente para el billete de autobús. En cambio, en el que iba hasta el pueblo donde vivía Raven había muchos niños del Beato Bartolo.

Effie y Raven iban sentadas en el piso de arriba, cerca de la primera fila. Los niños del Beato Bartolo iban detrás de todo, con su pinta de ricos y pagados de sí mismos, y con aquellos uniformes negros que olían a velas aromáticas, madera pulida y productos de tintorería. Sus mensáfonos no paraban de sonar. Uno de los chicos iba limpiándose las uñas con algo así como una navaja pequeña. Otro parecía sostener una bola de fuego entre las manos. Eran niños raros, inquietantes.

Incluso los adultos encontraban a los alumnos del Beato Bartolo más bien espeluznantes. La mayoría de los adultos afirmaban en público que no creían en la magia, ni siquiera después del Gran Temblor. No obstante, en privado, muchos temían que si alguien hacía algo de magia verdadera, probablemente serían los niños como aquéllos. Los adultos evitaban los autobuses de regreso del colegio, claro, porque en todos los transportes de la tarde iban niños y nadie en su sano juicio quería verse encerrado en un espacio reducido con ellos. Pero sobre todo evitaban los de los niños del Beato Bartolo, porque, pese a ser los autobuses más nuevos y lujosos que salían de Ciudad Antigua, a menudo se estropeaban o se incendiaban. Tres conductores de esa ruta habían desaparecido. A dos los habían encontrado al cabo de un tiempo viviendo como salvajes en el bosque de Quirin. Del tercero nadie sabía nada.

—¿Por qué siguen repitiendo tu nombre de esa manera tan rara? —murmuró Raven.

Era cierto. Muy de vez en cuando, alguno de los niños de negro de la parte trasera del autobús pronunciaba el nombre Effie, o Euphemia, en una especie de susurro arrastrado. Ella se estaba esforzando para no darle importancia.

—No lo sé —contestó Effie—. Creo que podría tener algo que ver con ese partido de la liga de tenis de mañana.

—¿Quieres que invoque a las Sombras? —preguntó Raven.

Era el primer hechizo que había aprendido después de su epifanía. No te volvía invisible del todo, pero sí que te cubría con una sombra conceptual. A ti y a quien estuviera contigo en ese momento. Con ello se conseguía que casi desaparecieras del todo, y la gente que te rodeaba solía dejar de prestarte atención.

—Puedes probarlo, pero la verdad es que no me importa lo que digan. —Effie iba dándole vueltas al anillo en el dedo—. Sólo quieren asustarnos. En realidad no pueden hacer nada. A lo mejor te convendría más ahorrar fuerza vital.

El autobús avanzó serpenteando por la ciudad y bajó por los campos donde los arces brillaban con los tonos naranja y rosados del principio del crepúsculo. Effie pensó que le encantaría poder hacer magia. Y no era la primera vez. Por supuesto, se podría decir que viajar a otra dimensión ya era hacer magia, aunque para Effie eso no contaba. Y también estaba lo de su fuerza increíble y el poder que tenía cuando llevaba el anillo... Aun así, no podía hacer magia de verdad, como lanzar hechizos o leer la mente de los demás. A lo mejor si descubría su arte... Pero ya se había metido en un lío por eso.

En la siguiente parada se bajaron más alumnos del Beato Bartolo. Tres chicos mayores, vestidos con capas negras de terciopelo, subieron la escalera dando fuertes pisotones. Dos de ellos se sentaron en el asiento doble que quedaba al lado del de Effie y Raven; el otro, delante de ellos, con las piernas abiertas como un holgazán. Llevaba el pelo largo, de un color castaño rojizo y brillante. Los otros dos lo tenían negro. Effie oyó que Raven tragaba saliva. Su amiga ocupaba el asiento de pasillo, y por tanto era la que estaba más cerca de ellos. Uno de los chicos llevaba una mochila gigantesca. Otro sostenía un palo de madera. El del pelo rojizo portaba una radio de la que brotaba el ritmo sordo y anodino del hip-hop de las Fronteras.

—Vaya, vaya —dijo—. Basura de Tusitala. En nuestro autobús.

Effie sabía que Raven solía tomar el autobús anterior, en el que viajaban bastantes menos alumnos del Beato Bartolo. Pero el entrenador Bruce no era conocido precisamente por su brevedad (¿por qué decir algo en diez palabras, si uno podía darle vueltas y vueltas hasta alargarlo hasta cien o mil?) y había prolongado su charla estratégica al equipo de tenis hasta bastante después de la campanada que señalaba el fin de la jornada escolar.

El chico del pelo negro que iba sentado junto a la ventanilla sonrió con desdén.

116

—Incluida, según creo, la chica Truelove. La misma que, si son ciertos los rumores, mañana va a ganarnos al tenis. —Se echó a reír—. Aunque viéndola ahora aquí, no me parece que pueda ganarle a nadie en nada. No nos habían dicho que tenía esa pinta tan canija, enclenque y lastimera.

Effie miró de reojo a Raven. Había llegado el momento de invocar a las Sombras, pero la muchacha no conseguía intercambiar una mirada con su amiga. A Raven se la veía paralizada. ¿Y si los chicos...? Tuvo la horrible sensación de que estaban haciendo algo de magia, y que Raven no había sido capaz de bloquearla. Effie se sintió extrañamente impotente, y no era la primera vez que le ocurría. Por supuesto, con su fuerza podía reducirlos fácilmente a todos ellos y obligarlos a parar, pero ¿de qué le sirve a uno la fuerza si no le gusta recurrir a la violencia para solucionar las cosas?

—¿Raven? —dijo, pero su amiga no contestó, así que Effie se volvió hacia los chicos—: ¿Qué le habéis hecho?

El chico de la ventanilla parecía a punto de contestar algo, pero justo en ese momento el autobús dio una sacudida, se estremeció, derrapó de un modo peligroso hacia la derecha y terminó hundiendo la mitad delantera en un gran matorral de espino blanco. La mochila del chico acabó bajo las piernas de Effie, y aquel palo tan raro del que estaba a su lado fue a parar al regazo de Raven, de modo que la magia que la había afectado, fuera cual fuese, se desvaneció. Y justo cuando Effie cogía el palo para devolvérselo al chico, Raven consiguió invocar a las Sombras.

—¿Dónde se han metido? —preguntó el pelirrojo.

—¿Y dónde está mi caduceo? —dijo el que estaba más cerca de las chicas, aunque pronunció la palabra «caduceo» de un modo muy extraño.

Seguro que se refería al palo. Al sostenerlo en la mano, Effie experimentó una sensación similar a la que podría sentir alguien al meterse en un baño caliente tras una larga jornada, o al tumbarse al sol en un prado tranquilo una perfecta tarde de verano.

Cualquiera podía ver que aquel caduceo era muy antiguo. Estaba hecho de madera oscura y pulida, y tenía dos serpientes enrolladas alrededor del eje, con un par de alas talladas en la parte superior. Por suerte, gracias al hechizo de Raven, Effie no tenía que devolverlo de inmediato, aunque ésa había sido su primera intención. No sólo sentía una agradable calidez al sostenerlo, sino que de pronto se dio cuenta de que podía ver, oír y entender mucho mejor que antes cuanto la rodeaba. Y no era un efecto de las Sombras: Effie estaba segura de que era por el caduceo.

Pero ¿qué significaba aquello? De pronto sintió el anhelo de aprender hechizos —hechizos extraños, exóticos, desconocidos— y lanzarlos, algo que no había deseado hasta entonces. También se dio cuenta de que podía captar conversaciones por todo el autobús, y supo con exactitud por qué habían derrapado hasta acabar en el matorral: dos alumnos de primer curso del Beato Bartolo iban haciendo pruebas de control mental, y uno de ellos se había metido en la mente del conductor y todo había salido horrorosamente mal.

De repente, Effie entendió qué era el Beato Bartolo. Era un colegio para magos. Sí, estaba lleno de niños ricos bien vestidos, crueles y arrogantes. Los rumores eran ciertos. Pero todo empezaba a tener sentido si te dabas cuenta de que todos sus alumnos eran magos, con su oscuro poder y su moral ambigua. En aquel momento, Effie sentía la compleja energía que la rodeaba y era capaz de interpretarla con la misma facilidad con que podría leer un libro.

—No tendrías que haberlo hecho —le decía uno de los alumnos de primer curso al otro.

Estaban en el piso de abajo, donde se suponía que su conversación quedaba fuera del alcance de Effie, aunque no iba a ser así mientras ella sostuviera el caduceo.

—Pero si me has retado tú...

—Cuando se enteren los del Gremio te castigarán. ¿Qué va a decir tu padre? Es probable que te expulsen.

—Pero ¡si me has retado tú!

—No, yo no he sido. Lo has hecho todo tú solo. Pringado.

—Pero...

—No me puedo creer que hayas llegado a usar de verdad el control mental con otra persona. Podrían incluso meterte en la cárcel.

De pronto, el autobús consiguió salir marcha atrás del matorral, y el hechizo de las Sombras de Raven se rompió. Tal vez el movimiento repentino le había hecho perder la concentración.

—¡Devuélveme eso! —exclamó el chico de pelo negro del Beato Bartolo, fulminando a Effie con la mirada.

Ella se dio cuenta de que todos estaban viendo cómo se aferraba al caduceo.

—Perdón —dijo—. Iba a hacerlo, pero...

—Ladrona —susurró el otro chico de cabello oscuro.

—No lo hagas, Gregory —le pidió el primero, justo cuando Effie le devolvía el palo.

Entonces se produjo una situación extraña. En el momento en que ella y el chico sostenían a la vez el madero, algo parecido a una sacudida eléctrica recorrió a Effie y el mundo adquirió para ella un brillo repentino. Las cosas parecían enfocadas con una precisión inimaginable y luego... Fuera lo que fuese lo que estaba ocurriendo cesó de manera abrupta, y Effie soltó el caduceo.

—Venga, Leander —dijo Gregory—. Castiguemos a la basura del Tusitala.

—No, vámonos.

Leander intercambió una mirada con Effie. Ella entendió de pronto que el objeto que acababa de tener en sus manos era un adminículo... Un adminículo que había funcionado, de modo que, fuera cual fuese el *kharakter* de aquel chico, también era el suyo. Sin embargo, no pudo preguntarle cuál era porque justo en ese momento los tres se levantaron y se dirigieron hacia la escalera, con sus capas negras revoloteando a sus espaldas. Effie quería salir tras ellos y preguntarle a ese tal Leander qué significaba aquel extraño palo de madera, pero ya era demasiado tarde.

—Bueno, ¿qué ha pasado? —preguntó Raven.

—No estoy segura —contestó Effie.

—¿Por qué te miraba así? ¿Y qué era ese palo que tenías en las manos?

—No lo sé con exactitud. Pero te hablaré de ello en cuanto nos bajemos.

—Desde luego, era un adminículo —concluyó Raven después de reflexionar sobre todo lo que le había contado Effie.

—Yo he pensado lo mismo —respondió ésta—. Pero ¿qué significa?

Las dos chicas estaban sentadas en la enorme cama de Raven, bebiendo chocolate caliente y comiendo pastel casero. Por lo visto, cuando estaba estresada, a Laurel Wilde le daba por hacer pasteles. Y algo particularmente molesto debía de haber ocurrido, porque al entrar en la cocina las chicas se habían encontrado un bizcocho Victoria, un pastel helado de frutas, una Selva Negra, una tarta grande de melaza, una integral de zanahoria y un montón de magdalenas, galletas de mantequilla y barritas de avena.

No había nadie cuando llegaron. Laurel no estaba, y tampoco Skylurian. Sólo montones y montones de ejemplares de *Los elegidos* por todas partes. Effie ya había cogido un ejemplar y se lo había guardado en la cartera del colegio. Su amiga le había asegurado que nadie lo echaría en falta. Luego se habían ido al cuarto de Raven. Era un espacio acogedor en lo alto de una de las cuatro extravagantes torrecillas cuadradas, con su propia escalera de acceso. También tenía una puerta que daba a las almenas, desde donde se veía el pueblo a un lado y, al otro, el jardín, los establos y el páramo. En la habitación de Raven había una gran cama con dosel, un escritorio de roble y muchos estantes abarrotados de libros.

—¡Debe de ser tu habilidad secundaria! —dijo Raven, en plena excitación—. Tu arte. ¡Seguro que el adminículo tiene que ver con eso!

Alargó un brazo para coger otro pedazo de pastel integral de zanahoria, que era su favorito, y le pasó a Effie un trozo de bizcocho Victoria. Laurel Wilde se negaba a comer buena parte de los ingredientes que suelen llevar los pasteles porque los consideraba poco saludables, y había que prestar atención porque a veces decidía hacerlos con patata en vez de harina, o berenjenas en vez de mantequilla. Como los que tenían mejor pinta solían ser los que sabían peor, las chicas no se habían hecho grandes ilusiones con el bizcocho Victoria. Les sorprendió comprobar que, de hecho, estaba muy bueno.

—Pero yo no quiero ser maga —dijo Effie, con la boca llena de tarta—. Estoy segura de que todos los que van al Beato Bartolo son magos. Lo he percibido mientras sujetaba el caduceo. Pero yo no me siento como una maga. Por alguna razón, no me parece adecuado. No sé por qué. A Maximilian le pega, pero no estoy segura de que sea lo adecuado para mí.

—Bueno, me da la sensación de que el caduceo no es un adminículo propio de magos —repuso Raven—. ¿Me vuelves a contar exactamente qué te ha hecho sentir?

—Estaba más conectada con todo. Oía todas las conversaciones a mi alrededor. Quería lanzar un hechizo, pero...

—Los magos no lanzan hechizos.

—Ah, ¿no?

—No.

—¿Y tú cómo sabes todo eso?

Raven sacudió su melena negra.

—Fui a la biblioteca. Lo hice porque podía ir a las clases del doctor Green. Él me dio una lista de lecturas. Y luego me encontré con aquel bibliotecario tan servicial. Me recomendó... Esto... ¿*El nosequé del nosequé del nosecuántos?*

—¿*El repertorio de kharakter, arte y matiz*?

—¡Eso es! Voy a buscarlo; lo tengo aquí, en la estantería. Quería echarle un vistazo porque yo tampoco sé cuál es mi arte. Pero me pareció un libro demasiado largo y un poco complicado, y no he conseguido acabarlo. Aun así, el primer *kharakter* que salía era el de mago, de modo que ése sí me lo leí. Espera...

Hasta ese momento, Effie no se había fijado mucho en la biblioteca de Raven, salvo para constatar que tenía muchos libros. Al observarla de nuevo, le pareció que había más ejemplares que nunca. Vio muchos que parecían antiguos, encuadernados en tela, con títulos como *Trazar un círculo* y *Ritos de la naturaleza*. Había toda clase de almanaques, guías sobre la luna y las mareas, libros de hierbas, flores y setas y, en un montoncito, diversos panfletos atados con cuerda, todos escritos por una mujer llamada Glennie Kindred.

—¡Uala! —exclamó Effie—. ¿De dónde has sacado todos esos libros nuevos?

—Mi madre tiene cuenta en Libros Agua de Rosas, en Ciudad Antigua —explicó su amiga—. Me dejan sacar todos los libros que quiera. Y si no tienen algún título, lo pueden pedir. Y luego, para cosas más raras, está la biblioteca.

Raven alargó un brazo para bajar un grueso volumen de tapa dura encuadernado en tela verde. Se lo pasó a Effie. Era sólido y pesado, salvo por la delicada cinta dorada que serpenteaba entre las páginas.

Effie lo hojeó. Aquel libro seguía fascinándola. Volvió a experimentar algo parecido a lo que había sentido al sostener el caduceo. Era de lo más extraño. De nuevo tenía aquella sensación cálida y más o menos agradable. En sus páginas encontró toda clase de palabras y frases que la intrigaban. En la sección de «El mago», leyó: «El verdadero mago tratará la oscuridad como si fuera terciopelo negro, el flanco de un caballo difícil, la profundidad del océano, la negrura de la noche.» En la sección sobre «El sanador» había un hermoso dibujo de un enmarañado manojo medicinal. Effie tenía ganas de seguir leyendo.

—¿Puedo...? —empezó—. O sea, ¿te importa si...?

—¿Quieres que te lo preste? —dijo Raven—. Claro. Lo saqué el martes pasado y me dieron tres semanas. Siempre puedo volver a sacarlo. O intentar encargar uno en Libros Agua de Rosas. Aunque por lo visto es un libro muy raro y ahora sólo se consigue de segunda mano.

—¿Estás segura? —preguntó Effie—. Te prometo que no lo perderé.

—Ya sé que no lo perderás —contestó Raven con una sonrisa—. Además, el señor de la biblioteca me dijo que les había lanzado un hechizo de vuelta a casa a todos los libros especiales para que regresen solos cuando se pierden.

—Gracias.

Effie guardó el libro en su cartera, encima del ejemplar de *Los elegidos* que había cogido en el piso de abajo.

—¿Estás totalmente segura de que a tu madre no le importará? —preguntó Effie—. Me refiero al ejemplar de *Los elegidos*.

—Dudo que se dé cuenta. Skylurian, en cambio, podría. Se pone muy rara con esos libros. Pero si tu padre lo va a llevar al ayuntamiento el viernes, acabará de todos modos en el mismo sitio.

—¿Por qué hay tantos ejemplares por todas partes?

—Por la convocatoria —contestó Raven.

—¿Qué convocatoria?

Raven sonrió y negó con la cabeza.

—¿Es que vives en otro planeta?

—Más o menos. Bueno, supongo que es porque he pasado mucho tiempo en el Altermundo.

Antes de perder su tarjeta de citación, Effie había mostrado más interés por el Altermundo que por el Veromundo. El tiempo que pasaba en el Veromundo le parecía cada vez menos importante, y había dejado de prestarle atención. Sólo en aquel momento se dio cuenta de que ni siquiera se había enterado de para qué quería su padre un ejemplar de *Los elegidos*. Lo único que sabía era que debía conseguir uno para que él le devolviera la caja y así poder regresar al Altermundo.

—Entonces ¿ni siquiera sabes para qué quiere tu padre un ejemplar del libro?

—Dijo algo sobre venderlo por cincuenta libras. Pero, aparte de eso, no sé nada.

—Vale, pues, en resumidas cuentas, mamá y Skylurian están intentando que gente de todo el planeta devuelva sus ejemplares de *Los elegidos* a cambio de cincuenta libras, o del equivalente en la moneda que use cada uno. Algunos se han dado cuenta de que ellas quieren desesperadamente esos libros, y han empezado a pedir más dinero. Pagan lo que les pidan... pero no le cuentes eso a tu padre.

—Pero... ¿por qué lo hacen?

—Porque están preparando una edición limitada de un solo volumen. O sea, quieren que sólo haya un ejemplar en todo el mundo.

—¿Y por qué querrían hacer algo así?

—Porque hay un hombre muy rico que está dispuesto a comprar el último ejemplar de la Tierra por mil millones de libras. Albion Freake.

—Pero...

Fuera lo que fuese lo que iba a decir Effie quedó perdido entre el aleteo y el repique que sonó en el cristal de la ventana. Cuando Raven la abrió, entró un petirrojo y se posó en su mano. Ella adoptó de inmediato una expresión soñadora y se puso a sonreír y asentir, como si hablara con el petirrojo. Tal vez estuvieran hablando de verdad. Tras un último gesto de asentimiento le dio un besito al petirrojo, que se plantó de un salto en el alféizar antes de alzar el vuelo.

—Qué cosa tan rara —dijo Raven.

—¿El qué?

—Hay un chico perdido en el páramo. —Raven tragó saliva—. Y se ve que lo conozco. La red cósmica es un poco débil a estas horas cuando viene del páramo, pero cuando el petirrojo se ha enterado de que era alguien relacionado conmigo...

—¿Quién es? —preguntó Effie—. No creerás que puede ser...

—¡Maximilian! —exclamaron las dos a la vez.

—Tenemos que ir a rescatarlo —dijo Raven—. ¿Sabes montar a caballo?

—Sí —respondió Effie al instante, sin pensarlo.

No pretendía mentir. En cierto modo, creía realmente que era capaz de montar: quizá porque en muchos de los libros que había leído en el Altermundo los protagonistas iban a caballo. Además, tan difícil no podía ser. Salió a toda prisa detrás de Raven, bajaron unos peldaños hasta el descansillo y luego descendieron por la crujiente escalera de caracol que llevaba a la sala principal del edificio. Seguía sin haber rastro de Laurel o Skylurian.

Raven cogió algunas provisiones: caramelos de menta y terrones de azúcar para los caballos, y más bizcocho para ella, Effie y Maximilian. Envolvió el bizcocho en papel de aluminio y lo guardó en su mochila. Effie se fijó en que también guardaba su varula, el adminículo que ella misma le había regalado unas semanas antes, cuando epifanizaron juntas. Era una vara fina, cortada tres siglos atrás de un avellano especialmente místico.

Luego Effie siguió a su amiga hasta el cuartito del vestíbulo donde guardaban las botas. Había tantos pares viejos de botas y guantes, y tantos cascos de montar, que a Raven no le costó nada encontrar todo lo que necesitaba Effie. Por suerte, calzaba el mismo pie que Laurel Wilde.

—¿No le molestará? —preguntó Effie al ver que Raven le pasaba un par de botas de cuero de su madre, preciosas pero prácticamente intactas.

—Ya no tiene tiempo de montar —contestó Raven—. Se alegrará de saber que hemos sacado a *Jet*.

Las dos cogieron unas cómodas chaquetas impermeables de las perchas que había junto a la puerta, y salieron al frío del anochecer llevando cada una su silla y unas bridas (Effie las cargó imitando a Raven).

Eco resopló con suavidad al aire de una noche aún temprana cuando oyó acercarse los pasos de Raven. Nadie había montado al pobre *Jet* desde hacía días, y estaba plantado tristemente en su establo, sin ninguna esperanza de que le ocurriera algo bueno. Desde luego, no esperaba que... Vaya. ¿Quién era esa chica que abría la puerta del establo? *Jet* estaba casi decidido a soltarle una coz, pero algo en el aspecto de aquella jovencita lo detuvo. Era... Era...

—¿Sabes cómo ensillarlo? —preguntó Raven.

—No —dijo Effie—. Pero puedo intentarlo.

Raven se echó a reír.

—¡Ja, ja! ¡Qué graciosa eres! Aprender a ensillar correctamente cuesta años. Y a *Jet* le gusta que lo ensillen de una manera concreta.

Effie se quedó mirando mientras Raven ponía las sillas y las bridas a ambos caballos con manos expertas. De hecho, ni siquiera sabía cómo se llamaban la mitad de las cosas que veía hacer a su amiga. *Eco* y *Jet* pisotearon el suelo de tierra un par de veces, y cuando uno de los dos relinchó, el otro lo imitó. Sus alientos flotaron, casi congelados, en el aire de noviembre.

Cuando *Jet* estuvo listo, Raven le sujetó las riendas.

—Bueno, ya puedes montar —le dijo a su amiga.

Effie se quedó mirando a aquel poni grande que tenía delante. Era negro y reluciente, con un extraño brillo en los ojos. De pronto tuvo miedo. En realidad, ni siquiera sabía cómo montar en el caballo. Era mucho más grande de lo que había pensado y...

—Venga —la acució Raven—. No queremos que Maximilian se pierda del todo.

—Lo siento —se disculpó Effie.

Se acercó a *Jet* con pasos cautelosos, pero el gran poni se quedó totalmente quieto mientras ella encajaba un pie en el estribo y montaba con un movimiento ágil. Era más fácil de lo que había pensado. Raven le pasó las riendas.

—Ya sé que lo has hecho otras veces —le dijo—. Pero por si acaso te has olvidado, tienes que poner los pies así, y sujetar las riendas de esta manera y...

Con movimientos expertos, Raven le fue ajustando las piernas y las manos y le cambió el largo de los estribos para que quedaran a la altura idónea. Luego, con mucho menos alboroto, montó en *Eco* y avanzó al trote por el estrecho sendero, hacia el camino de herradura que llevaba al páramo.

Effie no sabía qué debía hacer a continuación. ¿Cómo se lograba que un caballo se moviera? Recordaba una lección de hípica con la clase de primaria, pero, para que el caballo se pusiera en marcha, ¿se le daba una patada o había que tirar de las riendas? ¿Cómo lo hacían en los libros? Probó a apretar un poco con las piernas y, para su sorpresa, *Jet* empezó a caminar hacia delante. Effie tenía una sensación muy extraña al ir tan alta, sentada encima de un animal que se movía bajo su cuerpo de aquella forma tan rara, como si caminara de lado.

—¡Venga! —acució Raven, por delante de ella—. ¡A medio galope!

Algo hizo que *Jet* —tal vez fuera la mera mención de la palabra «galope»— pasara de su caminar majestuoso a una especie de trote rápido mientras Effie apretaba las rodillas en su flanco y tiraba de las riendas haciendo un esfuerzo enorme para no caerse.

—Oye una cosa, amiguita —dijo una voz lenta y grave en el cerebro de Effie. Era una voz refinada, de otro tiempo, como las que suenan en los libros antiguos—. ¿Te importaría no tirar de las riendas con tanta fuerza, por favor? Es que me destroza los dientes. Eso es, bien hecho.

Effie soltó un poco las riendas de inmediato. Pero ¿de dónde salía esa voz? No podía ser... ¿Era *Jet* el que le hablaba? Pero ¿cómo? ¡Effie no era una bruja! Y, desde luego, ¡sólo las brujas podían hablar con los animales!

—Lo siento —dijo Effie, con su voz mental.

—Gracias —contestó *Jet*.

—Pero ¿cómo lo hago para no caerme? —preguntó Effie.

Ahora que no se agarraba con tanta fuerza a las riendas, tenía verdaderamente la sensación de que iba a caerse en cualquier momento.

—Pues agarrándome la crin, por supuesto. ¡Así no!, niña querida. Sin tirar. Mejor así. Bien. Bueno, ¿estás lista?

—¿Para qué?

—Ah, es que puedo ir mucho más deprisa que ahora.

—Bueno...

—Bien. Entonces, vamos —dijo *Jet*—. Sobrevivirás, estoy seguro. Según tengo entendido, todos los héroes auténticos saben montar a caballo. Está en los libros.

12

Sonó la campanilla al abrirse la puerta de la Bollería de la señora Bottle. Habían pasado una tarde tranquila, y Lexy tenía ganas de que ocurriera algo interesante. El caso es que la Bollería de la señora Bottle no era un negocio demasiado rentable, y últimamente la cafetería funcionaba más como punto de encuentro para estudiantes locales que como auténtico portal. Al fin y al cabo, nadie sabía con exactitud adónde llevaba aquel portal ni cómo regresar. Eso la convertía en una puerta guay entre los jóvenes epifanizados de la ciudad. Pero, por supuesto, la gente guay no iba a ningún lado los martes.

—Un momento —dijo Hazel, la madre de Lexy, al tiempo que se secaba las manos en un trapo y salía de la trastienda—. Ah, eres tú, Arnold.

¿Arnold? Ése era el nombre de pila del doctor Green. No era posible que estuviera allí, ¿no? Lexy soltó el tónico en el que estaba trabajando —un sirope rojo intenso de escaramujo— y echó un vistazo desde la cocina. ¡Sí, era el doctor Green! Por alguna razón, le entró una timidez repentina. Quiso saludar, pero vio que no podía. ¿Y si no se acordaba de ella? ¿Y si se acordaba? Tuvo la sensación de que si él le decía algo se moriría.

Así que regresó a la cocina e hizo ver que seguía trabajando en su tónico. Todo el mundo sabe que el sirope de escaramujo hay que removerlo con mucha suavidad. Sin embargo, Lexy se olvidó de eso enseguida, y el resultado fue que el tónico se llenó de pelillos medio venenosos que flotaban en su superficie. Por suerte, estaba a punto de tirarlo todo al suelo, así que no importaba demasiado.

—Octavia está arriba —dijo Hazel, después de intercambiar unas cuantas palabras de mera cortesía con el doctor—. Suba directamente, creo que está esperándolo.

¡Otra cita! ¡Claro, tenía que ser eso! Como era de prever, Lexy derramó la jarra entera de sirope de escaramujo al intentar echarle otro vistazo al doctor Green cuando éste pasó en dirección a la puerta que llevaba al piso de la tía Octavia. Iba vestido casi exactamente igual que el día anterior, con un traje de calle marrón y unos apropiados zapatos del mismo color. Sin embargo, tal vez para honrar la cita, se había puesto una llamativa camisa turquesa de seda tan poco conjuntada con el resto de la ropa que casi quedaba bien.

La tía Octavia no había tenido mucha suerte con los hombres. Su primer novio había resultado ser, por desgracia, un vampiro demoníaco que se había presentado en la bollería supuestamente en busca del camino de vuelta al Altermundo. Los demonios, como todo el mundo sabe, suelen ser proyecciones de los miedos y problemas secretos de las personas. Aquel vampiro representaba el miedo al compromiso de un pastelero de un pueblecito del Altermundo que, por lo demás, parecía una persona agradable. Octavia no llegó a conocer al pastelero, pero desde luego nunca olvidaría a su demonio.

Luego llegó aquel periodista guapo de la *Gaceta*, que, según se demostró después, sólo quería averiguar cosas sobre los portales y el Altermundo para poder escribir un reportaje. El siguiente fue un artista a quien lo único que le interesaba era la luz del piso de Octavia, y luego llegó un joven oboísta que no hacía más que invitar a todas sus amigas músicas para oír discos en silencio, hasta que se fugó con una de ellas.

A causa de aquellas experiencias, Octavia Bottle había renunciado por completo a los hombres. Pero entonces apareció Arnold. El dulce y querido Arnold. Habían intercambiado una mirada cada uno desde el sitio que ocupaban a ambos lados de una mesa de madera en el último encuentro de la sección que el Gremio de Artífices tenía en Ciudad Antigua. Debían hablar de los niños recién epifanizados en esa zona y plantearse qué hacer con ellos. Octavia nunca tenía gran cosa que decir en esas reuniones, pero en aquella ocasión había sido capaz de describir cómo la menor de los Truelove, Euphemia —conocida como Effie, bendita sea—, se había pasado por su local en una fría tarde de octubre con una bolsa llena de extraños adminículos, sin ser consciente siquiera de que acababa de pasar su epifanía.

Effie se acostumbró enseguida al movimiento rápido y suave del caballo bajo su cuerpo. Empezaba a tener calor y se dio cuenta de que en parte se debía a que el propio *Jet* se estaba acalorando. Sus lustrosos flancos negros despedían vapor y también sus grandes ollares. A medida que iba ganando velocidad, Effie empezó a sentirse casi liviana, como si volara. *Jet* apenas se volvió a dirigir a ella, excepto por algún «¡Agárrate!» de vez en cuando, o un «¡Cuidado!», o incluso —sólo una vez, cuando pasaban por una pequeña arboleda— un «¡Agáchate!».

Montar a caballo era lo más excitante que Effie había hecho en su vida. Entendía que a Raven le gustara tanto. El aire era suave y fresco, y a menudo alguna estrella fugaz iluminaba el cielo. Effie nunca había experimentado nada como el silencio del páramo... Al menos hasta que había estado en el Altermundo. De hecho, el páramo también se parecía al Altermundo en otras cosas. Tenía la misma atmósfera de calma y ensueño, como si uno estuviera muy lejos de todo.

Tras unos diez minutos más, Raven y *Eco* aminoraron la marcha. Effie tiró suavemente de las riendas de *Jet*, y el caballo redujo la velocidad hasta adoptar un trote rápido, luego un trote lento y por último avanzar al paso. Había oscurecido bastante y Effie no veía demasiado. Distinguía algunas siluetas que parecían casas, aunque la mayoría no tenían tejados.

—¿Dónde estamos? —preguntó a Raven.

—Muy cerca de Maximilian, creo —contestó ésta—. Sólo tengo que encontrar... Ajá.

En la oscuridad, Effie alcanzó a ver tres figuras que salían de una de las casas sin tejado. Parecían grandes bolas flotantes de algodón, o nubes muy pequeñas y bajas. El sonoro «baaaaa» que emitían también ayudaba a identificarlas. Parecía que estuvieran intentando hablar con Raven. Debían de haber oído algo a través de la red cósmica.

—Dicen que vuestro amigo está un poco más allá, al otro lado del río —tradujo *Jet* para Effie.

—Dicen... —empezó a contarle Raven.

—No te preocupes —la interrumpió Effie—. Ya me lo ha contado *Jet*.

—Pero ¿cómo...?

Effie se encogió de hombros.

—Resulta que los héroes auténticos pueden hablar con los caballos. Y también montarlos. ¡Venga, vamos!

Effie dio un toque con los talones al flanco de *Jet*, y su montura adoptó casi de inmediato un medio galope, como en aquellas películas antiguas del salvaje Oeste. Esta vez, a Raven le tocó ir detrás. Dejaron atrás las casas sin tejado y llegaron hasta la orilla de un río. El caudal estaba bajo, y los caballos, agradecidos, bebieron un poco de agua antes de cruzar al otro lado.

—Aquí es donde lo vi —dijo Raven mientras los caballos vadeaban lentamente el río—. Cerca de aquí. Había una especie de... Yo qué sé. Como un brillo misterioso en el aire. Ahora, como está oscuro, no puedo verlo.

—¿Qué crees que era?

—No lo sé. Pero es un poco raro que Maximilian ande por aquí. Me pregunto cómo habrá llegado, y si habrá alguna conexión...

—Eso suponiendo que siga por aquí.

—Sigue. Las ovejas dicen que ha estado dando vueltas por esta zona las dos últimas horas. Quizá los magos no tengan demasiados conocimientos de supervivencia en la naturaleza.

Effie no pudo evitar sonreír en la oscuridad.

—Quizá.

—Vamos. Ha de estar por aquí, en algún sitio.

Un poco más adelante, Effie oyó un relincho, una protesta exaltada que no procedía de *Jet* ni de *Eco*. Habían llegado a una ladera en la que pastaban algunos ponis salvajes, y uno de ellos se acercó a las chicas y empezó a contarles dónde estaba Maximilian. Al parecer, había intentado leerles las mentes para descubrir cómo sobrevivir en la naturaleza. Luego había intentado comer hierba, le había sentado mal, se había caído, se había puesto a maldecir a la naturaleza y por último se había echado a llorar.

Los caballos subieron con paso cauteloso por un antiguo sendero que llevaba a la cresta de la colina. Y allí, solitario y tembloroso, encontraron a Maximilian.

—¿Sois un espejismo? —preguntó en tono lúgubre.

—No seas tonto. Los espejismos se ven en el desierto, no en los páramos —contestó Raven.

—Creía que iba a morir. ¿Tenéis algo de comer?

Raven sacó el bizcocho de la mochila y se lo dio a su amigo. Maximilian lo devoró con ansia, echando migas por todas partes y sin dejar de decir cosas incomprensibles: que si lo habían encerrado en una mazmorra, que si había tenido que escaparse para rescatar a su maestro... Finalmente, sacó una pequeña tarjeta y la sacudió en el aire, al tiempo que exclamaba:

—¿Para qué sirve esto en una naturaleza tan inhóspita?

Mientras él parloteaba, Raven dio a los caballos unos terrones de azúcar y unos caramelos de menta.

—Muy bien —le dijo a Maximilian—. ¿Sabes montar a caballo?

—¡Claro que no! —contestó él—. Me parece que ha quedado bastante claro que la naturaleza no se me da bien.

—Bueno, pues habrá que ver cómo te llevamos de vuelta a casa. Crees que podrías agarrarte a una de nosotras mientras...

—Espera... —dijo Maximilian—. De hecho... —Clavó una mirada bastante intensa en Raven—. ¿Te importa si...? —La miró a los ojos—. Ahí. No voy a mirar nada privado, sólo la parte de... Vale. Lo tengo.

—¿Qué has hecho? —preguntó Raven, frotándose la cabeza.

—Aprender a montar —respondió Maximilian—. He descubierto cómo tomar cosas de las mentes de los demás. Es una larga historia. Sea como sea, gracias. Bueno, ahora ya sé montar. Creo que no me va a gustar, pero puedo hacerlo.

—De acuerdo —contestó Raven—. Quédate con *Eco*. Y sé amable con él. No le gusta que le den taconazos ni tirones demasiado fuertes. Lo sujetaré mientras montas.

—¿Y tú qué vas a hacer? —preguntó Effie.

Raven la miró con una tímida sonrisa.

—Bueno —le dijo—. Hay algo que siempre he querido probar.

Metió de nuevo la mano en la mochila y sacó dos varas finas y algo que parecía una rama pequeña de un arbusto muerto. Lo sostuvo todo en una mano, pasó la otra por encima y...

Las piezas cayeron al suelo.

—Oh, no —se lamentó—. Vamos, Raven, concéntrate. A lo mejor si lo intento con...

Repitió los mismos gestos, con el mismo resultado. *Eco* empezó a patear el suelo y a impacientarse. Quería emprender el galope que, con un poco de suerte, lo llevaría directo al lugar donde lo esperaba su avena, su alfalfa y su paja. Se estaba haciendo tarde, y tampoco le gustaba demasiado el bulto que cargaba en el lomo. Olía a cultura y a intelectual, y *Eco* no tenía demasiada paciencia para esas cosas. ¿Y si intentaba tirarlo al suelo? No, mejor que no todavía.

Raven sostuvo de nuevo los tres palos juntos en la mano derecha. Esta vez, al pasar la izquierda por encima se vio una chispa. Effie se dio cuenta de que había visto hacer eso mismo a alguien recientemente. Las tres piezas se habían unido para formar...

—¡Una escoba! —exclamó Effie.

—Hace tiempo que espero el momento de probarla —dijo Raven—. No es que sea muy impresionante, ya lo sé... Es lo máximo que podía permitirme, y eso que junté dos semanadas. Por lo visto, funciona mejor cuando tienes un problema y le das pena. A ver...

Raven montó en la escoba, que se alzó por el aire.

—Vale —dijo—. Ya estoy un poco mareada, pero... ¡Vamos!

Al oír que su amiga bruja pronunciaba con toda claridad la palabra que solían asociar al galope, los dos caballos se pusieron a correr tan deprisa como pudieron y siguieron a la escoba a través del frío anochecer hasta que se encontraron de vuelta en sus establos, cada uno con un gran saco de avena y alfalfa.

Maximilian y Effie siguieron la estela de Raven al pasar por el cuarto de las sillas de montar, y luego por el de las botas, para entrar finalmente en la cocina. Y allí, con un vestido rojo oscuro y el delantal por encima, se encontraron a Skylurian Midzhar.

—¿Qué horas son éstas? —dijo Skylurian a Raven—. Estaba muerta de preocupación. Ah, ya veo que has traído a tus amigos a tomar el té. ¡Podrías haberme avisado! De todos modos, estoy segura de que queda suficiente pastel de carne ahumada para todos. Hola, queridos niños. Creo que no nos conocemos...

—Yo creo que sí —contestó Effie en voz muy baja.

La última vez que había visto a Skylurian Midzhar había sido cuando se enfrentaba al mago malvado que había matado a su abuelo. Leonard Levar había pedido ayuda a Skylurian Midzhar, y ella se había presentado, aunque de hecho no había llegado a participar en el enfrentamiento. Sin embargo, había quedado claro que era una diberi —que formaba parte de una sociedad secreta de devoradores de libros que planeaba hacerle algo terrible al universo—, aunque aquella noche se había limitado a pedirle a Effie que se uniera a ellos. Effie y sus amigos sabían que Skylurian no tramaba nada bueno, pero aún no habían tenido ocasión de demostrarlo.

—¿Dónde está mi madre? —preguntó Raven.

—De gira con sus libros —contestó Skylurian como quien no quiere la cosa—. Una gira relámpago repentina, inesperada.

—¿Y adónde la lleva esa gira?

—Ah, mmm... —Skylurian fingió que necesitaba pensárselo—. ¿Tal vez a Bavaria? ¿A Escandinavia? En cualquier caso, un sitio con una uve en medio.

—¿Cuándo vuelve?

—La semana que viene, creo. O tal vez la siguiente. De todas formas, quedé con ella en que cuidaría de ti mientras tanto. ¡Cómo nos lo vamos a pasar!

Effie y Maximilian se miraron. Un aire gélido recorrió la torre. Era uno de esos lugares que pueden resultar muy acogedores en un momento dado y terriblemente aterradores un instante después. Había muchos pasadizos de piedra y cuadros extraños y cosas que crujían en plena noche. No podían dejar a su amiga allí sola con una diberi. Tenían que... Maximilian mandó un mensaje mental silencioso a Effie y Raven.

—Mis amigos se quedan a dormir —dijo Raven, con voz temblorosa—. ¿Puedes avisar por mensáfono a sus padres?

—Claro que sí, cariño —contestó Skylurian—. Y si van a quedarse, prepararé un suflé de sanguina de postre. Y después tal vez podríamos jugar al ahorcado delante del fuego, ¿no?

—Tenemos deberes —intervino Maximilian.

Era cierto. Tenían deberes. Se suponía que debían escribir algo sobre los viajes a otros mundos para entregárselo a la profesora Beathag Hide a primera hora de la mañana. Sin embargo, Maximilian y Effie todavía no lo sabían. Y tenían cosas mucho más urgentes de las que hablar: por ejemplo, dónde había estado Maximilian con exactitud.

Lexy subió con sigilo la escalera a la luz de la luna que se colaba por un ventanuco. Si la pillaban, diría que sólo iba a ver si les apetecía... ¿Qué? ¿Un té? Pero el doctor Green se había presentado con una botella de vino. Además, los adultos no bebían té por la noche. Siempre se quejaban de que los desvelaba y los tenía haciendo pipí toda la noche. Mmm, ¿tal vez una poción? Aun así, ¿por qué iban a querer una poción? ¿Una poción amorosa, quizá? Lexy se sonrojó sólo de pensarlo. No le gustaba imaginarse al doctor Green enamorado de su tía Octavia. Claro que, si lo estaba, significaba que lo veía más a menudo. Y por alguna razón aquello le parecía extraño y bochornoso.

Desde el interior del pisito, le llegó el entrechocar agudo de la cristalería y la vajilla. Sonaba como si alguien estuviera poniendo la mesa.

—Eso es, querido, siéntese —decía Octavia—. No, no se preocupe por eso. Yo acabaré de prepararlo. Lo he convidado a cenar, así que usted es el invitado. Déjeme que le sirva una buena copa de este maravilloso vino que ha traído. —Sonó un chasquido apagado, y luego un «gluglugluglu»—. Ahí está, cariño. ¡Salud!

Se oyó un crujido, y luego empezó a sonar bajita una música romántica.

—Por nosotros —brindó el doctor Green.

Lexy se dispuso a pasar una larga noche escuchando a escondidas.

13

—¿Un helicóptero? —preguntó Raven—. ¿En el patio del colegio? ¿En serio?

—Vale —dijo Maximilian—. Si sigues diciendo «un helicóptero» en ese plan cada vez que aparezca uno, no vamos a llegar muy lejos. Aunque, si he de ser sincero, ya no salen más helicópteros de verdad, pero sí hay un barco y un carruaje, y un castillo y...

—¿Un castillo?

—Raven —saltó Maximilian—, te lo advierto. Si sigues interrumpiéndome, nos vamos a pasar así toda la noche.

—De acuerdo. Lo siento. Sigue.

Los tres amigos se habían terminado el pastel de carne ahumada y el suflé de sanguina lo más rápido posible para irse al piso de arriba a hacer los deberes. Maximilian iba a dormir en un saco en la torre porque Skylurian había invadido el ala de los invitados, y Effie y Raven dormirían cruzadas en la misma cama. Pero de momento estaban todos sentados en la cama de esta última, mientras Maximilian les contaba su historia.

Le llevó mucho tiempo llegar a la parte en la que los encerraban en las mazmorras. Y en ese punto resultó muy complicado explicar cómo se había metido en la mente de Franz para aprender algunas de las cosas que éste sabía, incluido lo de aquella música tan extraña.

—¿Quién crees que era el hombre del piano? —le preguntó Raven.

—¿Era un compositor famoso? —quiso saber Effie.

—Probablemente —respondió Maximilian—. Investigaré un poco cuando llegue a casa. El caso es que, justo después, oí que llegaban los guardias y desaparecí, tal como había aprendido a hacer en la mente de Franz.

—¿Puedes hacerlo ahora? —preguntó Raven.

—¡No! —exclamó Maximilian—. No voy a malgastar mi capital M en jueguecitos. Lo haré si alguna vez volvemos a correr algún peligro.

—Por ejemplo, ¿si Skylurian viene a asesinarte en plena noche?

—Sí, si Skylurian viene a asesinarme en plena noche os llamaré y podréis ver cómo desaparezco. El caso es que me volví invisible y luego me colé por esa especie de extraño pasillo entre los mundos hasta que llegué a donde tenían detenido a Franz.

—¿Es lo mismo? —preguntó Effie—. ¿Desaparecer y volverse invisible?

—No —aclaró Maximilian—. Pero, por lo que concierne a mi historia, eso no importa. Total, que Franz y yo pudimos escabullirnos hasta la celda de mi tío, pero llegamos tarde porque ya se había ido y...

Raven soltó una exclamación.

—¿Qué pasa? —preguntó Maximilian.

—¿Adónde había ido?

—¡Estoy a punto de contártelo!

La historia de Maximilian avanzó del mismo modo, con interrupciones constantes por parte de Raven y las correspondientes protestas por su parte, aunque a Effie le pareció que su amigo disfrutaba de ser el centro de atención. Ella le había pedido prestado un camisón a Raven y se sentía un poco como si estuviera a punto de acudir a una fiesta bien pomposa. Todos los camisones de Raven eran negros y brillaban; parecían largas túnicas de lujo. Maximilian llevaba un viejo pijama con un estampado de flamencos rosa y lleno de manchas de vino tinto que, según Raven, podría haber pertenecido en algún momento a un poeta.

El joven mago le contó a las chicas cómo había ido avanzando con Franz por el castillo, escondidos en el intersticio entre las dimensiones, hasta que se encontraron en una habitación con dos hombres jóvenes vestidos con gran elegancia. Por algo que oyó de la conversación que mantenían, Franz se detuvo y se llevó un dedo a los labios.

—¿Qué decían? —preguntó Raven.

—Eran espías —aclaró Maximilian—. Les habían encargado que buscaran magos corrompidos y los llevaran al castillo. La princesa hacía de mecenas de los distintos magos de la ciudad. O sea, que financiaba los gastos de sus reuniones. Pero había una profecía sobre un mago deshonesto y...

—¡Lupoldus! —exclamó Raven.

—Sí, exactamente —confirmó Maximilian—. Por lo visto, unas pocas semanas antes, Lupoldus escogió a la persona equivocada para drenarle la energía: creyendo que se trataba de una pobre desgraciada más, acabó eligiendo en realidad a una prima de Elspeth, la adivina de la que ya os he hablado. Lamentablemente, acabó matándola. Uno de los espías estaba diciendo que le parecía que Elspeth se había inventado lo de la profecía para poder vengarse de Lupoldus por lo de su prima. En cualquier caso, nadie quería que un mago deshonesto lo estropeara todo. La princesa estaba planeando un ataque mágico contra las fuerzas de Napoleón, y no quería ningún eslabón débil en su ejército de magos. Y resultó que Lupoldus ni siquiera era un mago de verdad.

—¿Qué crees que era, en realidad? —preguntó Effie.

—¿Qué quieres decir? —respondió Maximilian.

—Bueno, cuál es su *kharakter*. Si no era un mago...

—Ya llegaremos a eso —dijo él en tono misterioso.

—Y entonces ¿qué pasó? —preguntó Raven.

Maximilian describió cómo habían seguido desplazándose Franz y él por el castillo en absoluta invisibilidad, hasta que llegaron al salón de la princesa.

—Ojalá hubierais visto esa estancia —dijo a las chicas—. ¡Era asombrosa! Las paredes estaban pintadas en una tonalidad de granate muy pero que muy oscura, casi negra. Y estaban cubiertas también de símbolos y gráficos. Había esferas y bolas de cristal, y los libros más extraños que podáis imaginaros. Estaban quemando incienso y había bastante humo. En un rincón de la sala, un pianista tocaba una melodía tranquila.

—¿Dónde estaba Lupoldus?

—De rodillas delante de la princesa, suplicando por su vida.

—¡Madre mía! —exclamó Raven.

—¿Cómo era la princesa? —preguntó Effie.

Maximilian describió lo mejor que pudo a la imponente joven que se había encontrado empuñando una daga en dirección al cuello de su tío, pero le pareció que era imposible hacerle justicia. Llevaba un vestido holgado de seda, azul medianoche, con una capa gris oscuro por encima, estampada con lo que al principio le pareció que eran medusas, hasta que entendió que probablemente serían flores. La capa iba atada al cuello con una cinta de seda. Los rizos oscuros le caían sobre los hombros...

A medida que los recuerdos se proyectaban de nuevo en su mente, Maximilian los iba traduciendo como buenamente podía para Effie y Raven.

—Napoleón está en camino —decía la princesa, en la memoria de Maximilian—. Y tú nos has traicionado a todos. Le dijiste dónde encontrar a los magos de la ciudad y a su mecenas, ¿verdad?

—Yo... eh...

Entonces Franz dio un paso adelante desde su escondite intradimensional y se hizo visible de nuevo.

—¿Es eso cierto? —preguntó a Lupoldus.

—¡Por supuesto que no! ¿Dónde estabas? ¡Te ordeno que me liberes de las garras de esta malvada...!

—¡Tú! —exclamó la princesa al ver a Franz.

—¿Anna? —preguntó él—. Pero... Yo creía que la princesa era de... de... París.

—¿No te enteraste de que me fui a París? Intenté por todos los medios posibles hacerte llegar un mensaje... —dijo la princesa—. Da igual. Déjalo y cuéntame de qué conoces a este canalla.

—Pero tú... ¿Cómo...? —balbuceó Franz.

—Por favor, contéstame primero —insistió la princesa—. Tal vez no dispongamos de mucho más tiempo.

—Lupoldus es mi maestro —dijo Franz—. Cuando te fuiste, no fui capaz de seguir en un lugar que me recordara tanto a ti, y entonces...

—¿Hay alguna razón particular por la que no deba ejecutarlo? —preguntó la princesa.

Franz parecía estar pensando con mucha intensidad. Torció la cara hacia un lado, luego hacia el otro, inclinó levemente la cabeza como suelen hacer los animales cuando aguzan el oído para escuchar un ruido. Era como si buscara en el éter una voz que le recordara algún rasgo redentor de Lupoldus. Quedó claro que esa voz no tenía nada que decir. La princesa apartó un poco la daga, lista para clavarla...

Cuando Maximilian empezó a describir la mirada de pánico en los ojos de Lupoldus, Raven tragó saliva.

—No me gustan las escenas violentas —dijo—. Termina ya.

—No pasó nada —explicó Maximilian—. Lo salvé yo.

—¿Tú? ¿Por qué?

—Pues, ¡porque era mi tío! O al menos yo creía que lo era.

—¿Y no lo era? —preguntó Effie—. Ah, ya entiendo. Sólo era tu tío en el cuento. Qué pena. Bueno, quizá.

—¿Qué cuento? —dijo Raven—. Y, en cualquier caso, ¿cómo lo salvaste?

—Usé el control mental con la princesa. Más o menos, estimulé las partes de su cerebro que creían en la bondad y en la amabilidad, y al final no fue capaz de matar a Lupoldus.

—¿No era demasiado fuerte para eso? —quiso saber Effie—. Parecía más fuerte incluso que Franz. O sea, probablemente habría podido bloquearte para que no entraras en su mente.

—Sólo lo conseguí durante un segundo —aclaró Maximilian—. Lo suficiente para lograr que soltara la daga y recordara cuánto había amado a Franz. Mientras ellos dos se abrazaban, agarré a mi tío y me lo llevé al reino de lo oculto. Salimos corriendo, aunque él no estaba acostumbrado a hacer ejercicio y enseguida agotó la energía que robaba a los pobres. Iba respirando con dificultad y resoplando por todas partes, y casi deseé no haberlo salvado, pero ya era demasiado tarde.

—Supongo que tenías que salvarlo para que el cuento funcionara —musitó Effie.

—¿De qué hablas? —preguntó Raven—. ¿Por qué te empeñas en hablar de ese «cuento»?

—Porque es un cuento —contestó Effie.

—¿Qué quieres decir? —insistió Raven, con auténtico desconcierto.

—¿Acaso crees que Maximilian ha estado en la Europa napoleónica de verdad? —le explicó Effie, riéndose—. Ha estado en un libro, tontorrona. Es evidente que era su Último Lector. Como me pasó a mí con *El Valle del Dragón*.

—¿Y cómo quieres que lo sepa? —protestó Raven—. Además, el helicóptero sí que ha venido esta mañana. Lo he oído. ¿Y cómo ha llegado Maximilian al páramo?

—El libro lo habrá soltado cerca de un portal. Eso debe de ser lo que has visto tú en el páramo. ¿Cómo lo has descrito? ¿Como un brillo misterioso? A mí me suena a portal.

—Pero ¿los portales no tenían que estar en cafeterías o en sitios así?

—Sólo los que controla el Gremio —aclaró Effie—. El que uso yo para volver del Altermundo es igual que el que has descrito tú.

—Vaya —dijo Raven—. Entonces...

—¿Es que a nadie le importa un comino cómo termina la historia? —preguntó Maximilian malhumorado.

—Perdón —contestó Effie—. Claro que nos importa.

—¡Me muero de ganas de saberlo! —dijo Raven—. Continúa, por favor.

—Cuando ya llevábamos un rato desplazándonos por el reino de lo oculto, mi tío me suplicó que lo dejara atrás. «Sigue tú, muchacho», me dijo. «Déjame aquí. Mi tiempo se ha acabado. Ahora todos los magos sabrán que soy un impostor. Un chiste en el mejor de los casos; en el peor, un traidor. Van a matarme.»

—Pobre Lupoldus —dijo Raven.

—¿Acaso te has olvidado de cómo les robaba la energía a los pobres? —repuso Effie.

—Pero ¡las personas pueden cambiar!

Maximilian carraspeó con teatralidad, esperó a que las chicas se callaran y prosiguió con el final de la historia. A continuación llegaba una parte bastante larga, en la que Lupoldus se disculpaba ante Maximilian por haberlo decepcionado de aquel modo.

—Nací como embaucador —dijo Lupoldus en la memoria de Maximilian—. Pero anhelaba ser un mago, tener el poder de los magos. Como los embaucadores pueden usar el poder ajeno, me di cuenta de que mientras tuviera empleado a un mago poderoso podría...

En ese momento sonó un estallido y el mundo de lo oculto desapareció. Maximilian intentó regresar, pero fue en vano. Tanto él como su tío quedaron expuestos. Todavía estaban en los terrenos del castillo, aunque se encontraban en el exterior, en un jardín intrincado, con más estatuas cantoras y una serie de complejos laberintos. Maximilian y Lupoldus estaban en la entrada de uno de ellos.

Entonces llegaron el sonido de las explosiones, los gritos de hombres y los relinchos de caballos.

—Napoleón —susurró Lupoldus—. Tenían razón. La verdad es que yo le informé.

—Pero ¿por qué? —preguntó Maximilian.

—Si se cargaba a todos los magos de la ciudad, entonces yo ya no tendría que sentirme avergonzado. —Encogió los hombros—. No sé. A lo mejor no tengo ningún motivo.

Los embaucadores no siempre los tenemos. Somos impredecibles, ya lo has visto.

—Ya. Bueno...

—Tienes que volver con Franz. Él te salvará. Déjame aquí, recorriendo el laberinto. Nadie va a molestarse en meterse en un laberinto para acabar con un hombre. Probablemente, sobreviviré. Los malos tendemos a sobrevivir.

—No creo que seas malo —dijo Maximilian—. A lo mejor tuviste una mala infancia, o... Por cierto, ahora que me acuerdo. Quería preguntarte algo importante. ¿Sabes quién es mi padre? ¿Vive todavía?

Pero Lupoldus ya se había ido, y Maximilian no podía seguirlo por el laberinto si de verdad quería salvarse. Era demasiado arriesgado. Tenía que volver con Franz y la princesa. Sonó otra explosión. Maximilian cayó al suelo. El laberinto ardía en llamas. ¿Sería el fin de Lupoldus? Tal vez no. Probablemente encontraría la manera de salir de allí. Maximilian tosió. No estaba seguro de poder levantarse. Tal vez fuera el fin. Tal vez...

—No lo soporto —protestó Raven—. ¡Cuéntanos qué pasó!

—¡Eso intento! —protestó él.

Maximilian prosiguió con su historia. Lo único que recordaba era que lo estaba ayudando un niño con una fuerza sorprendente, al que reconoció sólo a medias. Era el mismo niño que había ayudado antes a Elspeth, la adivina. Y de pronto estaba también allí la propia Elspeth, invitándolo a seguirla.

—Saludos, gran mago —le dijo—. Ven. Tenemos que darnos prisa.

Maximilian bajó tras la adivina y el niño por un breve tramo de escalera. Por un momento, lo inquietó que pudieran llevarlo de vuelta a las mazmorras. Sin embargo, llegaron enseguida a un pasadizo secreto que terminaba en la estancia contigua al salón de la princesa. Maximilian oyó voces y un siseo repentino. ¿Qué estaba ocurriendo? De algún lado llegaba una melodía.

Cuando entró en la sala, se encontró con una visión extremadamente peculiar. Mientras en el exterior sonaban las explosiones y era evidente que Napoleón se estaba acercando —tal vez su ejército estuviera entrando ya en el castillo—, aquel salón estaba lleno de magos que permanecían inmóviles, escuchando la música que tocaba el pianista. Franz se dio cuenta de que Maximilian había entrado en la sala y le guiñó un ojo. De pronto el chico entendió lo que iban a hacer entre todos.

Estaba claro que algunos magos eran mejores que otros. De uno en uno, iban desapareciendo en la música. Era como si la habitación estuviera llena de burbujas que empezaban a estallar. Maximilian seguía sin saber del todo cómo tenía que hacerlo. Recordaba la carrerilla que había tomado Franz antes de saltar, pero no sabía cómo ni cuándo ni...

Pop, pop, pop, los magos del salón iban desapareciendo.

Pronto no quedó nadie más que Maximilian, Franz y la princesa. Entonces, tras otra ráfaga de notas, la princesa también desapareció.

—Tienes que escoger el momento que más te conmueva —le explicó Franz—. Sólo al conmoverte te moverás con la música. Por ejemplo...

Su rostro adoptó una expresión soñadora. El pianista empezó a recorrer los mismos compases que Maximilian recordaba de la ocasión anterior. Era un pasaje musical verdaderamente hermoso y...

De pronto, se quedó solo. Franz se había ido, y, aunque Maximilian no tenía ni idea de adónde, sí sabía que él también debía irse.

—Será mejor que te muevas —lo urgió el pianista—. Así me dará tiempo a seguir tocando para que pueda largarme yo antes de que lleguen los soldados.

—Pero es que no lo entiendo... —dijo Maximilian.

—Siente la música —le explicó—. Deja que entre en ti y descubrirás que puedes entrar en ella.

—Pero...

—Date prisa.

Maximilian hizo una mueca y trató de sentir la música con todas sus fuerzas. Pero no era tan fácil. Se dio cuenta de que estaba asustado y de que el miedo le impedía concentrarse.

—Intenta relajarte —dijo el pianista—. Deja que en el mundo, aparte de ti, no haya nada más que esta melodía.

Entonces el pianista cerró los ojos y pareció zambullirse en la música con empeño renovado. Maximilian sabía que, si no se daba prisa, el músico desaparecería también y él se quedaría allí, con el ejército acercándose y sin ninguna esperanza de poder huir. ¿Lo matarían a la primera, o antes lo torturarían? Desde luego, ésa no era la forma de relajarse. Era...

—¡Yo me sentí exactamente igual! —exclamó Raven.

—¿Qué? ¿Cuándo? —preguntó Effie.

—Justo después de epifanizar del todo. Con las arañas. Cuando tuve que aprender a hablar con ellas.

—Ah, sí, claro...

—Ejem... —carraspeó entonces Maximilian—. Si no os importa...

—Perdón. Continúa. ¿Qué pasó? ¿Lo hiciste?

—¿Tú qué crees? Claro que lo hice. De lo contrario, ahora no estaría aquí.

—La verdad es que ser el Último Lector es muy peligroso —dijo Effie—. Hay muchas cosas que pueden salir mal. Puedes acabar encerrado para siempre en un libro y...

—En cualquier caso... —la interrumpió Maximilian.

Describió de nuevo el miedo que había sentido ante la cercanía del ejército. ¿Lo matarían de un tiro? ¿Le clavarían la bayoneta? ¿Sangraría mucho? Tal vez lo dejarían allí tirado, desangrándose durante días sin fin...

—¡Basta! —exclamó Raven—. Sólo lo haces porque te he interrumpido.

—Pues no me interrumpas más.

—De acuerdo, pero basta de sangre, por favor.

De vuelta en su historia, Maximilian explicó cómo intentó vaciar su mente de todas aquellas imágenes horribles mientras escuchaba la música que salía del piano.

El pianista había llegado de nuevo a la vertiginosa escala. Maximilian respiró hondo, se relajó y pisó mentalmente una de aquellas notas, y entonces fueron abajoabajoabajo y luego, extrañamente, arribaarribaarriba. Y de pronto...

Ping. Un acorde en do menor para señalar el principio de las olas que rompían y luego la gran tormenta y después...

Y después, Maximilian, abandonado por completo a la música, se vio arrancado del mundo que habitaba y lanzado a través del reino de lo oculto y, ¡bang!, la música se le echó encima en un torbellino torrencial y empezó a caer y caer y caer hasta que...

—Me encontré en el páramo —dijo—. De nuevo en este mundo, en silencio absoluto y con esto en la mano.

Sacó la fina tarjeta plateada del bolsillo. En ella tan sólo había una palabra, impresa en turquesa metalizado: *Pathétique*. Sin ninguna otra explicación.

—Fin —dijo Maximilian.

Aunque eso no había sido el fin, o no del todo. Había una parte que no había contado a sus amigas. Mientras caía, Maximilian había percibido una especie de bifurcación en un camino invisible... suponiendo que uno pueda caer por un camino. A lo lejos había visto que Franz y Anna y los otros magos también caían, como en una especie de extraña y oscura tormenta de nieve, y se había dado cuenta de que el lugar hacia el que caían le resultaba conocido. Era el Inframundo, el lugar al que Maximilian siempre había deseado regresar desde aquella experiencia previa en la que (casi) había hecho de Último Lector. Ahí estaba la granjita, y el río, y...

No podía ir. Esta vez no. No podía cambiar de dirección en la bifurcación. El libro lo estaba expulsando porque su participación en él ya había terminado. Pero percibió que, si era capaz de encontrar de nuevo aquella melodía y escucharla en este mundo, quizá sería capaz de saltar de nuevo y encontrarse otra vez en el camino que llevaba al lugar que tanto ansiaba visitar. Un lugar al que —tal como le había dicho en una ocasión el archivillano Leonard Levar— sólo pueden acudir los magos oscuros.

A Maximilian todavía lo preocupaba un poco qué significaba eso de la magia «oscura». ¿Quería decir que él era malo? Esperaba que no. Él no se sentía malo. Al fin y al cabo, acababa de salvarle la vida a alguien, aunque sólo fuera en un cuento. Aun así, nunca les había contado a sus amigos lo que le había dicho Leonard Levar. Si lo hacía, tal vez dejarían de confiar en él.

Las chicas estaban mirando la tarjeta.

—¿Qué significa? —preguntó Raven.

—Desde luego, es un adminículo —dijo Effie—. Yo también recibí uno cuando terminé mi experiencia como Última Lectora, aparte de un montón de capital M y todas las habilidades que había aprendido a lo largo de la aventura. Seguro que hace algo asombroso. Me pregunto qué será.

Le dio la vuelta entre los dedos y luego se la pasó a Raven.

—¿Qué hace tu adminículo? —le preguntó entonces Raven mientras cogía la tarjeta.

—Me permite visitar el Altermundo siempre que quiera sin usar un portal —explicó Effie—. Y presentarme directamente donde están mis primos. Si no, es imposible llegar hasta allí.

Al decir eso, sintió una horrible punzada. ¿Por qué había sido tan tonta? Effie no podía creerse que hubiera perdido de verdad aquella tarjeta, su más preciada posesión. Pero no podía permitirse que sus amigos vieran lo enojada que estaba.

—Me pregunto para qué servirá ésta —dijo Raven, acariciando la tarjeta plateada una vez más, antes de devolvérsela a Maximilian.

—¿Has probado con las gafas? —le preguntó Effie.

Por lo general, las Gafas del Conocimiento lo sabían todo.

—Creo que todavía están dentro de mi cartera del colegio, en la Biblioteca de Griffin —contestó Maximilian—. No podré recuperarlas hasta mañana. Salvo que entraran conmigo en el libro. —Frunció el ceño—. Pero en ese caso...

¿no habrían salido también? ¿Se puede perder algo en un libro? No tendría ningún sentido.

Normalmente, Effie conocería la respuesta de algo así. Al fin y al cabo, tenía mucha experiencia como Última Lectora. Pero de pronto se había quedado callada y tenía los ojos cerrados. Casi como si estuviera meditando.

—¿Effie? —la llamó Maximilian.

Ella levantó una mano para hacerle saber que estaba pensando. Raven y Maximilian se miraron y se encogieron de hombros. Esperaron. Siguieron esperando.

Entonces, al cabo de un rato, Effie abrió los ojos.

—Ya sé lo que pretende —dijo—. Lo he entendido todo.

—¿Qué? ¿Quién? —preguntó Raven.

—Skylurian Midzhar —contestó Effie—. Sé exactamente lo que está planeando.

14

—¿Alguien ha pronunciado mi nombre? —dijo una voz meliflua que entró en la habitación antes que su propietaria.

—Skylurian —contestó Raven—. Mmm... Hola.

El gusto de Skylurian para los camisones era incluso más extravagante que el de Raven. El que llevaba puesto en ese momento era de auténtica seda, con cuello alto en gorguera. Lo había combinado con una túnica a juego por encima, ribeteada con plumas y piel auténtica. Todo el conjunto era de un rojo brillante, salvo por la piel y las plumas, que eran negras. En los pies llevaba unas zapatillas negras hechas con una sustancia familiar que a Raven le recordaba algo.

Ah, sí. Aquella exposición del Museo de los Escritores a la que habían ido con la profesora Beathag Hide. Allí había visto un par de zapatitos negros como aquéllos, confeccionados, en parte, con pelo. En la visita, Raven había aprendido que una de las hermanas Brontë se remendaba los zapatos con el pelo de sus hermanas muertas, detalle que le había parecido bastante poético, pero también un poquito desagradable. Las zapatillas de Skylurian tenían exactamente la misma pinta que los zapatos de la Brontë, aunque las de la editora acababan en punta y tenían taconcito, y el pelo, si es que era pelo, parecía algo más fresco.

—Qué traviesos sois —dijo Skylurian—. Os voy a perdonar porque doy por hecho que, si seguís despiertos a estas horas, es porque estáis haciendo los deberes. ¿No tenéis mañana la visita de un autor? Creo que hablaréis de viajes a otros mundos. Espero que lo hayáis preparado bien, queridos. Sé de buena tinta que mi estimado Terrence tiene muchas ganas de leer vuestras pequeñas propuestas. Me comentó que quizá se animaría a usar la mejor de todas ellas como punto de partida para su nuevo libro, y que estaría dispuesto a compartir parte de los derechos de autor con el niño que gane. En fin, ya es hora de apagar la luz, queridos.

Y dicho esto, abandonó la habitación.

—Será mejor que nos lo cuentes por la mañana —dijo Raven a Effie en un susurro.

—Y tendremos que hacer todos esos estúpidos deberes en el autobús —añadió Maximilian.

Sonó un horrible sorbido en el piso de Octavia, y Lexy mantuvo la esperanza de que tuviera que ver con alguien que se comía el postre, y no con... —¡no quería ni imaginarlo!—, con dos personas que se besaban.

Sabía que no debería estar allí. De hecho, se estaba planteando irse. Para empezar, aún no había hecho los deberes de la profesora Beathag Hide. Y tenía que terminar el sirope de escaramujo, además de empezar a preparar un manojo medicinal para mantener a Effie a salvo. Al ritmo que llevaba, se iba a pasar toda la noche en pie.

Además, tampoco es que hubiera oído nada especialmente interesante. El doctor Green había felicitado a Octavia por sus guisos, por la elección del vino, por su vestido. Había conseguido pasar una gran parte de la velada hablándole de un partido de fútbol que había seguido por la radio, y luego un buen rato hablando de cuáles eran los mejores aparcamientos de la ciudad. Octavia, por su parte, le había preguntado al doctor Green cuál era su color favorito y si le gustaban más los gatos o los perros.

Sin embargo, justo en aquel momento, tras el sorbido, se pusieron a hablar de Effie.

—Me intrigó mucho —dijo el doctor Green— la historia de la niña de los Truelove que explicaste en la reunión del Gremio. Me gustaría que me la contaras otra vez.

Octavia empezó a narrarle todo lo que había ocurrido el día en que Effie se había presentado en la tienda, justo después de saber que su abuelo había muerto. Le había hecho muchas preguntas sobre magia y epifanía, y sobre el significado de todos los objetos que había heredado y...

—Lo explicas tan bien —la interrumpió entonces el doctor Green— que cualquiera diría que eres un bardo. Recuérdame qué objetos eran ésos.

—Bueno, había un anillo, claro, como ya te he contado, y también un cristal y una especie de varula, creo. También había unas Gafas del Conocimiento, y no sé qué clase de espada del guerrero, pero eso se lo había dado ya a sus amigos.

—¿Y qué se hizo del cristal y la varula?

—La varula fue a parar a manos de una brujita del colegio de Effie —explicó Octavia—. Y el cristal... Bueno, se lo dio a nuestra Lexy, Alexa. Creo que la conoces de tus clases, ¿no? Es muy trabajadora. Muy lista. Será una magnífica sanadora.

Lexy se ruborizó. Al fin y al cabo, no hay nada tan placentero como que alguien te halague mientras estás escuchando. ¿Había llegado al fin el momento de la velada en que se pondrían a hablar de ella, de lo mucho que prometía, de lo trabajadora y diligente que llegaba a ser? Tal vez el doctor Green se ofreciera a darle unas clases especiales de nivel avanzado, o incluso a tomarla como aprendiza. Empezó a fantasear con la idea de que el doctor Green resultara ser un sanador auténtico, como ella. Se imaginó las largas noches que pasarían juntando sus cabezas encima de unas ramitas secas y unas mezclas de infusiones, olvidando la hora, olvidando...

—Y esa niña de los Truelove —dijo el doctor Green—, ¿te pareció problemática?

—¿Quién, Effie? Ah, no. Es tan amable... Tengo entendido que es una auténtica heroína...

—Pero en ese caso su adminículo sería el Anillo del Auténtico Héroe, ¿no?

—Supongo. Sí. Últimamente le ha dado por llevarlo. Así que supongo...

—¿Es consciente de lo raro que es?

—No lo sé —respondió Octavia.

—¿Y dices que lo lleva a todas horas?

—Bueno, sí... Ah, salvo para las competiciones deportivas. Le parece que le da una ventaja desleal. Justo el otro día se lo estaba contando a nuestra Lexy. Pero ¿por qué te interesa tanto el anillo?

—En realidad no me interesa para nada —contestó el doctor Green en tono malhumorado—. En absoluto. ¿Cómo se te ocurre? Me ha encantado oírte contar esa historia, nada más. Siempre que un niño epifaniza me parece reconfortante. Sólo quería conocer los detalles. —Se oyó el ruido de una silla al rascar el suelo—. Bueno, en fin. Tengo que irme.

—Pero... —dijo Octavia, apresurada—, ¿no te apetece un café? Y tengo unos dulces de menta para después de la cena. Y podríamos volver a poner ese disco que tanto te gusta...

De pronto, las voces sonaban justo al otro lado de la puerta. Lexy se escabulló escalera abajo tan deprisa como pudo. Apenas consiguió llegar a la bollería a tiempo antes de que se abriera la puerta y bajara por la escalera el doctor Green.

—Bueno, ¿nos lo vas a contar por fin? —dijo Raven.

Aún no eran ni las ocho y media de una mañana muy fría, oscura y más bien silenciosa en el sótano del colegio. Los únicos ruidos procedían del sistema de la calefacción, que no paraba de soltar unos borborigmos penosos y, de vez en cuando, conseguía emitir un gran jadeo metálico. Todo eso para nada, porque el gran radiador esmaltado seguía helado.

Effie, Maximilian, Wolf, Lexy y Raven temblaban juntos bajo la misma manta grande de lana, un poco rasposa, que alguien había donado con la mejor intención a la Biblioteca de Griffin. No había manera de saber cuánto tiempo llevaba allí. Como todo en aquel colegio, probablemente tendría décadas, o tal vez siglos. Aun así, los niños la agradecían. Por culpa de un apagón, durante la noche la calefacción había dejado de funcionar.

—Sí —contestó Effie—, aunque estoy segura de que todos podéis imaginároslo.

Raven, Maximilian y ella habían estado informando a Lexy y Wolf de todo lo que había ocurrido el día anterior, incluido el rescate de Maximilian en el páramo y su aventura al completo como Último Lector. Eso les había llevado bastante tiempo. Luego Effie había vuelto a decir que sabía exactamente lo que planeaba Skylurian.

—Pues dínoslo —la conminó Wolf.

—¡Por favor! —exclamó Raven.

—De acuerdo. A ver, ¿qué sabemos de las últimas ediciones de libros?

—Si lees una, te conviertes en su Último Lector y consigues entrar en el libro y vivirlo —explicó Raven.

—Y salir de él con adminículos y cosas por el estilo —añadió Wolf.

—Y con un montón de capital M —apuntó Maximilian. Hizo una pausa y frunció el ceño—. Ay. Ajá. Ya lo veo.

—¿Qué ves? —preguntó Lexy con un bostezo.

Al final tan sólo había dormido una hora, y se había visto obligada a hacer los deberes a la luz de una vela porque el apagón se había producido en el mismo instante en que ella abría su cuaderno.

Raven tampoco había dormido bien. Durante el día, casi había conseguido olvidar la profecía que afirmaba que su amiga Effie iba a morir el viernes, pero por la noche se había despertado varias veces con pesadillas horribles.

—Skylurian Midzhar está muy ocupada ahora mismo intentando convertir *Los elegidos* en una última edición —explicó Effie—. Está destruyendo todos los ejemplares del mundo, salvo por esa «edición limitada de un único volumen» que prepara para Albion Freake, que sin duda es otro diberi, un devorador de libros. Se supone que Albion Freake tiene la intención de convertirse en el Último Lector de *Los elegidos* cuando consuma el último ejemplar del libro y luego lo destruya. Alguien me contó que, cuanta más gente haya leído y amado un libro, más poder atesora. No debe de haber muchos libros más poderosos que *Los elegidos*. Si Albion Freake lee la última edición, se volverá tan poderoso que podrá hacer prácticamente cualquier cosa.

—¿Y qué gana Skylurian con eso? —preguntó Wolf.

—Mil millones de libras, para empezar —dijo Raven.

Effie frunció el ceño.

—Es una buena pregunta. Tiene que haber algo más. Skylurian ya es una mujer rica... —Negó con la cabeza—. No sé. Hay algo que se me escapa, pero no estoy segura de qué podría ser.

Después de la experiencia en el mercado de los Confines, Effie se había prometido a sí misma no volver a creer en las apariencias de nadie. En aquel caso, como en todos, había algo más de lo que se apreciaba a primera vista. Sólo tenía que asegurarse de averiguar siempre de qué se trataba. Ya nunca volverían a engañarla, o a tomarla por tonta. Al sostener aquel caduceo el día anterior, había sentido todo eso con mucha fuerza. Estaba más decidida que nunca a conocer el verdadero significado de las cosas. También anhelaba ver —y sostener— una vez más aquella vara mágica para entender mejor por qué la había hecho sentirse así. Aunque no tenía ni idea de cómo iba a conseguirlo.

—Averiguaré todo lo que pueda sobre Albion Freake —dijo Maximilian—. Descubriré qué planea hacer con todo ese poder.

Eso, pensó Maximilian, implicaba casi con toda seguridad viajar al Inframundo, un lugar que le parecía que atesoraba los mejores conocimientos secretos. Sólo necesitaba averiguar cómo llegar hasta allí. Probablemente no le haría falta más que un pianista y... Maximilian miró las estanterías, llenas de últimas ediciones en tapa dura de

Griffin Truelove, y se dio cuenta de que algo lo inquietaba. Pero decidió que no era el momento de entretenerse con eso.

—Yo empezaré a trabajar en planes de batalla para pararle los pies —dijo Wolf—. Lo mejor sería impedir la creación de esa edición limitada, pero, por si acaso no lo conseguimos, voy a preparar un plan de apoyo.

—Fantástico —intervino Effie—. Yo iré al Altermundo a ver qué saben mis primos y qué me aconseja Cosmo. Iré directamente al salir del colegio. Sigo pensando que el *Sterran Guandré* tiene algo que ver con esto, pero no estoy segura de qué. Por lo visto, el viernes llega a su máxima expresión.

Cuando Effie pronunció la palabra «viernes», Raven y Wolf intercambiaron una mirada de preocupación. Lexy también se habría preocupado de no ser porque estaba casi dormida. Wolf le dio un suave codazo para despertarla.

—¿Qué? —dijo, adormilada—. ¿Dónde estoy?

—Estabas a punto de decir qué ibas a hacer para contribuir a pararle los pies a Albion Freake —apuntó Maximilian.

—Ah, sí. Haré unos manojos medicinales —dijo, y se volvió a dormir.

Recordaba vagamente que debía decirle algo a Effie, pero en ese momento estaba demasiado cansada como para recordar qué era. Se sentía tan a gusto debajo de aquella manta... Fuera lo que fuese, ya se lo diría luego. Aunque estaba segura de que la noche anterior le había parecido algo importante.

—¿Y Raven? —preguntó Effie.

Pero Raven también había cerrado los ojos. Parecía concentrada en escuchar algo con mucha atención.

—¿Raven? ¿Qué pasa?

Abrió los ojos.

—Es la red cósmica —dijo—. Pero...

—¿Qué es? ¿Es algo sobre Albion Freake? —preguntó Wolf—. ¿O...?

No podía preguntar si era sobre Effie. No podía dejar que ella notara lo asustado que estaba, no fuese eso a empeorar las cosas. Aun así, en su fuero interno deseó con todas sus fuerzas que la red cósmica le estuviera diciendo a Raven que Effie ya estaba a salvo, que el hechizo había funcionado, que el viernes todo iba a acabar bien.

—No —dijo Raven—. Es algo sobre... Sobre mi madre. Oigo a los ratones charlar bajo la tarima, y no hacen más que decir algo sobre la «pelirroja que escribe ficción sobre magia», que es como la llaman siempre. Pero no consigo averiguar exactamente qué están diciendo. Y ahora se han puesto a hablar otra vez acerca de las estrellas fugaces.

—¿Crees que tu madre sabe algo sobre los planes de Skylurian? —preguntó Effie.

Raven parecía triste.

—¿Quieres decir si creo que mi madre es en secreto una diberi?

—No —aclaró Effie, tocándole el brazo a su amiga—. No lo decía en ese sentido. Sólo quería decir...

—No pasa nada —dijo Raven—. No creas que yo no me lo he preguntado alguna vez. O sea, no puede ser sano pasar tanto tiempo con Skylurian Midzhar. Y siempre he pensado que en ese plan de la edición limitada de un solo volumen había algo sospechoso. Pero resulta que Skylurian es la editora de mamá. Ella tiene que hacer lo que le diga. Y Skylurian no deja de hablar de todo el dinero que les pagará Albion Freake. A mi madre le toca un buen pellizco. Creo que tiene intenciones de dar una parte a obras de beneficencia...

Y usar el resto para financiar el lujoso estilo de vida al que tanto ella como Raven se habían acostumbrado. Cuentas sin límite en las mejores tiendas de Ciudad Antigua y ropa nueva cuando les apetecía, incluidos unos vestidos de seda hechos a mano, vestidos de noche antiguos y aquellos grandes chales de cachemira que tanto le gustaban a Laurel. Las cenas exquisitas atendidas por fieles miembros del pueblo, a las que acudía la gente más importante del mundo editorial de todo el hemisferio Norte. El champán añejo, la música elegante en directo, las provisiones mágicas para Raven, que pronto serían ilimitadas...

—Tiene buenas intenciones —añadió Raven—, pero la verdad es que le encantan el dinero y las cosas bonitas. Por eso hace todo lo que le dice Skylurian. Aunque no es mala. En realidad no.

—Yo no creo que sea mala —afirmó Effie—. En absoluto.

—Pero me gustaría saber dónde demonios se ha metido —añadió Raven.

—Lo averiguaremos —dijo Wolf—. No te preocupes.

Effie tragó más aire del que pretendía y se encontró soltando un profundo suspiro. Ella había visto por última vez a su madre la noche del Gran Temblor, cinco años atrás. Según su padre, Aurelia Truelove había muerto esa noche. Pero ella aún no estaba segura del todo. Su madre había viajado al Altermundo y luego...

Cada vez que Effie intentaba preguntarle a Cosmo sobre ese asunto, él le decía que ya se enteraría cuando llegase el momento. Ella sabía que debía ser fuerte y paciente, pero a veces le costaba. Habría dado lo que fuera por tener tan sólo una oportunidad más de oír a su madre pronunciar su nombre, o de darle un beso de buenas noches. A veces, Effie soñaba con ella. Eran sueños tristes, porque siempre terminaban con el Gran Temblor y, al despertarse, Effie descubría que su madre se había ido.

Recordaba que su padre regañaba a Aurelia a menudo por «malcriar» a su hija. «Déjala crecer —le decía—. Que aprenda a caminar sola.» Sólo tenía seis años en ese momento, pero pronto no tuvo más remedio que aprender a arreglárselas sin ayuda. Al desaparecer Aurelia, Effie se había sentido más sola que nadie en el mundo. Hasta que su abuelo había empezado a cuidar de ella. Pero eso era sólo en los días de colegio. Los fines de semana de Effie eran largos, tristes y fríos. Si tenía hambre, se veía obligada a hacerse ella misma una sopa. Si se aburría, no podía hacer más que soñar despierta. A Effie le encantaba leer, pero todos los libros interesantes estaban siempre en casa de su abuelo. Los libros de su padre estaban escritos en lenguas distintas, y además los conservaba en los estantes más altos de su estudio.

Cuando sonó la campana que los convocaba a la primera clase, tanto Effie como sus amigos estaban en completo silencio. Ella seguía pensando en su madre, Lexy dormía como un tronco, Raven escuchaba a los ratones, Maximilian se preguntaba dónde podría encontrar un pianista, y Wolf soñaba con una estrategia perfecta de batalla, lejanamente basada en una jugada de ataque abierto de rugby. Si se trataba de eso, el viernes encontraría la forma de proteger a Effie. La campana, sin embargo, los puso en marcha a todos de un salto. Apartaron la manta, cogieron sus cuadernos y cruzaron la sala de reuniones hacia su clase doble de historia.

15

Terrence Deer-Hart estaba pasando un día alucinante. Normalmente no disfrutaba tanto de su papel de autor de éxito; desde luego, menos de lo que algunos podrían imaginar. La vida de un autor de éxito, en realidad, es mucho más dura de lo que casi todo el mundo cree. Para empezar, tiene que escribir un montón de libros. Tiene que quedarse ahí sentado e inventarse una historia tras otra. Para algunos —los que tienen un talento natural, y sobre todo para los bardos, esa gente tan rarita— sería un sueño hecho realidad, claro. Pero no para Terrence.

De hecho, la mera visión de la página en blanco que lo saludaba cada mañana le resultaba simplemente odiosa. El frío tacto de su cara estilográfica le resultaba odioso. Tenía la sensación de que, después de escribir una cantidad tan endemoniada de palabras, había llegado incluso a detestarlas. Bueno, salvo las que estaba prohibido pronunciar. A los niños que leían sus libros —los niños buenos, por lo general tan poco queridos— los despreciaba sólo un poco menos que a los que no los leían, casi siempre porque no «se lo permitían».

Sin embargo, en las últimas semanas las cosas habían dado un extraño vuelco y Terrence había empezado a sentir algo poco habitual. ¿Cómo lo llamaban? Ah, sí: amor. Y esperanza. Y emoción. ¡Tantos condenados sentimientos a la vez! Y todo por aquella mujer tan hermosa, encantadora, espléndida y talentosa... Y, había que aceptarlo, también impresionantemente despiadada y malvada: Skylurian Midzhar. El único amor verdadero de Terrence, el único deseo de su corazón.

Si hay algo en este mundo que los autores odian más que cualquier cosa es a los demás autores. Así que ya podemos imaginar el placer y la sorpresa que supusieron para Terrence que su editora le pidiera ayuda para secuestrar a su principal rival. ¡A la maldita Laurel Wilde!

Lo quería más a él. Eso le había dicho Skylurian. ¡Le gustaban más sus libros! Sus libros eran condenadamente maravillosos. Y había más: ¡Skylurian le había explicado que estaba destruyendo todos y cada uno de los libros de Laurel Wilde! Qué palabras tan dulces para los oídos de cualquier autor. La destrucción de la obra de su rival principal. Aquello casi bastaba para alegrarse de estar vivo.

Habían ido a almorzar tarde a una taberna oscura y acogedora que conocía Skylurian, en el mismísimo límite del páramo. La pobre Laurel Wilde estaba atada en el maletero del coche. ¡Un castigo merecido por haber vendido más que Terrence durante todos esos años!

Terrence y Skylurian habían comido un cóctel de gambas junto al fuego, mirándose a los ojos, y en ese momento ella le había contado todo su plan. ¡Qué alucine! Se había quedado, como solía decirse, patidifuso. Al principio le había costado un poco entenderlo, sobre todo mientras intentaba no mancharse el suéter de salsa rosa. Aun así, si lo había oído bien, Skylurian —su único amor verdadero— quería que aprovechara su siguiente charla de autor para infiltrarse en el mundo de los niños. Como el flautista de Hamelin, le había dicho, pero mejor.

—Nos dirigimos a un lugar llamado Valle del Dragón, cariño —le había dicho Skylurian en un ronroneo, mientras le quitaba trocitos de lechuga del pelo—. Tienes que seguir a una niña que se llama Euphemia Truelove. La llaman Effie. Haz lo que sea necesario para sonsacarle información. Es la única que sabe cómo se llega. Tal vez tenga algún artilugio que la ayude. Tendrás que descubrir qué es. Estamos planeando una gran invasión, mi pepinillo en vinagre. ¿Qué te parecería ser el consorte de la reina en un universo totalmente nuevo? ¿Qué te parecería ser el superviviente de la destrucción?

En ese momento, Skylurian se había echado a reír con un ruidito frío y brusco, como el de una estalactita que cayera en una cueva remota y se partiera en un millón de gélidos añicos.

A Terrence nunca hasta entonces lo habían llamado «pepinillo en vinagre». Y tampoco nadie le había ofrecido la posibilidad de ser el superviviente de la destrucción. ¿Qué iba a decir? Llevaba años deseando unirse a los diberi, y ahí tenía a una de sus lideresas prometiéndole, casi en un sentido literal, el mundo entero. Lo único que debía hacer era averiguar cómo se llegaba al Valle del Dragón. ¿Tan difícil era? Y luego, según le había prometido Skylurian, nunca más tendría que escribir otro maldito libro para niños. Al contrario, le había asegurado que podría escribir el libro más importante de todo el universo.

Lo cual, para un escritor, tampoco es pedir demasiado, ¿verdad?

—Vaya, por lo que veo —dijo la profesora Beathag Hide con amargura— no sólo habéis venido todos, encima habéis llegado puntuales.

Los niños la miraron en silencio y vieron cómo en los labios de su profesora se dibujaba una media sonrisa que desapareció de inmediato.

—¿Tal vez tendríamos que organizar una charla de autor para cada día? —sugirió en tono sarcástico—. Aunque, en realidad, me pregunto qué se puede aprender de esas criaturas —suspiró—. En fin, si fuera un Tolstói, un Shakespeare o un Sófocles, sería distinto. Recordad, niños, que los únicos escritores buenos de este mundo llevan muchos años muertos. —Se puso en pie—. Vale. Preparaos, alumnos, voy a buscarlo a la sala de reuniones. Si uno solo de vosotros se mueve un milímetro mientras yo no esté, la charla del autor quedará cancelada, y quien haya provocado semejante decepción sin duda merecerá el desprecio de sus compañeros durante el resto de sus días en esta escuela.

Salió del aula. Los niños se miraron, pero ninguno de ellos se movió. Estaban demasiado asustados. Y excitados. Y nerviosos. ¿Qué pinta podía tener un autor de verdad? Apenas habían podido empezar a invocar imágenes de hombres altos con monóculos y mujeres acicaladas que tenían leopardos y vivían en un zoo, cuando se abrió la puerta y...

Ahí estaba.

Era..., en fin, no era tan alto como habían supuesto. Por lo visto, había caído en la moda de las camisas turquesa que en aquel momento arrasaba en la ciudad. Llevaba el pelo demasiado largo y los pantalones demasiado cortos. Los de la primera fila notaron que olía mucho a loción para el afeitado, a cigarrillos y cebolletas. Incluso algunos de la segunda fila lo percibieron también.

La profesora Beathag Hide se sentó tras su escritorio. Terrence Deer-Hart permaneció de pie. No parecía especialmente cómodo.

—Bueno —dijo la profesora Beathag Hide—. Supongo que habrá venido a convencernos para que compremos sus libros. Ése será, sin duda, el propósito de su visita, ¿no?

—Mmm... —empezó a decir Terrence Deer-Hart—. Bueno, sí, siempre está bien conseguir colocar unos cuantos, esto..., ejemplares, pero en realidad el propósito de mi visita esta mañana no es ése.

—¿A qué debemos, entonces, ese placer?

—Estoy buscando un colaborador —respondió Terrence—. Un niño dispuesto a colaborar.

—¿Y ha superado los exámenes de antecedentes necesarios?

—¿De qué demonios me está hablando? Ah, sí, por supuesto, por supuesto...

—Nos preocupa la seguridad de nuestros niños, señor Dark Heart.

—Deer-Hart.

—Como desee. ¿Y entonces...?

—Entonces ¿qué?

Los niños no sabían a quién admirar más: a la profesora Beathag Hide por hablarle así a un escritor de fama mundial, o al propio escritor por no dar señales de tenerle miedo.

La profesora consultó la hora.

—¡Venga, procedamos con la visita!

—Buenos días, niños —dijo Terrence.

—Buenos días, señor Deer-Hart —contestaron en coro.

Terrence parecía muy sorprendido, como si no supiera que lo primero que aprenden todos los niños en el colegio es cómo contestar con un canturreo a cualquiera que les dé los buenos días. Pero el caso es que, hasta entonces, Terrence había dado sus charlas en escuelitas tristes como la de la señora Joyful, donde los niños experimentaban un agradecimiento tan patético ante cualquier suceso amable que apenas podían abrir la boca.

—He leído vuestros trabajos —dijo Terrence. Hizo una pausa para ver si de nuevo le contestaban con un coro cantor, pero no fue así—. Están muy bien. Muy bien, de verdad. Pero antes de declarar quién ha vencido, tal vez algunos queráis hacer algunas preguntas sobre cómo es la vida de un escritor.

Todos empezaron a preguntar a la vez.

—¿Alguna vez ha visto un cocodrilo?

—¿Lo han rescatado de algún incendio?

—¿Sabe conducir?

—¿Conoce algún espía?

Y etcétera, etcétera.

—¿Ninguno de vosotros tiene alguna pregunta sobre mis libros? —quiso saber.

—Si quería que le preguntaran sobre sus libros, se lo tendría que haber dicho antes —intervino la profesora Beathag Hide—. Es una clase muy obediente. Por eso han hecho lo que usted les pedía y han preguntado cosas sobre la vida del escritor. En cualquier caso, doy por hecho que a la mayoría no les permiten leer sus libros. ¿Les recomienda alguno en particular?

—*Los niños del invierno* tuvo críticas bastante buenas.

—¿Y de qué va?

—Bueno, ha habido una guerra nuclear y...

—¡Es espantoso! —dijo la profesora Beathag Hide—. ¿Ha escrito alguna buena tragedia?

—Podrían probar con *El último niño* —contestó Terrence—. Es extremadamente triste. Va de un niño cuyos padres mueren en un accidente horrible y...

—¡No! —lo interrumpió la profesora Beathag Hide—. Eso no es una verdadera tragedia. Las tragedias han de ser inspiradoras.

—Mmm, bueno, entonces, ¿qué tal *Espantapájaros*? Va de un niño que sufre acoso y entonces...

Tanto Terrence como los alumnos esperaban que la profesora Beathag Hide también lo considerara espantoso, pero no fue así. Bueno, al menos no se pronunció en voz alta. Se limitó a poner la cara que pondría cualquiera si alguien acabara de tirar una bomba fétida a sus pies.

Terrence habló un rato de *Espantapájaros*, una novela en la que un niño desgraciado se viste de espantapájaros y se esconde en el campo para evitar que los niños que lo acosan le den una paliza. Al final se hace amigo de otros espantapájaros, que le enseñan el valor de la verdadera amistad. Objetivamente era el libro más original y emocionante de Terrence, aunque se había vendido menos que los otros.

—Suena exageradamente sentimental y manido —dijo la profesora Beathag Hide—. Aun así, si usted lo recomienda como su libro más inspirador, saldremos todos corriendo a comprarlo de inmediato. ¿Verdad que sí, clase?

—Sí, profesora Hide —canturrearon todos los alumnos a coro.

—Y ahora —añadió la profesora Beathag Hide—. Sigamos con la charla. Creo que tiene algo que decir a los niños sobre sus trabajos de escritura creativa, ¿no es así?

—En efecto —respondió Terrence—. Me ha impresionado mucho el nivel.

La clase empezó a ruborizarse como había hecho Lexy la noche anterior. Un rubor que calentaba un poquito, algo que no iba mal, teniendo en cuenta que la calefacción seguía sin funcionar. Además, como a Terrence Deer-Hart le habían gustado sus trabajos de escritura creativa, seguro que les dejarían hacer más, ¿no?

—¡Qué imaginación! —continuó Terrence—. Pero ha llegado el momento de anunciar el nombre del joven a quien escogeré para que se convierta en mi colaborador exclusivo. La persona que presentó el mejor trabajo para este concurso es...

Toda la clase aguantó la respiración.

—¡Euphemia Truelove!

Todos aplaudieron, y Effie se quedó asombrada. Sabía muy bien que su redacción era extremadamente pobre. Para empezar, la había escrito aquella misma mañana en el autobús que habían tomado en el pueblo de Raven. La había garabateado con su peor caligrafía. Sabía que había cometido un montón de faltas de ortografía al no poder comprobar las palabras en el diccionario porque lo tenía en su casa, y además había escrito —de forma voluntaria, de hecho— un texto tonto e inverosímil.

Claro que Effie sabía mucho de viajes a otros mundos. Sin embargo, tras la lección aprendida el día anterior en el mercado de los Confines, había ocultado deliberadamente sus conocimientos. Nadie iba a enterarse jamás de todo lo que sabía Effie sobre los viajes al Altermundo, aparte de sus amigos más cercanos. Por eso, la razón de su victoria en el concurso le parecía aún más misteriosa.

—Euphemia ha escrito una historia encantadora sobre una cabrita que parte en una nave espacial, pero se deja el desayuno en casa —estaba diciendo Terrence—. ¡Qué maravilloso dominio del lenguaje! Cómo he disfrutado de sus comparaciones y metáforas. ¡Y qué cantidad de adverbios y adjetivos gloriosos!

—A mí no me parece bien el uso de adverbios y adjetivos en los relatos —intervino la profesora Beathag Hide—. Son signo de holgazanería y banalidad. Espero que el resto de la clase no crea que es una buena idea. ¿Cuál es exactamente el premio para esta niña? —preguntó a Terrence.

—La oportunidad de que se escriba sobre su vida —contestó él—. La voy a seguir como una sombra durante los próximos dos días para saberlo todo de ella. Luego daré forma a lo que haya aprendido en una historia que será la base de mi próxima novela. Y Euphemia ganará un porcentaje de los beneficios. Sí, señor: ¡todo un 0,00001 por ciento! Y vaya usted a saber, a lo mejor incluso la escogen para interpretarse a sí misma en la versión cinematográfica.

Todos los alumnos sintieron unos celos desmesurados. Aunque lo del 0,00001 parecía muy poca cosa, todo el mundo sabía que los novelistas ganaban tanto dinero que podían acabar siendo millones, miles de millones o incluso unos cuantos billones de libras. Y probablemente el nombre de Effie aparecería en algún lugar del libro. Pero lo de interpretarse a sí misma en la versión cinematográfica de su vida... Eso ya era demasiado. ¿Y todo porque había escrito una estúpida historia sobre una cabra en una nave espacial? De pronto, la vida les parecía bastante injusta.

Los únicos que no estaban celosos ni decepcionados eran los amigos de Effie. Cuando el débil sonido de la campana llegó desde el pasillo y todos se levantaron para irse a comer, ellos intercambiaron unas miradas. ¿Cómo demonios iban a investigar las actividades de Skylurian Midzhar con uno de sus autores siguiéndolos a todas partes? ¿Y cómo iban a proteger a Effie?

Terrence Deer-Hart se acercó a ella al salir de clase y le dedicó una sonrisa vacía.

—Bueno —dijo—. ¿Dónde comemos, florecilla?

—Al comedor se va por aquí —contestó Effie.

Al bajar acompañada de Terrence Deer-Hart por el viejo pasillo revestido con paneles de madera de la escuela,

Effie se dio cuenta de que alguien se colaba en su conciencia. Era Maximilian.

—Hola —le dijo en el interior de su mente—. No te preocupes. No voy a mirar tus recuerdos. Aunque, si no te importa, te diré que esto es un auténtico desastre. Cuando tengamos un momento de tranquilidad, he de enseñarte la manera correcta de ordenar tu mente. En fin, quería informarte de que podemos hablar así sin que Terrence nos oiga. Sólo tienes que pensar. Lo ideal sería que pensaras con la parte delantera de tu mente lo que quieras que yo oiga, así yo no tendré que ver... Puaj, ¡cosas como eso!

—¿Como qué? —preguntó Effie, también dentro de su mente.

—¡Pudin con natillas! ¿Cómo demonios te ha dado por pensar en un pudin con natillas!

—Tengo que cargar energías para mi partido de tenis de esta tarde. Además, ¿qué tiene de malo el pudin con natillas?

—¡Está lleno de moscas muertas!

—Son pasas. Una estupenda fuente de energía concentrada...

—Está bien; mira, Effie, sólo quería preguntarte cómo crees que debemos actuar. ¿Hacemos como si no te conociéramos?

—Sí —respondió Effie—. Buena idea. Encárgate tú y ayuda a los demás a decidir lo que puede hacer cada uno. Tenéis que averiguar todo lo que podáis sobre Albion Freake, no te olvides. También me preocupa saber qué se ha hecho de Laurel Wilde. Y cuál es el papel de Skylurian en todo esto.

—De acuerdo —dijo Maximilian—. Me pongo a cavar. A ver qué puedes sonsacarle tú a Terrence. A lo mejor sabe algo de Skylurian que pueda servirnos.

—Ojalá no hubiera ganado ese estúpido premio —se lamentó Effie.

—Ya. Pero sólo serán dos días.

—¿Y ahora cómo voy a ir al Altermundo?

—¿Quizá por la noche? —sugirió Maximilian—. Se supone que tendrá que dejarte para dormir, ¿no?

—Sí —dijo Effie—. Iré esta noche.

Claro que aún debía recuperar la caja que se había quedado su padre. Pero al menos ahora tenía el libro que él quería. Seguro que se la devolvía, ¿no?

16

El Colegio Tusitala para Dotados, Problemáticos y Raros tenía tan sólo un autobús destartalado en el que apenas podían montar veinte niños si no se quería incumplir la ley. Era de un amarillo brillante, o lo había sido en algún momento, y ni siquiera pasando por el lavado automático de autobuses del pueblo, como hacía una vez al año, desaparecían los lemas que, a lo largo de las décadas, habían escrito los ingeniosos alumnos en su luna trasera: «Lávame», «También disponible en amarillo», «En este autobús no queda ningún niño por la noche».

Normalmente, nadie iba a ver los «horribles» partidos de la ASCONOR, sobre todo cuando se jugaba fuera de casa. Sin embargo, como parecía que aquel encuentro podía llegar a ser violento, el autobús se había ido llenando poco a poco con los niños más sanguinarios del colegio, siempre dispuestos a viajar si eso les brindaba la oportunidad de ver cómo alguien sufría heridas graves. Sin embargo, justo antes de que el autobús arrancara, circuló el rumor de que los trescientos alumnos del Beato Bartolo iban a asistir al partido, y que lo peor de su espíritu violento solía dirigirse a los aficionados del equipo visitante. En ese momento, muchos de los niños que habían montado en el autobús recordaron que tenían deberes o una tía enferma a la que cuidar, y mientras se escabullían hubo un poco de jaleo.

Así que al final sólo quedaron el entrenador Bruce, los cuatro miembros del equipo de tenis, un par de reservas (el tercero se había largado con los aficionados), y, por supuesto, Terrence Deer-Hart, que se había pasado el día entero pegado a Effie. Evidentemente, también se habían apuntado Lexy, Raven y Maximilian, que seguían fingiendo no conocer a su amiga, y, sentados en la parte trasera del autobús, trabajaban en estrategias para echarles una mano a ella y a Wolf, o al menos para mantenerlos a salvo.

En consecuencia, el autobús parecía casi vacío mientras se abría paso por Ciudad Antigua, por delante de la universidad y de la Biblioteca del Folclore, el museo de títeres, el taller de reparación de pianos, el Emporio Esotérico y todas las extrañas cafeterías y tiendas de exquisiteces que rodeaban la entrada a los terrenos del Colegio Beato Bartolo.

Mientras el autobús avanzaba renqueante pero decidido por las calles adoquinadas, el entrenador Bruce intentó soltarles una charla de motivación. Les costó seguirla, pero les pareció que trataba, más que nada, sobre las «zonas grises de la ética» necesarias para alcanzar la gloria.

—Por decirlo claro —remató el entrenador Bruce al final de su charla—. Al terminarse el partido no habrá pruebas de dopaje porque, desgraciadamente, el doctor Cloudburst está enfermo. ¿Me habéis oído, niños? —Hizo un guiño exagerado—. Hoy no habrá pruebas de dopaje.

Los niños parecían desconcertados, como siempre que el entrenador Bruce les hablaba de drogas. Al fin y al cabo, ni un solo alumno en toda la historia del Colegio Tusitala para Dotados, Problemáticos y Raros había recurrido jamás a las drogas para mejorar su rendimiento. ¿Un poquito de magia? Tal vez. Pero... ¿sustancias ilegales? Desde luego que no. El concepto de un niño atleta desesperado, capaz de hacer cualquier cosa con tal de vencer, sólo existía realmente en la imaginación del entrenador Bruce, donde a pesar de todo ocupaba un lugar central.

Cuando éste terminó de hablar, todos los niños y Terrence Deer-Hart aplaudieron. No fue porque hubieran entendido lo que les decía, ni porque estuvieran de acuerdo, sino sencillamente para hacer que se sintiera bien.

El polideportivo del Beato Bartolo no quedaba cerca del edificio principal del colegio, así que el destartalado autobús escolar emprendió el lento ascenso para salir de Ciudad Antigua, serpenteó por una de las zonas menos agradables de la Ciudad Centro, y luego avanzó por una precaria carretera entre los acantilados, antes de retomar el camino hacia el lejano aparcamiento que quedaba al final de un malecón, donde tenían que dejar su autobús los equipos visitantes.

Los alumnos y el personal del Beato Bartolo se desplazaban hasta el polideportivo por un túnel que habían usado los contrabandistas a lo largo de los siglos, y que más tarde había pasado a ser propiedad del colegio. El túnel tenía luz y calefacción, y un sistema de monorraíl muy eficaz para desplazar a los trescientos alumnos hasta el polideportivo en menos de media hora. Al parecer, los vagones del monorraíl estaban forrados en cuero y tapizados con telas antiguas, y en cada uno de ellos había una pequeña nevera llena de bebidas y aperitivos para que los niños fueran adoptando el estado de ánimo necesario para brindar su apoyo a los jugadores.

En el aparcamiento del final del malecón, en cambio, ni siquiera había luz y estaba construido de tal manera que quedaba expuesto a lo peor de los vientos del norte y al batir de las olas cuando la marea estaba alta. Los equipos visitantes, si sobrevivían al aparcamiento (no siempre lo hacían y, en esos casos, el Beato Bartolo se atribuía siempre la victoria), tenían que caminar a continuación por la estrecha escollera para llegar a la entrada para visitantes del enorme polideportivo, con su cúpula negra, que se alzaba ante el mar como si fuera la joroba de una criatura mítica.

Los meteoritos estaban quietos y silenciosos esa noche. En cambio, tanto los niños como el entrenador Bruce y Terrence Deer-Hart se vieron sorprendidos por una fina llovizna mientras recorrían el camino de piedra. El estrecho malecón parecía eterno y se alargaba entre la oscuridad, el frío y la humedad. Al ver que las olas rompían peligrosamente cerca de ellos, Terrence se preguntó si estaba a punto de morir. Si moría, se dijo, al menos sería por amor verdadero. Intentó calentarse un poco pensando en Skylurian Midzhar, y se la imaginó desfilando por allí con sus tacones altos, sin dejar que el tiempo o el mar la afectaran lo más mínimo.

Cuando por fin llegaron a la entrada para visitantes del polideportivo, estaban empapados, congelados y al borde de la hipotermia. ¡Cómo los alivió ver aquella puerta gris de metal! Por supuesto, como habría imaginado cualquiera que supiera un poco del trato que se da a los equipos visitantes, a continuación descubrieron que la puerta estaba cerrada y que nadie había acudido a recibirlos. El entrenador Bruce intentó localizar por mensáfono al personal deportivo del Beato Bartolo, pero por lo visto no tenía el código correcto. Al final, aprovechando que el entrenador Bruce estaba distraído, Maximilian decidió sacar sus gafas y, con la ayuda de Wolf, forzó la cerradura.

—¡Por aquí, señor! —lo llamó Maximilian—. Creo que ya está abierta.

—¿Seguro que es por aquí? —preguntó Terrence Deer-Hart, echando un vistazo al interior.

La puerta se había abierto con un chirrido, y sólo se veía un pasillo de hormigón que parecía incluso más frío y oscuro que el malecón. A juzgar por el ruido —tip, tip, tip— había alguna gotera. De vez en cuando sonaban unos chirridos difíciles de identificar. Maximilian tenía un teléfono antiguo con linterna y Raven también iluminó el camino con la punta de su varula. En cuanto empezaron a avanzar hacia la escalera metálica que por fin los llevaría a los vestuarios para visitantes, la puerta metálica se cerró con un portazo tras ellos. Como era de esperar, aquellos vestuarios no tenían calefacción, y además había mucha humedad y estaban llenos de moho, pero al menos habían llegado.

Por suerte, Terrence Deer-Hart no dio muestras de intentar seguir a Effie hasta el vestuario de chicas. Effie no

173

era mala persona, pero había llegado a medio desear que aquel tipo se muriera, o al menos que se perdiera por el camino, o que se diera por vencido en el frío aparcamiento y no la siguiera. Pero no, en ese momento acababa de asegurarle que estaría en primera fila, tomando notas a lo largo del partido. Quería, le dijo, saberlo todo de ella.

Se había puesto muy muy pesado. Effie había dado por hecho que le haría muchas preguntas molestas sobre su vida, y así había sido, pero en cuanto se aburrió de eso comenzó a quejarse de sus cifras de ventas, de su corta estatura, del hecho de que sus padres nunca lo hubiesen querido y de sus fracasos en lo que él mismo llamaba «el apartado romántico». Aun así, su «suerte con las chicas», según le había contado a Effie, probablemente estaba a punto de cambiar. Luego le había guiñado un ojo de una forma muy peculiar. Y todo eso sólo durante el almuerzo.

Así que para Effie supuso un alivio encontrarse por fin a solas en el vestuario mientras se ponía la equipación de tenis. Olivia, su compañera de equipo, se había cambiado antes de meterse en el autobús, o sea que debía de haberse congelado en el malecón, aunque al menos no tenía que soportar aquel vestuario. Effie intentó bloquear el olor a humedad esforzándose en recordar las estrategias que habían decidido usar el día anterior en la reunión del equipo. En su mente, la gran pregunta era si debía utilizar el anillo o no. ¿Estaría haciendo trampas si se lo ponía? ¿O simplemente sería una «estrategia»? Effie no quería ser una tramposa.

Por otro lado, necesitaba generar algo de capital M. No tenía ni idea de cómo había desaparecido el suyo, pero le quedaba muy poquito. Si jugaba al tenis con el anillo puesto, podría convertir en capital M toda la energía que gastara, y para que ella y sus amigos tuvieran alguna posibilidad de derrotar a Albion Freake, necesitaba capital M. Además, tenía la intención de ir al Altermundo más tarde, para lo que también iba a consumir capital M.

Por otro lado, Effie sospechaba que el partido contra el Beato Bartolo no iba a ser precisamente muy limpio. El entrenador Bruce le había dicho que se pusiera el anillo por «razones psicológicas». Aun así, no le parecía bien, y al final decidió dejárselo puesto hasta que terminara el calentamiento, pero no cuando hubiera puntos en juego. Después del calentamiento lo dejaría en la bolsa de las raquetas, donde lo mantendría vigilado.

Cuando salió del vestuario y entró en el polideportivo, se sintió impresionada por el estruendo: las gradas estaban a rebosar. Effie no veía a ninguno de sus amigos, y tampoco al entrenador Bruce. Incluso la simple visión de Terrence Deer-Hart le hubiera aportado algún consuelo, pero lo único que veía allí era una masa de lana virgen, cachemira y seda negras, y los rostros crueles y angulares de los estudiantes del Beato Bartolo.

Un hombre se acercó a ella a grandes zancadas. Le resultaba vagamente familiar, pese a que llevaba el uniforme deportivo del profesorado del Beato Bartolo. Era un chándal de seda negra hecho a medida y con una raya verde lima de fieltro. El de aquel hombre se completaba con una gorra de béisbol que llevaba impresa las palabras JUEZ DE SILLA. Le puso delante un balde de plástico y dijo:

—Bueno, entrégamelo. —Hasta la voz le resultaba familiar.

—¿Perdón?

—No empieces otra vez con eso —dijo el juez—. Dame el anillo. No puedes jugar con él. Los dos sabemos que eso sería hacer trampas.

Effie se dio cuenta de que la persona bajo aquella gorra negra era el doctor Green. No sabía que enseñara en el Beato Bartolo. ¿Era uno de sus profesores de educación física? No parecía probable. No era precisamente el tipo más atlético que había conocido. ¿Cómo se había convertido en el juez de silla de sus partidos de tenis? Aunque eso ahora daba lo mismo. Estaba atrapada. Si el juez le pedía el anillo, ella no podía negarse a entregárselo. Si se negaba, la echarían del equipo de tenis y probablemente también del colegio.

—Acabemos con esto, chiquilla —gruñó el doctor Green.

Los espectadores más cercanos a Effie habían dejado de vociferar. Se habían dado cuenta de que se estaba produciendo una confrontación entre su profesor y aquella niña del Tusitala, la que se suponía que jugaba tan bien al tenis. A los estudiantes del Beato Bartolo les encantaba cualquier clase de confrontación, tanto si era violenta como si no, así que los que estaban más cerca de Effie y el doctor Green se inclinaron un poco más hacia ellos. No era sólo para oír mejor, sino también porque muchos de aquellos chicos eran embaucadores capaces de obtener energía de cualquier situación alarmante.

Leander y su amigo Gregory estaban sentados unas cuantas filas más allá. Gregory se dedicaba en ese momento a cargar su capital M comiendo trozos de corazones secos de animales. Su madre acababa de recibir una caja nueva, enviada por Carnes Curadas y Encurtidos Brain e Hijos, una tienda del noroeste de Ciudad Antigua. Los corazones secos eran extremadamente caros debido al complejo —y más bien desagradable— método de producción. A lo largo y ancho de la grada, otros alumnos del Beato Bartolo comían ojos de serpiente caramelizados, pasteles de sangre de dragón y orejas de conejos de la suerte.

Leander se levantó y anduvo algunos pasos hasta donde estaban Effie y el doctor Green. Parecía moverse extremadamente rápido, mientras que en torno a él todo se había ralentizado de tal modo que casi se había detenido por completo. Effie sintió que se mareaba. Era como si el mundo que tenía delante se hubiera dividido en dos líneas temporales distintas.

—Yo me encargo, señor —le indicó Leander al doctor Green.

Miró a Effie con una expresión que no era ni amistosa ni hostil, aunque sí hubo una leve intensificación en su mirada cuando se encontró con la de ella. Luego, una especie de bruma invisible los envolvió a los tres durante un breve instante. Cuando se despejó, Leander se había hecho con el anillo y el doctor Green parecía sufrir alguna clase de amnesia.

—Pero ¿qué haces ahí plantada, niña? —le preguntó a Effie—. Date prisa. Empecemos el partido. Juegas en la pista uno, creo.

Effie alzó la mirada hacia Leander. ¿Acababa de robarle el anillo? ¿O lo había rescatado de las manos del doctor Green? Había usado magia, pero ¿qué clase de magia era ésa? El caso es que no tenía tiempo de averiguarlo.

—¿Qué estás haciendo? —dijo Wolf, acercándose—. Ya han hecho trampas en el sorteo. Sacan ellos.

—¿Qué pasa con el calentamiento? —preguntó Effie.

—Se ve que hemos renunciado a la posibilidad de calentar porque hemos llegado tarde.

—¡Yo no!

—Oficialmente, sí.

—¡Por treinta segundos! Y sólo porque...

Una rival de Effie y Wolf se acercó a ellos.

—Hola, me llamo Tabitha —se presentó—. No hace falta que me digáis vuestros nombres. No me importan. He venido a deciros que, como no estéis listos para empezar de inmediato, vamos a reclamar que nos den por ganado el primer set.

La voz de Tabitha era fina como el cristal, pero sus ojos eran profundos y oscuros como un pozo sin fondo. La ropa que llevaba era una imitación de los uniformes de tenis de los años veinte, y estaba hecha, como todo allí, de seda negra. En la visera negra de su gorra se leía EQUIPO DE TENIS en letras trazadas con lo que parecían diamantes. Estaba claro que en el Beato Bartolo no había ninguna norma contra el uso de joyas en las competiciones deportivas. Tabitha llevaba unas cuantas vueltas de perlas en torno al cuello y unos pendientes largos de diamantes que parecían antiguos.

Effie y Wolf se apresuraron a tomar posiciones. La superficie de la pista de tenis del Beato Bartolo era de un material en el que Effie no había jugado jamás. No era del acrílico gris verdoso de las pistas de su colegio, ni de cemento, como las de tantos otros campos al aire libre. Era brillante, de un verde suave y reluciente. Tenía el extraño aspecto de una moqueta de lujo por la que acabaran de pasar un cortacéspedes y una apisonadora. Y daba la casualidad de que era exactamente eso. Algunas pistas cubiertas tenían superficies de «moqueta». Aunque ninguna tenía una moqueta como aquélla. No hace falta decir que era una superficie extremadamente rápida.

Los primeros cuatro saques de Barnaby, el compañero de Tabitha, fueron puntos directos. Effie ni siquiera vio los que debía restar ella. Wolf y Effie intercambiaron una mirada mientras cambiaban de campo. En todos sus partidos anteriores, nunca habían perdido un solo juego. Por lo general empezaba sacando Wolf, porque el saque era lo que mejor se le daba. Sin embargo, tenía el brazo derecho inexplicablemente paralizado, así que Effie se ofreció a sacar ella primero.

Por desgracia, en cuanto la bola se elevó por encima de su cabeza, perdió la vista por un momento, batió el aire con la raqueta y la bola cayó a sus pies. Todos los niños del Beato Bartolo se echaron a reír.

Magia. Tenía que ser eso. Effie pestañeó un par de veces. Nada. No veía más que una absoluta oscuridad. Se sentía ridícula.

—¡Tiempo! —advirtió el doctor Green desde su silla de juez.

—Sólo estoy... Es que... —dijo Effie.

La voz de Maximilian sonó en su cabeza.

—¿Qué ha pasado? —le preguntó telepáticamente.

—Estoy ciega —contestó ella con la mente—. ¡No veo nada!

—Que no se te note que estás enfadada —dijo Maximilian—. No te dejes llevar por el pánico. Vale, tengo que pensar. ¿Quién es capaz de cegar a los demás con su magia? Espera, voy a preguntárselo a Raven. Dice que está leyendo un libro y... —La voz de Maximilian la abandonó para regresar a continuación—: Claro, por lo visto es algo que pueden hacer los magos. Pero los magos no usan hechizos, sólo pueden cambiar las cosas con sus mentes. O sea que eso significa que hay por aquí alguien que está usando su mente para convencer a la tuya de que no ves nada. ¡Tienes que creer con más fuerza que sí puedes ver!

—Exceso de tiempo —dijo el doctor Green—. Cero a quince.

Effie intentó con todas sus fuerzas repeler el ataque de magia que sufría su mente, pero no sabía cómo hacerlo y, sin su anillo, todo le resultaba más difícil. Sin embargo, tenía que darse prisa, si no...

—¡Cero a treinta! —vociferó el doctor Green—. Otra sanción por exceso de tiempo y habrás entregado el juego, y a la siguiente, el set. ¿Estás lesionada, señorita Truelove?

—Estoy bien —contestó Effie. Maximilian estaba en lo cierto, no debía permitir que nadie viera cuánto la asustaba la situación—. Lo siento.

Wolf se acercó a ella. Effie no se dio cuenta hasta que oyó su voz justo al lado de su oreja.

—¿Qué pasa? —preguntó.

—Algún mago se ha metido en mi mente y me está afectando la visión. Habrán hecho lo mismo con tu brazo. Tenemos que repelerlos, pero no sé cómo se hace.

—Usa tu capital M —propuso Wolf.

—Pero, ¡si no sé cómo hacerlo! —exclamó Effie—. Ni siquiera sé qué magia puede hacer un auténtico héroe. Y he perdido mi anillo. Lo único que se me ocurre que puedo hacer es...

—¡Juego perdido! —gritó el doctor Green.

—¿Qué? —preguntó Wolf—. ¿Qué puedes hacer?

—Si tuviera... Hay algo. Un chico me ha robado el anillo, pero él tiene un objeto, un caduceo. —Effie buscó a Maximilian con la mente. Estaba allí, observándola en silencio—. Métete en mis recuerdos —le dijo—. Ya verás a qué me refiero. Busca a Leander y consígueme su caduceo. Al fin y al cabo, él me ha robado el anillo, así que es de justicia. A lo mejor hasta acaba devolviéndome el anillo si conseguimos algo suyo.

—Vale —contestó Maximilian—. Entendido. Nos ponemos en marcha.

—¿Qué tal va tu brazo? —preguntó Effie a Wolf.

—No muy bien. De momento jugaré con el izquierdo. Y te colocaré en tu posición para cada punto hasta que recuperes la vista. No podemos permitir que vean que nos están fastidiando.

—De acuerdo —contestó Effie—. Tenemos que parecer fuertes, por mucho que ahora mismo no nos sintamos así.

Tabitha sacó para el resto de Effie, que no veía nada. Si hubiera sido capaz de ver, se habría dado cuenta de que, de todos modos, era un servicio incontestable. Un servicio rápido y abierto que se estrelló en la valla que separaba las pistas antes de que cualquier persona normal hubiera tenido tiempo de devolverlo. Para restar correctamente un saque como aquél, uno tendría que colocarse en el borde de la pista tres. Y eso sin que hubiera vallas de separación entre las mismas.

Wolf se percató y se plantó a esperar el siguiente servicio en el límite de las líneas laterales, con la raqueta en la mano izquierda. Por supuesto, Tabitha mandó entonces su saque como un cohete por el centro. Fue un punto directo. Prácticamente nadie había hecho un *ace* contra Wolf. Tabitha sonrió, burlona, y cambió de lado para sacar contra Effie. Como si pretendiera reírse del rival, el servicio dibujó una curva lenta que rebotó en medio del cajón y cayó haciendo plaf en la cabeza de Effie. Los espectadores soltaron un rugido de felicidad.

La situación se estaba volviendo intolerable. Wolf y Effie no habían ganado todavía ni un solo punto, y el Beato Bartolo llevaba ya tres juegos de ventaja. Los dos siguientes continuaron más o menos del mismo modo. Wolf sirvió con la izquierda, y en cada saque se encontró con un cañonazo ganador como respuesta. Después de cada punto, Tabitha y Barnaby chocaban las manos con un estilo particularmente arrogante mientras Wolf intentaba colocar a Effie en la posición adecuada. ¿Qué demonios iban a hacer?

17

Después de perder el primer set seis cero, Wolf pidió una pausa para ir al baño y se retiró con Effie al silencioso pasillo. Pronto se les unieron Raven y Lexy. Raven sacó su varula para invocar a las Sombras, y así pudieron encontrar una sala vacía, junto al vestíbulo, en la que pudieron esconderse unos minutos. Al parecer, Terrence Deer-Hart estaba al acecho, buscando a Effie. Lexy se dedicó a ponerle un ungüento a Wolf en el brazo mientras Raven recitaba un hechizo sanador para Effie.

—¿Dónde se ha metido Maximilian? —preguntó Wolf.

—Está intentando robarle el caduceo a Leander —explicó Lexy—. Parece que ha aprendido a desaparecer, cosa que resulta muy útil.

—¿Ves algo ahora? —preguntó Wolf.

—No —contestó Effie.

No quería admitir ante sus amigos que estaba empezando a asustarse de verdad. Sabía que buscaban su liderazgo y no tenía ninguna intención de decepcionarlos, sobre todo viendo cómo se esforzaban por ayudarla.

Enseguida tuvieron que regresar a la pista. Aún no había ni rastro de Maximilian o del caduceo. Wolf acompañó a Effie de vuelta a su asiento junto a la silla del juez y consiguió un poco de agua para ella. Aunque no necesitaba rehidratarse para nada, porque no había corrido ni un solo metro en todo el primer set.

En la pista dos, la segunda pareja del Colegio Tusitala, formada por Olivia y Josh, también estaba pasando un mal rato. Effie oía los vítores y abucheos de los espectadores.

—¿Qué pasa? —le preguntó a Wolf.

—Creo que han ganado su primer punto —dijo él.

Justo en ese momento algo cayó en el regazo de Effie. Era el caduceo. ¡Maximilian lo había conseguido! Y sin duda se había colado entre las dimensiones para hacérselo llegar. En cuanto lo tocó, Effie recuperó la visión. ¿Cómo era posible? Pestañeó una, dos veces. Sí, ¡podía ver perfectamente!

Effie había oído ya muchas veces a Raven recitando las palabras para invocar a las Sombras, y tenía la sensación de que ella también podía lanzar el hechizo y hacerlo funcionar. Lo murmuró y... ¡sí! Para su propia sorpresa, consiguió que el caduceo se volviera invisible. No es que quisiera hacer trampas, pero... ¿qué otra cosa podía hacer?

Su oído se había agudizado igual que en el autobús, y eso le permitió oír lo que le decía Tabitha a Barnaby más allá de la silla del juez.

—Bueno, yo también me he quedado sin capital M.

—Algo tendrás en la bolsa, ¿no?

—Una tableta de chocolate.

—No, idiota. Algo para que yo recupere mi energía. Si no, es imposible que ganemos.

—¿Estás loco? En el primer set no hemos perdido ni un solo punto.

—Claro, porque yo tenía un montón de capital M.

—Bueno, pues no hay nada más que chocolate.

—Estoy seguro de que yo tenía más sesos de mono secos por aquí...

—¡Dios, qué desagradable eres! —exclamó Tabitha—. No sé cómo puedes comerte algo tan asqueroso.

—¡Tú desayunas mariposas chafadas todas las mañanas!

—Eso es distinto.

—¿No pueden hacer algo tus amigos?

—Los muy egoístas están reservando sus energías para sus propios partidos —dijo Tabitha—. ¿Y los tuyos?

—Lo mismo. Tendremos que confiar en nuestras habilidades.

—Fantástico.

—Tiempo, por favor —dijo el doctor Green.

—Perfecto. Saco yo —señaló Tabitha a Barnaby, con su voz de fino cristal—. Creo que soy la que más puntos de saque ha conseguido.

—Ya, bueno, me parece que eso está a punto de cambiar —replicó Barnaby.

Y estaba en lo cierto porque, en esta ocasión, cuando Tabitha sacó para el resto de Effie, ésta pudo ver perfectamente la bola. No llegaba tan abierta como en los servicios anteriores, cada uno de los cuales le había costado un poco de capital M. De hecho, ahora que el doctor Green podía ver bien las líneas, ya que había dejado de estar bajo el influjo del encantamiento ofuscador de Barnaby, pudo cantar fuera. Effie devolvió con decisión el segundo saque de Tabitha y lanzó un cañonazo a la línea, por detrás de Barnaby. Era el primer punto que ganaban Wolf y ella.

Cambiar la inercia de un partido de tenis no cuesta demasiado. Si se conseguía sembrar la duda en la mente del rival, lo que parecía una clara victoria por seis a cero pronto podía convertirse en un empate a uno en el segundo set. Y a Tabitha le entraron dudas con suma facilidad. Cuantos más puntos perdía, más malhumorada y petulante se mostraba. En cierto momento le dio tal berrinche porque el árbitro le había cantado una bola fuera que dejó sin restar cuatro saques seguidos de Wolf. Y más tarde, cuando ella y Barnaby perdieron el set, le dio un tirón tan fuerte a su collar que se rompió y las perlas se derramaron por toda la pista.

Muchas de esas perlas llegaron a la pista dos, donde Olivia y Josh habían perdido el primer set y ya iban por detrás tres a uno en el segundo. Por pura mala suerte, la mayor parte de ellas rodaron hasta el lado de la pista donde jugaban los del Beato Bartolo, y el chico, un tal Edward, resbaló con una de ellas y cayó en tan mala posición que se partió el tobillo por tres sitios distintos. Su compañera le suplicó que siguiera en la pista aunque fuera cojeando, pero no pudo hacerlo y, ooooh, tuvieron que dar el partido por perdido. Dos puntos para el Colegio Tusitala. El entrenador Bruce llegó incluso a soltar una lágrima de verdad.

Todo eso hizo que el Colegio Tusitala lograra lo impensable y se pusiera por delante. En la liga ASCONOR, cada escuela obtiene un punto por cada set que gana, más otro por la victoria general. Así que al estar Effie y Wolf empatados a un set en su partido, el Colegio Tusitala de pronto tenía tres puntos y el Beato Bartolo, dos. Para lograr el empate, Tabitha y Barnaby tenían que ganar la muerte súbita que solía jugarse en lugar del tercer set. Y para ello debían llegar a sumar diez puntos, con al menos dos de ventaja.

Antes de empezar el desempate, Effie se sentó en su silla con el caduceo en la mano y escuchó la discusión entre sus contrincantes. Barnaby le estaba diciendo a Tabitha que le dejara golpear más bolas porque él era un chico y era más fuerte, y ella le contestó que estaba lista para ganarlo cuando él quisiera.

A Effie le ocurrió algo extraño mientras sostenía el caduceo. La silla del juez estaba fabricada en algún país extranjero y tenía una leyenda escrita en una pata, en un idioma desconocido. Sin embargo, ella ahora podía leerla con la misma claridad que si hubiera estado en su propio idioma. No decía nada particularmente interesante —tan sólo era un aviso de seguridad—, pero lo importante era que Effie lo comprendía. La bolsa de tenis de Tabitha, por su parte, estaba fabricada por alguna compañía de moda de la otra punta del mundo, pero pudo entender que el extraño logo era una palabra que significaba «vencedor» en una lengua antigua de aquel país.

—Bueno, ¿cuál va a ser nuestra estrategia? —preguntó Wolf cuando se levantaron para jugar.

—Vamos a dejar que se derroten ellos solos —dijo Effie—. Ya han empezado. Míralos. —Le hizo una seña a Wolf para que mirara a Tabitha y Barnaby, que seguían discutiendo.

Cuando se levantaron para jugar, Tabitha le dio una patada en la espinilla a Barnaby con bastante mala idea.

—Ah, por cierto, Maximilian acaba de traer esto —dijo Wolf, mostrándole el anillo—. Quizá deberías ponértelo, ¿no te parece?

—No quiero hacer trampas como ellos —respondió Effie—. Intentemos ganar al viejo estilo.

—De acuerdo —dijo Wolf—. Pero déjalo bien guardado. No me gusta este ambiente. ¿Y si alguien intenta robártelo de nuevo?

La falda de tenis de Effie, pese a estar hecha para niñas de diez u once años, tenía un bolsillito con cremallera para guardar las llaves del coche. A Effie siempre le había parecido una tontería, pero en ese momento se dio cuenta de que, en realidad, era muy útil. Guardó dentro el anillo y entró en la pista. Aun así, algo la inquietaba.

El caduceo. Había pensado que era correcto utilizarlo mientras Leander tuviera su anillo, pero ahora había recuperado los dos adminículos. Y había usado el de Leander, tal vez no para hacer trampas, pero sí al menos para obtener una ventaja injusta. Claro que eso era insignificante en comparación con lo que habían llegado a hacer Tabitha y Barnaby. Sea como fuere, Effie se preguntó por qué le había pedido a Maximilian, para empezar, que le consiguiera el caduceo. ¿Por qué no le había pedido, simplemente, que recuperase el anillo? Era como si se hubiera sentido empujada a volver a tocar el caduceo. Pero... ¿por qué?

Ahora que el equipo del Beato Bartolo se había quedado sin capital M, Effie y Wolf no necesitaban ayuda extra. Cuando Tusitala se puso ocho a tres, Tabitha lloraba tanto que no podía ni ver la bola. Entonces Effie hizo un saque directo, el décimo del partido, y a pesar de que Tabitha estaba usando ya su última raqueta porque había destrozado todas las demás, eso no le impidió tirarla al suelo y pisotearla. Effie no se podía creer que ya casi lo hubieran conseguido. Un saque más contra Barnaby, que intentó devolverlo con un golpe ganador pero falló. «*Out!*», exclamó el doctor Green. ¡Habían ganado! Incluso Terrence Deer-Hart se emocionó y gritó «¡Bravo!» varias veces, hasta que Maximilian consiguió —a saber cómo— hacerlo callar.

Cuando Tabitha y Barnaby se acercaron a la red, tendieron sus manos lacias para estrechar las de Effie y Wolf, pero no sonrieron.

—Ésta nos la vais a pagar —siseó Tabitha—. No sabréis dónde ni cuándo ni cómo, pero no lo vamos a olvidar. Sufriréis tanto que desearéis no haber nacido.

No era precisamente lo más deportivo que podía decirse después de perder un partido de tenis, pero los alumnos del Beato Bartolo nunca habían brillado por ser los rivales más deportivos.

Cuando Effie regresó al vestuario, Leander la esperaba en un rincón, junto a la puerta. Parecía un poco como un murciélago, envuelto en su capa negra de terciopelo. Se había fundido de tal manera con la pared de hormigón oscuro que casi era invisible.

—Bueno —dijo, dando un paso adelante para mostrarse—. Supongo que no creerás que iba a dejar que te lo quedaras.

—¿Qué? —contestó Effie—. ¡Ah, tu caduceo! No, claro que no. Toma. —Se lo tendió—. Pensaba buscarte para devolvértelo.

—Encima que he rescatado tu anillo del doctor Green... —resopló Leander—. Bonita manera de agradecérmelo enviando a tu amigo a robar mi adminículo.

—¿Que lo has rescatado? Y entonces ¿por qué no me lo has devuelto? ¿Por qué te lo has llevado?

—Te lo estaba cuidando. Además, quería que supieras lo que se siente.

—¿Qué quieres decir?

—Cuando alguien toca tu adminículo. O cuando te lo esconden, como has hecho tú en el autobús.

—Pero ¡yo no he hecho eso! Yo...

—Y si el otro puede usarlo todavía es peor, como obviamente es tu caso. —Negó con la cabeza, un tanto perplejo—. Yo, en cambio, no puedo usar tu anillo. Debería ser capaz de utilizar casi cualquier adminículo, y por supuesto todos los anillos, pero con éste no he podido. ¿Qué es?

Ella tardó un momento en entender qué le estaba preguntando.

—¿Qué eres tú? —quiso saber Leander.

Effie era consciente de que no podía decírselo. No podía permitir que supiera qué tipo de anillo era. Aunque no sabía exactamente por qué, se había dado cuenta de que todo el mundo quería arrebatárselo. Y no iba a ponérselo fácil a nadie explicándole al primero que preguntara qué tipo de anillo era. Además, después de lo que le había pasado en el mercado, estaba decidida a no fiarse de nadie. A Effie le habría gustado decirle a Leander qué era ella y qué hacía el anillo, porque adivinaba algo amable y familiar en sus ojos. Incluso tenía la sensación de que podían ser aliados. Pero sabía que no debía hacerlo. Dijo que no con la cabeza.

Leander suspiró y tendió una mano para reclamar el caduceo. Effie se lo acercó un poco más, y justo en ese momento, cuando él alargó la mano para cogerlo, ocurrió algo peculiar. Mientras los dos estaban tocando el caduceo, Effie tuvo la sensación de que podía entender cualquier cosa del mundo: cualquier libro, cualquier idioma o lenguaje, incluso a cualquier persona. Era una sensación parecida a la que había experimentado en el autobús, pero mucho más intensa. Quizá porque esta vez Leander no tiró del caduceo para quitárselo y ella se olvidó de soltarlo. De hecho, la sensación fue tan fuerte que, por unos instantes, probablemente perdió la consciencia.

Cuando abrió los ojos de nuevo, Leander y el caduceo habían desaparecido.

Durante el trayecto de regreso a casa, Terrence insistió en que quería comprar regalos para la familia Truelove, ya que había decidido invitarse a cenar. Como le pareció que el mejor sitio sería el Emporio Esotérico, consiguió que el conductor del autobús los dejara allí. Prometió a Effie que, en cuanto terminara con sus compras, tomarían un taxi para volver a casa.

El entrenador Bruce iba lloriqueando en las filas delanteras del autobús. ¡Su equipo, su heroico y poderoso equipo, había vencido! ¡Había derrotado al Beato Bartolo! Por supuesto, la victoria implicaba el ascenso a una división compuesta exclusivamente por equipos del Beato Bartolo, de modo que había condenado a sus jugadores a muchos meses de maldiciones, vejaciones y diversas variantes del vudú que sólo se les podían ocurrir a los niños más crueles. Aun así, más allá de sus consecuencias reales, la victoria era gloriosa.

El Emporio Esotérico era un supermercado oscuro y polvoriento que vendía prácticamente cualquier producto bebible o comestible que pudiera existir en el Veromundo, siempre que fuera añejo y fermentado. Todas las cosas rancias y fermentadas tienen algún poder natural, por supuesto. Por desgracia, el capital M se disuelve en alcohol, pero eso no parecía importarle mucho a Terrence.

—¿A tu padre le gusta el vino? —preguntó Terrence—. A mí sí. Creo que nos llevaremos una maravillosa botella de ese champán añejo, y una de este delicioso Chablis y tal vez este... —Levantó una botella de vino tinto particularmente polvorienta—. Ah, sí —susurró—. Un reserva de treinta años. Un regalo excelente. ¿A tu padre le gusta el Margaux? Claro que sí. A todo ser vivo le gusta un buen Margaux. ¿Crees que a tu padre le importará que duerma en el sofá? Es que últimamente tengo un problema muy serio con la caldera y...

Mientras avanzaban por el pasillo lleno de botes de chucrut, miso, kimchi, kombucha y otras formas de materia vegetal fermentada, Terrence siguió hablando de sus problemas con la caldera y luego repasó su historial médico reciente. A Effie le llamaba la atención que, pese al supuesto interés de Terrence por averiguar cosas de su vida, era ella quien se estaba enterando de los asuntos de él.

Llegaron a la sección de quesos, y Effie se sintió abrumada por el olor. Era como si miles de chicos se hubieran quitado los calcetines a la vez y se los estuvieran pasando por debajo de la nariz.

—Y un Époisses —dijo Terrence, cogiendo un queso redondo que iba en una caja de madera—. Y un tajo grande de Stinking Bishop. Un regalo muy considerado, el Stinking Bishop. Creo que todo el mundo estaría de acuerdo. Soy, como habrás comprobado, un hombre muy generoso. —A Terrence casi se le nublaron los ojos—. Me pregunto si Skylurian se da cuenta. ¿No crees...? —empezó a preguntar—. ¿No crees que Skylurian es la mujer más bella del mundo? Yo sí. —Siguieron caminando—. ¿A tu padre le gustan los productos de charcutería? ¡Ja! ¿A quién no le gustan esas cosas? Supongo que no las más oscuras, aunque a Skylurian le encantan los ojos secos de gorrión. A lo mejor bastará con un buen salami y alguna salchicha de hígado.

La cuenta subió más de trescientas libras que Terrence Deer-Hart pagó en efectivo.

—Y ahora, ¿dónde encontramos un taxi? —preguntó al salir.

Era una buena pregunta. La gente mayor no hacía más que protestar por lo difícil que se había vuelto todo, y se pasaba la vida recordando los tiempos en que bastaba con llamar por teléfono para pedir un taxi. Ahora, desde el Gran Temblor, ya no era tan fácil. Podías mandar una petición por mensáfono a alguna compañía de taxis o presentarte en sus oficinas, pero a menudo había que esperar mucho. Si uno era mago, en cambio, podía convocar un taxi con cierta facilidad, mientras que las brujas mandaban su llamada por medio de la red cósmica. Aunque, por supuesto, la mayoría de las brujas hacían un uso limitado de los taxis porque tenían escobas portátiles.

—¿Qué eres tú? —preguntó Effie a Terrence mientras bajaban por la colina hacia una calle en la que él creía que podía haber una oficina de taxis.

—¿Cómo que qué soy? Pues un escritor famoso, claro —dijo—. Y soy capricornio y mmm...

—No. ¿Cuál es tu *kharakter*?

—Ah. Compositor, por supuesto. —Sacudió sus largos tirabuzones—. Skylurian me analizó. Pensaba que tal vez sería un bardo, como Laurel Wilde, por las historias clásicas, arquetípicas, y cosas así, pero resultó que no. Se ve que como escritor soy mucho más importante que todo eso. Por lo visto, algunos escritores pueden ser ingenieros. Ésos se pasan la vida preparando esquemas y diagramas de los lugares donde ocurren sus historias, y haciendo cosas tan vulgares como «construir su mundo». Pero yo no, yo soy un compositor.

—¿Y qué hacen los compositores?

—Componen, florecilla, componen. Crean lo nuevo, lo rompedor, lo innovador. Son la verdadera vanguardia. ¿Sabes lo que es la vanguardia?

Effie dijo que no con la cabeza.

—Yo sí. Es... —dijo Terrence—. Es... Bueno, es cuando las obras de arte muy importantes son... Bueno, cuando las obras de arte son muy nuevas y originales, y a veces son francesas y... En cualquier caso, es interesantísimo.

—¿Y qué has compuesto? —preguntó Effie.

—¡Mis libros, por supuesto! Se ve que es muy raro que un compositor escriba libros. Aunque cuando lo hacen, según Skylurian, componen los libros más espléndidos e importantes del mundo. Algunos compositores hacen música, o arte, o... —Se le notó que le costaba pensar algún ejemplo más—. Otras cosas.

—¿Puedes hacer magia? —preguntó Effie.

—¡Claro que puedo! Sí. Bueno, para ser exactos, no. Actualmente no. No todavía. Pero voy a aprender muy pronto. La querida Skylurian dice que también soy un mago, el *kharakter* más mágico y poderoso de todos. He de decir que, una vez que has epifanizado, es un mundo interesante.

—¿Cuándo te pasó? —le preguntó Effie—. Me refiero a la epifanía.

—Creo que fue el martes pasado —respondió Terrence—. Desde luego, es algo que te abre los ojos, eso ya te lo digo yo.

—¿Y de qué conoces a Skylurian Midzhar?

—Es mi editora, florecilla. Mi maravillosa editora.

—¿Y conoces a uno que se llama Albion Freake? Me suena que es amigo de Skylurian.

Terrence frunció el ceño. Albion Freake. Le sonaba vagamente. ¿Tenía que mostrarse celoso? ¿Acaso era otro autor? ¡O un rival amoroso! No estaba seguro de qué sería peor.

—¿Has dicho «amigo»?

—A lo mejor sólo es un socio en los negocios.

Se produjo una larga pausa.

—El dinero no lo es todo, florecilla.

Sin embargo, mientras seguían bajando por la calle adoquinada hacia la parada de taxis, Terrence estaba cada vez más preocupado. Nunca sabía nada de gente famosa porque en realidad tan sólo le preocupaba su propia fama. La mera idea de que alguien pudiera ser más famoso que él le provocaba una gran inquietud.

Al intentar imaginarse al tal Albion Freake —menudo nombre estúpido, por cierto—, vio a un tipo grande como un peñasco, rubio, de rasgos duros y corpulento. Sin embargo, tras usar durante unos minutos las técnicas avanzadas de visualización que le había enseñado su terapeuta, consiguió reducir al tal Freake a un diminuto y tímido bibliotecario con caspa. Estaba claro que Terrence no tenía ni idea de lo peligrosos que pueden llegar a ser los bibliotecarios, pero vamos a dejar esa historia para otro momento. Por ahora, él se sentía mejor así.

Por desgracia, se había olvidado de que se suponía que debía averiguar cosas de la vida de Effie. Lo que pasa es que siempre es agradable hablar de uno mismo, y a la niña se le daba muy bien hacer preguntas. Y como Terrence nunca había desarrollado la habilidad social de devolver una pregunta, no le había preguntado a Effie cuándo había epifanizado o, por ejemplo, cómo se las arreglaba para viajar a otros mundos. Sólo cuando estuvieron ya en el taxi recordó su condenada misión. ¿Y si Skylurian se enfadaba con él? Por suerte, aún tenía tiempo. Cenaría con la familia y beberían vino, y entonces... ¿Qué? A ver qué pasaba.

18

—¿Qué demonios es ese olor tan repugnante? —preguntó Orwell Bookend, sin apartar la mirada de su crucigrama de concurso.

Estaba sentado en su sillón favorito, con un suave fuego en el hogar y la llama temblorosa de una vela a su lado, en la mesa. La pequeña Luna estaba en el parque de juegos, leyendo —es decir, en realidad, mordisqueando— un viejo libro de hojas de cartón sobre una bruja y la gata que se llevó de la guardería. Se suponía que todo estaba bien. Sin embargo, en la vida de Orwell Bookend faltaban por lo menos dos cosas importantes. Él echaba de menos algo, pero no conseguía concretar exactamente de qué se trataba...

—Hola, papá —saludó Effie—. Hemos traído la cena.

Eso era. ¡La cena! Eso era lo que echaba de menos. ¿Era posible que su hija hubiera hecho algo útil, por una vez? Pero ¿qué era la otra cosa...?

—¿Y usted quién es? —preguntó entonces Orwell, lanzando una mirada suspicaz a Terrence.

De un tiempo a esta parte había decidido que su familia iba a ser normal y corriente. Más como las familias de la gente de la calle, y no tan... No tan como ellos. Pero aquel tipo no parecía un visitante normal y corriente. La camisa turquesa que llevaba era francamente ridícula, y en esa parte de la ciudad nadie llevaba un chaleco de cuero.

Además, ese pelo... Y el olor, claro. Aunque, al darse cuenta de que aquel olor podía ser el de la cena, a Orwell ya no le pareció tan malo.

—Es un escritor famoso, papá. Terrence Deer-Hart.

—Nunca lo he oído nombrar.

—Bueno, te ha traído un vino muy caro. Y salchichas de hígado. Y queso y...

—Salchichas de hígado, ¿eh? ¿Y por qué no has empezado por ahí?

—Quizá no debería molestar a tu padre con mi botella de Margaux de treinta años —dijo Terrence, malhumorado—. Parece muy ocupado. Tal vez debería ir a buscar a alguien que haya oído hablar de mí para compartir con él mi Stinking Bishop.

—Espere. ¿Ha dicho «Margaux»? —preguntó Orwell—. Iré a buscar mis mejores copas. Y por supuesto que he oído su nombre —añadió en un tono más suave, dedicándole a Terrence una sonrisa levemente viperina—. Era una broma. Mi hija le confirmará mi fantástico sentido del humor. ¿Euphemia? Échame una mano en la cocina, por favor. Seguro que al señor Deer-Stalker, autor de fama mundial, no le importará quedarse a solas un momento.

—Deer-Hart —lo corrigió Terrence.

—Continúa bromeando —dijo Effie—. ¿Verdad, papá?

—¿Qué? Sí, claro.

Effie siguió a su padre hasta la cocina con un candelabro en la mano. Orwell abrió un armario de madera y sacó dos copas de cristal para el vino y empezó a quitarle el polvo a una de ellas con una servilleta. Entregó la otra a Effie, con la correspondiente servilleta.

—Bueno —dijo—. ¿Qué hace ese tipo aquí?

—He ganado un concurso en el cole —respondió Effie.

—¿Qué? ¿Y el premio era un autor? Y el segundo premio ¿qué era? ¿Dos autores?

—Muy gracioso, papá. Va a escribir sobre mí. Sobre mi vida. De todos modos, no le hagas ni caso. Tengo algo para ti —dijo Effie—. El libro que querías. *Los elegidos*.

Orwell Bookend entrecerró los ojos.

—¿De dónde lo has sacado? En las noticias han dicho que ya es virtualmente imposible conseguir ejemplares. Y que ahora son muy pero que muy caros.

—Bueno, como dijiste que lo querías, yo...

—¿Te lo ha dado él? ¿Ese tal Deer-Stalker?

Effie suspiró.

—Papá, si quieres probar el vino que te ha traído, quizá deberías intentar decir bien su nombre.

—De acuerdo. Entendido. Pero... ¿Deer-Hart? ¿Qué clase de nombre es ése? Parece sacado de «El tiovivo encantado». O de las escenas de guerra de Tolstói, cuando todos alucinan de puro agotamiento. —Orwell empezó a fingir un desmayo—. Ay, querida mía, he perdido todas las balas del cañón...

—Papá, ¿de qué estás hablando?

Orwell suspiró.

—Nadie pilla mis chistes. Bueno, ¿de dónde lo ha sacado?

—¿El qué?

—El vino. Desde luego, parece caro.

—Del Emporio Esotérico.

—¿Y qué demonios hacíais en el Emporio Esotérico? Eso queda en la otra punta de la ciudad.

—Volvíamos a casa después del partido de tenis. Hemos ganado, por cierto.

—Ah, felicidades —dijo Orwell sin ningún entusiasmo—. Estoy convencido de que vuestro entrenador estará inmensamente feliz. Y tus compañeritos de tenis también. Aun así, no olvides que el deporte desgasta la mente. En fin, todo eso es trivial. Dices que tienes mi libro.

—Sí, pero recuerda que hicimos un trato.

—¿Un trato?

—Sí. A cambio, ibas a devolverme mi caja.

—¿Tu caja? —Orwell hizo ver que no sabía de qué le estaba hablando—. Vaya, querida mía, es que...

—¡Papá!

—Bueno, está bien. Pero... —Su padre forzó una mueca de preocupación—. ¿Estás segura de que no hay nada peligroso en esa caja? No quiero que te adentres más de lo necesario en eso que llaman «magia» y te metas en algún lío. No olvides lo que le pasó a tu abuelo. Y ya puestos, lo que le pasó a tu madre también.

¡Como si hubiera alguna posibilidad de que Effie lo olvidara! Aunque, por supuesto, aún no entendía exactamente qué le había pasado a ninguno de los dos. Effie sabía que a su abuelo lo había atacado un poderoso diberi. Había muerto en este mundo, pero era muy probable que hubiera resucitado en algún lugar lejano del Altermundo. No estaba segura, y no había nadie que pudiera decírselo, salvo Cosmo Truelove, así que necesitaba regresar al Altermundo para hablar con él.

En cuanto a su madre, Orwell le había dicho al principio que estaba muerta, luego que se había fugado con otro hombre —lo cual, según sus propias palabras, era como si se hubiera muerto—, y después que, efectivamente, estaba muerta. Había ocurrido durante la noche del Gran Temblor. Aurelia le había leído a Effie su cuento de antes de dormir —un capítulo de uno de los libros de Laurel Wilde, que le gustaban tanto que no hacía ni caso de los intentos de Orwell de confiscárselos o prohibírselos—, había apagado la luz y le había dado un beso de buenas noches. Effie se había dado cuenta de que su madre se ponía una capa de seda y metía un libro en aquel gran bolso marrón que parecía un maletín.

Luego, llevándose un dedo a los labios, se había escabullido por la ventana de la habitación de Effie. No era la primera vez que Aurelia salía sigilosamente de la casa por la ventana de Effie. Aquella noche, sin embargo, notó que había algo distinto. Ella no tenía ni idea de que no volvería a ver a su madre, claro, pero en su habitación quedó una atmósfera extraña, como el recuerdo de una pesadilla.

Al día siguiente, mientras Orwell recorría la casa como un loco, pegando gritos y llamando por teléfono, Effie encontró algo debajo de la cama. Era un libro delgado, encuadernado en tapa dura de color marrón con letras doradas. Estaba escrito en un idioma que ella no conocía y lleno de imágenes de extrañas criaturas que nunca había visto. Se lo llevó a su padre y le preguntó qué era. Él se lo arrebató, enojado, y la mandó de vuelta a su cuarto. Effie estaba convencida de que aquel libro tenía algo que ver con la desaparición de su madre, pero no sabía qué. Y no lo había visto desde entonces, por mucho que preguntara cada dos por tres.

—¿Y bien? —preguntó Orwell.

—En la caja no hay nada peligroso —contestó Effie—. Te lo prometo.

Por supuesto, Orwell no la creyó.

Effie y Orwell se sostuvieron la mirada con sus ojos idénticos, oscuros como joyas. Y de pronto, en el instante siguiente, cada uno de los dos entendió por completo al otro. No necesitaron decirse nada. Ella supo que, si pedía la caja, Orwell le exigiría que entregara primero el libro. Él supo que, si le pedía el libro, ella le exigiría la caja. Cada uno admiró de pronto la terquedad del otro, y Orwell descubrió que también admiraba la determinación y el ingenio de su hija. Todo lo que cada uno despreciaba del otro resultó ser, por un segundo, una razón para el amor. Durante ese breve instante, tanto el padre como la hija sintieron que, aunque siguieran peleando, cada uno de los dos protegería ferozmente al otro ante cualquier amenaza externa.

Y sin decir palabra, Orwell subió a buscar la caja a la planta superior.

Maximilian se entregó a su tercer café con leche mientras buscaba en el archivo de *El Umbral* información sobre Albion Freake. La cosa no iba muy bien. No había conseguido ningún resultado probando con las palabras «Albion Freake». Sólo le quedaba media hora de electricidad y necesitaba avanzar. Tenía que haber algo. Todo aquel que tuviera alguna relación con la magia aparecía al menos una vez en *El Umbral*. Se puso a buscar con las palabras

«Skylurian» y «Midzhar», con la esperanza de que eso le brindara alguna conexión. Pero aún no había encontrado nada. Por lo visto, Skylurian Midzhar sabía cómo mantenerse lejos del alcance del radar de *El Umbral*. De hecho, sólo había tres resultados con su nombre.

El primero tenía que ver con un negocio con Leonard Levar, cuyo nombre sí aparecía por todas partes en *El Umbral*. Luego había una breve mención de Skylurian en relación con Laurel Wilde, sobre quien el redactor principal de cultura de la publicación había escrito un artículo más bien arrogante, en el que señalaba todos los errores importantes por los que sus novelas habían arruinado la reputación de la magia. El tercero era un articulito de cotilleo sobre un joven y atractivo brujo del Altermundo llamado Pelham Longfellow, que aparecía casualmente en *El Umbral* y había acudido a una fiesta con Skylurian en el mes de septiembre anterior.

En los viejos tiempos de internet, buscar esa información habría sido fácil. Pero ahora la tecnología era muy lenta. En la red gris —una torpe amalgama de los restos de la red oscura y del internet global original— ya no quedaba nada parecido a un motor de búsqueda o a un sitio web. Sólo quedaban Sistemas de Tableros Electrónicos cruelmente pixelados, y hasta para verlos necesitabas conocimientos informáticos avanzados. Era como si hubiesen retrocedido a 1992. Y era una red gris en un sentido literal, un poco como todo lo que quedaba en el mundo. Las pantallas de los ordenadores ya no tenían aquella iluminación potente y solían estar en habitaciones alumbradas con velas.

En teoría, el archivo de *El Umbral* estaba abierto a las búsquedas, pero todo dependía de un algoritmo viejo y trillado lleno de errores humanos. También había que contar con todos los encantamientos, maldiciones, maleficios y demás que usaban algunas personas para impedir que las encontrasen. Al fin y al cabo, lanzar hechizos de ocultamiento era fácil.

Maximilian estaba cansado y decepcionado, así que decidió abandonar la búsqueda. En su lugar, sacó su nuevo adminículo. Porque era un adminículo, ¿no? Tenía que serlo. Era lo que le habían dado al salir del libro *La iniciación*. Acarició suavemente la tarjeta plateada mientras la luz de la vela bailaba en su superficie... «*Pathétique.*» ¿Qué significaba aquella palabra? No le resultaba del todo extraña; la había oído hacía poco, pero... ¿dónde? Por mucho que se esforzaba en rebuscar en su mente recién ordenada, no conseguía dar con ella. Observó la tarjeta con las Gafas del Conocimiento, pero por lo visto no sabían nada en absoluto. Aunque tal vez sí supieran algo y no quisieran revelárselo. Las Gafas del Conocimiento se habían enfadado un poco con Maximilian desde que él había descubierto que su verdadero *kharakter* era el de mago, y no el de erudito, que había pasado a ser su arte. Daba la impresión de que las gafas consideraban que Maximilian debía dedicar el mismo tiempo a afinar sus dotes de erudito que a leer mentes ajenas y a dar vueltas por ahí intentando encontrar el Inframundo. Y desde luego, no pensaban ayudarlo con eso. Era demasiado peligroso y exigía demasiada acción para contar con la aprobación de las gafas. Estaban diseñadas para funcionar mejor con gente estudiosa y prudente que no se moviera demasiado, y no con chicos intrépidos, empeñados en visitar el lado oscuro. Además, a los adminículos no les gustaba demasiado que los usaran para interpretar a otros adminículos. Son esas cosas que pasan, como cuando intentas juntar dos imanes por los polos equivocados y éstos se repelen.

Ninguno de los recursos que Maximilian solía utilizar para obtener información estaba funcionando. Tendría que probar algo distinto. Pero ¿qué? Y también le preocupaba otra cosa: *La iniciación*. ¿Tenía que destruir el libro o simplemente olvidarse de él? Si lo destruía se convertiría en un devorador de libros, y, como también era un mago oscuro, si se decidía a hacerlo casi podía despedirse de sus amigos y juntarse con los diberi. Pero ¿y si no lo destruía? ¿Y si alguien más lo leía? ¿Perdería su conocimiento y su adminículo? Estaba claro que, si alguien más iba a leer el libro, Maximilian no habría sido su Último Lector. Todo aquello era muy desconcertante.

Se oyó un portazo, y una breve ráfaga de aire frío se coló por el pasillo de casa de Effie. Había llegado Cait.

—He traído patatas —anunció, y después añadió—: ¿A qué huele?

Aquélla era la segunda cosa que Orwell Bookend anhelaba: el regreso de su esposa. Se había olvidado por completo de que había salido a comprar patatas. ¡Era genial que lo hubiera hecho! Qué velada tan inesperadamente agradable les aguardaba. Poco después, Orwell, Terrence, Effie y Cait disfrutaban de un banquete improvisado. Alguien había encontrado una barra de pan en el fondo del congelador y la había metido en el horno, y también habían desempolvado otra copa para Cait. Los tres adultos bebían vino —y Effie una manzanilla— mientras se comían las patatas calientes con aquel queso pegajoso y oloroso, una especie de chucrut de un rosa brillante —hecho con col lombarda— y una buena cantidad de minúsculas cebolletas plateadas. Los adultos también comieron salchichas de hígado, que a Effie no le gustaban.

La calidez que ella y su padre habían compartido en la cocina duraba todavía, y Cait empezaba a preguntarse qué diantres estaba ocurriendo. Normalmente no podían estar más de dos minutos en la misma habitación sin que empezara algo parecido a una guerra mundial. Ahora, en cambio, se habían puesto a trabajar en el crucigrama de Orwell, algo que llevaban mucho tiempo sin hacer, al menos desde que Cait vivía con ellos.

Mientras se entretenían con eso, Cait se dedicó a charlar con Terrence.

No podía creerse que uno de sus escritores favoritos estuviera en casa. Hacía mucho tiempo que admiraba los libros de Terrence Deer-Hart. Lo había descubierto cuando era una estudiante de doctorado que sufría estrés y alguien le había sugerido que leyera ficción infantil para animarse. Los libros de Terrence no eran, desde luego, los más alegres del mundo. No contenían nada de magia, ni viajes a otras tierras, ni criaturas míticas, ni escenas de acción emocionantes. Al contrario, estaban llenos de palabrotas y de niños desgraciados. Sin embargo, por alguna razón, Cait había descubierto que, al leer sobre niños desgraciados, se sentía mucho mejor. En aquella velada, le contó a Terrence que sus libros le habían cambiado la vida.

Eso, sumado a una gran cantidad de cebolletas y a una dosis exagerada de Stinking Bishop, había supuesto para Terrence un estímulo inagotable. ¡Por fin tenía ante él a alguien que había leído de verdad sus libros! ¡Alguien que los disfrutaba! El único problema era el lúgubre marido, que de pronto desvió la mirada del crucigrama y se empeñó en someterla a un interrogatorio al respecto.

—¿De verdad has leído sus libros?

—Sí, lo acabo de decir.

—¡Pero si son para niños!

—Muchos adultos leen ficción infantil.

—¿Y no te atonta?

—¡Orwell!

—Perdona, cualquier cosa me parece mejor que esas novelitas románticas que leías el mes pasado. ¿Se puede creer —preguntó Orwell, dirigiéndose a Terrence— que una mujer inteligente como ésta, ni más ni menos que la doctora Ransom-Bookend, haya pasado por una fase en la que leía cualquier cosa pegada a un bote de plástico con celo?

—¡Era por los concursos! —exclamó Cait.

Era una especie de moda inducida por Ediciones Cerilla. Las novelitas románticas iban de regalo con unos botes de batidos de dieta en polvo. Si terminabas un libro de aquéllos y lo devolvías a Ediciones Cerilla con tu nombre y tu dirección en el formulario que había en el interior de la contracubierta, podías ganar algo, que por desgracia solía ser otro libro con una foto de una enfermera entre los brazos de un médico, o de una mujer con falda corta atada a un árbol. Aunque también había algún premio importante en metálico de vez en cuando, o unas vacaciones.

A Terrence no le gustaba reconocer que él mismo había escrito algunas de esas novelitas románticas al principio de su carrera, cuando pasaba por un mal momento. Skylurian le había pagado bastante dinero por trabajar con una banda de escritores en una vieja fábrica de Walthamstow, donde un hombre con un megáfono les gritaba que escribieran más deprisa. Había un premio diario para el que escribiera más palabras. Mientras trabajaba allí, Terrence había tenido la extraña sensación de que estaban a punto de tomarlo como prisionero y dejarlo sin cobrar ni un céntimo. ¡Qué horror! Entonces, uno de sus libros entró en la lista de los más vendidos, y Skylurian fue a rescatarlo en taxi.

Terrence le pidió a Cait que le contara qué le había gustado más de cada una de sus novelas. Y cada vez que se le ocurría algo, él le servía otra copa de aquel vino Tokaji, dulce y oscuro, ideal para postres. Mientras tanto, Effie y su padre habían terminado el crucigrama del concurso. Effie se sentía algo más aguda de lo habitual. Desde el partido de tenis, tenía la sensación de que, por alguna razón, entendía más cosas que antes. Claro que también estaba lo de la silla del juez y la bolsa de Tabitha. Había sido capaz de leer un idioma que ni siquiera sabía.

Y eso le había dado que pensar.

Poco después de terminar el crucigrama, se disculpó y dijo que debía acostarse porque al día siguiente había colegio. Se llevó a su hermana Luna y la acomodó en su camita antes de meterse en la suya con todas las cosas importantes que había acumulado durante el día.

A Terrence Deer-Hart le dieron un montón de mantas y le dijeron que podía dormir en el sofá, pero sólo después de beberse todos ellos otras dos copas de vino y darle un tiento al queso de Borgoña. Así que Effie estuvo a salvo en su cuarto durante un buen rato.

Había recuperado su caja. Eso era lo más importante. Por alguna razón, le parecía más pesada, más sólida. Contenía sus más preciadas posesiones. El walkie-talkie que usaba para hablar con Lexy, el cuaderno de notas de su abuelo, su impagable tarjeta de citación, la espada de Wolf y su collar de oro con la Espada de Luz. Volvió a ponerse el collar y se prometió que nunca más se lo quitaría. Le habría ido muy bien en el mercado de los Confines, y se había encontrado con que no lo llevaba. Pelham Longfellow le había entregado algo que su abuelo había dejado para protegerla, y no había podido usarlo. Nunca más volvería a ocurrirle algo así.

Effie tenía también otra cosa muy especial, aunque por supuesto sólo era un préstamo. *El repertorio de kharakter, arte y matiz.* Consciente de que no podía correr el riesgo de ir al Altermundo mientras su padre y Cait estuvieran despiertos, se puso a hojear aquel tomo de tapa dura, grande y verde, en busca de algo concreto. Necesitaba saber qué *kharakter* tenía por adminículo un caduceo.

19

Maximilian engulló la cena mucho más deprisa de lo habitual. Y también comió menos cantidad. Se estaba hartando de ser el niño gordo. Quería parecerse más a los hombres elegantes que había conocido en el Inframundo. Parecerse más a Franz. Y algo de la cena que se había zampado con Lupoldus en *La iniciación* le había curado, de un modo peculiar, su pasión por la comida. En este mundo nunca comería nada tan delicioso como aquello, así que no tenía sentido molestarse en intentarlo.

—¿Estás absolutamente seguro de que no quieres repetir? —preguntó Odile, su madre—. Es pastel de carne y riñones. Tu favorito.

—¿No puedo comerme una ensalada de vez en cuando? —preguntó Maximilian.

—¿Quieres una ensalada? ¡Pero si estás en pleno crecimiento!

—Ya, pero...

—No quiero que te conviertas en un vegetariano como ese del bungaló de enfrente, el señor Hammer —dijo Odile—. ¿Has visto la pinta que tiene, tan enclenque, pálido y lastimero? Casi no puede ni cargar con los periódicos que reparte. A tu edad hace falta carne. Proteína.

Mientras Odile seguía hablando sobre las virtudes de las proteínas, Maximilian tuvo una idea, y, después del pastel de fruta con natillas —dejó el pastel y las natillas y se comió sólo la fruta—, anunció a su madre que iba a salir un rato.

—Últimamente siempre estás por ahí. ¿Adónde vas esta vez?

—Sólo voy a visitar a unos vecinos. Quiero averiguar una cosa de... Bah, qué más da, una cosa del colegio.

Maximilian no necesitaba mentirle a su madre acerca de sus actividades mágicas, pero no estaba del todo seguro de que estuviera lista para enterarse de que era mago. Ella sabía lo suficiente sobre magia como para entender que, si su hijo desarrollaba un interés repentino por la música clásica, debía sospechar algo.

Maximilian salió del bungaló y observó las otras viviendas del pequeño recinto. ¿Cómo se llamaba la cantante de ópera? ¿Señora Magpie? ¿Señora Blackbird? Señora... Mientras Maximilian caminaba intentando dar con el nombre de la vecina, la red cósmica pasó de miedo leve a pánico moderado. Nadie solía caminar por esos lares de noche. ¿Qué estaba pasando?

—Hola, señora Starling —saludó Maximilian cuando la vecina abrió la puerta.

Lo miró con sus amables ojos verdes.

—Hola, joven Max. ¿Qué puedo hacer por ti?

Su casa olía mucho a rosas y a otras cosas de color rosa.

—Me gustaría hablar de música con usted —dijo Maximilian—. Es cantante de ópera, ¿verdad?

—Bueno, sólo como aficionada —respondió la señora Starling—. Aunque sí canté una vez en el Teatro Conrad con mi grupito, la pasada Navidad. ¿Qué querías saber? Mi Arthur es un genio del piano, si te sirve de algo.

—De hecho, sí que podría servirme... —contestó Maximilian—. Sí.

—¿Quién es, Elaine? —preguntó una voz grave que procedía de lo que debía de ser la sala de estar.

—Es Maximilian, el chico que vive cuatro puertas más allá, cariño —respondió Elaine Starling—. El pequeño de Odile. Quiere saber algo sobre música.

—Ah, entonces ha venido al sitio ideal. Que entre, que entre.

Maximilian se adentró en el olor a rosas del pasillo. En aquel bungaló, casi todo era de color rosa. Y lo que no era rosa era dorado. El papel pintado de las paredes era rosa con peras doradas. La cortina del pasillo era dorada, con pasamanería de un rosa sedoso. Había una lámpara de araña que no acababa de encajar en un bungaló, pero tampoco es que quedara mal. La moqueta, muy clarita, era gruesa y suave, exactamente del color de las nubes bajas al ponerse el sol.

El muchacho siguió a la señora Starling hasta la habitación delantera, que olía a papel y a velas aromáticas. Dos de las paredes estaban cubiertas de pósteres enmarcados de músicos, mientras que en las otras dos se acumulaban lo que parecían cientos de libros y partituras, algunas de las cuales habían caído al suelo en algún momento sin que nadie las recogiera. El señor Starling estaba sentado en el sofá, leyendo un libro llamado *Mejore su técnica al piano en tan sólo 40 días*. En el lomo se veía el clásico logo de un ojo que se mantenía abierto gracias a un palillo, lo cual significaba que era una publicación de Ediciones Cerilla.

—Ay, Arthur. Últimamente siempre estás leyendo esos libros tan complicados —dijo la señora Starling—. ¿Y si te limitaras a tocar?

—Tengo que reaprender por completo todo lo que sé —contestó él, con un leve deje de tristeza—. No tengo tiempo para tocar. Tocar es para principiantes. Eso dice aquí.

Se volvió a concentrar en su lectura, desconectando al instante de todo lo que lo rodeaba.

—No sé qué bicho le ha picado últimamente —dijo la señora Starling mirando a su invitado—. ¿Quieres una taza de leche con cacao? Aún tenemos electricidad.

—No, gracias —respondió Maximilian—. Sólo quería preguntarle una cosa. Para usted, ¿esta palabra significa algo?

Maximilian sacó un trozo de papel en el que había escrito la palabra «*Pathétique*». No quería correr el riesgo de enseñarle a nadie el adminículo de verdad. Le pasó el trozo de papel a la señora Starling. Ella dijo que no con la cabeza y se lo cedió al señor Starling. Tuvo que darle unos empujoncitos con el dedo para que desviara la atención del libro.

—¿Qué es esto? —preguntó mientras cogía el papel—. ¿Ahora te ha dado por comunicarte así conmigo, Elaine? ¡Y encima en francés!

—No —aclaró ella—. Lo ha traído el chico. Quiere saber qué significa.

—Es una palabra francesa, claro. Significa «patético».

—Eso ya lo suponía —repuso Maximilian—. Pero en el mundo de la música, ¿qué significa?

—Ajá —dijo el señor Starling—. Bueno, puede ser una sinfonía de Tchaikovsky o una sonata para piano de Beethoven. Ambos están ahí arriba, en la pared. —Señaló una de las paredes cubiertas de imágenes enmarcadas de músicos—. Ése es Tchaikovsky, el de la barba blanca. El del pelo alocado y el piano lleno de partituras es Beethoven.

Maximilian lo reconoció de inmediato. El artista no le había dibujado las manos tan peludas como eran en realidad y se había olvidado de las pelusas de lana que le asomaban por las orejas, pero...

—Beethoven —repitió Maximilian.

—Buena elección —contestó el señor Starling—. Qué belleza, qué belleza.

Pero no dijo nada más. Volvió a posar la mirada en el libro, casi como si sus ojos estuvieran bajo el influjo de algún hechizo.

—¿Cuándo la escribió Beethoven? —preguntó Maximilian.

El señor Starling alzó de nuevo la mirada y pareció que se sacudía el hechizo del libro. Le puso un punto de lectura, lo cerró y lo dejó encima de la mesa, ligeramente en diagonal. La señora Starling lo puso recto de inmediato, pero él siguió como si no se diera cuenta.

—Mil ochocientos y pico, se supone. A principios de siglo. Voy a bajar la *Musical Encyclopaedia*.

Arthur Starling se levantó del sofá y sacó un libro grande y manoseado de uno de los combados estantes. Fue pasando páginas hasta que llegó a la B y estuvo un ratito musitando.

—Casi acierto —declaró—. Mil setecientos noventa y ocho. Beethoven tenía entonces veintisiete años. Ya empezaba a estar bastante sordo. ¿Sabías que Beethoven se quedó sordo? Qué trágico, qué trágico. Es su octava sonata. Es...

—¿Puede tocarla? —preguntó Maximilian.

—¡¿Tocarla?! —exclamó el señor Starling, como si Maximilian le hubiera pedido que se comiera al gato del vecino, o que saliera a la calle en ropa interior—. ¿Tocarla? —repitió—. Por supuesto que no puedo tocarla.

—¿Por qué no? —preguntó Maximilian.

—Porque es demasiado difícil, por eso no puedo. Tocarla, quiero decir. —Negó con la cabeza—. Aunque si tuviera un disco... Pero creo que ya no lo tengo. Creo que se lo dejé a...

—De hecho, necesito oír a alguien tocarla en directo —aclaró Maximilian, llevado por la intuición acertada de que esa técnica no funcionaría con una grabación—. ¿No conocerá por casualidad a alguien capaz de tocarla?

—¿No está programada ahora mismo en la ciudad? —preguntó la señora Starling, al tiempo que cogía un programa impreso y recorría una página con un dedo—. Sí, aquí está. Bien, joven Max, si quieres oír esa sonata estás de suerte. Mañana por la noche, en el Club de los Aburridos. Arthur te acompañará, ¿verdad, Arthur? Nos dan entradas gratis por nuestros contactos musicales, fíjate —añadió la señora Starling.

—Pero... —empezaron Arthur y Maximilian al mismo tiempo.

—Y no pienso aceptar ninguna objeción —remató la señora Starling.

Effie oía las risas que llegaban del salón. ¿Es que los adultos no pensaban acostarse? Ahora que había recuperado la tarjeta de citación, estaba desesperada por ir al Altermundo y ver a sus primos y a Cosmo. De todos modos, tampoco es que se aburriera mientras esperaba. *El repertorio de kharakter, arte y matiz* era uno de los libros más interesantes que había leído. Contenía dos diferentes cuestionarios para averiguar tu *kharakter* y tu arte, y también varios gráficos, diagramas, descripciones y detalles sobre cada tipo de *kharakter*.

El cuestionario más largo era el mismo que había cumplimentado en el mercado de los Confines. Al verlo, tuvo una sensación triste y extraña. Sin embargo, estaba decidida a no permitir que aquellos ladrones de los Confines le arruinaran el descubrimiento de su arte y la placentera experiencia de hojear aquel libro tan maravilloso, así que apartó de su mente aquella asociación. A partir de ese momento, el libro sólo le recordaría a Festus, a Raven y al Altermundo. ¿Se refería a eso Maximilian cuando hablaba de poner orden en la mente? Era bastante purificador.

Effie quería saberlo todo sobre el caduceo, pero no era tan fácil. El libro carecía de índice. En fin, no exactamente. Había un índice de los «síntomas» que podían utilizarse para averiguar el *kharakter* o el arte. Algunos eran muy claros, como «Soñar que vuelas». En cambio, otros eran bastante extravagantes: «Deseos de comer ranas», decía uno. «Ganas compulsivas de bailar a lo loco después de soñar con el color rojo» indicaba otro. Cada uno de ellos iba seguido de una letra o una combinación de letras que, según descubrió pronto, eran abreviaturas de los distintos *kharakteres*. La letra «B» significaba «bruja», por ejemplo, mientras que la «G» designaba a un guerrero.

Parecía que la única forma de averiguar qué adminículos correspondían a cada *kharakter* era repasándolos todos, uno por uno. Effie se puso a aprenderse de memoria los atributos de los *kharakteres* principales. Estaba el de bruja, que adora el lujo y la belleza y cree que todo el universo está profundamente conectado; el de cazador, que se niega a dejar de buscar; el de explorador, que también busca, pero se concentra en el viaje más que en el objeto del mismo. Effie aprendió cosas del *kharakter* del druida, que, de todos ellos, es el más conectado con la naturaleza, y del *kharakter* del clérigo, al que se le dan bien el rezo y la meditación.

Y entonces lo encontró. «Caduceo.» Aparecía como uno de los adminículos del intérprete. En cuanto leyó la entrada destinada al intérprete, Effie sintió una especie de escalofrío. Sí, era ella. ¡Prácticamente hasta la última palabra!

El intérprete es el *kharakter* con más habilidad para leer y puede, si así lo decide, hablar muchos idiomas. Los intérpretes ven lo que a menudo consideramos como el significado «oculto» de las cosas, y con frecuencia son capaces de descifrar códigos y resolver enigmas. También son a menudo grandes deportistas y se les dan especialmente bien aquellos deportes que dependen de la interpretación y de la coordinación entre la vista y la mano. Los intérpretes destacan en todos los juegos de pelota, y son particularmente buenos jugando al tenis. También pueden destacar en el estudio de las ciencias naturales o de la historia. Carl Linneo, el gran botánico de antaño, era sin duda un compositor intérprete, alguien capaz de crear algo completamente nuevo tras la lectura de algo que ya existe.

Su patrón es el dios romano Mercurio, así como el dios griego Hermes, el gran heraldo de sus viajes. A menudo los intérpretes llevan consigo un caduceo, igual que Hermes. Son mercuriales y pueden enfadarse con mayor facilidad que otros *kharakteres*. Por otro lado, también pueden tener una personalidad extremadamente conciliadora, pues son capaces de comprender muchas cosas.

La entrada seguía con su lista de capacidades y adminículos. Había gran cantidad de ambas cosas. Como intérprete, Effie podía utilizar cualquier diccionario, atlas o guía de campo mágica. O usar objetos de adivinación, como las cartas del tarot o las runas. ¡Incluso podía lanzar algunos hechizos! Una serie de cálidas sensaciones la recorrieron de arriba abajo. Se sentía feliz por primera vez en días. Así que era una verdadera heroína, pero también una intérprete. Seguro que su abuelo lo sabía. Una de las primeras cosas que le había enseñado era cómo resolver rompecabezas. Y luego estaban los idiomas: el rosiano y el antiguo inglés bastardo, ambos hablados en el Altermundo, que había comprendido con tanta facilidad. A medida que leía la página que tenía delante, se sintió como si se estuviera abriendo todo un mundo de posibilidades.

Estaba ya a punto de pasar a la entrada destinada al héroe, en busca de nuevas habilidades que pudiera desarrollar, cuando le llegó desde el salón un bendito sonido. Los adultos llevaban un rato callados, y Effie había oído ya la lenta sucesión de crujidos que significaba que su padre y Cait se acostaban. En ese momento, oyó algo que sólo podían ser los ronquidos de Terrence Deer-Hart. Era un denso retumbo de barítono, muy fuerte y prolongado. ¿Y si despertaba a Luna? Effie se preguntó si podía usar algún hechizo para acallarlo. Alguno habría por ahí, probablemente. Tenía que encontrar un libro y practicar y...

No, ahora eso no importaba. Había llegado el momento de ir al Altermundo. Y nunca más iba a correr riesgos con ninguno de sus objetos valiosos. Guardó *El repertorio de kharakter, arte y matiz* en su caja, y cargó con ella al salir sigilosamente por la ventana, tal como había hecho su madre cinco años antes. En el cielo oscuro, Effie vio un meteorito que estallaba como una diminuta fruta plateada. Eso le despertó algún recuerdo, aunque no estaba segura de qué se trataba exactamente.

Maximilian tenía una teoría. Era tan buena que el erudito que llevaba dentro empezó a fantasear de inmediato con la posibilidad de escribir un libro sobre ella. ¿Qué título le pondría a su primera gran obra? *La red de la gente*. No. *El conocimiento de la multitud*. No, tampoco. Tenía que ser un título más contundente. Fuera como fuese, la teoría, en resumidas cuentas, era la siguiente: en aquellos tiempos en que la tecnología no resultaba fiable, había que buscar información en sitios nuevos, y Maximilian se había dado cuenta de que uno de esos sitios era el interior de las mentes de la gente mayor. Para él, una «persona mayor» era cualquiera que superase más o menos los veintiséis.

Incluso la parte que Maximilian tenía de mago se interesó por esa teoría. Implicaba la posibilidad de leer mentes ajenas ¡y tal vez robarles información! Maximilian, sin embargo, ordenó educadamente a la parte que tenía de mago que guardara silencio mientras él salía de la casa de los Starling y paseaba por aquel recinto frío y oscuro, perturbando aún más la red cósmica.

¿Qué quería saber Maximilian? ¿Por qué seguía deambulando en plena oscuridad? Quería información. Información sobre Albion Freake. Y había decidido que la mejor forma de conseguirla era encontrar a algún adulto que leyera muchos periódicos e interrogarlo. ¿Cómo se llamaba aquel hombrecillo que leía tres periódicos de cabo a rabo todos los días y luego los reciclaba con gran teatralidad todos los jueves? Ah, sí, el señor Hammer. El vegetariano.

El único problema de la teoría de Maximilian era que la información procedente de humanos llegaba con un montón de añadidos no deseados: unas obleas rosa llenas de pelusas, por ejemplo, como las que la señora Starling se había empeñado en darle antes de que se marchara para adentrarse en la noche. Por no hablar de que para extraer del cerebro del señor Hammer todo lo que sabía sobre Albion Freake, Maximilian se vio obligado a tragarse un gran cuenco de quinoa y luego a admirar su caja de compostaje llena de gusanos, además de seguirlo por toda aquella casa llena de ecos, con un agradable olor a madera, especias y hierbas, y alabar su barómetro, su atrapasueños y una manta a medio tejer en la que, por lo visto, llevaba tres años trabajando.

De todos modos, era cierto que el señor Hammer tenía un buen cerebro para los datos y las cifras. Gracias a él, Maximilian supo que Albion Freake era el segundo hombre más rico del planeta. Todo el mundo sabía que Albion Freake controlaba toda la electricidad de la Tierra. En cambio, nadie conocía los detalles —ni nadie habría deseado conocerlos, pensó Maximilian— de su implicación en el comercio mundial de aceite de palma —un asunto al que resultó que el señor Hammer concedía gran importancia—, de cerdos criados en granjas industriales y de un tipo de granada de mano particularmente letal.

En aquellos tiempos, nada de todo eso era extraño en un emprendedor. Por supuesto, lo que Maximilian de verdad quería saber era si... De hecho, tuvo la tentación de... Dejó que su mente deambulara por la del señor Hammer como un mal carterista, silbando con cara de inocente, dando por hecho que nadie lo iba ver hasta que...

El señor Hammer lo bloqueó. Qué interesante.

—Bueno —dijo el señor Hammer, mirando a Maximilian con sus ojitos pequeños como pasas—. Ya veo que la quinoa ha funcionado.

—¿Qué? —preguntó Maximilian.

—Joven mago, tienes mucho que aprender.

—¿Cómo sabe que soy un...?

—En concreto, sobre eso de meterte en la mente de un herbibrujo, ¿quieres un consejo? Ni lo intentes. Sobre todo cuando, delante de ti y de manera obvia, se hayan comido un cuenco de cualquier producto de la tierra o del campo, y aún menos si tú también lo has comido. La quinoa es un agente antimagia. Seguro que lo sabes. Lo mismo ocurre con el trigo sarraceno, el amaranto, los nabos, los rábanos y el ajo. Por supuesto, si lo que quieres es estimular el fluido mágico puedes recurrir a la nuez moscada, el azafrán, la lima, el jengibre, el cacao o...

Maximilian abrió mucho los ojos.

—De veras es un...

213

El señor Hammer lo miró con severidad.

—¿A qué has venido en realidad?

Maximilian suspiró.

—Quiero averiguar cosas sobre Albion Freake —confesó—. Pero sobre todo quiero saber si es un diberi.

El señor Hammer hizo una mueca de disgusto cuando Maximilian pronunció la palabra «diberi».

—No, no es un diberi —contestó—. ¿Qué te ha hecho pensar que lo era?

—¿Cómo puede estar tan seguro?

—Todos los diberi son editores, escritores, bibliotecarios... Salió un informe el año pasado en *El Umbral*. O a lo mejor fue en la radio. ¿Cómo era el título? «Cuando los buenos intelectuales se vuelven malos.» Eso es. Un poco sensacionalista para mi gusto, pero los datos eran rigurosos en cualquier caso. Todos los diberi son magos y eruditos, con algún que otro embaucador muy leído. Tienen mucha cultura. Todos son muy pero que muy intelectuales. Albion Freake, en cambio, no ha leído un libro en su vida. Toma, mira esto.

El señor Hammer fue hasta su pila de reciclaje y de un tirón sacó un suplemento reluciente del fin de semana anterior. Contenía una entrevista a Freake, que dirigía una oficina política menor en Estados Unidos, de donde era originario. Según afirmaba en dicha entrevista, Freake estaba orgullosamente a favor del «hombre de a pie» que, como él, se había criado sin poder permitirse libros ni educación ni ninguno de esos lujos. Por eso, según decía, estaba invirtiendo en el libro más caro del mundo. Como un gesto hacia toda esa gente que aún tenía que triunfar como lo había hecho él. Para servirles de inspiración. Podías provenir de abajo, ganar una fortuna y luego, en palabras de Freake, comprarte «el maldito libro más caro de todo el puñetero planeta».

Maximilian siguió leyendo. La periodista le preguntaba a Albion Freake si pensaba leer el libro después de comprarlo. Freake se había echado a reír, según el reportaje, y luego había apoyado una mano en la pierna de la periodista (hecho que a ella no le había gustado demasiado).

—Querida —le había dicho—, ¿es que nunca has invertido en algo en toda tu preciosa vidilla? ¿Has coleccionado sellos? ¿Alguna vez has usado uno de esos sellos para mandar algo por correo? Claro que no, tesoro. Apuesto a que mi libro de mil millones de libras multiplicará por cinco su valor en cinco años. Pero no si toqueteo la mercancía. Por supuesto que no voy a leerlo.

Entonces la periodista le preguntó si sabía leer.

—Pago a otros para que lean y escriban por mí, cariño. ¿Para qué tomarme la molestia?

Todo eso era extremadamente interesante.

—¿Me presta el periódico? —preguntó Maximilian al señor Hammer.

—Claro que sí —contestó su vecino—. Y dale recuerdos a tu madre. Dile que pronto tendré una nueva remesa de su sirope de bayas de saúco, ahora que se está asentando el invierno.

20

Al despertarse, Terrence Deer-Hart sintió el impulso de ponerse a bailar. Había soñado con el color rojo y de pronto... ¿dónde estaba? Allí había muchos olores conocidos: cebolletas, cigarrillos, salami, calcetines usados, vino... Pero el olor natural del propio Terrence era como la suma de todo eso, así que aquellos olores no le daban ninguna pista acerca de dónde se encontraba. Le dolía un poco la cabeza porque estaba deshidratado por la gran cantidad de vino que había bebido. ¿Dónde estaba la cocina? ¿De quién diantres era esa casa...?

Estaba en aquel lugar desconocido por alguna razón. ¿Cuál era?

La maldita cría, claro. Se suponía que tenía que seguirla a «otro mundo» o algo parecido. ¿Qué era lo que le había dicho su adorable Skylurian? Terrence no lo recordaba del todo. Ay, vaya. Si regresaba sin información no se iba a poner demasiado contenta. Unas pocas horas antes, lo único importante en el mundo para Terrence había sido la cena. Pero ahora, después de comer, dormir la mona y dejar de bailar —se acababa de marcar un charleston medio desganado mientras pensaba en todo eso, pero no nos hemos regodeado en describirlo porque no era una visión demasiado hermosa—, sus pensamientos habían regresado una vez más al amor.

Y cuando decía «amor» quería decir Skylurian. Aun así, ella le había dicho que no regresara hasta que hubiera conseguido información sobre ese «otro mundo» que se suponía que visitaba la niña. Y Terrence ni siquiera se había acordado de preguntárselo. Aunque, ¿se lo habría dicho? Probablemente no. Era taimada, como su sombrío padre. En cambio, la madrastra... ¿Cómo se llamaba...? Cait. Era una persona sensible. Una persona amable. Una lectora con criterio, y... Diantres, los pensamientos de Terrence se habían desviado de su misión una vez más.

La noche se había vuelto más bien gélida. Terrence se puso los pantalones y el chaleco de cuero y se pasó las manos por el cabello enmarañado. Le preocupaba mucho su pelo. Tenía que recuperar su peine eléctrico antes de volver a ver a Skylurian. Pero ya estaba desvariando otra vez. Tenía que encontrar a la niña. ¿Dónde podía estar?

Avanzó lentamente por el pasillo hasta que llegó a la puerta de una habitación que tenía pinta de pertenecer a una criatura. Había en ella un cartel muy colorido en el que se leía PRIVADO - ¡PROHIBIDO ENTRAR!, que había confeccionado Effie cuando apenas tenía ocho años y al que nadie había hecho caso jamás. También había algo colgado del pomo: ¿una especie de efigie de un cerdo rosado? A una niña tenía que gustarle algo así. ¡Claro! Terrence se había olvidado del condenado bebé. ¿Qué iba a hacer si se despertaba? ¿Y qué diría si lo descubrían entrando en la habitación de Effie? Terrence estaba bastante seguro de que entrar sigilosamente en la habitación de una niña en mitad de la noche no era demasiado correcto.

Pero entonces oyó un ruido. El crujido de una ventana que se abría y cerraba. Terrence buscó la puerta de entrada y echó un vistazo al exterior. Allí, apenas visible a la débil luz de una farola y bajo la fría niebla, distinguió la borrosa silueta de una niña que, abrigada con una capa, doblaba la esquina al final de la calle. Era Effie, y probablemente se estaba escabullendo a ese «otro mundo». Pues qué bien. Decidió seguirla. Descubriría cómo se viajaba hasta allí y regresaría a casa de Skylurian a tiempo para el desayuno.

Effie caminaba deprisa, pero Terrence la alcanzó enseguida y apenas dejó el espacio suficiente entre ellos para que no se percatara de que la estaba siguiendo. Creía tener un talento especial para eso. A lo mejor debía plantearse la opción de convertirse en detective privado en sus horas libres... Pero... Un momento. ¿Dónde se había metido? Ajá. Sí, había cogido un atajo por un viejo parque. Terrence apretó el paso y llegó justo a tiempo para ver cómo su presa se metía detrás de un seto y luego... Desaparecía. Esta vez, del todo. La buscó por todas partes. Sí. Hacía un momento estaba allí, detrás del seto, y un instante después... ¡Puf!, había desaparecido. Como un maldito truco de magia.

¿Qué le había visto hacer exactamente? Hurgó en su cansada, débil y todavía algo ebria memoria. Effie llevaba algo en la mano, ¿no? Y lo miraba intensamente. ¿Una especie de tarjeta de crédito de las de antes? No. No le había parecido de plástico. Pero tenía la misma forma. Era una tarjeta de cartón, hecha de... O sea, de cartón. De papel. ¡Caray!

Bueno, al menos el asunto principal había quedado resuelto. Obviamente, la niña usaba esa tarjetita para llegar a su reino escondido. ¡Qué fácil había sido su misión! ¡Qué más daba que la niña no hubiera contado sus secretos en su estúpida redacción de escritura creativa! Bastaba con seguirla el rato suficiente para que, al final, todo se revelara. Ahora que disponía de la valiosa información que Skylurian le había mandado conseguir, Terrence se alejó a toda prisa con la intención de encontrar un taxi que lo llevara junto a su único amor verdadero.

Cuánto había echado en falta Effie el Altermundo. Nada más llegar a las puertas de la Casa Truelove, sintió satisfacción y paz en lo más hondo de su alma. También ayudaba, claro está, haber pasado de una fría noche de noviembre a un agradable día de verano. Al avanzar por el camino de entrada hacia la enorme mansión, en la que se alzaban, desordenadas, abundantes torrecillas y cúpulas, iba oliendo el cálido seto de madreselva y oyendo el zumbido de las abejas que, felices, se amontonaban en torno a sus flores amarillas. Oía el leve silbido de uno de los jardineros y, por todas partes, el canto de los pájaros.

Sin embargo, al acercarse a la casa empezó a preocuparse. ¿Estarían sus primos enfadados con ella por haber tardado tanto en volver? O puede que no la hubieran echado de menos en ningún momento. Al fin y al cabo, ella misma había oído sin querer aquella conversación en la que Rollo decía que su primita no estaba resultando muy útil. Incluso era posible que Rollo estuviese encantado de que Effie hubiera dejado de distraer a Clothilde de sus tareas en la Gran Biblioteca.

En cualquier caso, Effie estaba decidida a hacerse útil. Entraría, pediría perdón, lo explicaría todo y les diría lo que sabía acerca de Skylurian Midzhar y Albion Freake. Effie estaba absolutamente segura de que los diberi planeaban crear una poderosa última edición de *Los elegidos* que otorgaría al tal Freake poderes sin límite. Esa información sí era útil, ¿no? Además, ahora podría contarle a Rollo que era una intérprete, no sólo una heroína auténtica. Podía echar una mano con los libros y las traducciones y...

Entró en la casa por la puerta del porche acristalado, que siempre estaba abierta durante el día. Pero allí no había nadie, ni siquiera Bertie. ¿Dónde se habrían metido? Effie pasó del porche hacia el enorme vestíbulo de la entrada, con la gran escalinata curvada que subía hasta la galería de la planta superior.

—¿Hola? —llamó, sin obtener respuesta.

Aún llevaba la caja en las manos. Le parecía que estaría mucho más segura con ella en el Altermundo que en casa, en su habitación. ¿Y si subía, la dejaba arriba, se ponía uno de sus monos y se sentaba al sol hasta que regresaran sus primos? No, nada de sentarse al sol y descansar sin hacer nada de provecho. ¿Cómo podía ser útil?

Effie nunca había visto la Gran Biblioteca. Sabía dónde estaba, claro. Había sido testigo de cómo Rollo desaparecía unas cuantas veces al otro lado de la puerta de paneles, detrás de la gran escalinata. Si Pelham Longfellow la hubiese llevado a que la guardiana la marcase, ahora Effie también podría entrar allí. En realidad, era bastante injusto. Había pasado la prueba. Y si la dejaran entrar en la Gran Biblioteca sería útil, pues podría echar una mano con lo que fuera que hicieran allí tanto rato.

Mientras pensaba en eso, Effie se había acercado a los grandes paneles de las puertas de la biblioteca y, casi sin darse cuenta de lo que hacía, empezó a abrir uno de ellos. Sólo una rendija. Sólo para echar un vistazo. Se llevó una sorpresa al ver que la puerta de madera se abrió con facilidad mucho más que una rendija. Parecía incluso que estuviera invitándola a pasar. Bueno, tampoco podían culparla de haberse colado en la biblioteca si la puerta se abría sin la menor resistencia, ¿no? Si no querían que entrara nadie, podrían haberla cerrado con llave. Con el peso de la culpa en el corazón, dio un paso, luego dos más y, finalmente, entró en la biblioteca prohibida.

Era mucho más pequeña de lo que esperaba, pero es que siempre había imaginado algo más bien gigantesco. En realidad, se parecía a lo que se supone que es la biblioteca de una casa de campo. Había unas cuantas hileras de estantes oscuros, y una escalera de madera con ruedas que podía usarse para alcanzar los libros de los anaqueles más altos. Junto a la ventana de la derecha, vio una mesa de madera con dos sillones de cuero a cada lado. En una pared había un fichero de madera que parecía antiguo y tenía cajones en cuyas etiquetas podían leerse cosas como «Inventario de estante: Libros F12-F25». En otra pared, había un gran cuadro con un paisaje rural.

Una galería recorría en lo alto la zona principal de la biblioteca, con más estanterías. Allí, Effie vio también una escalera de caracol que partía desde la galería elevada. Tal vez la biblioteca fuera algo mayor de lo que le había parecido al abrir la puerta.

Se adentró un paso más en la sala. Luego otro. Se acercó a la mesa y dejó en ella su caja.

—No des ni un paso más —dijo una voz sin gritar, pero en tono grave.

—¿Cosmo?

Estaba plantado en el balcón de la galería con las manos por delante, como si sostuviera una enorme pelota invisible. Cosmo se parecía mucho a Griffin, el abuelo de Effie, pero iba inconfundiblemente vestido de brujo, con una larga túnica azul de seda. Llevaba un sombrero puntiagudo de tejido blando, que parecía viejo y muy gastado. Effie estaba acostumbrada a que él le acariciara cariñosamente la cabeza, con aquella barba blanca llena de migas de galleta o trocitos de pastel escondidos, no a verlo allí en lo alto con las manos así y los ojos llenos de...

Casi no podía ni mirarlo. En su expresión había una mezcla de decepción y miedo.

—No des ni un paso más —le ordenó Cosmo.

—Pero...

—Tu vida corre peligro. No te muevas. No pienses absolutamente en nada que no sea dónde estás en este momento. Mantén eso en tu mente. Si no eres capaz de hacerlo, podríamos perderte. Concéntrate mucho.

Effie empezó a asustarse en serio. ¿Qué había hecho?

—Ves algo —dijo Cosmo—. Dime qué es. No te ahorres ningún detalle.

—Sólo veo la biblioteca —contestó Effie.

—Ya. Descríbemela.

—Pero...

—Yo no estoy viendo lo mismo que tú, niña. Descríbemela. Ahora mismo.

De no haber tenido tanto miedo, Effie se habría sentido más bien tonta describiéndole a Cosmo un escenario que sin duda él podía ver perfectamente. ¿Qué había querido decir con eso de que no estaba viendo lo mismo que ella? Effie describió las estanterías, los sillones, la mesa y todo cuanto la rodeaba.

—No está mal —dijo Cosmo, como si Effie acabara de inventarse todo lo que describía—. ¿De qué color son los libros?

—De distintos colores. Hay libros azules, rojos y dorados, marrones... Hay un montón de libros marrones.

—¿Y de qué color son las paredes?

—De un amarillo claro, con una especie de banda de color verde menta muy suave.

—¡Excelente! ¿Hay moqueta?

Ahí Effie dudó. Bajó la mirada al suelo. Era de tarima pulida, por supuesto, ¿no? En ese momento de duda, ocurrió algo muy extraño. Cuando miró al suelo para ver de qué estaba hecho, no había nada. De pronto, tuvo la sensación de que caía a través de todo el universo. Por un segundo, al mirar hacia abajo se encontró con un vacío negro en el que sólo se veía lo que le pareció alguna estrella suelta. Pero estaba claro que el cielo tenía que estar por encima de ella, no por debajo, y...

—Concéntrate, niña —insistió Cosmo—. ¿Hay moqueta?

—No. No —respondió Effie—. Es tarima de madera. Brillante y oscura.

Y esta vez, al bajar la mirada al suelo, aquello fue lo que vio.

—Bien. ¿Y yo dónde estoy? —preguntó Cosmo.

—En una especie de balcón. —Effie se dio cuenta de que no tenía suficientes palabras para la mitad de las cosas que quería describir—. Con una barandilla de madera que te impide caer a este piso.

—Bien. Ahora, dime dónde está la escalera para bajar a tu piso desde aquí.

La escalera. La escalera. Pero no había ninguna escalera. Obviamente, eso no era posible. Claro que debía haber una escalera.

—Si no consigues ver ninguna escalera, podríamos tener un gran problema —explicó Cosmo—. Pestañea. Mira para otro lado. No pierdas la impresión del lugar. Mantenlo todo del mismo modo en tu mente, pero intenta crear alguna escalera. No me preguntes qué significa eso, ni te lo pienses demasiado. Limítate a hacerlo.

Effie intentó seguir sus instrucciones. Debía «crear» una escalera, aunque no tenía ni la menor idea de lo que significaba eso. Sin embargo, su mente se negaba a creer que hubiera ninguna escalera para bajar de la galería, y por eso no era capaz de crearla.

—Bueno —dijo Cosmo—. ¿Dónde está?

—Sólo hay una que sube desde la galería —le aclaró Effie—. Una escalera de caracol en la esquina más alejada de la izquierda.

—¿Y adónde lleva?

—No lo sé.

—¡Sí que lo sabes! —estalló Cosmo.

Su voz era cada vez más seria y aterradora. Cosmo era la persona con menos tendencia a gritar que había conocido Effie en su vida, y de repente actuaba de ese modo. ¿Por qué?

—Lleva a una puerta por la que se entra en la galería de la casa —dijo Effie—. Desde allí arriba hay una entrada distinta a la Gran Biblioteca. Entre mi habitación y la escalera que sube a tu estudio.

—Bien. Conserva todo eso en tu mente, niña, sólo un ratito más. Bajaré a ayudarte. Mientras tanto, no te muevas. Limítate a pensar en la escalera que lleva de vuelta a la casa.

Los siguientes instantes duraron una vida entera. Sin embargo, al poco Effie oyó el leve chirrido de unos goznes a su espalda. Cosmo había conseguido pasar a la casa y luego entrar en la biblioteca por la puerta que había detrás de Effie. Pudo oír sus ligeros pasos acercándose, y luego notó la reconfortante sensación de que la tocaba con su suave y avejentada mano.

—Mientras sujetes mi mano estarás a salvo —le dijo—. Así que no la sueltes. Cuéntame. Cómo has entrado.

—Por la puerta —respondió Effie.

—Eso es imposible —replicó Cosmo.

—Es verdad. Lo siento. Yo...

—No. No puede ser. Tienes que haber entrado de otra manera. Seguro que hay alguna grieta y...

—He entrado por la puerta principal. De verdad. Sé que no debería haberlo hecho. Lo siento mucho...

A Effie se le hizo un nudo en la garganta. No entendía qué estaba pasando, pero sí sabía que había cometido un gran error. Tal vez incluso mayor de lo que era capaz de comprender.

—No te pongas nerviosa, niña. Todavía es importante que te mantengas concentrada. Pero tienes que entender que es imposible que hayas entrado por esa puerta. Antes hay que pasar por una iniciación. Es un proceso de aprendizaje bastante largo. La puerta sólo te deja pasar si sabe que estás lista y que has completado el proceso. ¿O tal vez...? Pero no. No. Eso sí que sería imposible de verdad.

—¿O qué? ¿Qué es lo que sería imposible?

—¿Llevabas por casualidad algún objeto cuando has entrado?

—Sí. Mi caja. La he dejado en la mesa, allí.

—¿Qué hay en la caja?

—Todos mis objetos valiosos. Los he traído porque mi padre me los confiscó y... —Le daba demasiada vergüenza contar que había perdido sus adminículos más valiosos, incluida la tarjeta que le permitía transportarse al Altermundo—. Sólo quería conservarlos. En el Veromundo hay gente de la que no me fío y...

—¿Hay algún libro en la caja?

—No. Espera... Sí. El cuaderno de mi abuelo. Era una especie de traducción que estaba haciendo antes de que lo atacaran. De hecho, también hay un libro que acaba de prestarme una amiga. *El repertorio de kharakter, arte y matiz.*

—Lo conozco bien. ¿Nada más?

Effie dijo que no con la cabeza.

—Nada.

—¿Puedo echar un vistazo?

—Claro. Está en la mesa. Ahí mismo.

—La mesa de la ventana —dijo Cosmo, repitiendo la descripción anterior de Effie.

—¿Sí?

—¿Has mirado por esa ventana?

—No. ¿Por qué?

—Necesito que decidas qué se ve por ella antes de que miremos los dos. No te lo pienses demasiado. No dejes que tu mente se preocupe por lo que debería verse o dejarse de ver. Aquí el espacio funciona de una manera distinta que en el resto de la casa. Pero es muy muy importante que al mirar por la ventana no nos encontremos con que no se ve nada. Si ocurre eso, puede que perdamos nuestra conexión, y en ese caso no podría salvarte.

—¿Salvarme?

—Sí. —Cosmo seguía empleando aún un tono grave—. Para ayudarte a salir, necesito saber exactamente por qué la biblioteca quería que estuvieras aquí. Es posible que la biblioteca se niegue a dejarte salir sin mi ayuda.

Effie tragó saliva.

—De acuerdo —dijo—. Ya sé lo que se ve por la ventana. Es un huerto de manzanos con un camino que lo cruza por el centro.

—Bien. ¿Lo crees al ciento por ciento?

—Sí.

—De acuerdo. Ahora, examinemos esa caja.

Cosmo mantuvo la mano de Effie en la suya. Con la otra, repasó el contenido de la caja. Cuando cogió el cuaderno del abuelo de Effie, cayó un volumen más pequeño. Había quedado atrapado entre las páginas del cuaderno, que era más grande. Cosmo se agachó para recogerlo del suelo y... Fue... Parecía...Pero no. No podía ser. Un libro fino, marrón, con letras doradas.

—¿De dónde has sacado esto? —preguntó Cosmo.

—No lo sé —contestó Effie—. No tenía ni idea de que estaba ahí, sinceramente.

Era el libro de su madre. El que se había encontrado debajo de la cama la noche del Gran Temblor. El fino volumen de tapa dura que Effie creía que su madre podía haberse dejado accidentalmente, o tal vez para que ella lo cuidara. Cuántas veces se había recriminado que no debería habérselo llevado a su padre, sino habérselo ocultado...

¿Y ahora? ¿Cómo demonios había acabado en su caja? Lo había dejado allí su padre para que ella lo encontrara?

¿Era una manera de agradecerle el ejemplar de *Los elegidos*? ¿Era una especie de recompensa? Hasta cierto punto tenía sentido. Al fin y al cabo, Orwell nunca hacía nada por Effie si ella no hacía antes algo por él. Si, por ejemplo, quería dinero para un viaje con el colegio, antes tenía que hacer toda una serie de tareas. A veces la sorprendía que su padre fuera capaz de llevar todas esas cuentas en su mente.

—El libro era de mi madre —le comentó—. Pero yo no sabía que estaba en la caja. Creo que quizá lo haya puesto mi padre, aunque no sé por qué.

—Bueno, sin duda eso explica que la biblioteca quisiera que entraras —dijo Cosmo.

—Ah, ¿sí?

—Por supuesto. Es un libro muy valioso. ¿Has intentado leerlo?

Effie dijo que no con la cabeza.

—La primera vez que lo vi lo hojeé, pero me resultaba imposible. Hacía años que le había perdido la pista —dijo—. Mi padre me lo escondió. Aunque ahora tal vez sí sea capaz de leerlo. Se me dan bien los idiomas y esas cosas. La última vez que lo vi sólo tenía seis años.

—¿La última vez que lo viste fue la noche del Gran Temblor?

—¡Sí! ¿Cómo lo has sabido?

—Era el libro que se suponía que nos iba a devolver tu madre esa noche. Lo habían robado de nuestra biblioteca, probablemente algún espía diberi que consiguió entrar en la Casa Truelove, a saber cómo. Tu madre era muy valiente, Effie. Ella dirigió la misión para recuperar el libro. Pero cuando apareció aquí en aquel funesto *Sterran Guandré*, resultó...

—¿Qué? —exclamó Effie.

La conversación sobre su madre le impedía mantenerse concentrada en la biblioteca, y empezaba a notarse. El paisaje pintado en el cuadro del fondo de la sala había cambiado tres veces en los últimos dos minutos. Y sobre el huerto que se veía por la ventana se cernía una tormenta. No era buena señal.

—No deberíamos hablar de esto ahora —dijo Cosmo—. Tienes que ayudarme a devolver el libro y luego yo te ayudaré a regresar a la casa. Después te lo cuento todo.

—De acuerdo —contestó Effie—. ¿Qué tengo que hacer?

—¿Hay algún directorio en la biblioteca?

—Sí —respondió Effie—. Está allí. Es una especie de archivador grande de madera, de ésos con cajoncitos. Está lleno de fichas en tarjetas.

—Bien. Excelente. Eso debería facilitarnos la tarea. Que tu biblioteca se te aparezca bien ordenada es una señal muy prometedora. Ahora quiero que compruebes si en el lomo del libro hay algún número.

Effie lo miró. Sí que lo había: F34. Por un momento le pareció extraño que una biblioteca tan importante tuviera un sistema de clasificación basado tan sólo en una letra y dos números. Acto seguido se preguntó cómo era posible que, de repente, supiera cosas de bibliotecas y se hubiese fijado en algo así. Después empezó a sentir un leve mareo, una especie de náusea profunda que parecía surgir del suelo, bajo sus pies. Empezaba a retorcerle las entrañas. Dejó de pensar en el sistema de clasificación y la sensación remitió, aunque no desapareció por completo.

—¿Qué número es?

Effie le dijo el código a Cosmo. Luego caminaron juntos hasta el archivador de madera y buscaron el cajón que iba de la F25 a la F38. Con una mano temblorosa, Effie sacó del archivo la tarjeta F34 y la metió en el libro, como hacían en la biblioteca de su barrio. Luego, sin soltar la mano de Cosmo, se hizo una idea del orden de los estantes. Ahí estaba la G, y más allá la H. Entonces la F tenía que estar... Sí. Encontró la sección adecuada y los libros F22, los F23, los F24 —de los que parecía haber más cantidad— y al fin dio con la sección F34, en la que había un hueco que se le antojó algo justo para el libro de su madre. Effie lo encajó en su sitio con un empujoncito y sintió como si la biblioteca suspirara con gratitud.

Ella, sin embargo, seguía mareada. De hecho, apenas había podido fijarse en los demás libros del estante, todos ellos en idiomas desconocidos menos uno, que le pareció más ordinario y, por alguna razón, algo más conocido. Pero entonces empezó a notar que cada vez tenía más náuseas y que le flaqueaban las piernas.

—Llevas demasiado tiempo en la biblioteca —dijo Cosmo—. Tenemos que salir de aquí.

—No me encuentro muy bien —reconoció Effie—. Pero estoy segura de que me recuperaré.

—Vas a necesitar todas tus fuerzas, niña. Sujétame la mano. Y prepárate.

21

Llegar a la puerta de la biblioteca fue uno de los esfuerzos más duros que Effie había hecho en su vida. Cada paso que daba le dolía. Y ya no le quedaba energía. Era una sensación curiosa, como si toda su alma quisiera abandonar. ¿Qué pasa cuando toda tu alma abandona? Te mueres ahí mismo sin duda. Effie ni siquiera tenía fuerzas para estar asustada. Sin embargo, de alguna manera consiguieron llegar al fondo de la biblioteca y Cosmo abrió la puerta...

Debilidad. Negrura. Una caída leve, una leve caída...

Lo siguiente que percibió Effie fue que estaba en la cama de su habitación de la Casa Truelove. Cosmo hablaba con alguien en tono severo, aunque ella no podía ver con quién. En la habitación había un olor reconfortantemente familiar: a madera vieja y a ropa de cama limpia. Pero Effie tenía una sensación horrible, como si se hubiera dejado una plancha encendida, o una puerta sin cerrar, y estuviera a punto de ocurrir algo espantoso.

—Bueno —decía Cosmo—. La niña se las ha arreglado para completar la tarea en la que vosotros fracasasteis en el último *Sterran Guandré*. Pero ha gastado toda su energía y ya no podrá quedarse mucho tiempo aquí. Se mantiene con un hilo mínimo de fuerza. Tiene tan poco tiempo para aprender... Y ahora me temo que vamos a perderla.

Effie no podía ni abrir los ojos. Cosmo siguió hablando de ella. Al parecer, no la iban a reñir por haber entrado en la biblioteca. De hecho, tenía la impresión de que Cosmo estaba encantado de que hubiese devuelto el libro, ese que, según él, habían robado los diberi tantos años atrás. Aun así, Effie sabía que no debería haber entrado en la Gran Biblioteca por su cuenta y sin decírselo a nadie. Debería haberle dado el libro a alguien. A juzgar por las palabras de Cosmo, lo que había hecho la había dejado prácticamente sin fuerza vital. Sin capital M. Su poder mágico.

Pero quizá eso ya no importara. ¿Iba a morir? Desde luego, lo parecía. Nunca se había encontrado tan mal. Si había hecho algo útil de verdad, tal vez hubiera merecido la pena. Aunque sería mucho más agradable conservar la vida. Se moría de ganas de seguir explorando el Altermundo y continuar participando en la lucha contra los diberi, de ser una auténtica heroína y una intérprete, puede incluso que volver a galopar con *Jet*, y...

—Tendréis que llevarla a Londres —dijo Cosmo—. Al doctor Black. Ahora está allí, según tengo entendido.

—Pero eso va en contra de todo aquello en lo que creemos —empezó a objetar una voz que Effie reconoció: era Rollo—. De todo lo que defendemos. No podemos...

—Permíteme que lo deje bien claro. —Sonó de nuevo la voz de Cosmo. El tono era suave, pero también severo—: Los problemas empezaron por vosotros. Por vosotros dos. ¡Aurelia ya estaba casada, por lo que más quieras! Aun así, tuvisteis que reñir por ella como dos colegiales, y de paso partirle el corazón a Clothilde. Y tú, Rollo, no creas que eres mejor porque en esa época no estabas comprometido con nadie. Lo que hiciste fue estúpido y peligroso, y todavía estamos lidiando con las consecuencias.

—Esta batalla nos está dejando a todos secos —dijo otra voz. Pertenecía a Pelham Longfellow—. Ojalá pudiera entender tu punto de vista y darte mi bendición, Rollo, pero en este momento me resulta imposible. Me debato conmigo mismo, como todos. Pero a mí también me cuesta perdonarte lo que hiciste aquella noche. Todos perdimos a Aurelia. Y luego también murió mi padre porque...

—La muerte de tu padre fue un accidente —repuso Rollo—. Y todos lo sentimos por ti, desde luego. Pero creo que ha quedado bien claro que has encontrado maneras de obtener un consuelo considerable gracias a tu vida en la isla. Y, sólo para que conste, yo no sentía nada por Aurelia. Sólo quería evitar que mi hermana sufriera. Ella no tenía las opciones con las que contabais vosotros.

A Effie le estaba costando seguir la discusión. Parecía que hablaban de su madre. Era como si todos hubieran estado enamorados de ella y no estaba mal enterarse de eso, si no fuera porque sonaba como si la cosa no hubiera acabado demasiado bien. Además, ¿su madre se habría involucrado con dos hombres distintos a la vez, estando casada con un tercero? Effie recordaba a Aurelia como una mujer amable, buena y sencilla. Todo eso no le cuadraba. ¿Qué demonios había ocurrido? Sin embargo, cuanto más pensaba en eso, más débil se sentía.

—Se está debilitando —dijo Cosmo—. Así que sólo tenéis una opción, y yo voy a decidir por vosotros. Llevadla al doctor Black, Pelham. Ya nos enfrentaremos a las consecuencias más adelante.

—¿Y vamos a tener que enfrentarnos a esas «consecuencias» hasta la eternidad? —preguntó Rollo.

—Sí —replicó Cosmo—. Si es necesario, sí.

Cuando Laurel Wilde se despertó, hacía frío y todo estaba a oscuras. ¿Dónde se hallaba? ¿Y dónde se había metido Skylurian? Eran tan amigas y de repente, un instante después, su editora había insistido en que se bebiera una taza de un té que sabía raro y que debía de contener alguna droga, ¡y luego la había atado y la había metido en el maletero del coche!

¿Qué demonios había hecho Laurel Wilde para merecer algo así? ¿Era porque no había dado su aprobación a aquella cubierta tan horrible para el libro? ¿O porque no hacía más que quejarse por el plan de la edición limitada de un solo volumen de *Los elegidos*? Aunque, en realidad, casi todas esas quejas sólo se habían manifestado dentro de su cabeza. Laurel, como siempre, había sido incapaz de armar demasiado lío.

Tal vez fuera por el siete y medio por ciento. O por el siete. O lo que fuera. A Laurel Wilde no se le daban bien los números. ¿Dónde estaba su máquina de escribir? ¿Y su cuaderno? ¿Y su pluma favorita? ¿Estaba anocheciendo? Laurel añoraba su copa de vino, su música, su granada, su chal de cachemira. En vez de estar disfrutando de todo eso, estaba tumbada en una superficie rasposa que olía a corral. A heno. ¿Era posible que la hubieran metido en uno de los establos vacíos? Laurel tenía las manos atadas a la espalda, pero mientras luchaba por ponerse en pie se dio cuenta de que, de hecho, estaba muy lejos de todo. Por un ventanuco vio estrellas, muchas estrellas. ¡Oh! Y un meteorito con una extraña cola rosada. Y luego otro. Pero no se veían luces de ninguna casa.

¿Qué tenía a mano? No veía nada, aunque sí percibía el olor de sus caramelos de menta, del cuero y de su perfume. No se había puesto perfume antes del secuestro; de eso estaba segura, lo que significaba que su bolso tenía que estar por ahí. Tal vez había conseguido agarrarlo antes de que la droga hiciera efecto del todo.

Laurel rebuscó entre el heno. Tener el bolso a mano estaría muy bien. Como buena novelista que era, siempre se había anticipado a lo peor. Su trabajo consistía en plantearse situaciones dramáticas que incluían secuestros, caídas al pozo de una mina y cosas por el estilo. Eso quería decir que Laurel estaba preparada para ese tipo de situaciones. Y, sí, ahí estaba. Su bolso, que contenía una Satsuma, una barrita energética de lujo, tres latitas de gaseosa, una navaja, un viejo teléfono y un espejo de mano. Todas las cosas que necesitaba para mantenerse con vida y, si todo salía bien, escapar de allí.

Effie descubrió que no podía abrir los ojos por mucho que lo intentara. Se sentía cómoda, soñolienta, como si estuviera a punto de emprender un largo viaje a algún lugar muy lejano y misterioso.

—Aquí no sobrevivirá mucho tiempo más. Tenéis que llevarla de vuelta a la isla ahora mismo —dijo Cosmo.

—No puedo llevarla al portal —contestó Pelham—. Ni siquiera está despierta. Tendrás que recurrir a la magia.

—Sí —contestó Cosmo, algo distraído—. Algo haré, supongo. Aunque no sé exactamente cómo conseguiré mandaros a los dos a la isla directamente desde aquí. Se puede hacer, pero me temo que lleve más tiempo del que tenemos.

—Y entonces ¿qué vamos a hacer? —preguntó Pelham.

—Hay algo que podríamos intentar —intervino Rollo—. Pero tal vez sea demasiado peligroso. No lo sé.

—¿De qué se trata? —El tono de Pelham seguía siendo algo frío cuando se dirigía a Rollo.

—Es un artefacto que construí... Para enviar a los intrusos de vuelta a la isla. Se me ocurrió cuando nos estábamos armando contra los diberi, antes del último *Sterran Guandré*. Simula una muerte en este mundo al mandarte de vuelta a la isla, pero no te cambia la edad ni te hace renacer. Creo que además mantiene intacta tu fuerza vital, aunque obviamente estaba intentando diseñar una versión que se la arrebatase. Por eso lo consideré un fracaso. Pero ahora podría ser justo lo que necesitamos.

—¿Y adónde te manda?

—A algún lugar de la isla.

Pelham resopló.

—¿Qué? ¿En medio del Pacífico, por ejemplo? ¿A la cima del Everest?

—No. Ése era otro problema del diseño. Tienes que ponerle unas coordenadas. Escogí unos cuantos lugares lejanos para probarlo. O, en cualquier caso, lugares que a mí me parecían lejanos. Podría mandaros a alguno de ellos. Y tendríais que encontrar la forma de llegar a Londres desde allí, si os empeñáis en ir a ver al tal doctor Black. Creo que podría ser la única opción que tenemos de mandar a la niña a la isla a toda prisa. Claro que, si se queda sin fuerza vital mientras está aquí, tal vez termine en el Pacífico, o en un sitio peor, o sola. Y sin poder regresar jamás.

—Creo que es mejor que lo hagas —intervino Cosmo—. Gracias, Rollo. Al menos, cuando la pobre niña esté de vuelta en la isla podrá recuperar su salud física. Pero ya casi no le queda fuerza vital. Tienes que darte prisa.

«Fuerza vital y salud física. Fuerza vital y salud física.» Esas palabras se empezaron a repetir en la mente de Effie como un extraño poema. La fuerza vital era energía mágica. Energía del Altermundo, conocida en el Veromundo como capital M. Y Effie se daba cuenta de que la suya se había agotado por completo.

Oyó el ruido de la puerta al abrirse y los pasos rápidos de Rollo, que recorrían la galería exterior. Luego se abrió la puerta otra vez. Se oyeron unos ruidos extraños, como si alguien estuviera recogiendo cosas a toda prisa.

—De acuerdo —dijo Pelham—. Cuando quieras, estoy listo.

—¿Tienes suficiente divisa del Veromundo? —preguntó Cosmo.

—¿Dinero, quieres decir? Ah, claro, de eso tengo un montón.

Al incorporarse en la cama y acercar su frágil cuerpo al de Pelham Longfellow, Effie percibió su sutil olor a pachuli y a loción de vainilla para el afeitado, que se mezclaba con el aroma a canela caliente de su piel. Él iba a rescatarla, iba a llevarla a algún sitio. Iba a...

Lo siguiente que percibió Effie al abrir los ojos fue que se encontraba en un lugar muy iluminado y caluroso. ¿Seguía en el Altermundo después de todo? Era como si estuviera envuelta en una manta, sobre una tumbona, en el porche de una pequeña cabaña. Ante sus ojos, a lo lejos, se veía una montaña, delante de la cual había una especie de laguna. Tenía sensación de calidez y de comodidad física. Pero también se sentía muy triste y, en cierto sentido, vacía. Era como si la hubieran vuelto del revés: su alma ya no estaba oculta y a salvo en su interior; ahora conformaba la capa externa de todo su ser, como si hubiera quedado esparcida por su piel. Effie quería decirle a quien fuera que estuviera allí con ella que eso no estaba bien, que su alma no tendría que estar así, expuesta. Tenía miedo y eso no era normal, porque en su condición de heroína auténtica solía ser valiente.

Vio que Pelham Longfellow caminaba impaciente arriba y abajo delante de la cabaña, tecleando algo en el mensáfono. Se le acercó una mujer.

—Su coche llegará dentro de dos horas, señor —le dijo—. Tardarán más o menos una en llegar al aeropuerto de Ciudad del Cabo. Su vuelo sale a las diez de la noche y llega a Londres mañana por la mañana.

—Muchas gracias —contestó Pelham—. Ha sido usted extremadamente amable.

Dio media vuelta y vio que Effie estaba despierta.

—Bueno, joven heroína —dijo—. Por lo que me dicen, has vivido una aventurilla.

—No me siento como una heroína —contestó Effie—. ¿Dónde estamos?

—Ah, en Sudáfrica —dijo Pelham, animoso—. Nos hemos pasado un poco. Volaremos a Londres esta tarde. He reservado billetes en clase turista, pero creo que podré lanzar unos cuantos hechizos para que nos suban de categoría y nos pasen a primera. Sale más barato que pagar directamente por primera, aunque a veces, cuando me queda poca fuerza vital, prefiero pagarlo de entrada. —Se detuvo bruscamente y luego, con un suspiro, añadió—: Igual que te pasa a ti ahora, claro. ¿Cómo te encuentras, mi pobre niña?

Effie se encogió de hombros.

—No sé —respondió—. Un poco cansada. Pero creo que bien. Sólo que...

—¿Qué?

—No sé cómo describirlo. Nunca había sentido algo así. —Effie no sabía cómo explicar la sensación de que se le había quedado el alma por fuera. Si lo decía así sin más, no sonaría bien. Por otro lado, le parecía que si lo decía en voz alta aún lo estropearía más—. Siento una especie de tristeza. Y como si hubiera perdido algo por dentro. ¿Suena muy tonto?

Pelham dijo que no con la cabeza.

—No. Estás experimentando lo que se siente cuando te quedas sin fuerza vital —le explicó—. Hay quien lo llama «el Anhelo». A mí me pasó sólo una vez hace mucho, mucho tiempo. Es una de las peores sensaciones que pueden experimentarse en este mundo. Preferiría partirme una extremidad, o varias, antes que volver a pasar por el Anhelo. Pero pronto vamos a curarte. Sólo tienes que aguantar un poco más. Volver a cargar la fuerza vital no es fácil, pero estoy seguro de que lo conseguirás.

—¿Y si no puedo aguantar?

—No hay alternativa. Has de aguantar.

—Me siento un poco como si estuviera a punto de caer por un precipicio, aunque no haya ningún precipicio por aquí —explicó Effie.

—Lo sé —dijo Pelham—. Es una sensación horrible, pero no dura eternamente y ya no puede hacerte ningún daño. Antes de que te des cuenta, empezarás a recuperar la fuerza vital.

—Pero tengo miedo. ¿Y si cada vez soy menos... yo misma? ¿Y si me olvido de mis amigos, del Altermundo y de...?

—Eso no va a pasar. El Anhelo consigue descubrir lo que te da más miedo y hace que te preocupes por eso todo el rato. Una vez conocí a una especie de vicario que tenía el Anhelo. Le entró un miedo terrible a ponerse a insultar a la gente por la calle. Estaba convencido de que, al darle los buenos días a alguien, su mente le sugeriría añadir: «vieja cabra fea» o «penoso idiota». Nunca llegó a decir nada por el estilo, sólo tenía miedo de decirlo. El Anhelo siempre te hace pensar en cosas que son exactamente las contrarias de las que harías en realidad. Pero nadie llega a hacer nunca eso que tanto miedo le da. Jamás. No puedes dejar que el Anhelo te domine. Lo peor es empezar a creer en él.

—Si crees en él, ¿se vuelve verdadero?

—No. Pero la sensación es horrible. Y si empiezas a hacer lo que él quiere... El vicario del que te he hablado, por ejemplo, decidió no salir a la calle por si acaso le daba por insultar a la gente... En casos como ése, el Anhelo se apodera de tu vida por completo.

—¿Y no puedo hacer nada hasta que lleguemos a Londres?

—Lo más importante es que seas tú misma y no prestar atención a esas sensaciones. También podrías intentar meditar. Es probable que eso te dé un poco de fuerza vital. Yo iré a ver qué hay en la cocina. A lo mejor te iría bien algún encurtido. Cuando llega el Anhelo hay que aceptarlo e intentar no preocuparse. Relájate todo lo que puedas. Si te resistes a esas sensaciones, sólo conseguirás despilfarrar aún más fuerza vital.

—¿Y qué pasa si se gasta más? —pregunto Effie.

—Pues que te encuentras mal durante más tiempo. —Pelham sonrió con amabilidad—. El único peligro del Anhelo en el Veromundo está en meterse en un bucle en el que, al estar asustado todo el rato, tu fuerza vital se va consumiendo al mismo tiempo que se recarga. Entonces puedes tardar mucho más en curarte.

—¿Puedo llegar a morir?

—No —contestó Pelham. Por el Anhelo y en este mundo, no. En el Veromundo mucha gente está siempre en ese estado sin darse cuenta de qué les pasa. No tienen ni idea de lo que es la fuerza vital, y no saben que los isleños también necesitan energía mágica. Pero sólo se puede morir por falta de fuerza vital en el otro lado. Aquí lo único que puede pasarte es que te encuentres peor.

—No puedo ni imaginarme lo que sería encontrarme peor —dijo Effie en tono sombrío.

Se retorció el anillo que llevaba en el dedo. ¿Sería mejor que se lo quitara? La primera vez que se lo había puesto, casi la había matado. Entonces la había dejado sin energía física, no sin fuerza vital mágica. Hasta donde ella sabía, el anillo la ayudaba a generar capital M. Aunque últimamente no lo estaba haciendo demasiado bien.

—Bueno, mejor que ni lo intentes, porque si hay algo que te garantiza que te encontrarás peor es pensar en eso. Intenta animarte. Y medita.

—Y eso de meditar ¿cómo se hace exactamente?

—Seguro que ya lo sabes.

Effie dijo que no con la cabeza.

—¿Y qué pasa cuando usas la tarjeta de citación para llegar a la Casa Truelove? Para hacer eso tienes que estar en estado meditativo, ¿verdad?

—¿Quieres decir que deje la mente en blanco y respire hondo?

—Exacto. Haz eso.

—¿Meditar es sólo eso?

—Sí. Nada más que eso. De hecho, ni siquiera tienes que respirar hondo. Basta con que intentes poner la mente en blanco, y no importa que te salga mal; a todo el mundo le sale mal porque es casi imposible. Pero poco a poco vas teniendo cada vez más conciencia de ti misma, y a veces descubres que puedes desconectar tus pensamientos por un rato. Entonces es cuando te curas.

—Creo que entiendo lo que quieres decir.

—Perfecto. Te dejo con esa tarea. Me voy a la cocina.

—Pelham...

—¿Qué?

—Por favor, no me dejes sola. No sé qué sería capaz de hacer. Creo que no lo puedo soportar.

Pelham suspiró.

—Sí, voy a dejarte sola y tú vas a ponerte a meditar. Eso te dará un poco de paz, estoy seguro.

—Pero...

—No debes ceder al miedo —insistió Pelham—. El miedo te absorbe la fuerza vital más rápido que cualquier otra cosa.

—Pero...

—Confía en ti.

Pelham Longfellow se alejó caminando por la hierba hacia una pasarela de madera que discurría entre unos árboles pequeños y de aspecto extraño, hasta llegar a una amplia galería con una puerta. Effie estaba aterrorizada. No era propio de ella sentirse así... Y entonces aquella idea también la asustó: ¿cómo podía haber cambiado tanto en esas pocas horas? Sin embargo, siguiendo las instrucciones de Pelham, se dijo que debía aceptar ese sentimiento. Durante unos segundos se volvió aún peor; tanto que le pareció que no sería capaz de soportarlo. Luego desapareció. Cuando volvió a sentirlo, hizo lo mismo. Y una vez más el sentimiento empeoró y luego mejoró. En esta ocasión, sin embargo, la parte desagradable duró menos, y el momento en que se sentía mejor se alargó. Era como si en una orilla accidentada las olas rompieran una y otra vez, pero la marea se fuera retirando.

Entonces intentó ponerse a meditar. Pronto se acercó a ella un pájaro con una cresta que parecía un mohicano de los viejos tiempos. Luego apareció otro. Era pequeño, tenía el pico puntiagudo y en su cuerpo diminuto se mezclaban plumas verdes, azules, rojas y amarillas. Al verlo, Effie no pudo evitar sonreír. Era lo más bonito que había visto en su vida. ¿Ese pensamiento también se lo debía al Anhelo? Qué extraño. Al tener el alma por fuera, todo era distinto, o eso parecía.

Vio que había una pequeña porción de tarta en un plato, a su lado. Pelham debía de habérsela dejado allí. Tenía un poco de hambre, y supuso que los pájaros también. Effie tendió la mano con unas pocas migas y ¡el pájaro de colores brillantes se acercó y se las comió! Effie volvió a sonreír y cogió unas cuantas migas más. Le tiró un trozo más grande al otro pájaro, que estaba en la hierba; éste se la comió con unos movimientos muy graciosos porque la cresta de mohicano se movía arriba y abajo. El pájaro más pequeño, mientras tanto, seguía comiendo de su mano. Muy lentamente, la fuerza vital de Effie empezó a aumentar, poquito a poquito.

Cuando se terminó la tarta, Effie cerró los ojos y empezó a meditar. Al principio no le resultó fácil. No hacía más que pensar en la Gran Biblioteca. No podía evitar la tentación de intentar averiguar qué había pasado allí.

Pero tenía que tratar de meditar. Cerró los ojos, pero sólo veía los paneles de las puertas de la Gran Biblioteca, y luego las paredes amarillas con aquellas bandas tan precisas de verde menta, y una hilera tras otra de libros y...

Su única certeza era que Cosmo había estado allí con ella, aunque por alguna razón él no podía ver la biblioteca. Había tenido que describírselo todo, incluso hacia dónde tenían que ir para salir de allí. Como si fuera ciego. ¿Y si él veía la biblioteca de otra manera? Pero ¿qué clase de lugar era ése si dos personas podían verlo de maneras completamente distintas? ¿Y por qué era tan peligroso? Effie estaba segura de que su experiencia en la Gran Biblioteca le había absorbido por completo la poca fuerza vital que le quedaba, pero... ¿por qué?

Consiguió dejar la mente en blanco durante dos segundos, o tal vez tres. Era una sensación de calma, de recuperación. Y entonces abrió los ojos, sobresaltada. Estaba en el Veromundo, ¿no? En Sudáfrica, a miles de kilómetros de su casa, y gastando tiempo real del Veromundo. Ni siquiera sabía qué día era. Y eso quería decir que sus amigos estarían buscándola preocupados y... Cuando volviera, su padre no la dejaría volver a salir de casa jamás.

El viaje al aeropuerto tendría que haber sido emocionante. Había montañas y babuinos, y se veía el reluciente mar azul a lo lejos. Sin embargo, Effie sólo podía pensar en todas las cosas peligrosas y tristes que ocurrían por todas partes y en los problemas que iba a encontrarse cuando llegara a casa.

Tal como había prometido, Pelham lanzó un hechizo en el aeropuerto para conseguir pasajes de primera clase, lo cual implicaba una cómoda espera en una sala, rodeados de sándwiches y fruta gratis, y luego una pequeña *suite* propia en el avión, con sus camas, sus batas y sus pijamas. A Effie le habría encantado poder disfrutarlo. Nunca había volado, y siempre había deseado hacerlo. ¡Y con todos aquellos lujos! Pero al final se pasó todo el vuelo durmiendo, soñando con extrañas bibliotecas y tramos de escaleras que sólo servían para subir eternamente, sin que se apreciara modo alguno de bajar por ellas.

Cuando el avión aterrizó en Heathrow, Effie apenas se fijó en el jet dorado que circulaba por la pista hacia la puerta de embarque contigua a la de ellos, con las palabras ALBION FREAKE INC pintadas en el fuselaje. Y tampoco vio al hombre que, con su mechón de pelo rojo brillante y su traje plateado de lamé, de raya diplomática, se abría camino por el aeropuerto hacia la limusina dorada que lo estaba esperando.

22

—Queridos —dijo Skylurian Midzhar en un susurro el jueves, mientras desayunaban—, tengo que decir que casi hemos cumplido nuestro objetivo. Sólo nos falta recoger doce ejemplares más de *Los elegidos* y lo habremos conseguido. Qué contento va a ponerse Albion hoy, cuando llegue dentro de un rato.

Terrence Deer-Hart parecía bastante alicaído.

—¿Albion Freake llega hoy?

—Sí, mi tesoro.

—Y dices que es... ¿un amigo?

—Un socio en los negocios. Te conté lo de la edición limitada de un solo volumen que estamos preparando para él, ¿verdad?

—Sí, me lo contaste. —Terrence se mordisqueó el labio inferior. Casi parecía a punto de echarse a llorar—. Me contaste que Laurel Wilde, por ser tu escritora favorita y la que más ha vendido en la historia, había sido escogida para ese altísimo honor y...

Terrence se había puesto rojo y, de repente, parecía haber olvidado cómo respirar. Farfulló algo, palideció y alargó el brazo en busca de un vaso de agua.

—¿Sabes algo de mi madre? —preguntó Raven.

—No, querida. Lo siento. No hay manera de contactar con ella por medio del mensáfono.

—¿Sabes al menos en qué país está?

—Tal vez en Bolivia. Es tan fácil perderles la pista a los autores cuando están de gira... Seguro que le va de maravilla.

—¿Y yo por qué no estoy de gira? —preguntó Terrence.

—Porque estás aquí conmigo, mi tesoro.

—Pero ¿por qué resulta que Laurel Wilde va de gira y en cambio...?

En ese momento, Terrence recordó que, por supuesto, Laurel Wilde no estaba en una gira de promoción, sino secuestrada y encerrada en una vieja granja del páramo. Aun así, la mera idea de que cualquier otro escritor tuviese una gira de promoción mientras que a él, Terrence, ni siquiera se le permitía escribir su primera novela seria de ficción para adultos, era sencillamente insoportable.

Skylurian y Raven intercambiaron una mirada. Ese hombre era extremadamente estúpido. Raven sabía que Skylurian estaba tramando algo, y Skylurian sabía que Raven sabía que Skylurian estaba tramando algo. En cambio, ese hombre sólo parecía pensar en sus cifras de ventas y en su pelo. Por un instante, Skylurian olvidó incluso por qué estaba allí. Ah, sí. Lo había mandado a recoger información sobre cómo viajaba de un mundo a otro la niña de los Truelove. Y al menos para eso sí que le había servido. Le había dicho todo lo que necesitaba saber. Cuanto antes pudiera deshacerse de ese hombre tan bobo y penoso, mejor. Aunque tal vez siguiera jugueteando con él un poquito más. Aparte de estúpido era, había que admitirlo, bastante atractivo.

—¡No puede quedarse tres días aquí! —le advirtió Pelham Longfellow al doctor Black—. ¿Es que no hay nada que funcione más rápido?

Effie estaba sentada en una cómoda butaca de piel en la consulta del doctor Black en el Soho de Londres. Se habían visto en una ocasión anterior, cuando practicó la operación quirúrgica que se suponía que iba a mandar al

Altermundo a su abuelo Griffin, después de que muriera en el Veromundo. Effie, sin embargo, nunca había estado en Londres. Todo era muy interesante, pero su mente exhausta apenas podía absorber nada. Por la ventana, se veía a las mujeres caminando por las calles estrechas y adoquinadas con pantalones ajustados, leotardos de ballet y abrigos de imitación de piel, o con camisetas con lemas del siglo anterior y chaquetas vaqueras forradas de borrego por dentro.

Muchos de los edificios estaban casi en ruinas, por supuesto —algunos incluso lo estaban ya antes del Gran Temblor—, pero en la mayoría de ellos brotaban flores entre las grietas de las paredes, o se derramaban desde los tiestos de fabricación casera de las ventanas... incluso en pleno noviembre. Effie se quedó mirando a un gato que también parecía empeñado en mirarla a ella.

—Lo siento —dijo el doctor Black—. Su fuerza vital está verdaderamente reducida a la nada. Tengo que ponerle un gotero e intentar que la recupere lo más rápido posible, pero eso va a requerir al menos tres días.

—A esas alturas su padre ya habrá llamado a la policía. Y tal vez al Gremio del Norte. Creo que tiene algunos contactos de toda la vida.

—Lo del Gremio del Norte es problemático, lo reconozco.

—Desde luego. ¿Entonces...?

—¿No puede decirle simplemente a su padre que la niña está aquí? Sería la mejor opción.

—No —contestó Pelham—. Él no apoya nuestra causa. Por nada del mundo debe enterarse de lo que ha ocurrido. Estoy provocándole una regresión de la memoria hasta que volvamos pero, como sin duda sabe, esa clase de magia es extremadamente costosa y no podré seguir manteniéndola más de un día. ¿No puede recetarle nada para que nos vayamos ya? ¿Pastillas antianhelo, quizá?

—Aquí no nos dedicamos a reprimir los síntomas —repuso el doctor Black—. Probablemente, es lo único que no hacemos.

Su sonrisa parecía la típica de esos hombres que saben que la mayoría de la gente no aprueba lo que ellos hacen, y que están convencidos de que la gente se equivoca.

—Ya me doy cuenta, pero, eso que iba a ponerle en un gotero... ¿no puede administrarse en forma de pastillas? ¿O de hechizo?

—No soy un brujo, Longfellow. Además, creía que usted entendía a qué nos dedicamos aquí. Y también estaba convencido de que usted, y los que son como usted, incluso nos negaban su aprobación.

—Sí, bueno, normalmente es así. Pero no podemos dejar a esta niña en ese estado. Además, nos ha ayudado a todos con sus últimas acciones. Ha devuelto el libro que faltaba. Tenemos que recompensarla de algún modo.

—¿Se da cuenta de que lo que me ha pedido es el tratamiento más solicitado por los diberi en su clínica suiza?

—Podemos dejar eso a un lado en este caso.

—De todos modos, si no va a poder quedarse aquí da lo mismo. Sencillamente, no podremos completar el tratamiento.

Pelham Longfellow suspiró.

—¿De verdad no hay nada más? Tal vez haya olvidado mencionar que el dinero no es un obstáculo.

—He hablado con los directores hoy mismo. No quieren dinero.

—Lo dice como si quisieran otra cosa.

—Sí —dijo el doctor Black lentamente.

—¿Bueno? ¿Y qué es?

—Quieren que se vaya de Londres. Que se olvide de la fábrica de Walthamstow.

—Pero... —empezó Pelham.

—Saben que anda detrás de Skylurian Midzhar y que lleva mucho tiempo trabajando en sus operaciones aquí. Pero ella, comparada con los diberi más importantes, no es nadie. —El doctor Black parecía inquieto por algo—. Lo que Skylurian ha hecho en Walthamstow... No puedo decir exactamente que al principio me pareciera bien, pero lo que sí puedo afirmar es que funciona. Ya nadie tiene que sufrir el Anhelo. Sí, sí, ya conozco todas las objeciones que va a plantear, pero, por muchas cosas espantosas que haya hecho, Skylurian Midzhar, la temible y corrupta diberi, ha producido algo que aumenta de manera genuina la bondad de este mundo.

—Es un atajo. Va contra todo lo que...

—Pero usted ha venido precisamente en busca de un atajo, ¿no?

—Sí, porque las circunstancias son...

—Todo el mundo cree que sus circunstancias merecen un trato especial, Longfellow. Y eso es lo que podemos ofrecer ahora: un trato especial para todos.

—Pero...

El doctor Black abrió un cajón de su gran escritorio.

—Tal vez le gustaría saber qué aspecto tienen. Sé que ha estado preguntando por ahí. Tome. —Le tendió una cajita de cristal en la que había tres cápsulas transparentes que contenían una sustancia oscura, dorada y con un leve fulgor.

—Puede quedárselas. Pero sólo con la condición de que se vaya de Londres. Digamos que ¿durante un año? Podría ir a Europa, perseguir a los diberi más importantes. No tenemos ningún problema con eso. En ese aspecto pertenecemos al mismo bando.

Pelham Longfellow tomó la cajita que le ofrecía el doctor Black.

—Y funcionan, ¿no?

—Oh, sí, por supuesto.

—¿No son como aquellos antiguos tratamientos antianhelo?

—En absoluto. Con estas pastillas, los pacientes recuperan la fuerza vital directamente.

—¿Y qué diferencia hay entre esto y limitarse a obligar a la cría a comer ojos de búho o corazones de cobaya?

—Usted sabe muy bien que esos métodos aportan pequeñas cantidades de capital M a aquellos que, por su *kharakter* y su arte, tienden a las zonas más oscuras. Esta niña es pura luz. Es una viajera. Su espíritu es, en parte, del

Altermundo. En muy buena parte, a juzgar por las pruebas a las que la he sometido. Por eso el Anhelo la está afectando con tanta fuerza. En cualquier caso, esos métodos no funcionarían con ella. No haría más que empeorar.

—¿Y esto qué contiene?

—Una concentración de... —Los ojos del doctor Black pasaron lentamente de Pelham Longfellow a la superficie de su escritorio.

—¿Una concentración de qué?

El doctor suspiró, enojado.

—Ya sabe lo que son, Longfellow. Que las acepte y se las dé a la niña o no ya depende sólo de usted.

—¿Y cuántos miles de krublos cuestan?

—Como le he dicho antes, sólo tiene que abandonar Londres y permitir que la fábrica siga abierta. Y dejar de investigar a Skylurian Midzhar. Si puede aceptar esas condiciones, la medicación es gratis. Considérelo como parte de una prueba.

—No me va a dar otra opción, ¿verdad?

—Lo siento —dijo el doctor Black—. No.

Pelham Longfellow guardaba silencio mientras el taxi negro se abría camino por Bloomsbury, con sus parques y jardines cubiertos de malas hierbas y sus extraños sótanos llenos de titiriteros y adivinos. Se dirigían a la estación de tren, y Effie iba muy concentrada pensando en todo lo que había oído en la consulta del doctor Black. Después de una inyección y un tratamiento consistente en un masaje con aceites y pétalos de flores, se encontraba un poco mejor, pero seguía muy preocupada por todo. ¿Por qué había aceptado Pelham Longfellow abandonar Londres? «Para salvarme la vida», pensó Effie. Y entonces le dio vergüenza. En algún momento había cometido un grave error de interpretación, pero no sabía exactamente en qué.

—Pelham... —dijo.

—¿Mmm? —contestó él, distraído por algo que estaba escribiendo en su mensáfono.

—Yo sé lo que está tramando Skylurian.

—Bueno, aunque lo sepas, ahora ya no importa.

—Pero, Pelham...

—Tienes que descansar, niña. Tienes un largo viaje en tren por delante.

—Pero...

—Yo acabo de comprometerme a no investigar más a Skylurian Midzhar. Tal vez haya hecho bien, teniendo en cuenta que nadie sabe exactamente dónde está.

—Yo sí —dijo Effie.

Pelham alzó la vista.

—¿Y eso?

—Está viviendo en casa de una de mis amigas, invitada por su madre. Fui al Altermundo a contarle a Clothilde, Rollo y a Cosmo todo lo que sabía, pero no tuve ocasión de hacerlo. Creo que está planeando algo gordo. O sea, creo que sé qué está planeando. Tiene que ver con Albion Freake y...

—¿Albion Freake? ¿El empresario estadounidense?

—Eso es.

—Sigue.

Tan rápido como pudo, Effie le explicó a Pelham Longfellow todo lo que sabía sobre la edición limitada de un solo volumen.

—Creo que es una devoradora de libros —dijo Effie—. Va a convertirse en la Última Lectora de *Los elegidos*, y luego lo destruirá y...

—Pero un libro tan popular le daría poder para lanzar un ataque de graves consecuencias contra el Valle del Dragón —reflexionó Pelham.

—Eso mismo pensé yo —concedió Effie—. Tengo que ayudar a detenerla... Tengo que...

—Lo que tienes que hacer es descansar.

—Pero yo no me he comprometido a dejar de investigar a Skylurian Midzhar. Sólo lo has hecho tú. Y nadie ha dicho nada de Albion Freake. Yo podría...

De pronto, Effie volvió a marearse un poco y sentirse débil. Cerró las manos y apretó los puños con la intención de recuperar algo de energía. Estaba acostumbrada a sentirse fuerte. Ella no era así para nada. Y no podía abandonar. Nunca abandonaría.

—Tienes que tomarte estas cápsulas, una cada día durante tres días, tal como pone aquí. Y, por supuesto, descansar.

—Pero creo que lo que tiene planeado Skylurian coincidirá con el *Sterran Guandré*. No sé cómo ni por qué, pero...

—Sí, eso tiene sentido —la interrumpió Pelham. Luego suspiró y adoptó una expresión angustiada que Effie no le había visto nunca.

—¿Por qué tiene sentido?

—Es demasiado difícil de explicar. Y ya hemos llegado.

El taxi se detuvo junto a la estación de Saint Pancras. Todos los trenes que iban al norte y al sur del país salían de Saint Pancras. Los del este y el oeste lo hacían desde Paddington. El resto de las antiguas estaciones de ferrocarril había quedado reducido a hermosas ruinas, destinadas a convertirse en coctelerías de lujo o en santuarios para pájaros. Euston ya era una gigantesca reserva para las mariposas. Pero Saint Pancras por fin había recuperado su gloria victoriana, con su hermosa cubierta abovedada con armadura de hierro y su enorme zona de taquillas.

Pelham pagó al conductor y ayudó a Effie a bajar a la acera.

—¿Puedes caminar? —preguntó Pelham a Effie.

—Sí, creo que sí —contestó ella—. No creo que mi energía física esté tan afectada.

La estación de Saint Pancras olía a café, y en ella resonaban los graznidos de los pericos de color verde chillón que invadían todo Londres. Los pericos verdes se pasaban el día entrando y saliendo de los grandes edificios en pequeñas bandadas, llamándose entre ellos y sumándose a la compleja y significativa parte de la red cósmica que cubría toda la ciudad.

Al lado de un vendedor del *Evening Standard* (que volvía a imprimirse), había un caballero con sombrero negro que vendía ejemplares impresos de *El Umbral*. Estaba charlando con una de las numerosas brujas periodistas que deambulaban por los grandes edificios y por las reservas naturales en busca de filtraciones de la red cósmica para pasárselas al director de *El Umbral*. Esa joven bruja llevaba una falda negra de puntilla con diversas enaguas debajo, un suéter negro y una capa de terciopelo. Al ver aquella capa, Effie pensó en Leander. Quería volver a verlo, hablar con él sobre su condición de intérprete. Pero esa sensación la abandonó enseguida. Como tantas otras cosas, parecía demasiado difícil, demasiado lejano y extraño.

Effie siguió a Pelham al interior del enorme edificio de venta de billetes, anhelando poder emocionarse un poco más por cuanto veía, olía y oía. Pero tenía los nervios a flor de piel, y todo lo que ocurría en torno a ella parecía tan inmenso, estridente y abrumador que era como si dejara de ser real. Ella nunca había ido al cine, que en aquellos tiempos era demasiado caro para mucha gente, pero se preguntó si se parecería a aquello.

—Un billete infantil, por favor —dijo Pelham, tras nombrar la ciudad en la que vivía Effie—. Primera clase superior.

El vendedor imprimió el billete en papel amarillo con las letras PCS, primera clase superior, en tinta dorada, y se lo pasó a Pelham. Effie esperaba que en ese momento pidiera también un billete para adultos, pero no fue así.

—Vale, vamos —dijo Longfellow—. Andén uno, creo.

Effie tuvo que esforzarse para seguir el ritmo de sus largas zancadas. Llegaron al andén uno sin que tuviera ocasión de decir nada.

—Quinn te estará esperando cuando llegues a tu destino —dijo Pelham—. Creo que aún no os conocéis, ¿verdad? Mientras tanto, tienes un compartimento privado con cama. A bordo hay un chef. Te sugiero que comas algo sano y luego duermas. Primero tómate una de las cápsulas. La segunda, esta noche a la hora de acostarte, y la última cuando te despiertes por la mañana. No pasa nada por hacerlo tan rápido.

—Pero...

—Iré a visitarte dentro de un par de días.

—Pero ¿qué pasa con Skylurian Midzhar?

—Ahora no podemos hacer nada al respecto. Con Albion Freake, en cambio, tal vez sea distinto. Voy a echar un vistazo, a ver qué tiene planeado. Su presencia añade una nueva dimensión a todo esto. Has hecho mucho por el Altermundo en estos últimos días, Effie. Has cumplido tu papel ayudando a proteger el Valle del Dragón. Te lo agradecemos. Pero ahora tienes que descansar y recuperar fuerzas.

El jefe de estación hizo sonar el silbato.

—¡Pasajeros, al tren! —exclamó.

Pelham era uno de esos adultos a los que uno nunca describiría como «tierno». Para empezar, era demasiado huesudo y anguloso. Y además, siempre tenía prisa o estaba enviando un mensaje a alguien. Pero ahora tiró de ella y le dio un abrazo con una mezcla de torpeza e incomodidad. Effie respiró su reconfortante olor a Altermundo como si fuera la última vez.

—Por favor, no me dejes sola...

—Todo irá bien, pequeña —dijo Pelham—. Aunque creo que podrías necesitar esto. —Abrió su bolsa y sacó la valiosa caja de Effie—. Un poco de lectura para el tren, creo. Y también mi tarjeta, por supuesto, que noto que anda por ahí dentro. No te olvides de que puedes llamarme en cualquier momento.

—¿Puedo llamarte ahora? —preguntó Effie.

Pelham sonrió.

—Tienes una gran fuerza, Euphemia. No necesitas una niñera. Creo que tu compartimento te va a gustar. Te he conseguido el mejor, aunque hoy en día todos son bonitos. El revisor te proporcionará lo que necesites. Que tengas un buen viaje.

El jefe de tren hizo sonar de nuevo el silbato y le lanzó a Effie una mirada cargada de significado.

—Gracias por salvarme —dijo Effie a Pelham.

La mirada que él le devolvió estaba llena de amor, pero también parecía decirle: «Aún no estás a salvo, mi pobre niña.» Luego se fue, y el jefe del tren la apremió para que subiera al tren, demostrándole que era capaz de chasquear la lengua al mismo tiempo que negaba con la cabeza y marcaba con un agujero el billete de Effie, antes de cerrar de un golpe la gruesa puerta metálica tras ella y acompañarla a su compartimento.

Pelham tenía razón. Effie nunca había visto nada como aquel compartimento. Era un poco como volver a estar en el avión, aunque allí todo era mucho más grande. Tres de las paredes estaban revestidas con paneles de madera oscura pulida. La cuarta estaba formada de arriba abajo por ventanas que permitían al ocupante ver, con toda comodidad y privacidad, cómo iba desfilando el paisaje.

Ojalá Effie hubiese podido disfrutarlo más. Se quitó las botas y se tumbó en la enorme cama para leer la carta del menú vespertino. Bostezó. Pelham le había dicho que comiera algo para recuperar fuerzas y, al recordar algunos de los anuncios que había visto en el Emporio Esotérico, pidió un plato de encurtidos variados con un poco de pan de masa madre y una caja de seis bombones artesanos, rellenos de crema de violeta. Pero estaba tan cansada que se durmió antes incluso de que llegaran, antes de que se acordara de que debía tomarse la cápsula dorada.

23

A Wolf lo estaban siguiendo. Estaba seguro. No había visto a la persona que lo seguía desde la salida del colegio, pero era consciente de su presencia. Una pisada de vez en cuando. El rumor de una respiración. No se había dado la vuelta, por supuesto. Si crees que te están siguiendo, lo mejor es dejar que tu perseguidor crea que no te has dado cuenta. Así puedes seguir contando con el factor sorpresa. Dejas que el enemigo piense que tiene el control de la situación, y así se confía.

Wolf lo sabía todo sobre estrategias porque, durante el último mes, había leído todos los libros que encontró sobre ese asunto. Hasta entonces, nunca se había visto a sí mismo como un amante de los libros —aunque sacaba las mejores notas en literatura—, pero había descubierto que le encantaba aprender sobre ese tema en particular. Los libros sobre Napoleón eran sus favoritos, aunque leía cualquiera que tratara de estrategia militar o deportiva, incluso extrañas y anticuadas guías sobre liderazgo y toma de decisiones. También ayudaba el hecho de que Wolf había conseguido adquirir su propia librería, claro. Aunque, como se recordó una vez más, en realidad no era suya. Tenía que devolverla, pero... ¿a quién?

Seguro que Effie lo sabría. El problema era que, una vez más, Effie había faltado al colegio. Su amiga tenía suerte, porque en mates les había tocado un suplente que ni siquiera se había acordado de pasar lista. Y el entrenador Bruce nunca se acordaba de coger la suya y se limitaba a decir que estaban todos presentes, incluidos los niños más «problemáticos» que siempre hacían novillos, a los que de todos modos ningún profesor quería en sus clases. Wolf suspiró. Tenía que contarle su secreto a Effie lo antes posible. Sabía que debía hacerlo. No se sentiría bien mientras no lo hiciera. Y cuando por fin se había decidido a confesárselo... ella había vuelto a desaparecer. ¿Dónde se había metido? Lo más importante era que estuviese a salvo, claro. Pero si no se lo contaba pronto, sería como si se lo hubiera callado deliberadamente.

¿Y, en realidad, no era eso lo que había hecho? Al fin y al cabo, había tenido casi un mes para contárselo y no lo había aprovechado. Aunque ella tampoco le había preguntado nada al respecto, la verdad. Nadie lo había hecho. Nadie había preguntado qué pasaba con la librería anticuaria de Leonard Levar, de la que ahora Wolf tenía un juego de llaves. Además, disponer de aquella tienda le daba la posibilidad de leerse todos aquellos libros y aprender cosas que los ayudarían a enfrentarse a los diberi, tanto a él como a sus amigos. Incluso había averiguado un poco más acerca de quiénes eran y qué querían los diberi. Wolf no había abierto la librería al público. No había cogido nada de dinero. Bueno, salvo un poquitito de la caja registradora para comida y necesidades básicas. Aunque, a cambio, la había limpiado a fondo.

También había usado el viejo ordenador del despacho —con su anticuado y polvoriento módem de marcación telefónica— para conseguir la dirección de la Oficina de Personas Desaparecidas de Londres. Les había escrito acerca de Natasha, su hermana. Por el momento no le habían respondido, pero no pensaba abandonar.

Los pasos seguían resonando a su espalda. ¿Quién demonios podía ser? Nadie de su colegio pasaba nunca por allí. En esa parte de Ciudad Antigua no había demasiadas viviendas. Estaba la universidad, con su vieja y enorme biblioteca, y el hospital, y también...

La Antigua Rectoría. Donde antes vivía el abuelo de Effie, Griffin.

Ése era el otro gran secreto de Wolf. Otra cosa de la que necesitaba informar a Effie antes que a nadie. Sin duda entendería que él necesitaba un lugar seguro al que llevar a Natasha cuando la encontrase. Ya tendría unos nueve años. Eso si todavía estaba viva.

En cualquier caso, nadie debía verlo entrar allí. Así que, en vez de acceder al edificio por la puerta pequeña, como había hecho todos los días al salir del colegio durante las últimas semanas, siguió caminando. Curiosamente, le pareció que los pasos se detenían. Wolf oyó el ruido del pestillo al levantarse y luego aquel chirrido tan familiar de cuando se abría la cancela para franquear el paso al jardín delantero. Si la persona que lo seguía había entrado por allí, en ese momento le estaría dando la espalda. Podía mirar sin correr ningún riesgo. Se dio la vuelta y vio a... ¡Lexy!

¿Qué estaba haciendo en la Antigua Rectoría? ¿Acaso había descubierto su secreto? Wolf se planteó la posibilidad de quedarse allí, escondido, pero luego se recordó que Lexy era una de sus mejores amigas. Aunque, en ese caso, ¿por qué lo había seguido? Se quedó mirando mientras Lexy buscaba la llave de repuesto debajo del tiesto y, al no encontrarla, se puso a buscar el modo de colarse. ¿Qué estaba tramando?

Wolf vio que Lexy avanzaba por el lateral del gran edificio de ladrillo rojo y luego desaparecía. Había un ventanuco abierto justo antes de la puerta trasera. Era tan pequeño que sólo un niño podría entrar por él. Y Lexy era una niña. ¿Había entrado por la ventana? La vivienda de abajo llevaba bastante tiempo desocupada, y Wolf había cometido la estupidez de no cerrar bien los accesos. En ese momento se dio cuenta de que si alguien entraba en el piso de la planta baja podría pasar con facilidad al vestíbulo común, y luego subir por la escalera y...

Pero ¿por qué iba a hacer Lexy todo eso?

Wolf se dirigió a la fachada delantera y entró con su llave. Aquella llave no era estrictamente suya, por supuesto, y Wolf se había preguntado más de una vez si algún día se presentaría alguien para expulsarlo de lo que había sido el viejo apartamento de Griffin. Por suerte, eso nunca había ocurrido. Y luego había encontrado un montón de documentos legales en la tienda de Leonard Levar que demostraban que el librero había comprado la vivienda de Griffin Truelove usando un alias complicado. Leonard Levar sólo había existido en el mundo de la magia perversa, de modo que sus propiedades, ahora que por fin lo habían matado, en rigor no pertenecían a nadie.

Y Wolf necesitaba vivir en algún lado después de largarse de la casa de su tío, que le pegaba por pura diversión y lo hacía trabajar sin pagarle ni un céntimo al salir del colegio. El mismo tío que lo enviaba todas las noches a comprarle su buena ración de bacalao con patatas, pero luego sólo le daba de comer los trozos de rebozado pastoso y las patatas requemadas que no quería. Lo había tratado peor que a una mascota abandonada. Por eso estaba allí. Se había dicho a sí mismo que sería temporal, sólo hasta que encontrara a Natasha y pudiera organizarse un poco.

Hasta ahora, le había ido bien.

Y de pronto aparecía Lexy. ¿Por qué?

Al poco, sonó un leve chasquido en el vestíbulo y la puerta delantera de la planta baja empezó a abrirse. Él se cruzó de brazos y esperó. Lexy salió con las manos llenas de postales que se le cayeron al suelo en cuanto vio a Wolf. Ahogó un chillido, se llevó una mano al pecho y pareció a punto de desmayarse de miedo.

—Ay, ¡madre mía, Wolf! —exclamó—. ¿Qué haces aquí?

—Lo mismo podría preguntarte yo —le replicó Wolf—. ¿Por qué me estabas siguiendo?

—¿Siguiéndote? ¡Me habrás seguido tú a mí!

—¿Qué? No digas tonterías. Seguro que me has visto caminar delante de ti cuando hemos salido del cole.

—Sin mis gafas no —repuso Lexy—. A lo lejos lo veo todo desenfocado. Mi vista sólo funciona de cerca. Lo cual, teniendo en cuenta a qué me dedico, resulta útil.

—Nunca te he visto llevar gafas.

—Eso es. Ni me verás —dijo ella, con firmeza.

—Pero...

—En fin, ¿qué haces aquí? —preguntó Lexy.

—Vivo aquí. Sí, ya sé, ya sé. Es una larga historia. En pocas palabras, vivo aquí desde que acabamos con Leonard Levar. ¿A qué has venido tú?

—A buscar información sobre la señorita Dora Wright, por supuesto. Así habíamos quedado, ¿no? Tú ibas a pensar estrategias, y Maximilian tenía que averiguar algo sobre Albion Freake y...

—Ah, sí. Claro. Había olvidado por completo que la señorita Wright vivía aquí. Ahora todo tiene sentido. ¿Qué llevas ahí?

Lexy estaba recogiendo las postales que se le habían caído al suelo. Wolf se agachó para ayudarla.

—Postales mandadas hace un mes, todas con matasellos de Londres —contestó Lexy—. Casi todas están sin escribir, o escritas en un idioma que no había visto nunca. Y hay algo también extraño... Para empezar, está claro que las mandaba la propia señorita Wright. ¿Quién se manda postales a sí mismo? Voy a llevárselas a Effie, a ver qué conclusión saca. Eso suponiendo que haya vuelto de donde sea que haya estado, claro.

—Sí. Yo también necesito tener una charla con ella —dijo Wolf—. Te acompaño.

Justo en ese momento, sonó un chisporroteo en el bolso de Lexy. Era el sonido que se produce cuando alguien intenta establecer contacto con un walkie-talkie. Tenía que ser Effie. Y lo era, aunque sonaba un poco rara.

—Por fin —dijo Wolf—. Está bien. Vamos.

La profesora Quinn seguía intentando persuadir a Orwell Bookend —por medio de una ancestral mezcla de hipnosis y magia oscura— de que su hija no había desaparecido la noche anterior, sino que en realidad había estado todo ese tiempo en cama con fiebre. Orwell Bookend tenía una resistencia natural a la magia. Por suerte, no parecía resistirse tanto a los encantos de la profesora Quinn. A eso contribuía, en gran parte, el hecho de que ese año ella formara parte del comité de ascensos de la universidad. Orwell estaba dispuesto a hacer prácticamente cualquier cosa —incluso a cambiar por completo todo su sistema de valores— si eso implicaba la posibilidad de un ascenso. Así que puso en marcha el hervidor para una segunda taza de té y se planteó incluso abrir el mejor paquete de galletas que tuviera en casa.

Effie se había llevado una sorpresa al ver que la recibía en el andén aquella mujer alta y hermosa, con una melena brillante que parecía adoptar todos los colores posibles a la vez. Usaba un pintalabios rojo intenso, y llevaba un vestido largo de seda, verde oscuro, con botines de tacón alto. Se había pintado las uñas de un denso color ciruela. A Effie le gustó nada más verla, pero se había quedado desconcertada.

—Yo creía... —había empezado a decir, ya en el taxi a casa.

—¿Qué? —dijo la profesora Quinn.

—Creía que era usted un hombre. Creía que era un profesor de mi escuela.

—Mi marido es un hombre y da clases en tu escuela, por si eso te sirve de algo. Y también lo llaman profesor Quinn, aunque yo llevo más tiempo en la profesión. Hace mucho que me dijeron que te vigilara, pero estaba terminando mi último libro y... Bueno, en fin. El caso es que ahora estoy aquí. Te voy a dejar en casa y...

Hubo una pausa levemente incómoda. La profesora Quinn había dejado de hablar, pero seguía mirando intensamente a Effie.

—Ah —dijo Effie, meneando de pronto la cabeza—. ¿Sabe hacerlo?

—¿Qué? Ah, eres capaz de darte cuenta cuando alguien entra en tu mente. Algo muy útil. En ese caso, lamento haber sido tan maleducada. Tendría que haberte pedido permiso. Normalmente te pediría que me contaras qué ha pasado, pero ya veo que estás agotada, pobrecita.

—Entonces ¿es una maga?

—Sí. Maga y exploradora, lo cual hace la vida muy interesante. ¿Has oído hablar del Departamento de Geografía Subterránea de la universidad? Actualmente, soy directora de investigaciones. Nos va muy bien cuando se trata de conseguir subvenciones cuantiosas y complejas. —Levantó una ceja—. Seguro que tu padre me conoce.

Y, por supuesto, la conocía.

Mientras la profesora Quinn seguía hechizando a su padre, Effie se quedó acostada. Maximilian, que acababa de entrar por la ventana, caminaba de un lado a otro por la habitación, esperando que llegaran el resto de sus amigos. En realidad, a Maximilian no le habría hecho falta entrar por la ventana. El padre de Effie seguía en plan simpático con la profesora Quinn, y por tanto recibía de buen humor a los amigos que pasaban por ahí. Eso es lo que ocurre, claro está, cuando la magia entra en la mente de un reticente.

Orwell también estaba de buen humor porque, al día siguiente, pensaba ir al ayuntamiento a entregar su ejemplar de *Los elegidos* y a recibir sus cincuenta libras junto con la posibilidad de obtener energía eléctrica gratis durante el resto de su vida. Albion Freake iba a acudir personalmente a la ceremonia para sacar el boleto ganador. Tenía que tocarle a él. De repente, Orwell se sentía un hombre afortunado.

A los dueños de los últimos diez ejemplares de *Los elegidos* iban a llevarlos al ayuntamiento para la ceremonia, y allí se les iba a conceder algún honor extraordinario que se mantenía en secreto, aunque se rumoreaba que podía ser más dinero. A Orwell Bookend le habían mandado una tarjeta con la palabra «superfán» impresa y se suponía que se la tenía que poner en la solapa al día siguiente. Si eso significaba que iban a darle más dinero, era capaz de ponerse cualquier cosa.

Pronto llegaron Lexy y Wolf, que llamaron a la puerta. Orwell los recibió con una sonrisa ligeramente viperina y les ofreció una galleta a cada uno.

—Coged una bandeja y lleváosla al cuarto de mi hija —les propuso—. Últimamente no se encuentra muy bien.

—¿Dónde está Raven? —preguntó Effie cuando estuvieron todos reunidos.

—No hemos podido contactar con ella —dijo Lexy—. Espero que esté bien.

Effie les explicó lo que le había pasado tan deprisa como pudo. Cuando les habló del Anhelo, todos se quedaron muy quietos y silenciosos, como si les contara una historia de fantasmas.

—¿Y ahora cómo te encuentras? —preguntó Wolf.

—Igual —contestó Effie—. Es horrible. No se lo deseo a nadie.

Con un estremecimiento, alargó el brazo para coger un vaso de agua que ni siquiera deseaba. Pero tenía la sensación de que debía hacer algo para mejorar el ambiente y conseguir que sus amigos dejaran de mirarla de aquella manera tan extraña.

—¿Y dónde están esas cápsulas doradas? —preguntó Lexy.

—Aquí —dijo Effie, sacándolas de la caja. Le pasó el pastillero de plástico a Lexy.

—Pero aquí todavía hay tres —observó Wolf—. Se supone que ya tendrías que haberte tomado una.

Lexy se quedó mirando las cápsulas con el ceño fruncido.

—¿Tú qué opinas? —le preguntó Effie.

—No sé —dijo Lexy.

—Algo malo han de tener —opinó Effie—. Si Skylurian tiene algo que ver con su producción, no quiero tomármelas.

—Pero te las dio el doctor Black —intervino Wolf—. Si sirven para que te encuentres mejor... —Negó con la cabeza—. No seas tonta, Effie. No lo sabes todo. Si es un medicamento, deberías tomártelo.

Effie pensó en lo que había dicho Wolf. Tal vez tenía razón, pero aquellas cápsulas seguían dándole mala espina.

—No sé —dijo finalmente—. No hago más que pensar en el sacrificio que tuvo que hacer Pelham Longfellow a cambio de esas pastillas. O sea, que están... No sé, en cierto modo están contaminadas. Es como lo que aprendimos sobre la tragedia. Es como...

Al ser una intérprete, Effie tenía más capacidad que los demás para tomar cosas de los cuentos y relacionarlas con la vida. Ser una heroína auténtica también contribuía, porque los héroes auténticos siempre se ven envueltos en situaciones que parecen sacadas de los cuentos. Sin embargo, estaba cansada y el Anhelo atacaba con fuerza, así que la idea se fue desvaneciendo en su mente.

—Creo que tienes razón —dijo Maximilian mirando el reloj—. Algo malo han de tener esas cápsulas. Por desgracia, aún no sabemos qué es. Además, puede que haya otra manera.

Miró a Effie y, cuando sus miradas se encontraron, ella supo que Maximilian entendía todo lo que estaba pensando, y no porque le estuviera leyendo la mente. Su amistad siempre había sido así, sobre todo últimamente, desde que Maximilian, igual que Effie, se había metido en un libro. Pese a lo diferentes que eran, ambos sabían que siempre iban a entenderse.

—¿Qué otra manera? —preguntó Effie.

—No puedo describirlo hasta que lo haya hecho. Dame sólo esta noche —pidió él—. Creo que hay algo que puedo hacer para ayudarte. Déjame intentarlo.

—Pero... —terció Wolf.

—Hay un concierto de piano —anunció Maximilian, en un tono cargado de sugerencias.

Effie asintió.

—Gracias —dijo—. Pero ten cuidado.

—Volveré luego y llamaré a tu ventana —dijo Maximilian.

—Y yo voy a llevarle una de estas cápsulas a mi tía Octavia —intervino Lexy—. Si ella no sabe qué son, creo que podré intentarlo con el doctor Cloudburst.

—¿El doctor Cloudburst? —preguntó Wolf—. Pero si...

—Si es capaz de encontrar sustancias prohibidas en nuestras muestras de orina, también debería poder averiguar qué hay en estas cápsulas.

—Es una gran idea. Gracias —dijo Effie, dándole un apretón a su amiga en el brazo—. Aunque no estoy segura de que vaya a encontrar nada. Creo que es algo más siniestro. —Le rodó una lágrima suelta por la cara—. Ay, qué ridículo es todo esto. ¡Ni siquiera sé lo que me pasa!

—Nosotros te ayudaremos, Effie —contestó Wolf, poniéndole una mano en el hombro—. Para eso están los amigos. Y lo haremos a nuestra manera. No te preocupes.

Poco después, los amigos de Effie se fueron para proseguir con sus respectivas investigaciones. Maximilian se fue al concierto de piano para ver si así al fin conseguía viajar al Inframundo, y Lexy y Wolf intentarían averiguar más cosas sobre las cápsulas doradas.

Effie se quedó sola con el montón de postales que le había llevado Lexy. Cada una tenía una imagen histórica distinta. Había una fábrica, un barco, algunos libros... Lexy le había dejado también todos los tónicos que había sido capaz de cargar, además de un manojo medicinal en el que, según ella, se había pasado la semana trabajando «sólo por si acaso».

«No puedes morir en este mundo. Por el Anhelo, no —se recordó Effie—. Lo único que puede pasarte es que te encuentres peor.» Por un instante, imaginó cómo sería sentirse peor. Podía llorar sin parar. Sentir toda la tristeza que sea posible experimentar. Podía quedarse sentada en su habitación y entregarse a los peores pensamientos de los que uno sea capaz. Y sin embargo, a pesar de todo, sobreviviría. Lo sabía. Y ese pensamiento le daba fuerzas. El Anhelo no podía hacerle daño de verdad. Sólo era su espíritu, que reclamaba fuerza vital. No tenía que asustarse. Mientras pensaba eso, su fuerza vital aumentaba, aunque ella no podía notarlo todavía.

Effie deshizo el manojo medicinal de Lexy. Dentro había dos piedras verdes distintas y dos manojitos de hierbas secas. Uno estaba hecho con hojas y el otro con flores que se parecían un poco a las margaritas. También había un triangulito de incienso y una pequeña vela de mesa, hecha de cera amarilla. Fue a la cocina y puso las hierbas en agua hirviendo para hacerse una infusión. Luego volvió a su cuarto y sacó el candelabro que había recuperado de casa de su abuelo y no había usado desde entonces. Era de plata, con un dibujo de dragones y varias piedras rojas. Effie puso la vela en el candelabro y la encendió. Prendió también el incienso. Mandó una petición al universo para que no sólo ella, sino todos los que sufrían el Anhelo, encontraran ayuda, y se sentó en la alfombra a meditar, sosteniendo las dos piedras verdes en las manos. Al cabo de unos quince minutos, empezó por fin a encontrarse un poco mejor. Regresó a su cama, tomó de nuevo las postales que le había llevado Lexy y empezó a examinarlas de una en una. Estaba segura de que ahí había algo raro.

24

A Raven Wilde cada noche le costaba más bendecir a todas las criaturas que merodeaban por los alrededores del castillo. Parecía que a todas y cada una de ellas les pasara algo. Mientras bendecía a un petirrojo, percibió que había sufrido una severa migraña pajaril durante todo el día. Todos los mirlos tenían SPI, que en el mundo aviar significa Síndrome del Pico Irritable. A las ardillas grises les habían salido eccemas en torno a las patas traseras, y las tarántulas estaban mudando de piel. Todo aquello era muy extraño. Incluso *Eco* y *Jet* gemían y protestaban por algo que había ocurrido. Sin embargo, por alguna razón, no le decían exactamente de qué se trataba.

Mientras cambiaba el agua de la bañera de los pájaros —que, en el transcurso de un solo día, se había vuelto completamente verde y no parecía nada saludable—, se fijó en una luz extraña que brillaba en el cielo. Era muy peculiar. Le recordaba algo...

—Cariño —dijo la voz meliflua de Skylurian—. Ahí fuera vas a pillar un resfriado. Entra. Terrence está cocinando calabaza al curry. Es tu plato favorito, ¿no? Y luego os tengo preparada una velada llena de entretenimientos para los dos. Le he pedido a Terrence que vaya a la tienda de vídeos y ha vuelto con verdaderas joyas: *Jóvenes brujas*; *Lolly Willowes*. Cosas por el estilo.

—No me dejan ver vídeos si al día siguiente hay colegio.

Skylurian suspiró y luego fingió una sonrisa.

—Ya, bueno, pues esta noche sí puedes. Mientras tanto, voy a darme un baño y luego me vestiré para ir a cenar con Albion Freake en su *suite* del hotel Regency, en la ciudad.

—De hecho, yo estaba pensando también en ir a la ciudad a ver a mis amigos —dijo Raven—. No te importa, ¿verdad?

—La verdad es que preferiría que no salieras del castillo, tesoro —contestó Skylurian—. Aunque lo cierto es que acabas de darme una idea. Sí, claro. Si de verdad quieres ir a la ciudad, creo que sería mucho mejor que me acompañaras. De hecho, serás un accesorio precioso. Tienes un vestidito de noche, ¿no? Sí. Será mejor tenerte conmigo, creo, que encerrarte aquí hasta mañana.

—¿Encerrarme?

—Es una forma de hablar, cariño. Más o menos.

—Bueno, en ese caso creo que iré a ver a mis amigos, tal como había planeado. Espero que no te importe. Gracias por invitarme a la cena de todos modos.

Raven se volvió para entrar de nuevo en el castillo, y en ese momento la luz centelleó otra vez en el cielo. ¿Era un meteorito? Demasiado bajo para serlo, ¿no? Y se encendía y apagaba como si siguiera un ritmo determinado.

—Vaya, hombre. En ese caso, parece que me veré obligada a llevarte como prisionera de verdad —dijo Skylurian en tono agradable—. Y así podré vigilarte mucho mejor. Vas a darte un baño, a vestirte y a prepararte para acompañarme a cenar con Albion Freake a las siete en punto. ¿Lo has entendido?

Raven entrecerró los ojos. No pensaba permitir que esa ridícula mujer le diera órdenes. No era precisamente la niña de doce años más atrevida del mundo, pero nunca le había gustado que le dijeran qué debía hacer. En cuanto a aquellas luces que brillaban en la oscuridad... Sí, ahora lo entendía. Era un código morse. Punto, punto, punto; raya, raya, raya; punto, punto, punto. S... O... S. Su madre lo había usado en uno de sus libros un par de años antes, y

Raven la había ayudado a investigar cómo podían usarse un espejo y una linterna para lanzar el mensaje al cielo. Laurel Wilde estaba en algún lugar del páramo y necesitaba que Raven acudiera a rescatarla.

De pronto, el petirrojo, que se había aposentado en una rama para disfrutar de la bendición nocturna de su amiga bruja, soltó un chillido penoso y aleteó como si tuviera algo ardiente o doloroso debajo de las alas. ¿Qué estaba pasando? Raven miró a Skylurian, que con uno de sus dedos manicurados señalaba directamente al petirrojo. Entendió de inmediato por qué todos los animales, pájaros incluidos, se mostraban tan descontentos.

—¿Qué le estás haciendo? ¡Para! —exclamó.

—¿Por qué bendices a todos esos animales? —preguntó Skylurian—. Es una cursilada. Y me obliga a ir aniquilándolos por ahí para equilibrar las cosas. Es agotador.

—¿Y qué le has hecho a mi madre? ¡No está de gira de promoción! Está por ahí, en el páramo. Y algo le pasa.

—Igual que a ti, cariño —dijo Skylurian en un susurro—. Yo en tu lugar ni siquiera me molestaría en intentar ofrecer resistencia. A partir de ahora harás exactamente lo que te digo. Podría matarte, hacerlo quizá todavía no, pero puedo hacer sufrir a tus ridículas mascotas. Puedo acabar con tus tres patéticas tarántulas de un solo golpe. ¿Es lo que quieres? No, ya me lo parecía. Así que será mejor que entres ahora mismo y te vistas de manera apropiada para acompañarme a la cena con Albion Freake. Por supuesto, voy a matarlo mañana. Pero esta noche cenaremos como si fuera el cliente más importante que hemos tenido jamás.

—¿Y qué pasa con mi madre? —preguntó Raven.

—Si haces exactamente lo que te diga, tal vez no le haga ningún daño ni a ella ni a todos tus estúpidos animales. De lo contrario... —Skylurian trazó lentamente con el dedo una línea que iba de un lado a otro del cuello—. Tú eliges, querida.

Maximilian nunca había ido a un concierto de música clásica. De hecho, no había estado en ningún concierto, salvo que se contara como tal la ópera a la que había asistido con Lupoldus y Franz. De modo que casi se alegraba de tener a su lado al señor Starling, aunque lo ponía un poco nervioso que su acompañante hubiera intentado seguir leyendo su libro de piano en el autobús, pese a que era evidente que la lectura lo mareaba. Estaba casi verde cuando llegaron a Ciudad Antigua, e iridiscente del todo cuando se bajaron delante del Club de los Aburridos.

Maximilian era la persona más joven de la sala de conciertos, con una diferencia de unos ciento cincuenta años. O al menos ésa era la sensación que tenía. Aun así, la gente mayor que lo rodeaba tenía un extraño glamur. A Maximilian lo fascinaban las variadas pajaritas de seda que lucían los hombres, y también los vestidos de distintas tonalidades de vino y oliva —algunos obviamente rescatados de décadas atrás— que llevaban las mujeres. Una de ellas, algo más joven que las demás, le resultó familiar, aunque no era capaz de recordar quién era. Llevaba un vestido verde de seda y las uñas pintadas de color ciruela. Justo antes de que saliera la pianista y se sentara ante su instrumento, la mujer le guiñó un ojo a Maximilian.

La pianista era una mujer joven y delgada, con un flequillo de corte recto y un aro en la nariz. Llevaba un vestido de noche negro. Maximilian notó la boca seca. ¿Sería capaz de hacerlo? Sabía que era su única posibilidad de regresar al Inframundo.

La pianista empezó. A Maximilian la obra le sonaba bastante. Sí, sabía qué nota iba a tocar a continuación y cuándo llegaría la pausa larga, las escalas ascendentes y descendentes y...

Entonces, la mujer del vestido verde de seda desapareció.

Interesante. Maximilian pestañeó y se obligó a concentrarse de nuevo en la música. Una lágrima de ángel. Otro *crescendo* y... Dejó que su mente se sumergiera en la música.

Y, de pronto, también él estuvo dentro. Caía y caía. Era una sensación parecida a la que había tenido al bajar por un tobogán muy largo en un parque de atracciones que había cerrado muchos años atrás. Un instante después, Maximilian alcanzó a ver la casita del guardián que había visitado cuando estaba leyendo *Más allá del gran bosque*, pero esta vez no se detuvo allí. Vio pasar el río por debajo, y luego se adentró en una densa niebla que se convirtió en llovizna mientras él aterrizaba en un claro del bosque.

Estaba en una especie de encrucijada. Había cuatro caminos y todos se adentraban en la espesura y la oscuridad del bosque por direcciones distintas. Cada camino tenía su letrero. UNIVERSIDAD DEL INFRAMUNDO, decía uno. Los otros estaban en un idioma que no entendía. Quiso sacar las Gafas del Conocimiento, pero ya no estaban en el bolsillo en el que las había guardado. Por lo visto, no habían querido acompañarlo al Inframundo. Y era una pena, porque en ese momento le habrían sido de gran utilidad.

Así que ahí estaba, por fin había llegado al Inframundo, el lugar al que tan desesperadamente había deseado ir. Pero ¿por qué era tan desconcertante? De los cuatro caminos, ¿cuál se suponía que debía tomar? ¿Y qué debía hacer luego para regresar? No había ningún modo obvio de volver al concierto del Veromundo.

Estaba pisando hojas de otoño empapadas. No alcanzaba a ver el cielo más allá de la gran bóveda de los árboles. Maximilian no solía estar asustado; por lo general, sólo sentía un mero interés por lo que pudiera ocurrirle. Pero allí el silencio y la quietud eran tales que, cuando oyó partirse una ramita del suelo, dio un respingo.

—Hola —dijo una voz de mujer.

Maximilian se volvió. Era la mujer del concierto. La del vestido largo de color verde. Ahora cargaba con un maletín de cuero marrón.

—Pareces un poco perdido —dijo ella.

—Ah, ¿sí? —contestó Maximilian.

—Sí —confirmó con una sonrisa—. No haces más que mirar los letreros, pero sin ir a ninguna parte. ¿Quién eres? Te he visto en el concierto.

—Mi nombre es Maximilian Underwood.

—Yo soy la profesora Quinn —dijo ella—. ¿Crees que deberías estar aquí?

—¿Qué quiere decir?

—¿Eres un mago?

—Sí.

—Entonces, tal vez seas un aprendiz de camino a su primer día en la universidad.

—Ni siquiera soy un aprendiz todavía —aclaró Maximilian.

—¿Eres un neófito?

Maximilian asintió.

—¿Y has venido solo?

—¿He hecho mal?

—Bueno, desde luego es muy valiente por tu parte. Pero nadie suele llegar hasta aquí por casualidad. Sea como sea, no te recomiendo perderte en este bosque. Tiende a desaparecer y a dejarte en el vacío. Y no querrás que te ocurra eso, te lo aseguro. Aunque algunos, por extraño que parezca, es lo que desean. Hubo un grupo de demonios hippies que...

—¿Y usted qué hace aquí? —la interrumpió Maximilian.

—¿Yo? Voy a dar una charla en la universidad. Aquí casi todo el mundo viene por la universidad, claro. Pero si quieres te puedo orientar hacia algún otro lugar.

—¿Adónde llevan los otros caminos?

—¿Eres capaz de leer los letreros?

Maximilian negó con la cabeza.

—No.

—En ese caso, están cerrados para ti. Es probable que antes tengas que graduarte en la universidad. Quizá deberías venir conmigo y matricularte.

—¿Cuánto tiempo me llevará?

—¿Matricularte? Un par de horas. ¿Graduarte? Tal vez unos cuatro años.

—Ah, vaya... —dijo Maximilian—. De hecho, tengo que encontrar algo con lo que ayudar a mi amiga y volver lo más deprisa que pueda.

—¡Ajá! Entonces, sí que sabes a qué has venido. A ayudar a tu amiga.

—¿Cree que podré usar la biblioteca de la universidad sin estar matriculado?

Maximilian seguía creyendo que lo único que necesitaba era un libro bonito y grueso con un título parecido a *El Anhelo: Síntomas y tratamiento*. Tal vez allí encontrara un buen remedio del Inframundo que podría anotar para llevárselo a Lexy y...

—Pero ¿para qué quieres hacer eso? Entonces ¿sólo buscas el pozo de los deseos?

En esa misma situación, Effie o Wolf no habrían dudado en contestar que sí, en ese tono tan seguro que usan los héroes y los guerreros, con la esperanza de que eso les permitiera avanzar en su aventura. Pero Maximilian era distinto.

—¿El pozo de los deseos? —preguntó.

La profesora Quinn suspiró.

—¿Es verdad que no sabes nada en absoluto del Inframundo?

Maximilian dijo que no con la cabeza.

—Pero hago todo lo que puedo por aprender.

—¿Estás seguro de que no quieres ir a la universidad conmigo? Si no, voy a llegar tarde. Y al menos en la universidad hay un montón de huecos por los que regresar y... Por favor, dime que al menos sabes cómo regresar.

Maximilian dijo que no con la cabeza una vez más.

—¡Demonios! A ver si lo he entendido bien. ¿Has aprendido de algún modo cómo viajar al Inframundo, pero no cómo regresar, y sin el menor temor te has plantado aquí porque es importante para ti ayudar a tu amiga?

—Sí.

La profesora Quinn sonrió.

—Ojalá mis amigos se pareciesen más a ti —dijo—. No sé si eres digno de admiración o si sólo eres un ingenuo. En cualquier caso, será mejor que vengas conmigo. Te llevaré hasta el pozo de los deseos. Ya llegaré a la universidad por el camino de atrás. Supongo.

Maximilian siguió a la profesora Quinn por un camino serpenteante que descendía colina abajo, bordeado por árboles de troncos gruesos y oscuros, cuyas cortezas parecían milenarias. Pronto llegaron a una orilla cubierta de plantas, con hojas verdes brillantes y flores moradas. También había unos cuantos arbustos con moras azules.

—No te comas las moras —dijo la profesora Quinn alegremente—. Salvo que quieras pasar el resto de tu vida en el infierno, claro.

—Vale —asintió Maximilian.

—Tampoco toques las hojas.

—¿Hay monstruos en el bosque?

—Probablemente. Aquí abajo hay muchos monstruos, aunque por lo general prefieren las ciudades. Pero no van a molestarte. Es mucho más seguro esto que el Altermundo, diga lo que diga la gente.

Maximilian se daba cuenta de que apenas sabía nada del mundo en el que estaba. Sin embargo, en lo más profundo de su alma tenía la sensación de que ése era su lugar.

—¡Anda, por ahí va uno! —exclamó la profesora Quinn.

Maximilian vio una silueta oscura que pasaba como una exhalación y a continuación desaparecía entre los matorrales. Se estremeció, pero la profesora Quinn se limitó a seguir caminando.

Pronto llegaron a otro claro. Había una pequeña casa de campo blanca, con las ventanas y la puerta azules y una verja, también azul, que cercaba su sencillo jardín. De su robusta chimenea blanca salían volutas de humo. De pronto, Maximilian recordó todos los cuentos de hadas que había leído en su vida, y esa experiencia le provocó una sensación muy intensa, en la que se mezclaban, a partes iguales, el miedo y la fascinación. Al entrar en una casita como aquélla, tanto podía ser que te cocieran vivo para disponer de tus huesos, como que te comiera un lobo o te convirtieran en caramelos para dárselos de comer a otros niños, o que un cruel amo te esclavizara, o que te ocurrieran toda una serie de cosas igual de horribles.

Sin embargo, también le resultó reconfortante, como volver a casa. Quienes vivieran en una casa de campo así podían ser felices y comer perdices, contar historias junto al fuego, asar malvaviscos, soñar con...

—No te quedes demasiado rato mirando esa casa —dijo la profesora Quinn—. Es bastante poderosa. Vamos, tenemos que llegar al leñero.

Maximilian siguió a la profesora Quinn por la parte trasera de la casita. Le pareció que el cielo se volvía menos luminoso y más morado, pese a que no creía que le tocara ya anochecer. Tal vez eso contara como «crepúsculo». O a lo mejor estaba a punto de llover de nuevo.

En el jardín trasero había un leñero, y en el leñero había un hombre con una impecable barba canosa y gafas redondas. Llevaba un traje de tres piezas con corbata de lunares y un reloj de bolsillo con cadena de plata. Estaba sentado ante un escritorio de madera y, a juzgar por las apariencias, se dedicaba a corregir un largo y complicado manuscrito con un trocito de lápiz muy corto. Había páginas amontonadas por todas partes. El papel era amarillo, la tinta era verde. En todas las páginas parecía haber cientos de correcciones y una buena cantidad de notas ilegibles, todas a lápiz. En la pared del leñero había un letrero bordado con punto de cruz en el que se leía: NO HAY ERRORES.

—*Guten Abend*, doctor —saludó la profesora Quinn.

Como el hombre no respondía, lo dijo de nuevo, esta vez más fuerte.

Por fin levantó la vista.

—*Servus* —dijo con una formal inclinación de cabeza—. Tienen que *dehar* el *suenio* en la *caha* y *entonses* pueden seguir.

La profesora Quinn extrajo un monedero de su maletín, y de éste sacó un trozo de papel doblado varias veces. Lo soltó en una caja de cartón que había a la entrada del leñero. Aparte de la caja, el hombre y el manuscrito, todo lo que había en el leñero estaba envuelto en finas telarañas blancas.

—Doy por hecho que no habrás traído ningún sueño, ¿no? —le preguntó la profesora Quinn a Maximilian.

—¿Un sueño? —dijo él, desconcertado.

—Puedes probar a contárselo. A lo mejor lo acepta.

—*Pog favog*, pon el *suenio* en la *caha* —repitió el hombre.

—No tengo ninguno —dijo Maximilian.

El hombre lo miró con severidad por encima de la montura de sus gafas redondas.

—¿No tienes *suenios*?

—Claro que tengo sueños, pero...

—*Pog favog*, cuéntame uno *desos suenios*.

—¿Lo dice en serio? —preguntó Maximilian—. Bueno, vale. Mi último sueño tenía que ver con llegar tarde al cole. Suele llevarme mi madre en coche, pero en el sueño tenía que tomar un autobús. El autobús era amarillo y muy viejo, y se estropeaba cada dos por tres. Se pasaba mucho rato subiendo una cuesta. Luego, al llegar por fin al colegio, me daba cuenta de que me había olvidado de vestirme y la profesora me obligaba a llevar un capirote y a sentarme desnudo en un rincón mientras todos se reían de mí.

—¡*Tas* desnudo y llegas *tagde*! —El hombre de la barba soltó una risilla—. ¡Un *suenio* muy bueno! Por la *desnudés* se sabe que *eges vulnegable, pego pugo*. El bus cuesta *agiba* es tu *luchia pog* la vida, *pogque* has escogido tu *pgopio gamino*. Eso, además, *hase reig* a *otgos ninios*. Aquí tienes tu cambio. —Garabateó algo en la caja de cartón y le entregó a Maximilian dos trozos de papel doblados—. Ya puedes *entgag* en el *jagdín* y *cogeg* el agua, el agua más *pgofunda* del *poso* de los deseos. Tanta como *quiegas*. ¿Va a *nesesitag* una ampolla?

—Sí —contestó la profesora Quinn, en tono de apremio—. La necesitará. Gracias.

—Coge una —dijo el doctor, señalando otra caja de cartón con una inclinación de cabeza—. Te *costagá* un *suenio* más.

La profesora Quinn cogió uno de los trozos de papel que Maximilian aún sostenía en la mano y lo soltó en la primera caja de cartón. Luego se inclinó hacia delante y sacó algo de la segunda caja. Sopló para limpiarlo de polvo y telarañas y se lo pasó a Maximilian.

—Toma —le dijo—. Ah, es bonita.

Maximilian la cogió. Era una hermosa botellita de plata con una cadena.

—Pero...

—Vamos —dijo ella—. Si no, sí que llegaré tarde.

El doctor reanudó la corrección del manuscrito con su lápiz achaparrado, quejándose, sin que nadie lo oyera, de que ningún ser querido le regalara un bolígrafo, pues ésa era la única forma de que su subconsciente no le hiciera perderlo.

Maximilian siguió a la profesora Quinn por el camino del jardín hasta que empezó a trazar una curva a la derecha. A lo lejos, aunque cada vez más cerca, se veían las siluetas oscuras de unos edificios que debían de pertenecer a la universidad. El cielo del atardecer parecía lleno de extrañas sombras de neón, vaharadas de humo y voces de chicos y chicas jóvenes. Algunas voces, sin embargo, parecían particularmente cercanas, y Maximilian se dio cuenta de que procedían del interior del jardín.

—Ojalá pudiéramos usar el agua del pozo para acumular capital M —decía una chica.

—Ya, pero no se trata de eso, ¿no? —le contestó una voz de chico.

—Ni siquiera conozco a nadie que pueda usarla.

—Yo tampoco. Pero pasaremos el test. Eso es lo importante.

Poco después, el pozo de los deseos apareció ante ellos. Era redondo, hecho con ladrillos de un amarillo claro como la mantequilla. Les pareció que los dos estudiantes abandonaban ya el puente por un camino que se dirigía hacia la universidad, cada uno con su ampolla de plata.

—Te convendría sacar un poco de agua del fondo para tu amiga —dijo la profesora Quinn—. Doy por hecho que se trata de la niña de los Truelove, ¿no?

—Sí —contestó Maximilian—. ¿Cómo lo sabe?

La profesora Quinn no dijo nada. En vez de contestar, le enseñó a sacar agua del pozo con un cubo pequeño de madera atado a una cuerda. Llenó su ampolla y se la guardó en el maletín. Después de llenar la suya, Maximilian se la colgó del cuello. El agua del fondo era transparente del todo y tenía un ligerísimo tono azul.

—Esto curará a Effie, ¿no? —preguntó él.

La profesora Quinn asintió.

—El problema es cómo vas a volver —dijo—. Quizá...

Frunció el ceño y dio la impresión de que se concentraba mucho en sus pensamientos. Maximilian la miró y, en menos que canta un gallo, notó que su mente iba desplazándose, o más bien que algo tiraba de ella hacia un lugar muy complicado, oscuro y extraordinario en el que...

Tuvo la sensación de que se quedaba en trance un segundo, o tal vez más.

—Toma —le dijo—. Te he pasado todo lo que he podido. Si fueras un estudiante, ahora habría que expulsarte, porque lo que he hecho, esencialmente, es darte toda la información del primer curso de forma ilegal. Pero el caso es que a mí también me han pedido que cuide de la niña de los Truelove, así que ésta es mi contribución.

—Pero...

—Buena suerte —dijo la profesora Quinn y, sin mirar atrás, siguió caminando por el sendero hacia la universidad.

25

Effie estaba sentada en su cama y había empezado a examinar las postales que le había llevado Lexy del apartamento de la señorita Dora Wright. Había exactamente diez. La mayoría no incluía ningún texto aparte de la dirección, pero una tenía un párrafo entero. Estaba escrito en rosiano, aunque ella lo entendía con la misma facilidad que si fuera su lengua materna. Effie nunca se habría imaginado que su profesora supiera nada del Altermundo o de sus idiomas. Aunque en esa época ella misma sabía tan pocas cosas...

Querido G.:

Me mando esto a mí misma, tal como quedamos. Estoy dentro, pero espero no volver nunca. Es tal como temíamos. No puedo decir nada más. ¡Tienes que luchar!

Con todo mi amor y mi amistad,

Dora Wright

¿Qué significaba aquello? Effie se trasladó mentalmente al principio de curso. Habían tenido a la señorita Wright de profesora casi un mes, y luego había desaparecido. Según la versión oficial, había ganado un concurso de relatos y parte del premio consistía en un contrato editorial. A la mayoría de los niños les pareció de lo más razonable que su simpática profesora de carita redonda los dejara tirados sin la menor ceremonia, ante la oportunidad de ganar miles de millones como escritora. Así que casi todo el mundo hizo caso omiso del rumor que afirmaba que, en realidad, la habían secuestrado las fuerzas oscuras.

No era la primera vez que Effie echaba de menos a su abuelo con toda su alma. Era obvio que él sabía mucho del lugar al que se había ido Dora Wright. Esa «G» a la que ella se dirigía tenía que ser él. Pero ¿por qué no se lo había contado? Pues porque, en esa época, era una niña de once años que no sabía nada de magia ni de los diberi. Al recordar esos días, Effie suspiró. ¿Por qué no había empezado Griffin a prepararla antes? Se acordó de que su abuelo había tenido problemas con el Gremio, que le había prohibido practicar magia durante cinco años. Pero luego, de pronto, empezó a enseñarle rosiano y antiguo inglés bastardo, y le había conseguido el Anillo del Auténtico Héroe y... No, Effie sólo tenía el anillo porque él había muerto.

Muerto no. Estaba vivo en el Altermundo. Estaba segura de eso. Y en cuanto pudiera volver allí, en cuanto recuperase las fuerzas, iba a ir a buscarlo. Effie volvió a suspirar y siguió repasando las postales. Empezó a hacerse preguntas. ¿Y si las dos historias sobre la desaparición de Dora Wright eran ciertas? ¿Y si había ganado un concurso y luego la habían secuestrado precisamente por eso?

Entonces se dio cuenta de que el mensaje que Dora intentaba transmitir en las postales no estaba en el texto, sino en las imágenes. En una se veía una fábrica antigua que echaba humo por las chimeneas. En otra, un barco atracado en Liverpool hacía mucho tiempo. En la siguiente, una escena de la alegoría de la caverna de Platón. En otras tantas salían imágenes de libros antiguos. Uno de ellos era el de *Oliver Twist*, de Charles Dickens. También estaba *Lo que el viento se llevó*.

Si se juntaban todas parecía como si alguien intentara decir que estaba retenido —o incluso esclavizado— en una fábrica que tenía algo que ver con libros.

Y entonces Effie se fijó en otra cosa.

Todas se habían mandado desde Walthamstow, el lugar en el que Skylurian Midzhar tenía su fábrica.

El Colegio Tusitala para Dotados, Problemáticos y Raros tenía una pequeña residencia para los bachilleres. La residencia, de la que se decía que había sido declarada en ruinas en algún momento del siglo anterior y que sin duda estaba encantada, se había construido originalmente, por razones desconocidas, como una copia exacta de la torre del reloj del castillo de Dublín. Era un edificio rectangular, hecho con ladrillo rojo y piedra caliza de Bath, tenía un balcón clásico, un pequeño soportal y, por supuesto, un reloj gigantesco que sobresalía del tejado. Una cúpula turquesa remataba el reloj como si fuera un divertido sombrero mal inclinado en la cabeza.

El doctor Cloudburst era uno de los tres miembros del personal que vivía en el colegio, y tenía su pequeña habitación, que hacía también las veces de estudio, en lo alto de la torre del reloj. Al obtener la plaza, se había enfrentado alegremente a la serie de pesadillas, banquetes a medianoche, camas hechas con media sábana vuelta para que no pudiera estirar las piernas, vagabundeos, peleas, inundaciones, intentos de secuestro, intrusos, acosos, derramamientos de sangre y asesinatos que ocurren en todo internado al caer la noche. ¿Alguien se lo agradeció? Por supuesto que no. Los bachilleres lo tenían por un bicho raro, un perdedor sin vida propia. ¿Cómo si no era posible que aceptara dedicar toda su existencia a cuidar de ellos?

Lexy y Wolf lo encontraron en el laboratorio de química de la planta baja, corrigiendo los trabajos de los alumnos a la luz de una lamparita. A su lado, tenía una taza de café vacía y un plato con unas cuantas migas. Estaba rodeado de probetas llenas de líquidos con todos los tonos posibles de amarillo, desde el de la mantequilla hasta el del sol, pasando por el amarillo de las natillas. Como les parecía alarmante que hubiera tanto pis en un mismo lugar, Wolf y Lexy se esforzaron por no mirar.

—Niños —dijo el doctor Cloudburst—, espero que no hayáis venido con la intención de hacer trampas con las muestras del entrenador Bruce.

—No —contestó Lexy—. Necesitamos su ayuda.

Effie les había dado una de las cápsulas doradas y había mantenido las otras dos a buen recaudo. Primero le habían llevado la cápsula a Octavia, la tía de Lexy, propietaria de la Bollería de la señora Bottle, pero ella no había sido capaz de descubrir nada. Se había limitado a negar con la cabeza y a decir que nunca había visto nada parecido.

Wolf le mostró la cápsula al doctor Cloudburst.

—Queremos que le haga unas pruebas a esto —dijo.

—Ah, ¿sí? Vaya, vaya.

Tras tantos años como director del internado, el doctor Cloudburst había ido perdiendo su entusiasmo inicial hasta llegar a un punto más bien cercano a la amargura.

—Es muy importante —insistió Lexy.

—Así que es muy importante, ¿eh? —dijo el doctor y suspiró. Al menos se trataba de unos niños simpáticos del ciclo básico. Nunca lo atormentaban ni maltrataban como los bachilleres. Y a esa niña se le daba bien la química—. Venga, pues dámela.

En cuanto pudo echarle un buen vistazo a la cápsula, su estado de ánimo cambió por completo. Parecía fascinado por ella y un poco asombrado.

—Bueno, niños, no tendréis intenciones de usar esto en ninguna competición deportiva, ¿verdad? —dijo—. Porque el entrenador Bruce no lo vería con muy buenos ojos... Aunque debo decir que probablemente haría maravillas, sobre todo para el equipo de tenis, y...

Mientras hablaba, el doctor Cloudburst iba preparando el microscopio. Sostuvo la cápsula con unas pinzas, la colocó bajo la lente y le dio vueltas a un lado y a otro, emitiendo entretanto todo tipo de bisbiseos.

—Mmm —volvió a musitar—. ¿Y de dónde la habéis sacado?

—No podemos decírselo —contestó Wolf—. ¿Qué cree que es?

—¿Qué crees tú? —le preguntó el doctor Cloudburst.

—Creemos que es una especie de fuerza vital líquida —apuntó Lexy—. Pero no sabemos de dónde ha salido ni si contiene algo malo. Necesitamos averiguar todo lo que podamos. Es importante, pero no podemos decirle exactamente por qué.

—Bueno, pues tenéis razón. Es fuerza vital en estado líquido —confirmó el doctor Cloudburst—. Lo cual, para empezar, ya es bastante raro. Sea como sea, es la muestra más potente que he visto en toda mi vida. No puedo deciros nada sobre su origen, aunque distingo rastros de dos sustancias extrañas mezcladas con la fuerza vital.

—¿Cuáles son? —preguntó Wolf.

—Papel —contestó el doctor Cloudburst—. Y cloruro de sodio.

—¿Sal? —exclamó Lexy.

—Sí. Exactamente del mismo tipo que se encuentra en la sangre, el sudor y las lágrimas de los humanos —aclaró el doctor—. Alguien se ha tomado muchas molestias para hacer esas cápsulas.

—¿Son seguras? —preguntó Wolf.

El doctor Cloudburst se encogió de hombros.

—¿Hay algo seguro? —preguntó en tono filosófico.

—¿Usted se tomaría una? —insistió Lexy.

—Ni aunque me pagaran por ello —contestó el doctor Cloudburst—. Están llenas de tristeza. No creo que nadie quiera mezclar eso con su fuerza vital.

Al norte de la ciudad, en el hotel Regency, Raven Wilde se preguntaba si lograría escapar. Por el momento, no parecía probable. La habían hecho pasar con Skylurian a la *suite* presidencial, que tenía su propio restaurante, pequeño y privado, en el que pronto se sentarían a cenar con Albion Freake. Había guardias armados en todas las puertas. Además, incluso si conseguía escapar, ¿qué le haría Skylurian a su madre? Raven tenía que encontrarla antes.

Skylurian llevaba algo que parecía un vestido, aunque al inspeccionarlo más de cerca uno podía ver que se trataba de unos leotardos con estampado de leopardo y una capa de raso transparente por encima, todo ello unido por un cinturón de cadena dorado. Encima de eso llevaba un enorme adorno con tantas plumas de avestruz en los bordes que costaba decidir si se trataba de una capa o del fular de plumas más grande del mundo. Lucía en el cuello una gargantilla de terciopelo negro con una enorme piedra preciosa de color verde oscuro, y cargaba con un parasol absurdamente glamuroso, hecho de plumas de avestruz a juego con la capa. En los pies, unas sandalias de tacón bajo atadas en torno al tobillo con unas cintas largas de terciopelo.

—Dior Vintage, querida —le había dicho a Raven en el taxi, al pillarla mirándole el calzado—. De hace mucho, mucho tiempo. Haz lo que te diga y te las regalaré. No te irían mal unos zapatos mejores.

Raven llevaba unas botas negras de caña baja que no acababan de combinar con su segundo mejor vestido de noche: uno de seda negra, largo hasta el suelo con amplias mangas de bruja. Se lo había comprado su madre para su undécimo cumpleaños; es decir, que apenas había pasado un año y todavía le iba bien.

Normalmente a Raven le gustaba vestirse de gala para las cenas y veladas que montaba su madre. Aquella noche no lo había disfrutado demasiado, claro, aunque la ocasión era mucho más importante que cualquier cena o velada a la que hubiera acudido con anterioridad. Tenía que convencer a Skylurian Midzhar de que iba a hacer todo lo que dijera, y al mismo tiempo buscar la forma de escapar o de enviar un mensaje a sus amigos. Llevaba las botas por si finalmente conseguía salir de allí. Y tampoco le parecía que quedaran del todo mal. ¿Cómo era aquella moda tan antigua? ¿Grunge? Si alguien preguntaba, diría que se trataba de eso.

La *suite* del hotel era elegante, aunque Albion Freake, por desgracia, no parecía un hombre distinguido. Era de una gordura gigantesca y tenía unos forúnculos enormes en su cara sonrojada. Llevaba un traje brillante en oro para la ocasión, y, cuando se puso de pie para dar la bienvenida a sus invitados, Raven se preguntó si en realidad no estaría hecho de cera. Le brillaba la piel por todas partes, pero no con el brillo que prometían todas las cremas hidratantes que usaba Laurel Wilde. Era como si estuviera sudando, sin que en realidad se viera nada de sudor. Cuando le estrechó la mano, Raven se acordó de un sapo que tocó una vez en un jardín. También en esa ocasión esperaba tocar algo húmedo y resbaladizo, pero resultó ser seco y de algún modo extraño.

—¡Señoras! —bramó, duchando a Skylurian y Raven con saliva—. ¡Para mí es un gran honor conocerlas! Michel, ¡tráeles unos cócteles de inmediato! Beberán Black Manhattan, como todos los demás. Aunque tal vez la señorita necesite la versión sin alcohol —añadió, guiñándole el ojo a Raven.

—De hecho, señor, el Black Manhattan sólo lleva alcohol —contestó Michel, que por lo visto era el barman.

Además de restaurante privado, al parecer la *suite* presidencial también tenía su propio bar.

—Me conformo con un vaso de agua —dijo Raven—. Gracias.

—Bah, bobadas —intervino Skylurian—. Se tomará un Virgin Mary con todos sus aderezos.

El barman empezó a preparar las bebidas. La de Skylurian llegó en copa de cóctel y era de color negro, con una guinda roja encima. La de Raven era de un rojo alarmantemente intenso y llevaba un tronquito de apio. Al probarla, comprobó que era zumo de tomate con un montón de especias distintas. Le pareció bien. A Raven le gustaban las cosas especiadas.

Albion Freake no estaba solo. Aparte del abundante personal del hotel que se ajetreaba de un lado a otro para rellenar las copas y hacer circular los canapés, en la sala había otras siete personas. Raven se dio cuenta de que sólo había una mujer más, y era extremadamente bella. Tenía que ser la novia o la esposa de Freake. Llevaba un vestido rosa claro con la parte baja de la falda hecha de plumas rosa y pelo blanco. Dos grandes penachos de plumas rosa brotaban de lo alto de su pecho como si fuera un pájaro de verdad. Estaba sentada muy tiesa en un sillón rojo.

Los hombres parecían versiones más delgadas y ansiosas de Albion Freake. Uno de ellos llevaba un maletín grande y negro, y daba la sensación de que no quería perderlo de vista en ningún momento. Era difícil interpretar el ambiente de la sala, aunque a Raven siempre se le había dado bien eso. Su mirada se encontró con la de la mujer hermosa del vestido rosa claro, pero ésta enseguida la desvió como si... ¿Qué había ocurrido? ¿Qué había ocurrido? Raven empezó a percibir la atmósfera que dominaba en la sala.

Era de desconfianza. Era de miedo. Raven y Skylurian se miraron. Sí, las dos lo percibían. Aquellos norteamericanos se estaban preguntando si debían matarlas o no. Y si debían hacerlo en aquel mismo momento, o tal vez más tarde.

En cuanto estuvieron sentadas en el inmaculado sofá de ante de color crema, en la zona de recepción de la *suite*, algo calurosa, Skylurian abrió su gran bolso de piel de leopardo y sacó el ejemplar único de la edición limitada de *Los elegidos*, encuadernado en piel de ternero y grabado con letras de oro auténtico.

—Supongo que te morías de ganas de ver esto, querido —le dijo Skylurian a Albion Freake—. De tocarlo. De poseerlo. Bueno, pues no esperes más. Es tuyo.

Le pasó el libro. Raven percibió un ligero temblor en su mano.

—Creía que vendrías a contarme que no se puede hacer —respondió Freake, acariciando la tapa de color crema. Dirigió una mirada suspicaz a los lacayos que lo rodeaban—. Normalmente, todos me decepcionan. Pero tú has conseguido lo que te pedí, querida. Mi propio libro privado de lujo. Me aseguraré de que obtengas tu recompensa.

—Creo que acordamos mil millones —dijo Skylurian.

—Mil millones de dólares —contestó Albion, asintiendo—. ¡Todo un chollo! ¡Ja, ja! Es broma. De acuerdo, Mike, haz ya una transferencia de mil millones de dólares a la cuenta de esta dama, por favor.

—Ejem —dijo Skylurian.

—¿Qué ocurre, tesoro?

—De hecho, eran mil millones de libras.

—Libras, dólares, ¿qué más da? Págale a esta tía.

El hombre posó el maletín negro en la mesa y lo abrió, revelando un teléfono de baquelita negro que parecía muy antiguo, con el dial plateado. Lo conectó a una especie de módem y a un ordenador pequeñito, y luego lo enchufó a la pared. Empezó a marcar un número muy largo que contenía muchos nueves. Todos los demás miraban, hipnotizados, cómo el disco volvía a su posición original sobre el dial con un largo y perezoso zumbido. Raven lo sabía todo sobre los módems de marcación telefónica, claro. Maximilian había usado uno de ellos para meterse en la red gris. Pero nunca había visto ninguno en el que hubiera que marcar los números manualmente.

La mujer hermosa llamó de nuevo la atención de Raven pero, una vez más, miró enseguida hacia otro lado cuando sus miradas se encontraron. ¿Qué intentaba decirle? Raven ya sabía que corría peligro. Si Albion Freake no acababa con ella, lo haría Skylurian.

—Por supuesto —dijo Albion Freake a Skylurian Midzhar mientras el otro seguía marcando números—, estás en condiciones de aportar pruebas de la destrucción de todos los ejemplares de éste... éste... ¿Cómo se llamaba el maldito libro? *Los elegidos.*

—Por supuesto, querido —contestó Skylurian—. Pero he planeado algo mucho mejor que eso. Mañana, tal como quedamos, acudirás al ayuntamiento para el sorteo del premio que acordamos. Le darás a algún afortunado electricidad gratis para toda la vida, no sé si te acuerdas.

—Un momento, damisela. En realidad yo no dije que fuera a hacer eso.

—No te preocupes, sólo es por el espectáculo. Ya nos encargaremos de quien sea que gane, y así no te dará más problemas.

Skylurian sonrió, aunque en el fondo parecía que estuviera a punto de vomitar en cualquier momento.

Raven sentía un extraño cansancio. Siempre que estaba cerca de Skylurian tenía la sensación de que le faltaba la energía y se fatigaba. Durante un tiempo, había interpretado que sólo era porque no se llevaban bien. Pero esa sensación no hacía más que empeorar y empeorar y...

—Es porque es una embaucadora y está absorbiendo tu energía —dijo una voz en la cabeza de Raven—. Tienes que huir de ella.

¿Qué? ¿De dónde salía esa voz? Si era de alguien capaz de meterse en su mente, tenía que tratarse de un mago. Era una voz de mujer. Mujer norteamericana... Raven se dio cuenta de que era la joven esposa de Albion Freake. Sí, sólo podía ser ella. Aparte de Skylurian, no había ninguna otra mujer en la sala.

—Creo que puede que tú también tengas que escapar —contestó Raven con su mente, aunque no sabía si la mujer la recibía o no.

—Mañana tomaremos posesión de los últimos diez ejemplares de *Los elegidos*, en poder de sus admiradores más acérrimos —dijo Skylurian—, y luego nos llevaremos a los superfans y los libros al páramo y los quemaremos.

—¿A los fans también? —le preguntó Albion Freake, riéndose.

—Claro que no —mintió Skylurian.

—Nunca he visto uno de esos páramos ingleses vuestros —dijo Albion Freake—. Me suena que tengo uno de propiedad, pero nunca he estado allí. Creo que teníamos planeado convertirlo en un campo de golf.

—Bueno, pues mañana verás uno con toda su gloria pagana intacta —dijo Skylurian en tono alegre—. Y también podrás asistir a una lluvia de meteoritos que se verá particularmente bien desde el páramo. Y, por supuesto, tendremos con nosotras a la autora, que interpretará un papel central en el sacrificio... O sea, en la ceremonia. Iremos al páramo y quemaremos los últimos ejemplares a la luz de las primeras estrellas del anochecer, y luego celebraremos la ceremonia de entrega oficial mientras los meteoritos chocan y se incendian en el cielo. Lógicamente, hasta entonces tendrás que cuidar del único volumen de la edición limitada. Al fin y al cabo, es tuyo. Pero tráetelo mañana, así podremos sacar unas cuantas fotos para tu álbum.

Todos los presentes en la sala se relajaron un poco. El libro, por supuesto, carecía de valor mientras no se destruyeran esos diez últimos ejemplares. Y como su destrucción no podía ocurrir sin Skylurian Midzhar, lo más probable era que se le permitiera vivir un día más. Aun así, Albion Freake jamás había cerrado un negocio en el que su contraparte hubiese sobrevivido.

—Y luego, tras éste, pasaremos a todos los demás libros del mundo, ¿verdad, cariñito? —Freake se dirigía a la mujer hermosa del vestido rosa claro.

—Pero... —empezó a decir ella.

—No discutas conmigo, Frankincense, querida —advirtió Freake—. Ya sabes que no me gusta que discutamos. ¿Puedes alegrarte por mí? ¿Es mucho pedir? Acabo de comprar el primer libro de nuestra biblioteca de lujo de últimas ediciones. Pronto todos los libros que haya en este mundo serán de mi propiedad. ¿No puedes fingir que te alegras un poco?

Raven no daba crédito a lo que estaba oyendo. ¿Y si Effie se había equivocado? ¿Y si Albion Freake no era un devorador de libros, al fin y al cabo? Aunque tal vez todo era peor de lo que habían imaginado. ¿Era posible que tuviera planeado crear esa librería de últimas ediciones para obtener un poder supremo al devorarlos todos a la vez? Raven se llevó a la boca un trago particularmente especiado de Virgin Mary, que le provocó tos, y tuvo que esforzarse para disimular que se ahogaba. Notó que la cara se le ponía cada vez más roja. Skylurian le dio una patada con su sandalia Dior acabada en punta.

—¡Ay! —exclamó Raven.

—¿Algún problema, señorita? —preguntó entonces Albion Freake, clavando en ella su mirada de cera.

—No, lo siento —contestó Raven—. Parece... Mmm... parece fantástica.

—¿El qué?

—Su biblioteca —aclaró Raven.

—Fíjate —dijo Freake a Frankincense—. Hasta esta niña lo entiende mejor que tú.

26

La red cósmica estaba en plena ebullición el jueves por la noche. Se hablaba de la joven y amable bruja, Raven Wilde, prisionera en ese momento de la gran embaucadora Skylurian Midzhar, encerrada en su habitación en lo alto de la torre y vigilada por aquel escritor melenudo que olía a queso. Se hablaba de su madre, la pelirroja que escribía historias de ficción sobre magia, que por lo visto no dejaba de enviar mensajes desde el páramo, a los que Raven dedicaba largas respuestas con un espejo y una vela desde la ventana de su habitación.

Y de dos niños vestidos de negro que, en otro lugar, tramaban su venganza mientras su profesor leía con el ceño fruncido un libro antiguo encuadernado en piel sobre los movimientos de los cielos.

Y entre otras muchas cosas, muchísimas más, se hablaba también del joven mago Maximilian Underwood, que, recién llegado del Inframundo con una ampolla del agua más valiosa de las profundidades, estaba decidido a salvar a su amiga, Euphemia Truelove.

La profecía que indicaba que Euphemia iba a morir ese día —porque había pasado la medianoche y por lo tanto ya era viernes— se iba desvaneciendo. Sin embargo, la red cósmica iba cargada de profecías similares en esa noche oscura sin luna. Tenía la poderosa sensación de que iba a morir mucha gente antes de que el reloj marcara las doce.

Por supuesto, la red no podía hacer nada respecto a esas muertes. Sólo podía hablar de ellas, anticiparse a ellas y luego registrarlas para la posteridad.

Maximilian Underwood, reciente protagonista de tantas historias de la red cósmica, había regresado al concierto de piano justo cuando Raven Wilde y Skylurian Midzhar se sentaban a cenar en el restaurante privado de la *suite* del hotel de Albion Freake. La red cósmica no entendía del todo cómo había vuelto Maximilian al Veromundo, aunque sí tomó nota del lugar exacto de su reaparición: el estante destinado al modernismo en la librería anticuaria de Leonard Levar. Era como si allí hubiera una especie de portal, un portal que la red cósmica no entendía.

La librería estaba cerrada, pero por suerte Maximilian encontró una puerta que pudo abrir desde dentro. Tuvo la curiosa impresión de que alguien se había instalado en la librería en los últimos tiempos, pues había un botellín de bebida isotónica en el mostrador, junto a una monda de naranja. Pero Maximilian no había tenido tiempo de pensar en ello. Se había apresurado a regresar al concierto de piano, donde había descubierto que sólo habían pasado unos minutos desde su partida. La pianista acababa de empezar a tocar el tercer movimiento de la *Patética*.

Maximilian ocupó de nuevo su asiento, junto al del señor Starling.

—Qué ganas tenías de ir al baño, ¿eh, muchacho? —preguntó su vecino.

—Sí, lo siento —susurró Maximilian.

—Chist —protestó una anciana detrás de él.

El joven mago tocó la ampolla de plata que llevaba colgada del cuello. Pronto podría ir a ayudar a su amiga. En realidad, el único problema que tuvo que afrontar fue evitar ir a parar accidentalmente al Inframundo durante el tercer movimiento de la segunda sonata del recital, *Los adioses*, que le pareció la pieza musical más bonita que había oído en su vida. Ahora que sabía cómo funcionaba, le costaba impedir que ocurriera. Pero consiguió permanecer en el Veromundo. Después de dar las buenas noches al señor Starling, corrió a casa de Effie y llamó a su ventana.

Y la red cósmica vio y la red cósmica registró y la red cósmica transmitió todo lo que ocurría. Hizo circular la feliz noticia de que Effie Truelove, salvadora potencial de todos y de todo, con su salud recién recuperada gracias a su valentía y al arrojo de su amigo, tal vez no muriera esa noche al fin y al cabo. Pero... ¿y Raven Wilde? De pronto, la red cósmica ya no estaba segura de si sobreviviría a esa noche o no.

Así son los misterios de este mundo.

Effie se despertó el viernes con una sensación totalmente distinta. El agua que le había dado Maximilian la noche anterior la había curado por completo. El Anhelo había desaparecido. La sacudían tantas emociones distintas que le costaba seguirles la pista a todas. Estaba feliz, eso era lo principal. Muy feliz. Pero también se sentía fuerte. No sólo físicamente: era como si nada pudiera dañarla, ni siquiera la prisión, la tortura o la muerte. Ocurriera lo que ocurriese, seguiría siendo Effie. Y si moría, al menos habría intentado —y quizá conseguido— salvar al mundo. Todo su miedo se había desvanecido.

A Effie todo le parecía bello y maravilloso. Había un aroma dulce en el aire. Su desayuno —una tostada correosa con Marmite, un cuenquito de yogur y una taza de té— era la comida más deliciosa que había probado en su vida. Quería estar rodeada de un montón de gente para poder compartir esa sensación, aunque también quería salir corriendo y esconderse, a solas, para que nadie pensara que era muy rara, porque no conseguía parar de sonreír. Era una sensación muy real de felicidad y Effie estaba segura de que la rodeaba de un modo visible, con grandes oleadas de plata y oro, de tal modo que quien se acercase a ella no podría evitar formar parte de esa sensación. Y tenía tantas ganas de compartirla... Pese a su intensidad, también era una sensación extrañamente tranquila y dulce. Era como si no fuera a acabarse jamás.

Estaba completamente curada gracias a Maximilian, su mejor amigo en este mundo. Tenía tanta fuerza vital que no le iba a faltar durante mucho tiempo. Así podría regresar al Altermundo y ver a sus primos y a Cosmo. Pero lo más importante era que podría liderar a sus amigos en la lucha contra los diberi. Se preguntó qué habrían averiguado Wolf y Lexy la noche anterior. Y también qué se habría hecho de Raven. Tenía la sensación de que a lo largo de ese día se resolvería todo.

—Bueno, no sé por qué estáis todos tan animados —dijo Cait mientras desayunaban.

Estaba claro que también a Orwell lo invadía una inusual sensación de bienestar esa mañana. ¿Por qué? Bueno, ese día iba a ganar un montón de dinero. ¡Sólo tenía que llevar un estúpido libro infantil al ayuntamiento! Y probablemente a la semana siguiente recibiría un ascenso. Eso le había dicho la profesora Quinn. Y ya casi era fin de semana. Además, su nuevo amigo, Terrence Deer-Hart, le había prometido que llevaría más vino y queso. La vida le sonreía. Todo el mundo estaba contento. Incluso Luna gorgoteaba satisfecha en su trona y lanzaba cucharadas de yogur a la pared sin que nadie se lo impidiera.

El único miembro de la familia que no parecía tan feliz era Cait. Desde la noche del queso (pues con ese nombre la recordaba ella), había empezado otra dieta que la obligaba a beber sólo unos batidos llamados «Bativital» a lo largo del día. También estaba leyendo otra de aquellas horribles novelitas de bolsillo que regalaban con los gigantescos botes de polvos. En la cubierta había una imagen de una mujer atada a la vía del tren. Era como si en realidad no quisiera leerla, pero al mismo tiempo no pudiera evitarlo.

Y Effie reparó en ello y se preguntó qué pasaba con esos libros. Siempre que Cait tenía uno cerca, le resultaba imposible no abrirlo. Pero tenía una beca de posgrado en la universidad. Era una mujer muy inteligente. Vale, durante un tiempo le había dado por leer un montón de libros infantiles, pero al menos eran libros buenos. Y se pasaba casi todo el tiempo leyendo manuscritos medievales. Entonces ¿por qué la atraían tanto aquellas estúpidas novelas con aquella pinta tan vulgar?

Cuando Cait y los demás subieron al baño, Effie le echó un buen vistazo al fino tomo. Como todos, era una publicación de Ediciones Cerilla.

Impreso en Walthamstow.

Cuando Effie abrió el libro y empezó a leer la primera página, sintió una extraña necesidad de seguir, como si la novela estuviera hechizada. De pronto, se dio cuenta de que, efectivamente, lo estaba. Como todos los libros de Ediciones Cerilla, cargaba con un leve hechizo y, en cuanto alguien lo abría, provocaba una lectura compulsiva y adictiva. Sin embargo, Effie era demasiado fuerte para que el hechizo se apoderase de ella, y tiró el libro a la mesa, asqueada. Cada vez tenía más claro lo que estaba pasando en Walthamstow. Sin embargo, no acababa de saber cómo encajaban todas las piezas.

Había que pararle los pies a Skylurian Midzhar, eso estaba claro. Pero, para que no hiciera... ¿qué? ¿Y qué papel tenía Albion Freake en todo eso? Como ese día no había colegio por la ceremonia del ayuntamiento, Effie tendría que esperar hasta entonces para ver a sus amigos y atar cabos. Todavía se le escapaba algo. Pero ¿qué?

El ambiente en torno al ayuntamiento era tenso, pero lleno de emoción. Los cámaras de televisión y los periodistas se daban empujones para conseguir una buena situación en torno a las claras columnas neoclásicas que se alzaban en la entrada. Nadie quería perderse la historia del ganador del mayor concurso que se había celebrado en años. ¡Electricidad gratis para toda la vida! Y con el premio entregado por el mismísimo y escurridizo Albion Freake. Era probable que al ganador le diera por llorar, y todo aquel que tuviera una cámara quería un buen primer plano de esas lágrimas.

Orwell Bookend tuvo que aparcar bastante lejos, bajo el paseo Butterwalk, cerca del Emporio Esotérico. Pero le daba igual. Nada iba a estropearle el día. Ni siquiera aquella ridícula etiqueta en la que se leía SUPERFÁN. Orwell se dijo que merecería la pena si acababa ganando el primer premio. En esos tiempos, todo el mundo se gastaba al menos dos tercios de su salario en electricidad, y aun así tenían que ducharse casi siempre con agua fría y usar sólo uno de los tres tubos que tenía la estufa eléctrica. Era simplemente inimaginable poder disponer de un suministro ilimitado de electricidad. Y si además lo iban a ascender... ¡Podría poner discos! ¡Encender las luces! ¡Volver a ver la televisión! La vida le sonreiría de nuevo.

E incluso si no ganaba el premio de la electricidad, iban a darle mil libras. Sí, ése era el premio para los diez superfans que entregarían sus valiosos ejemplares de *Los elegidos*. Orwell pensó que incluso podría comprarle algo bonito a su hija. Al fin y al cabo, el libro se lo había dado ella. Tal vez le compraría una capa nueva del colegio para reemplazar aquella tan andrajosa que habían sacado de la cesta de objetos perdidos. Y, además de las mil libras, toda la familia almorzaría gratis en una fiesta que iba a celebrarse esa misma tarde antes de las presentaciones.

Effie iba absorta en sus pensamientos en la parte trasera del coche, al lado de Luna. Vestía su ropa favorita, la misma que se había puesto para derrotar al dragón en su primer viaje a la Casa Truelove. Vaqueros, una camiseta con una estrella, botines con tachuelas y una chaqueta cruzada ajustada que la hacía aparentar dos años más de los que tenía. También llevaba su bolso preferido, el que le había dado Pelham Longfellow en el Altermundo.

Effie había preparado el bolso cuidadosamente. Llevaba la espada de Wolf en su forma benigna, como si fuera un abrecartas antiguo. Llevaba la valiosa tarjeta de citación que ya no pensaba perder de vista jamás. Llevaba un nuevo manojo medicinal que le había preparado Lexy y la mágica mermelada de ciruelas damascenas que usaba su abuelo para reponer fuerzas. Y, por supuesto, Effie llevaba la Espada de Luz y el Anillo del Auténtico Héroe. Tenía la sensación de que iba a ocurrir algo ese día, y quería estar lista. «Quédate en casa», le había dicho Festus. Sería esa noche cuando el tejido que separaba los mundos sería más fino que nunca y...

¿Qué planeaba Skylurian Midzhar? ¿Y qué papel cumplía Albion Freake en todo eso? ¿Pretendían atacar entre los dos el Altermundo? Pero... ¿cómo? ¿De qué le servía a Skylurian Midzhar que Albion Freake poseyera la poderosa última edición de *Los elegidos*? Effie tenía la impresión de que todo se iba a desvelar muy pronto, y quería estar lista.

El ayuntamiento estaba lleno a rebosar. Orwell, Cait y Luna se fueron a posar para los medios y las fotografías oficiales, y Effie, tras convencerlos de que le permitieran no participar, les prometió que se reuniría con ellos dentro, para la comida de gala. Iban a servirse cinco platos, y todos los familiares de los superfans compartirían mesa con algún famosillo local y con alguien que fuera una auténtica autoridad en algún asunto importante. La profesora Beathag Hide iba a entretener a los comensales de una mesa con sus ideas sobre la tragedia griega, mientras que en otra el doctor Cloudburst hablaría de bacterias.

Effie no tardó mucho en encontrar a Wolf y Lexy, que le contaron lo que habían descubierto con el doctor Cloudburst.

—Gracias —dijo Effie—. Cómo me alegro de no haberme tomado esas cápsulas.

—De todos modos, se te ve mucho mejor —comentó Wolf.

—Maximilian me trajo algo. Un poco de agua del Inframundo. Y, sí, ya estoy curada del todo.

—Bueno, pero será mejor que hoy sigas teniendo cuidado —dijo Wolf.

No tenía ni idea de que la profecía había cambiado, por supuesto.

—¿Dónde se ha metido Maximilian? —preguntó Lexy—. Hace un momento estaba aquí.

Por desgracia, el joven mago se había asomado otra vez al Inframundo por accidente. Aquello estaba empezando a convertirse en un problema. En un momento dado estaba mirando un cuadro bastante bueno en el ayuntamiento —un extraño paisaje cubista de mucho tiempo atrás colgado en el despacho del alcalde—, y al instante siguiente volvía a estar en aquella encrucijada. De todos modos, por lo menos le había brindado la oportunidad de recoger un poco más de agua de las profundidades, por si acaso.

—Ah, ¡ahí estás! —exclamó Effie.

—Perdón —se disculpó Maximilian—. ¿Qué me he perdido?

Lexy y Wolf repitieron la historia de su visita al doctor Cloudburst. Luego, Effie le contó sus sospechas sobre la fábrica de Walthamstow.

—Todo tiene sentido —dijo la niña—. Esas cápsulas doradas se hacen con fuerza vital creada a partir de últimas ediciones artificiales. Los libros se producen masivamente en una fábrica, y luego se recuperan para destruirlos, salvo un único ejemplar, que se conserva. Creo que ha hecho prisionera a la señorita Wright, y sin duda a otros muchos escritores, y los obliga a producir libros que luego se hechizan para que la gente quiera leerlos. La parte ingeniosa está en los concursos. Cait, mi madrastra, participa en ellos a todas horas. Igual que otros miles de personas, lee un libro de ésos, confiriéndole así su poder, y lo manda de vuelta a Walthamstow con la esperanza de ganar algo. Sin embargo, en realidad los libros, una vez leídos y devueltos, se destruyen para crear una última edición limitada. Creo que esas cápsulas se hacen con la energía que se extrae de esas últimas ediciones hechas de pasta de papel. Ni siquiera hay que hacer el esfuerzo de leer una última edición: toda la fuerza vital que se obtenía de esa manera está disponible en una pastillita fácil de consumir.

—¡Cielos! ¡Tienes razón! —dijo Lexy.

—El doctor Cloudburst encontró restos de papel en ellas, y eso tendría sentido si las fabrican así. Y la sangre, el sudor y las lágrimas... Son una pista de cómo se producen las cápsulas —añadió Effie.

—Es perverso —dijo Wolf, enojado.

—¿El qué? ¿Fabricar fuerza vital a partir de últimas ediciones? —intervino Lexy—. Desde luego, es muy inteligente. O sea, a decir verdad es el tónico definitivo. Eso es lo que han conseguido crear. Convertirse en Último Lector tomando tan sólo una pastilla.

—Ya, pero... ¿hacerlo así? No está bien. ¿Producción masiva? ¿En una fábrica? —objetó Wolf—. Se supone que no funciona así. ¿No debería ser algo especial que ocurre de manera accidental cuando lees el último ejemplar de una edición?

—Sí, bueno. A los diberi, desde luego, les encanta abusar de la magia natural de los libros para sus propios intereses —dijo Maximilian.

—Pero ¿por qué? —preguntó Effie—. O sea, ¿por qué ahora? ¿Y qué tiene que ver todo eso con el *Sterran Guandré*?

—¿Y dónde demonios se ha metido Raven? —añadió Lexy.

27

—Entonces ¿qué te gustaría hacer ahora? —preguntó Terrence Deer-Hart.

Había terminado la primera de sus tareas de la mañana sin demasiado alboroto. El entrenador Bruce le había prestado encantado el autobús amarillo del Colegio Tusitala e incluso le había cambiado los rótulos laterales con el nombre de la escuela por otros con la palabra SUPERFANS, tal como habían quedado. Luego, Terrence tendría que conducirlo hasta el páramo para la ceremonia final.

Por el momento, en cualquier caso, estaba en un atasco con la pobre brujita Raven Wilde, y se suponía que debía hacer que se lo pasara bien.

—Me gustaría que me llevaran a donde está mi madre —dijo Raven.

—Tu madre está de gira promocional, florecilla.

—Los dos sabemos que eso no es cierto.

—Mira, se supone que debo encargarme de que estés contenta. ¿Qué te pone contenta?

—Ver a mi madre.

Terrence suspiró.

—¿Y qué tal un helado?

—¿Con este frío?

—De acuerdo. Pues... ¡una visita al zoo!

—Detesto ver animales enjaulados.

Terrence suspiró de nuevo. Había tenido la esperanza de que, si se sumaba a Skylurian como rey de la destrucción —ella le había dado un nombre encantador, pero ya no recordaba si era ése—, no habría ninguna maldita criatura de por medio. Pero por el momento le había pedido que no perdiera de vista a esa niña. Y por lo visto, cuanto más contenta estuviera, más poderosa iba a ser Skylurian.

Para que la dejaran pasar al salón de baile donde se celebraba el almuerzo de gala, al que ya llegaba muy tarde, Effie tuvo que pasar un control de seguridad con su bolso. Por desgracia, habían reclutado a algunos alumnos del Beato Bartolo como encargados de la «seguridad» y del guardarropía, y los supervisaba el doctor Green. Entre ellos, estaban Tabitha y Barnaby.

Effie confiaba de verdad en que podría pasar con su bolso por donde estaba aquel chico anodino al que no había visto nunca. Sin embargo, dio la casualidad de que al chico le entró dolor de barriga, y ella se encontró mostrándole sus más preciadas posesiones a Tabitha.

—Mira esto, Barnaby —susurró la chica del Beato Bartolo con su voz de cristal—. Adminículos sin registrar. Oh... Y una tarjeta de citación extremadamente mágica. No te gustaría perderla, Euphemia, ¿a que no?

—Devuélvemelo todo —dijo Effie con un suspiro.

—Bueno, yo que tú tendría mucho, pero que mucho cuidado —añadió Tabitha, dejando caer con brusquedad todas las preciadas posesiones de Effie en el bolso—. ¡Siguiente!

Effie fue directamente hacia la puerta del gran salón, que seguía en pie desde los tiempos en que en el ayuntamiento hacía las veces de sala de encuentros y celebraciones de la ciudad.

—No tan rápido —dijo una voz que Effie reconoció. Oh, no, el doctor Green.

—Llego tarde, he quedado con mi padre —replicó—. Es uno de los superfans y...

—Has de venir conmigo —exigió el doctor Green, agarrándola con fuerza por un brazo—. Ahora. Tengo entendido que llevas una serie de adminículos sin registrar. Voy a tener que realizar una investigación muy exhaustiva. Por aquí, por favor.

Empujó a Effie al despacho del alcalde, vacío en ese momento porque su ocupante estaba en el gran escenario del salón de baile, listo para anunciar el ganador del gran premio.

—De acuerdo —dijo el doctor Green mientras cerraba la puerta y giraba la gran llave de bronce de la cerradura—. Voy a pedírtelo por última vez. Entrégamelo. De momento, no estoy interesado en los demás adminículos. Puedes quedártelos. Informaré al Gremio y ya decidirán qué hacer con ellos. Y contigo. Pero necesito tu anillo ahora mismo, niña.

—¿Y por qué se empeña en quitármelo? —le preguntó Effie.

El doctor Green suspiró.

—Por lo que me cuentan, tú crees que estás luchando contra los diberi —explicó—. Tú y tus amiguitos. Y me parece todo muy dulce y honorable, pero no tienes ni idea, repito, ni idea, de a qué te enfrentas. Tengo que decomisar ese anillo de inmediato.

—¿Decomisar? —dijo Effie. Como siempre, se había dejado el diccionario en casa. No tenía ni idea de lo que significaba esa palabra. De todos modos, habría contestado lo mismo—: No.

—Pero si estamos del mismo lado, niña, no seas cabezota.

—En ese caso...

—No tengo tiempo de explicártelo, pero necesito tu anillo. Voy a decomisarlo por tu propio bien, y por el bien del universo. ¿Lo entiendes? Seguro que has oído la profecía. Como todo el mundo.

—¿Qué profecía?

—La que afirma que será alguien que lleve el Anillo del Auténtico Héroe quien salve al universo de la destrucción la noche del *Sterran Guandré* —dijo una voz familiar.

Leander. Era como si hubiera aparecido surgido del cuadro de la pared del alcalde, que era más bien feo.

—¡Oh, por el amor de Dios, Quinn! —exclamó el doctor Green—. Os he pedido a todos los bachilleres que no hagáis eso.

—Y yo le he dicho que la deje en paz.

—Sigo órdenes del Gremio de Artífices —repuso el doctor Green—. El anillo queda decomisado.

—No se lo voy a dar —insistió Effie.

—En ese caso, jovencita, serás responsable de la destrucción definitiva del universo. Eso merece algo más que una mera detención, diría yo. —Y empezó a arremangarse—. Ya veo que voy a tener que pelear por él. Y probablemente me veré obligado a matarte. Pero ¿qué importancia tiene la vida de una sola niña comparada con el destino de todo el universo?

—Oh, venga —dijo Leander—. Para empezar, un universo que requiera el sacrificio de una niña para poder sobrevivir no merece ser salvado. Eso ya lo sabe. Pero es que además... Y perdone usted, señor, pero... ¿acaso es usted tan imbécil que no se le ha ocurrido que si es Effie quien lleva el anillo tal vez sea ella quien vaya a salvar al universo de la destrucción? ¿No se le ha ocurrido que, encerrándola aquí para intentar quitarle el anillo, podría ser usted el responsable de todas nuestras muertes? Eso merece algo más que una mera detención, estoy de acuerdo.

Effie se llevó la mano discretamente al collar de oro que llevaba puesto y tocó la espada en miniatura que pendía de él.

—Truelove —susurró Effie.

Fue como si la espada tomara forma en su mano a partir del fulgor de la luz más bella y brillante de aquella sala.

—Repito, no va a quitarme el anillo —insistió Effie.

El doctor Green la miró y la vio con la Espada de Luz en la mano. Guardó silencio. Luego dio un paso atrás. Se bajó las mangas de la camisa. Suspiró.

—Ya puedes guardar esa espada —le dijo—. Pero volveremos a hablar de esto, niña tozuda. Suponiendo que sobrevivamos a esta noche, claro. Y tú... —empezó a decirle a Leander—. Si tu madre no fuera quien es...

—Ah —respondió Leander—. Pero es que resulta que lo es. Vamos, Effie.

Leander tomó a Effie de la mano y la sacó de la sala. Ahora que ya no la necesitaba, la espada se disolvió en la luz con un chisporroteo.

—Bien —dijo el chico cuando llegaron al gran vestíbulo del ayuntamiento—. ¿Y ahora qué?

—¿Qué quieres decir?

—La profecía. Se supone que hoy has de salvar al universo, aunque hasta ahora no te lo había dicho nadie por si eso hacía que la profecía se rompiera, o se anulara, o lo que fuera. Pero, como el estúpido y ridículo Gremio ha decidido que todo tenía que ver con el anillo, y no con la persona que lo lleva... También se suponía que debías morir, por cierto, aunque parece que eso ha cambiado, por suerte. En fin, el caso es que deberíamos ponernos manos a la obra. ¿Adónde vamos?

—Mmm —musitó Effie.

—A lo mejor esto te ayuda —sugirió Leander, sacando el caduceo de su mochila. Parecía como si lo hubiera plegado de alguna manera, tal vez como un telescopio—. Sujétalo conmigo un segundo. A lo mejor vuelve a suceder.

Effie y Leander sujetaron juntos el caduceo unos segundos. La sensación era demasiado fuerte como para prolongarla más. Era como si dentro de la cabeza de Effie se estuvieran lanzando fuegos artificiales. Pero funcionó. Effie pudo juntar todas las pistas que había descubierto hasta que...

—Creo que hemos de empezar por seguirlos.

Señaló hacia la puerta. En el exterior, había una extraña caravana de vehículos: el autobús del Colegio Tusitala con los superfans, la larga limusina de Albion Freake, en la que iba él con toda su corte, y, por alguna razón, un carruaje de caballos en el que Skylurian Midzhar iba sentada con... ¡Raven Wilde! La comitiva arrancaba en ese momento hacia el páramo.

—De acuerdo, pues sigámoslos —dijo Leander—. Tomaré prestado el coche de mi madre. Está aparcado al otro lado. No le importará.

—No me lo puedo creer —susurró Effie mientras se ponían en marcha—. Skylurian Midzhar también tiene a mi amiga. Es peor de lo que creía. Hemos de detenerla.

—¿Sabes qué está haciendo?

—Creo que sí —respondió Effie—. Creo que sé exactamente lo que planea. Tenemos que recoger a mis amigos y luego ir en coche hasta la aldea de Lago del Norte. Puedes dejarme allí con mi amigo Maximilian. Hay dos caballos. Podemos ir a caballo hasta el páramo. Así probablemente llegaremos antes que los demás. Ellos tienen que aparcar y caminar un buen trecho, creo. Tendremos tiempo para prepararnos. Podemos escondernos y...

Effie y Leander encontraron a Maximilian, Lexy y Wolf en el vestíbulo, esperando. Ellos también habían visto la caravana y estaban ansiosos por seguirla, sobre todo porque se habían dado cuenta del peligro que corría Raven.

—¡Ay, no, otra vez no! —exclamó Maximilian con un suspiro cuando Effie le contó el plan de los caballos.

Sin embargo, fue capaz de crear un mapa para que lo siguieran los demás y casi parecía un profesional cuando se puso a ayudar a Effie a ensillar los caballos siguiendo las instrucciones que les daba *Jet* con calma y paciencia.

—Veo que has alcanzado la sabiduría —dijo *Jet*, con su voz grave, cuando Effie montó en él.

—¿Qué quieres decir? —preguntó ella.

—Te perdiste y has vuelto a encontrarte —explicó *Jet*—. En eso consiste la sabiduría. Y ahora, ¿al galope? Creo que tanto mi querida Laurel como mi querida Raven están en peligro.

—El libro —susurró Skylurian Midzhar con grandilocuencia desde lo alto de aquel montículo, cuyo extraño juego de puertas metálicas parecía llevar a algún lugar por debajo del páramo.

En una mano sostenía el último ejemplar de la edición limitada de *Los elegidos*. Con la otra sujetaba, y de vez en cuando balanceaba, lo que parecía una botella de champán llena de un brillante líquido dorado.

—El libro, damas y caballeros, es desde luego un objeto poderoso. Cuando leemos un gran libro no podemos evitar entregarle una parte de nuestra alma. Un libro como *Los elegidos*, adorado por generaciones de lectores, comprado por más de diez millones de personas, contiene un gran poder en sus páginas. Así que... —Hizo una pausa, en busca de un efecto teatral.

A su izquierda, ardía la gran hoguera que ella misma había encendido, a la que los superfans acababan de lanzar sus ejemplares de *Los elegidos*. Orwell Bookend estaba más bien aburrido, pero algunos de los otros gemían de pura ansiedad y se quemaban al intentar recoger unas pocas cenizas de aquel fuego para conservarlas como recuerdo.

—Así que... —repitió Skylurian.

Sacó su varula de marfil y apuntó con ella a Albion Freake. No era una varula de bruja, aunque desde luego lo parecía. En realidad, era una vara de embaucador que Skylurian solía usar como instrumento de destrucción y castigo.

—Así que... ¿Qué os hace creer que yo produciría una edición limitada de un único volumen de un libro tan poderoso, para luego entregársela a este perverso e inculto perdedor, por usar una de sus palabras favoritas...? —Skylurian se rió—. Por supuesto, podría argumentarse que un libro tiene aún más poder cuando su producción ha sido financiada por uno de los hombres más ricos del mundo. Invertir mil millones de libras en la creación de la primera superarma mágica implica dar a dicha superarma, que se alimenta de la emoción, el deseo y la pasión, más poder todavía. Pero... ¿entregarle ese poder a un idiota que ni siquiera sabe leer? ¿Darle esa riqueza mágica a alguien que ni siquiera ha epifanizado? ¡Ja!

—¿De qué demonios está hablando? —preguntó Orwell Bookend a la persona que tenía más cerca, una profesora de matemáticas de la escuela de la señora Joyful, que lagrimeaba en un pañuelo por la pérdida de su libro favorito. La mujer no contestó.

Por encima de sus cabezas, el *Sterran Guandré* se estaba convirtiendo en un gran remolino de luz y tonos puros a medida que una ráfaga tras otra de rocas milenarias atravesaban el cielo y explosionaban. Podían verse todas las gamas de colores que uno pueda imaginarse, y hasta alguna imposible de imaginar. Algunos de los colores más raros no se habían visto desde el amanecer de los tiempos, y otros no solían verse en esa dimensión. Era tan impresionante que la aurora boreal, todavía exiliada en el Altermundo, se movió un poco desde el Polo Norte para verlo mejor. Desentonaba muchísimo con el *Sterran Guandré*, pero no le importó. Pronto el cielo se convirtió en un revoltijo desenfrenado, gigantesco y extravagante de visiones y sonidos que nadie había presenciado ni oído jamás.

Fuera como fuese, algo tenía la interpretación de Skylurian para que todos los ojos permanecieran clavados en ella. Bebió otro trago de su botella de líquido dorado.

—En fin, Albion, querido, pobrecita criatura ignorante: tus mil millones de libras han ido a parar a la gatera del pueblo. ¿Por qué? Porque yo no los necesito. Además, cuando haya acabado con este universo ya no harán falta gateras. Tómatelo como un chistecito particular.

Nadie se rió.

—Así que ahora voy a contaros a todos lo que tengo planeado. Por supuesto, estoy en contra de esos ridículos discursos que dan los villanos, y que sólo sirven para que los «buenos» tengan una oportunidad de preparar sus armas y atacar. Pero estoy bastante segura de que tengo ante mí a todos mis enemigos, y no me dan miedo. Además, a medida que se habla de él, mi plan se vuelve más y más poderoso, así que...

—Ojalá se dé prisa —dijo Orwell, con un bostezo—. Todavía no he podido ni empezar el crucigrama de hoy.

—He creado una cámara sellada —dijo Skylurian, señalando hacia las puertas metálicas del montículo—. Aquí, en el páramo, hay muchas grietas en el tejido que separa este mundo del Altermundo. Aquí siempre es muy fino, y mucho más esta noche. Y en breve viajaré no sólo al otro lado, sino lejos, mucho más allá de sus orillas más cercanas, hasta un pueblo llamado Valle del Dragón, desde donde tengo la intención de controlar todo el universo. Como combustible para mi ataque necesitaré varias cosas. Ya tengo esta última edición del libro más popular que se ha publicado en los dos últimos siglos. Cuando cierre las puertas de esa cámara, que, por cierto, una vez cerradas jamás podrán volver a abrirse, porque la combinación es un número primo que aún no ha descubierto nadie... Cuando las cierre, me quedaré en su interior con este libro cuyo poder voy a consumir, y con esta niña llena de pureza, cuya sangre beberé y...

Un momento. ¿Beberse la sangre de una niña pura? De pronto, el asunto se volvía interesante. A Orwell Bookend nunca le habían llamado demasiado la atención los largos discursos sobre el poder de los libros, pero... ¿sacrificar a una niña pura? Bueno, eso sí que ya era mucho más digno de atención.

En respuesta a una especie de inclinación de cabeza de Skylurian, Terrence Deer-Hart sacó a Raven de donde la había escondido, detrás de un pequeño muro de piedra seca, y la llevó hasta lo alto del montículo. Pobre Raven, daba la impresión de que se esforzaba por ser valiente, pero todos la vieron temblar. Llevaba las manos atadas con una cuerda, y tenía las muñecas rojas de tanto forcejear para escaparse.

Wolf y Lexy se habían escondido en una antigua granja, justo detrás de la hoguera. Laurel Wilde, a quien Effie y Maximilian ya habían rescatado, estaba agachada con ellos detrás de un árbol. Todos esperaban las órdenes de Effie y Wolf. Sin embargo, la visión de su hija maniatada y lista para el sacrificio era más de lo que Laurel Wilde podía soportar. Se abalanzó hacia Skylurian Midzhar, sin saber muy bien qué iba a hacer.

—¡Suelta ya a mi hija! —gritó—. ¡Tómame a mí en su lugar!

—¡Ja! —se mofó Skylurian—. Vaya, vaya. Qué bien. Yo quería que la autora participara de algún modo. Siempre hay que contar con que los autores lleguen tarde a su propia presentación y empiecen a decir cosas bochornosas, pero cuando se trata de promocionar una publicación suponen un activo extrañamente valioso. Su muerte, a mi parecer, es lo que más valor añadirá al libro. Me sorprende que los editores no utilicen esa técnica más a menudo.

Skylurian alzó su varula de marfil para destruir a Laurel Wilde. Terrence Deer-Hart contemplaba la escena con cierto placer. Ojalá Skylurian destruyera a todos los autores que publicaba, así él sería el único y entonces...

—¡Repudio ese libro! —exclamó Laurel Wilde a toda prisa—. ¡Ja! Eso no te lo esperabas, ¿verdad, arpía? Puede que creas que no sé de magia, que no he hecho más que inventar historias simplonas sobre ella. Pero sí la entiendo, mucho. Si repudio ese libro y te digo que me parece penoso y pueril, que la trama es pésima y el estilo es horroroso, entonces su poder se dividirá por dos, o incluso por cuatro, y...

—Si eso fuera cierto, ¿crees que te permitiría seguir hablando? —preguntó Skylurian—. No. En Ediciones Cerilla siempre hemos suscrito la teoría de la Muerte del Autor. Adiós, querida Laurel, la verdad es que has sido un gran activo. —Alzó aún más su varula.

—Y yo que creía que éramos amigas... —dijo Laurel.

Cerró los ojos y esperó a que la atacara.

28

En los instantes que siguieron, ocurrieron unas cuantas cosas muy deprisa. En primer lugar, Albion Freake, que parecía haber necesitado un buen rato para entender la situación en que se encontraba y la información que recibía, ordenó a uno de sus hombres que agarrase a Raven. Éste obedeció, aprovechando que Skylurian tenía la atención puesta en Laurel Wilde. De modo que, en ese sentido, el intento de Laurel por salvar a su hija había dado resultado. Cuando Skylurian se volvió para ver quién intentaba llevarse a Raven, Effie le lanzó a Wolf su espada, en su forma inocua de abrecartas. En cuanto el adminículo aumentó hasta su tamaño real —proceso que duraba menos de un segundo desde que él lo tocaba—, Wolf saltó delante de Laurel y alzó la Espada de Orphennyus para golpear a Skylurian.

—Ah, qué niño más, ¡ay!, tonto —dijo ella justo cuando el filo atravesaba su cuerpo—. No voy a fingir que no duele, pero no tienes la fuerza suficiente para derrotarme. Esa espada sólo funciona con capital M y, francamente, tendrías que golpearme miles de millones de veces para arrebatarme el inmenso poder que tengo. Probablemente, ¡ay!, se acabaría antes el universo. Así que sigue haciéndome cosquillas con tu espadita si te apetece. O quizá será mejor que yo haga esto...

Skylurian alzó la varula de marfil y atacó a Wolf. El chico cayó al suelo, aturdido. Lexy se acercó corriendo hasta él de inmediato con un tónico. Mientras tanto, Effie y Maximilian estaban intentando salvar a Raven. Effie no podía usar su Espada de Luz contra ninguno de los hombres de Albion Freake porque no eran mágicos. En cambio, Maximilian sí pudo meterse en la mente del hombre que había agarrado a Raven y convencerlo de que la soltara. Dentro de esa mente se encontró con una maga espía, llamada Frankincense, que le echó una mano. «Volveremos a encontrarnos», le dijo en tono misterioso.

Mientras ocurría todo esto, el *Sterran Guandré* ardía con fiereza en lo alto. Los dos mundos estaban cada vez más cerca. Se han escrito grandes cosas acerca del *Sterran Guandré*, muchas, esa noche especial que ocurre cada seis años, cuando aquellos que aún no han vivido su epifanía pueden pasar al Altermundo (a veces, para no volver jamás), mientras que los monstruos del Altermundo pueden refugiarse en el nuestro sin impedimento alguno por parte de los agentes y su estúpido papeleo. En ese momento, se estaban produciendo muchos de esos intercambios: justo cuando un psicogeógrafo empeñado en descubrir «la naturaleza» desapareció de un sendero de montaña para aparecer en el otro reino, tres vampiros, un barco fantasma y una gallineta común poseída por el espíritu de un poeta se escabulleron hacia el nuestro.

Sin embargo, también había que tener en cuenta el Inframundo. En el Altermundo, la gente convive con sus demonios, se encara con ellos, se pelea con ellos y, en algunos casos, consigue vivir en paz con ellos. En el Veromundo, en cambio, echamos a empujones a nuestros demonios, fuera de la vista, debajo de todo, a un Inframundo en el que tienen su reino, oscuro y horrible. A veces encuentran el camino de vuelta al Veromundo, pero nunca regresan con tanto poder como en la noche del *Sterran Guandré*.

Y Albion Freake tenía muchos demonios.

Mientras todas aquellas batallas se desarrollaban a su alrededor, la Tierra empezó a moverse bajo sus pies. Sabía que debía matar a aquella mujer ridícula que le había robado su dinero. ¡Quería su maldito libro! ¿Y por qué lo miraba su novia de esa forma? Tenía que hacer algo con ella. Y además, quería largarse de aquel lugar tan inmenso, húmedo, frío y enloquecido, lleno de extraños ululatos, gemidos y llamadas, y con todas aquellas malditas luces en el cielo.

La Tierra volvió a moverse bajo sus pies.

Casi todas las personas tienen al menos un par de demonios alojados en el Inframundo. Algo de lo que se avergüenzan. Alguien a quien han hecho daño. Pero Albion Freake había ordenado personalmente la muerte de al menos un centenar de personas, y había invertido en armas que habían matado a otros miles. Cuando se abrió la Tierra y empezaron a salir sus demonios con los colmillos a la vista, ni siquiera intentó correr. Todos los presentes apartaron la mirada cuando vieron que se le echaban encima para descuartizarlo. Todos, claro, menos la profesora de matemáticas de la Escuela de la señora Joyful, que descubrió que más bien le gustaba ser testigo de cómo se comían viva a la gente mala. La sangre que salpicó la modesta faldita que llevaba puesta compensó en buena medida el libro que había perdido. Era algo que podría contar a sus nietos.

Terrence Deer-Hart también disfrutó bastante contemplando el principio de la derrota de Albion Freake, pero era demasiado remilgado para quedarse mirando aquella escena mucho rato. En cualquier caso, le encantaba que sus principales rivales —tanto en el amor como en la escritura— se estuvieran llevando por fin su merecido. Aun así, no tenía del todo claro cuál era su papel en lo referente a la cámara sellada. Daba por hecho que Skylurian simplemente iría a buscarlo cuando llegara el momento de convertirse en el consorte de la reina de la destrucción o comoquiera que se llamara. Pero algo lo inquietaba. Y encima, cuando intentó recuperar a Raven de manos de los hombres de Albion Freake, uno de ellos ¡lo apuntó con una maldita pistola! Así que echó a correr y se escondió.

Entretanto, la red cósmica escogió ese momento para lanzar su propio ataque. La noticia de que alguien había tomado como prisionera a Raven Wilde, gran amiga de todas las criaturas vivas, había corrido como la pólvora del páramo a la ciudad y de vuelta al páramo. Al principio llegaron despacio, liderados por el valiente y leal petirrojo del jardín de Raven. Aparecieron sus tres queridas tarántulas, que viajaban a salvo en el lomo de una pequeña lechuza. Llegaron los ratones de campo, las musarañas y las ratas, los mirlos, las alondras, los erizos. Se presentaron los conejos, los zorros y los gatos monteses. En apenas un instante, los hombres de Albion Freake se vieron atacados por una gran nube de animales. Los conejos mordisqueaban, las tarántulas picaban, las lechuzas clavaban las garras. Los hombres se vieron empujados enseguida hacia su limusina y ya nunca regresaron.

Un conejo royó con facilidad las cuerdas que mantenían atadas las muñecas de Raven. Las criaturas no pudieron ni acercarse a Skylurian Midzhar, por supuesto, pero lo más importante era que habían liberado a su amiga bruja. Más adelante, cuando el cuerpo de Skylurian se pudriera, como tarde o temprano les ocurre a todos, ya disfrutarían con sus restos.

El caos se apoderó del páramo durante unos cuantos minutos. Pero cuando el caos empezó a calmarse, algo quedó terriblemente claro.

Skylurian había tomado un rehén, y la varula había cambiado de forma para convertirse en una afilada daga que sostenía junto a su cuello.

—So... socorro —dijo el hombre, con un hilo de voz—. Que alguien me ayude, por favor.

Effie alzó la mirada. Era su padre.

Skylurian había atrapado a Orwell.

¿Por qué, entre toda aquella gente, tenía que escoger a Orwell Bookend? A esas alturas, habían aparecido por el páramo muchos miembros del Gremio, junto con el alcalde, el anciano director del Colegio Tusitala para Dotados, Problemáticos y Raros, el doctor Green, la profesora Beathag Hide, el profesor y la profesora Quinn y unos cuantos dignatarios y famosos más. Hasta Tabitha y Barnaby se habían presentado en medio de la oscuridad. Nadie podía ver a Leander, pero también estaba allí, observándolo todo.

—Tabitha Quinn —dijo Skylurian Midzhar—. Por fin. Ve y tráeme la tarjeta de citación, anda, sé buena.

—Por supuesto —contestó Tabitha, con una sonrisilla de satisfacción, y se acercó a Effie.

—Dámela —exigió, tendiendo la pálida palma de su fina mano.

—¿Qué quieres que te dé? —preguntó Effie.

—La tarjeta de citación —respondió Tabitha—. La que te lleva al Valle del Dragón. La he visto antes en tu bolso. Será mejor que me la des.

—No —dijo Effie.

—¡No quiere dármela! —dijo Tabitha.

—Bueno, entonces tendré que matar a su padre —respondió Skylurian—. Creo que lo haré despacio. O tal vez me lo lleve conmigo a la cámara, ahora que por lo visto alguien ha rescatado a la que, en principio, tenía que servirme de sacrificio humano.

Skylurian Midzhar hirió superficialmente el cuello de Orwell Bookend con su afilada daga. Un fino hilillo de sangre empezó a abrirse camino hacia el cuello de la camisa. Era su mejor camisa, y se la había puesto ese día porque iba a ganar un gran premio.

Effie miró a Skylurian.

—Suelta a mi padre —dijo—. Y te daré mi tarjeta de citación.

—No se la des, Effie —intervino Lexy—. Es un farol.

—Si suelto a tu padre, ¿juras que me darás la tarjeta? —preguntó Skylurian.

—Sí —contestó Effie.

—¿Sabes que no puedes incumplir tu palabra porque eres una auténtica heroína?

—Sí. Suéltalo ya.

Skylurian apartó lentamente la daga del cuello de Orwell Bookend. El hombre se apartó a trompicones, enjugándose el sudor de la frente y la sangre del cuello.

Effie sacó la tarjeta del bolso y se la entregó a Tabitha.

—Ya te dije que me vengaría —susurró la alumna del Beato Bartolo.

—Ya, bueno, pero ésta no era la mejor forma de hacerlo —replicó Effie.

Skylurian tomó la tarjeta de manos de Tabitha. Todo quedó quieto, en silencio. Entonces apretó un botón de un pequeño mando a distancia que llevaba colgado del cuello. Las puertas de metal se abrieron y emergió una plataforma. Skylurian subió a la plataforma con el último ejemplar de *Los elegidos* en una mano y la valiosa tarjeta de citación de Effie en la otra. La plataforma volvió a descender, y Skylurian Midzhar desapareció poco a poco bajo tierra.

Las puertas metálicas se cerraron con un último golpe sordo. Ella quedaría encerrada en el interior de la cámara para la eternidad. Aunque iba a usar la tarjeta, claro, y el poder obtenido en su condición de Última Lectora de *Los elegidos* para atacar el Valle del Dragón, la Casa Truelove y, presumiblemente, la Gran Biblioteca. Desde allí podría ir a donde quisiera, hacer lo que le diera la gana. Ése era el plan. Y el último ejemplar de *Los elegidos* se pudriría antes de que alguien más pudiera leerlo.

Effie aún no acababa de entender exactamente qué querían los diberi de la Gran Biblioteca y cómo podía servirles para controlar el universo. Aunque, cuando ella estuvo allí, había percibido el poder que tenía.

—Madre mía... —susurró Lexy.

—¡Qué estúpida, qué niña tan estúpida! —exclamó el doctor Green, acercándose a Effie a grandes zancadas y señalándola con un dedo huesudo—. ¿Tienes idea de lo que acabas de hacer?

Wolf fulminó al doctor Green con la mirada.

—Déjala en paz —le dijo.

—Lo siento —se disculpó Maximilian ante Effie—. He intentado meterme en su mente, pero me ha bloqueado. Era demasiado poderosa. Yo creía que podría salvar a tu padre sin que tuvieras que entregarle la tarjeta.

Wolf negó con la cabeza.

—Te hemos fallado —dijo—. Lo siento. Tendría que haber probado otra estrategia. Tendría que...

—No me habéis fallado —lo cortó Effie, con un leve temblor en la voz. Luego miró al doctor Green—. ¿Quiere saber lo que he hecho? Bueno, no he sido sólo yo, lo he hecho con mis amigos. Acabamos de salvar el universo. Tampoco es que esperemos ningún agradecimiento, claro.

—No seas ridícula —dijo el doctor Green.

—Pero ¿cómo...? —preguntó el alcalde, acercándose.

—No haga caso a estos estúpidos niños —dijo el doctor Green—. Ya les daremos su merecido. Esto podría ser el fin de todo. Skylurian Midzhar se ha encerrado ahí dentro con el último ejemplar de *Los elegidos* y...

—Han contado mal los libros —lo interrumpió Effie—. Ése no es el último ejemplar del libro que queda en el universo. Hay otro.

—¡Ah! —exclamó Raven—. Claro. Habrán contado dos veces uno de los libros: el que te di en casa y el que ha entregado tu padre. Ése en realidad no era uno de los diez últimos porque ya lo habían tachado de la lista.

—¿Qué? —preguntó el doctor Green—. ¿Estáis diciendo que se ha encerrado ahí dentro con un ejemplar del libro que no es el último?

—Eso es —confirmó Effie—. No tiene ningún poder.

—Pero... —objetó el doctor Green—. Pero...

La profesora Beathag Hide se acercó a ellos. Estaba claro que lo había oído todo.

—¿No piensa pedirle perdón a la niña? —preguntó al doctor Green.

Pero éste se limitó a dar media vuelta y marcharse de allí.

—Entonces ¿dónde está el ejemplar que queda de *Los elegidos*? —preguntó Maximilian cuando casi todos los adultos ya se habían ido.

Iba a regresar a lomos de *Eco*, mientras que Laurel Wilde lo haría montando a *Jet*. Raven volvería con su escoba. La profesora Beathag Hide se llevaría a Lexy y a los superfans de vuelta a casa en el autobús escolar. Cait iría a recoger a Orwell y Effie. Leander se había ido a casa con el coche de su madre, con su hermana Tabitha enfurruñada en el asiento trasero. Sabía que le iba a caer un buen castigo. Nadie oyó a Terrence Deer-Hart sollozar por su amor perdido, incapaz de salir de su escondite. A él nadie lo recogería. Pero ya llegaría el momento de su venganza. Todavía no sabía muy bien cómo, pero aquella niña y sus amigos iban a sufrir por lo que habían hecho.

—Está en la Gran Biblioteca de la Casa Truelove —dijo Effie—. Está allí desde el último *Sterran Guandré*. Y creo que quien salvó el universo no fui yo. Creo que fue mi madre.

—Pero, tu adminículo... —dijo Raven—. La tarjeta. Se ha perdido para siempre.

Effie se encogió de hombros.

—El universo está a salvo. Eso es lo que importa.

Supongo que ya no me darán mis mil libras, ¿no? —dijo Orwell Bookend, de camino a casa.

—No —contestó Effie—, probablemente no.

—Gracias —añadió Orwell tras una larga pausa.

—¿Perdón? —Effie no estaba segura de que su padre le hubiera dado jamás las gracias por algo.

—Gracias por salvarme la vida —repitió él, incómodo—. Sé que has tenido que renunciar a algo muy importante para conseguirlo. No lo olvidaré.

—Está bien, papá —contestó Effie—. Gracias por decirlo.

—¿No se puede reemplazar de algún modo? —preguntó su padre tras otra pausa.

—¿Reemplazar el qué?

—La tarjetita esa.

Effie suspiró y movió la cabeza.

—No —dijo—. No se puede, papá.

El sábado fue un día un tanto extraño, sombrío y antipáti-co, como si después de la emoción del *Sterran Guandré* el cosmos entero tuviera una resaca gigantesca. Effie intentó ponerse al día con los deberes y convencerse de que era una niña normal que no visitaba el Altermundo. Claro que de normal no tenía nada. Había pasado su epifanía, y era una intérprete y una auténtica heroína con una gran cantidad de fuerza vital y toda la documentación necesaria para via-jar al Altermundo. Así que podía ir cuando quisiera.

Bueno, podía en teoría, al menos hasta que el Gremio se presentara en su casa y le quitara los papeles y le prohibie-ra practicar la magia. Pero tampoco le importaba, porque sabía que ya no volvería a ver a sus primos. Los había sal-vado y había protegido también a la Gran Biblioteca, pero al hacerlo se había visto obligada a sacrificar la posibilidad de regresar alguna vez al Valle del Dragón. Había merecido la pena, aunque ahora se sentía vacía y triste. Nada tan grave como el Anhelo, por supuesto. Pero no dejaba de ser horrible. Effie contaba con toda su fuerza vital, aunque ya no tenía nada que hacer con ella. Ni siquiera deseaba ir al mercado de los Confines.

Eran casi las tres cuando sonó el timbre de la entrada. Luego llamaron a la puerta de su cuarto.

—Tienes visita —dijo Orwell Bookend.

Effie se preguntó cuál de sus amigos sería. La verdad es que no estaba de humor para visitas. Se preguntó si podría deshacerse de quien fuera lo más rápido posible. Pero en ese momento entró en su habitación un hombre alto. ¡Pelham Longfellow!

—Te estábamos esperando en el Altermundo —dijo—. Allí todos saben lo que has hecho.

—Yo no he hecho nada —contestó Effie—. Skylurian cometió un error. Yo podría incluso no haber estado allí.

—No es verdad—objetó Pelham—. Salvaste a tu ami-ga. Salvaste a la madre de tu amiga. Salvaste a los diez superfans que Skylurian pretendía sacrificar antes de su descenso.

—Supongo.

—Y sabías lo del libro. ¿Cuándo lo entendiste?

—Hace un tiempo. Supongo que fue cuando me di cuenta de cuál era su plan. Supe que no podía funcionar por el libro que yo me había llevado de casa de Raven. Yo había visto todas aquellas hojas con sus columnas de números. Sólo al cabo de un tiempo me di cuenta de que el último ejemplar de *Los elegidos* estaba en la Gran Biblioteca, a salvo, donde lo había dejado mi madre.

—Y así salvaste a tu padre y dejaste que Skylurian se encerrara en una cámara sellada para morirse de hambre.

—Lo sentí un poco por ella —dijo Effie.

—Ya, bueno. Se lo había ganado. ¿Cómo supiste que el plan era suyo, y no de Albion Freake?

—Mi amigo descubrió que Albion Freake no sabía leer. Es bastante difícil ser un Último Lector si no eres capaz de leer un libro. A partir de ahí, fuimos averiguando el resto.

—Brillante —opinó Pelham—. Bien hecho.

—¿Seguro que no puede escapar de esa cámara? —preguntó Effie.

Pelham se encogió de hombros.

—Necesitaba que fuera totalmente estanca para que nadie pudiera descubrir nunca el libro y volver a leerlo, al menos durante el tiempo que el libro tardara en descomponerse. Tenía que estar absolutamente segura de que sería la Última Lectora, así que yo diría que se ha quedado allí atrapada. Como no es una maga, no puede bajar al Inframundo. Y no creo que tenga ningún acceso directo al Altermundo. En cualquier caso, es una mercenaria, debieron de echarla hace mucho.

—Ah.

—Lo hiciste muy bien anoche, Effie. Cualquier otro desenlace hubiera implicado la muerte de Laurel y Raven, y a saber si también la tuya. Y encima Skylurian habría quedado libre y lista para planificar otra trama terrible. Esa fábrica suya...

—Descubrí lo que fabrica en ella, por cierto —dijo Effie, y, tan deprisa como pudo, le contó a Pelham lo que habían descubierto sobre la señorita Dora Wright y las cápsulas—. Pero creo que, en última instancia, todo formaba parte del plan para obtener más energía con la que llevar a cabo su ataque al Altermundo.

—Y gracias a ti eso ya no puede ocurrir.

—¿Cómo sabes tanto de lo que ocurrió anoche?

—Ah, la gente habla. Y yo me muevo por ahí. Resulta que no había ningún plan de los diberi para colarse en el Altermundo durante este *Sterran Guandré*, aparte del de Skylurian. Creo que los diberi de Europa están planeando algo a lo grande, pero aún no sé en qué consiste. En fin, en cualquier caso resulta que anoche nos prestaste un gran servicio. Y queremos agradecértelo. Estamos preparándote una gran fiesta en el Altermundo, así que todo el mundo quiere saber cuándo vas a ir.

Effie suspiró.

—Nunca —dijo con tristeza—. Pero diles a todos que los quiero.

—¿Cómo que no vas a ir nunca? —preguntó Pelham.

—He perdido la tarjeta —contestó Effie, con los ojos llenos de lágrimas—. Tuve que sacrificarla para que Skylurian soltara a mi padre y se encerrase en la cámara. Está ahí abajo, con ella.

—¿Sabías que no puede usarla?

Effie asintió.

—Lo sospechaba. Pero da lo mismo, nunca podré recuperarla.

—Sigo sin entender cuál es el problema —insistió Pelham—. No necesitas la tarjeta para ir al Altermundo. ¿Creías que sí? Ay, niña, qué ingenua. La tarjeta sólo es un símbolo de que dispones del adminículo, pero el verdadero adminículo está dentro de ti. Vamos, ¿acaso crees que nos importas tan poco como para permitir que nuestro contacto contigo dependa de un trocito de cartón? —Negó con la cabeza—. Mira, aquí son las tres de la tarde. ¿Qué te parece si me acompañas a la Casa Truelove a pasar una semana de celebraciones? Podrás estar de vuelta a la hora de la cena.

—Pero...

—Tú sígueme —ordenó—. ¿Normalmente por dónde pasas?

—Hay un seto cerca, a cinco minutos a pie.

—Bien. Pues vamos allá.

29

—O sea, ¿que no necesitaba la tarjeta para nada? —preguntó Effie a Pelham mientras caminaban por la calle.

—Es probable que el primer par de veces sí. Pero la energía se transfiere a ti. Es difícil de explicar.

—Entonces ¿puedo ir a la Casa Truelove siempre que quiera, desde cualquier sitio?

—Bueno, hay que practicar —dijo Pelham—. De momento, yo me contentaría con viajar a través de la huella que ya has dejado entre las dimensiones. Y cuando volvamos te daremos una tarjeta nueva. Sólo para estar seguros. Viajar con una tarjeta es como montar un caballo ensillado. Lo que vamos a hacer ahora es más bien como montar a pelo. Pero debería funcionar. Bueno, ¿has dicho que había un seto...?

Effie y Pelham caminaron bajo el frío atardecer hasta que llegaron al viejo parque del pueblo, junto a la taberna El Cerdo Negro.

—Vale —dijo Pelham—. Quiero que te concentres y hagas exactamente lo mismo que harías si tuvieras la tarjeta.

—Pues la miraría y...

—Bueno, pues mira al espacio que ocuparía la tarjeta —le explicó Pelham—. Y entra en estado meditativo.

—De acuerdo —contestó Effie.

—¿Lista?

—Sí.

El Altermundo estaba lleno de luz y calidez como siempre. Effie cruzó las puertas de la Casa Truelove y los jardines con Pelham Longfellow a su lado. Las abejas zumbaban, los pájaros cantaban, las mariposas revoloteaban por ahí. Effie percibía el olor de las flores que la rodeaban.

—¿Lo ves? —le dijo Pelham.

—Gracias —respondió ella, sonriendo—. No sé ni cómo expresar lo feliz que me hace haber vuelto. Creía que no podría regresar nunca.

—Si creías eso, tu sacrificio fue grande de verdad —concluyó Pelham—. En fin, vamos... Creo que están todos esperándonos.

Effie siguió a Pelham Longfellow por las puertas del gran porche acristalado. Dentro el aire era dulce y húmedo. Clothilde estaba allí regando las plantas, obviamente esperando su llegada. Cuando vio a Effie, dejó la regadera de inmediato, sonrió y aplaudió.

Entonces, mientras Pelham subía a la planta superior a buscar algo, Clothilde tomó a Effie de la mano y la acompañó por la casa hasta la amplia sala de estar. Las grandes y delicadas cortinas se inflaban con la brisa que entraba por los ventanales. Effie vio un montón de regalos en la mesa, todos envueltos con papel de plata y oro y atados con cintas turquesa. ¿Alguien cumplía años?

—Cosmo quiere verte —dijo Clothilde—. Y luego haremos un pícnic en el césped. Mañana, Pelham te llevará a Villarrana para que te den la marca de la guardiana y pases consulta, y para que compres todos los libros y otros artículos que vayas a necesitar mientras estés aquí. Y luego celebraremos una gran fiesta. —Sonrió y se apartó un mechón de pelo de los ojos—. Ah, qué bien lo vamos a pasar —añadió—. Y uno de estos días Rollo me sustituirá en la biblioteca para que pueda llevarte a comprar ropa. ¡Será perfecto! Ni te lo figuras. —Se mordió un labio—. Cuánto lamento que estuvieras a punto de morir por nosotros.

Y pasaste el Anhelo... —Clothilde le tocó un brazo—. No me puedo imaginar cómo habrá sido eso. En fin, el caso es que ahora estás aquí.

Mientras iba hablando, Clothilde había hecho pasar a Effie por los grandes ventanales para salir al jardín, donde habían preparado una alfombra para la merienda que acompañaría el té de la tarde. Luego habían bajado por un estrecho sendero que llevaba a un cenador.

—Ahí está —dijo Clothilde—. Será mejor que te deje con él y vaya a ver cómo lo lleva Bertie con el té.

Effie llamó a la puerta. Cuando oyó que la amable voz de Cosmo la invitaba a entrar, estuvo a punto de romper a llorar, aunque no estaba segura de por qué.

—Ay, niña —dijo al verla—, cómo me alegro de verte recuperada. La última vez que estuviste aquí... En fin. —Movió la cabeza con tristeza—. Siéntate. Cuéntamelo todo. Eso si no estás demasiado cansada. Podemos tomarnos un té antes, si te apetece.

Pero Effie quería contárselo todo y así lo hizo.

—Hiciste un gran sacrificio por nosotros —dijo Cosmo—. ¿Por qué?

—Porque sois mi familia —contestó Effie—. Y porque...

—Sigue.

—Bueno, éste es el lugar más agradable y bonito que he visto en mi vida. Creo que hay que protegerlo. A nadie se le debería permitir destruirlo o usarlo con fines malvados. Si para protegerlo tuviera que renunciar a volver aquí, ésa sería mi elección. O sea, es la elección que creía haber tomado.

—Aquí siempre podrás venir, niña —dijo entonces Cosmo—. Pase lo que pase.

—Salvo que vuelva a quedarme sin fuerza vital —apuntó Effie.

—Sí, claro, eso también cuenta —asintió Cosmo con un suspiro—. Pero ahora eres amiga de un mago capaz de viajar al Inframundo y de conseguirte agua de las profundidades del pozo. Eso es algo que ninguno de nosotros había tenido antes. Una auténtica bendición.

—Sí —convino Effie—. Es un amigo muy especial.

—Y estoy seguro de que no volverás a entrar en la biblioteca hasta que hayas aprendido cómo hacerlo sin correr riesgos.

—No. No entraré. Lo prometo.

—No fue culpa tuya —concedió Cosmo—. Te llevó el libro.

—Cosmo —dijo Effie—, ¿qué es la Gran Biblioteca? Ya sé que es muy importante, pero sigo sin entender qué hace. ¿Y por qué cada uno la ve a su manera?

—Excelente pregunta. Sabes llegar al corazón de las cosas, ¿eh? Experimentamos la Gran Biblioteca de maneras distintas porque existe en otra dimensión más elevada. Nosotros sólo vemos en tres dimensiones, de modo que cualquier cosa más complicada que eso tiene que plegarse, por así decirlo, para encajar en nuestra conciencia y adoptar formas que podamos comprender. De una biblioteca multidimensional, tu mente tiene que sacar algo en tres dimensiones para poder entenderlo. —Cosmo se acarició la barba—. Mmm, es extremadamente difícil de explicar.

—Creo que lo entiendo, más o menos —contestó Effie—. ¿Y qué importancia tienen esos libros? O sea, ¿qué hace la biblioteca?

—¿Tú qué crees que hace?

Effie dijo que no con la cabeza.

—No lo sé. Tiene algo que ver con la realidad... Pero no sé qué es.

—Excelente —dijo Cosmo—. Pero ¿qué te ha hecho llegar a esa conclusión?

—Sólo es una sensación —respondió Effie—. Y supongo que si todo el mundo quiere invadirla...

—Tienes buena intuición, niña. Por eso voy a explicártelo de la manera más simple que pueda, aunque a las personas normales les cuesta muchísimo entenderlo. La Gran Biblioteca contiene el plano original de todo el universo. La gente de tu mundo a veces se refiere a él como el «código fuente», aunque no es en ningún modo digital. Es mucho más fundamental y antiguo que eso. Cada libro de la biblioteca controla algunos aspectos de la realidad. La sección F04 tiene que ver con el Big Bang, por ejemplo. La sección B03 es de teoría musical. Los números que van del G20 al G29 tratan de física cuántica. Y G18 y G19 son sobre la relatividad. Tenemos diccionarios de todos los idiomas que se han hablado en algún momento. Es muy importante que nadie perturbe estos libros. Los cuidamos, los leemos, los mantenemos... Les dedicamos todo nuestro tiempo. Cuidar la Gran Biblioteca es uno de los trabajos más importantes del universo.

—¿Por qué los leéis? —preguntó Effie.

—Los libros necesitan ser leídos. Éstos especialmente. Y nunca jamás deben ser objeto de una Última Lectura, al menos durante el transcurso normal del universo. Concederían demasiado poder a su lector. Una de las tareas de los Truelove es seguir leyendo los libros, siglo tras siglo. También los mantenemos en orden y...

—¿De dónde salen los libros nuevos?

—De tu mundo o del nuestro. Si se descubre algo importante, como la teoría de la relatividad de Einstein, por ejemplo, y una cantidad suficiente de gente cree que es cierto, entonces el libro entra en la biblioteca y pasa a formar parte del código fuente de la existencia. Conseguir la entrada de un libro es un proceso muy complejo, y así debe seguir siendo. Pero todavía estamos creando el universo, y eso lo reflejan los libros. En nuestro mundo, los archimagos como yo tenemos que hacer una investigación archimágica cada diez mil lunas, más o menos. Redondeando, cada treinta años. Si durante la investigación encontramos nuevos conocimientos, podemos presentar una solicitud para que se encuadernen y se conserven en la Gran Biblioteca. Aunque eso sólo ocurre muy de vez en cuando.

—¿Y un libro puede ir a parar a la biblioteca por accidente?

—Ah, no, niña, claro que no.

Cosmo frunció el ceño y negó con la cabeza.

—Pero *Los elegidos* está ahí. Lo llevó mi madre. ¿Lo hizo queriendo?

Se produjo una larga pausa, como si Cosmo no hubiese oído bien a Effie decir que el libro estaba allí, o no quisiera oírlo.

—Bueno, esa pregunta es difícil de contestar —dijo al fin, con el ceño fruncido—. Debes de estar cansada y ya hemos hablado mucho. —Se levantó—. Es la hora del té. Y antes... ¡los regalos!

—¿Alguien cumple años?

Cosmo soltó una risilla.

—Bueno, podríamos decirlo así. Nos hemos enterado de que, además de heroína auténtica, también eres intérprete. Es un arte muy valioso. Así que hemos ido todos de compras y tenemos algunos regalos para ti. Ven.

Effie siguió a Cosmo de vuelta hacia la casa. Allí, esperando junto a la mesa, estaban Clothilde, Pelham, Rollo y Bertie. Todos le sonreían. El montón de regalos parecía enorme, más grande incluso que antes.

—Bueno —dijo Clothilde—, ¿es que no vas a abrirlos?

—No puede ser que sean todos para mí —le contestó Effie.

—Lo son —señaló Pelham— . Venga. Manos a la obra. Quiero mi té y mis pastelitos. Bertie ha hecho profiteroles. —Sonrió y le pasó el primer paquete a Effie—. Éste es el mío.

Effie cogió la cajita de plata y soltó con cuidado la cinta turquesa. Dentro había un bonito reloj de plata con dos esferas de cuarzo rosa.

—Así podrás saber siempre qué hora es en el Veromundo y en el Altermundo al mismo tiempo —explicó Pelham—. Yo también lo tengo. No tiene precio.

—Gracias —dijo Effie, y se lo puso.

El siguiente regalo era una llave de latón con una cinta de un rojo suave.

—Es para la Gran Biblioteca —señaló Cosmo—. Aunque te formaremos adecuadamente antes de que vuelvas a entrar.

Effie abrió otro paquete y se encontró con una caja grande de chocolatinas de cuatroflores del Altermundo, lo que más le gustaba comer del universo. En otra caja, la de Clothilde, había un bonito mono de seda por estrenar envuelto en papel turquesa. Era de un malva oscuro con estrellas doradas. Luego llegaron cuadernos encuadernados en tela, un estuche con un bolígrafo y un lápiz y una colección de tintas con los colores más hermosos del Altermundo: marfil dorado, rosa plateado y un turquesa muy intenso.

—He pensado que tú sabrías darle un buen uso a esto —le dijo Clothilde, pasándole un paquete con forma de libro.

Dentro había un volumen de aspecto muy extraño, encuadernado en tela gruesa de color crema y con el borde de las hojas plateado. Tenía una cinta de seda pura, del color de las nubes, para marcar la página de lectura.

—Es un diccionario universal —le explicó Clothilde—. Puedes usarlo para buscar cualquier palabra de cualquier idioma. Creo que te gustará.

—Gracias —dijo Effie. Le dio un abrazo a Clothilde y un besito en cada mejilla—. Es maravilloso.

Pronto quedó sólo un paquete. Tenía forma alargada y fina, con unos bultos cerca de un extremo.

—No había manera de envolverlo —dijo Rollo—. Lo he hecho lo mejor que he podido.

Dentro había un bonito caduceo de palisandro pulido. En torno al eje central, se enroscaban dos serpientes con pinta de sabias, y en el extremo había dos alas talladas. Era precioso, pero también muy grande. Effie estaba pensando ya cómo se las arreglaría para llevarlo a todas partes cuando Rollo se lo quitó y, a saber cómo, consiguió reducirlo al tamaño de una horquilla que luego sostuvo en la palma de la mano.

—Me pareció que te quedaría bien en el pelo —dijo—. Aunque también podrías llevarlo en el bolsillo o colgártelo del cuello con la Espada de Luz. Tú sabrás. También puedes llevarlo con su tamaño real si quieres, si es que emprendes algún viaje largo o algo parecido, y deseas usarlo como bastón. Pero... y ésta es la parte más emocionante, también funciona cuando está reducido. El artesano que lo hizo estaba muy orgulloso. Dijo que llevaba años en la tienda, pero nada más verlo supe que era perfecto para ti.

—Gracias —dijo Effie.

Rollo siempre le había dado un poco de miedo, y en ese momento, al acercarse a él para darle un abrazo más bien tenso, se dio cuenta de que tenía buenas intenciones, aunque no siempre fuera capaz de expresarlas de la manera más amable. Quería lo mismo que ella: lo mejor para la Casa Truelove. Y ahora que Effie sabía qué era lo que estaban protegiendo —el código fuente de todo el universo—, también entendía que se lo tomara tan en serio.

Effie cogió la pequeña horquilla de madera y la observó en su mano. Estaba a punto de preguntar cómo devolverla al tamaño original, pero se dio cuenta de que ya lo sabía. Pensó en la técnica que había usado para viajar con la tarjeta de citación —cuando aún la tenía—, que había funcionado incluso sin ella. En la sensación que había notado al concentrarse en la Espada de Luz. En la sensación que había experimentado cuando intentaba librarse del Anhelo por medio de la meditación. Se quedó mirando el pequeño caduceo de madera y sumergió su mente en la frecuencia más profunda y tranquila que fue capaz de alcanzar. Deseó que el caduceo volviera a crecer, y creció.

—Veo que estás aprendiendo magia —dijo Cosmo.

—Sí, supongo que sí —confirmó Effie.

Encogió el caduceo de nuevo y se lo puso en el pelo. Se moría de ganas de empezar a usarlo para ayudar con sus traducciones y sus averiguaciones sobre los siguientes pasos que se propusieran dar los diberi. Había una cosa segura: mientras le quedara sangre en las venas, continuaría protegiendo la Casa Truelove. Eso significaba ser una Truelove.

—Bueno —dijo Clothilde—. ¿Vamos o no a tomarnos ese té?

Effie siguió a Clothilde, Cosmo, Rollo y Pelham hacia el cálido atardecer, sabedora de que estaba a punto de pasar la mejor semana de su vida. Lo que ocurriría a continuación lo desconocía. Probablemente, tendría que enfrentarse a más penas, sufrimientos y dificultades mientras siguiera enfrascada en su lucha contra los diberi. Pero tenía a sus amigos y a su familia, y el sol brillaba sobre ella desde un cielo perfectamente azul. De momento, era suficiente con eso.

Agradecimientos

Gracias, como siempre, a mi compañero, Rod Edmond, que leyó todos los borradores de este libro con amor y atención, y que ha sido un acompañante maravilloso en esta aventura hasta el momento.

Gracias también a mi familia: mamá, Couze, Sam, Hari, Nia, Ivy y Gordian, por todo el amor, el apoyo y la felicidad que me habéis dado. Y muchas gracias también para mi *whānau* más extensa: Daisy, Ed, Molly, Eliza, Max, Jo, Claire, Murray, Joanna, Marion, Lyndy y Teuila.

Francis Bickmore merece un agradecimiento especial, como siempre, no sólo por ser mi editor durante tanto tiempo, sino también por ser un amigo adorable.

Gracias también a todas mis otras amistades, estudiantes y colegas, en particular a Teri Johns, que con su ayuda y sus conocimientos ha mejorado mi vida, David Flusfeder, Sue Swift, Alex Preston, Jennie Batchelor, Amy Sackvile, Vybarr Cregan-Reid, Alice Bates, Steve Bates, Pat Lucas, Emma Lee, Charlotte Webb, David Herd, Caroline Greville y su familia, Martha Schulman, Katie Szyszko, Amy Lilwall, Tom Ogier, Roger Baker, Suzi Feay, Stuart Kelly y Gonzalo Garcia.

Soy muy afortunada por tener un grupo de magníficos primeros lectores jóvenes. Gracias en particular a Molly Harman, Al Preston, Ray Preston, Leah Motton, Maddie Richardson, Isaac Richardson, Teuila Smith-Anderson y

Matt McInally por vuestras lecturas entusiastas y vuestros comentarios sabios y motivadores sobre mi escritura.

También estoy extremadamente agradecida a toda la gente adorable con la que trabajo en estos libros. Muchas gracias a todo el equipo de Canongate, en particular a Jenny Fry, Jamie Byng, Anna Frame, Alice Shortland, Neal Price, Megan Reid, Andrea Joyce, Jessica Neale, Caroline Clarke, Allegra Le Fanu, Becca Nice, Lorraine McCann, Alan Trotter y la perra *Sylvie*. Un agradecimiento enorme también a Debs Warner por su magnífico trabajo con la edición y corrección.

Mis libros han recibido el apoyo muy entusiasta de muchos libreros, bibliotecarios y maestros maravillosos. Gracias a todos, y en particular a Simon Key, de The Big Green Bookshop, y a Gudrun Bowers, de la Steyning Bookshop.

Gracias a mi fantástica agente, Georgia Garrett, por todos sus buenos consejos. Y por último, un gigantesco agradecimiento a Dan Mumford por sus asombrosas ilustraciones para estos libros. Gracias a ellas, mi mundo se ha enriquecido.

ISBN: 978-84-9838-951-7
Depósito legal: B-7.833-2019
1ª edición, mayo de 2019
Printed in Spain
Impresión: Romanyà-Valls, Pl. Verdaguer, 1
Capellades, Barcelona